LA BELLE VIE

DANIELLE STEEL

LA BELLE VIE

FRANCE LOISIRS
123, boulevard de Grenelle, Paris

Titre original :

Fine things

Traduit de l'anglais par Florence MATRAN

Édition du Club France Loisirs, Paris
avec l'autorisation des Presses de la Cité.

Édition originale en langue anglaise.
© 1987 by Danielle Steel.
© Presses de la Cité, 1989, pour la traduction française.
© Éditions Libre Expression, 1989.

ISBN 2-7242-4700-0

1

Il était pratiquement impossible de parvenir à l'angle de Lexington Avenue et de la 64ᵉ rue. Le blizzard avait recouvert de neige les voitures immobilisées le long du trottoir. Les autobus eux-mêmes avaient abandonné la partie, repliés quelque part vers la 23ᵉ rue, tels des dinosaures gelés. De temps à autre, l'un d'entre eux s'aventurait encore dans les rues enneigées, embarquant quelques voyageurs courageux qui se ruaient dehors pour arriver en glissade vers le véhicule et y grimper en hâte, les yeux rougis, le visage frigorifié et, dans le cas de Bernie, la barbe blanchie de stalactites de glace.

Impossible de trouver un taxi. Après un quart d'heure d'attente, il s'était décidé à marcher vers le sud depuis la 79ᵉ rue. Souvent, il allait à pied au bureau qui ne se trouvait qu'à quelques blocs de chez lui. Mais ce matin, après avoir franchi à grand-peine la distance entre Madison et Park Avenue, il décida bientôt d'abandonner. Un gardien obligeant le laissa attendre dans l'entrée d'un immeuble où s'amassaient déjà d'autres voyageurs, déterminés malgré tout à attraper le bus mythique qui avait mis plusieurs heures à venir de Madison Avenue et devait s'arrêter dans Lexington pour les mener vers le sud. D'autres âmes plus sensibles s'étaient laissé décourager dès l'aube par le blizzard et avaient résolu de ne pas se rendre au travail.

Bernie était sûr que le magasin serait à moitié vide ce matin, mais il n'était pas du genre à demeurer chez lui pour se tourner les pouces ou regarder la télévision. Ce n'était pas non plus la conscience professionnelle qui l'attirait là-bas : il travaillait six jours par semaine et souvent même lorsqu'il n'en avait pas besoin, tout simplement parce qu'il aimait le magasin. Il vivait littéralement tout ce qui se passait du rez-de-chaussée au septième étage de Wolff. Et cette année se révélait particulièrement importante : Bernie devait présenter six lignes nouvelles, dont quatre venaient de couturiers européens, et le prêt-à-porter américain allait s'en trouver considérablement influencé.

Songeur, il ne voyait plus tourbillonner les flocons de neige recouvrant peu à peu le centre ville. Il imaginait déjà les nouvelles collections de printemps dont il avait eu un avant-goût, en novembre dernier, à Paris, Rome ou Milan, et il se sentait heureux d'être venu travailler aujourd'hui. Perfectionniste, il désirait revoir les jeunes femmes qui devaient présenter la prochaine revue, pour s'assurer qu'elles avaient été bien choisies.

Bernard Stern aimait garder le contrôle sur tout, du décor du magasin à l'achat des vêtements, en passant par le choix des mannequins ou celui de l'en-tête des cartes d'invitation envoyées à ses meilleurs clients. Il prenait la responsabilité de tout. Chaque détail comptait et son entreprise ne différait en rien de sociétés telles que les Aciers américains ou Kodak : elle fabriquait un produit de qualité et le succès de l'affaire reposait en grande partie sur ses épaules.

Si quiconque lui avait prédit quinze ans auparavant, lorsqu'il jouait pour l'équipe de football de l'université du Michigan, qu'il s'inquiéterait de savoir quel sous-vêtement portaient ses mannequins ou quelle robe du soir faisait le plus d'effet, il lui aurait ri au nez ou même cassé la figure... Aujourd'hui, Bernie souriait à cette idée.

A l'université, après avoir passé deux ans à s'amuser, il s'était pris de passion pour la littérature russe. Dostoïevski et Tolstoï étaient devenus ses héros. Immédiatement derrière eux venait Sheila Borden, qu'il avait rencontrée en cours de langue. Estimant qu'il ne pouvait apprécier les grands classiques russes sans les lire dans le texte, il s'était inscrit chez Berlitz, où on lui apprit comment demander, avec l'accent, le plus court chemin pour aller à la poste ou à la gare et... où il découvrit Sheila.

Elle était assise au premier rang, ses longs cheveux bruns lui descendant poétiquement jusqu'à la taille que Bernie trouvait particulièrement fine. C'est l'engouement de Sheila pour les ballets russes qui l'avait directement conduite à ce cours. Elle dansait depuis l'âge de cinq ans, lui avait-elle expliqué la première fois qu'ils se rencontrèrent, et estimait impossible de comprendre la danse sans comprendre les Russes. De son corps nerveux émanait une intensité qui ensorcela complètement le jeune homme lorsqu'il alla la voir danser le lendemain.

Sheila était née à Hartford, dans le Connecticut, et la vie de famille lui avait vite paru d'une banalité affligeante et inacceptable.

A vingt ans, Bernie prit Sheila terriblement au sérieux. Il expliqua à sa mère, chez laquelle il rentrait régulièrement durant les vacances, qu'elle était une danseuse fabuleuse.

« Est-elle juive ?... Quel est le nom de jeune fille de sa mère ?... Que fait son père ?... Elle est bien juive, n'est-ce pas ?... »

Inévitablement, les questions que lui posait sa mère sur chaque fille qu'il rencontrait agaçaient Bernard. Tout le monde devait-il être juif ? Ou du moins tous ceux qui approchaient les Stern ?

Ses parents auraient aimé qu'il aille à Columbia ou à l'université de New York. Mais il n'avait été accepté qu'à l'université du Michigan, ce qui lui avait facilité les choses. Loin d'eux, il se sentit sauvé... pour un temps.

Là, en Terre de Liberté, il put à sa guise fréquenter de blondes jeunes filles aux yeux bleus qui n'avaient jamais entendu parler de viande kasher ou ignoraient parfaitement ce que pouvait représenter Hanoukka. Bernie finit cependant par se lasser de toutes ces filles que détestait sa mère et aspira à une relation nouvelle, différente et vaguement osée. Sheila représentait tout cela. De plus, avec ses immenses yeux noirs et ses cheveux d'ébène, elle était incroyablement jolie. Elle le familiarisa avec des auteurs russes dont il n'avait jamais entendu parler et ils les lisaient ensemble. Durant ses vacances, Bernard tentait parfois de discuter de ces livres avec ses parents, mais sans grand résultat.

— Ta grand-mère était russe. Si tu avais voulu, tu aurais pu apprendre cette langue avec elle.

— Ce n'était pas pareil. Et puis elle parlait yiddish la plupart du temps.

Il détestait se disputer avec ses parents alors que sa mère se plaisait à argumenter sur tout et rien. C'était sa passion, sa plus grande joie en même temps que son sport favori. Elle discutait de tout avec tout le monde et spécialement avec son fils.

— Aie un peu plus de respect pour les morts, veux-tu ?

— Je ne manquais pas de respect. Je disais simplement que grand-mère parlait yiddish tout le temps.

— Elle parlait magnifiquement le russe aussi. Et qu'est-ce que cela va t'apporter ?... Tu ferais mieux de te lancer dans les sciences. C'est cela dont le pays a besoin...

Elle voulait qu'il soit médecin, ou au moins avocat. Son père était chirurgien, spécialiste de la gorge, et considéré comme un personnage éminent dans son domaine. Mais Bernie n'avait jamais souhaité marcher sur ses traces. Bien que l'admirant beaucoup, il se refusait à devenir docteur. Il aspirait à autre chose, en dépit des rêves de sa mère.

Le russe ? Qui, d'ailleurs, parlait le russe, à part les communistes ? Sheila Borden, oui...

La mère de Bernie avait toujours été séduisante. Quant

à son père, c'était un grand homme aux yeux noirs et aux cheveux grisonnants, l'esprit souvent ailleurs, qui aimait son métier et ne pensait qu'à ses malades. Son fils savait cependant qu'il serait toujours là, s'il avait besoin de lui. Depuis des années, sa mère se teignait les cheveux en blond. « Soleil d'automne » était le nom donné à cette couleur qui, incontestablement, lui allait à ravir. Elle avait les yeux verts, dont Bernie avait hérité, et gardait une assez jolie silhouette. Elle portait des vêtements coûteux, ensembles bleu marine ou robes noires qu'elle achetait pour une fortune chez Lord and Taylor ou Saks.

— Et pourquoi cette fille étudie-t-elle le russe ? Et d'abord, d'où viennent ses parents ?

— Du Connecticut.

— Où, dans le Connecticut ?

Avait-elle l'intention de leur rendre visite ?

— A Hartford. Mais qu'est-ce que cela peut bien faire ?

— Sois plus aimable, Bernard, je te prie.

Excédé, Bernie pliait sa serviette et reculait sa chaise. Dîner avec sa mère lui flanquait régulièrement des aigreurs d'estomac.

— Où vas-tu ? Je ne t'ai pas autorisé à quitter la table.

Comme s'il avait encore cinq ans... Parfois, il détestait rentrer à la maison pour les vacances, puis se sentait coupable de penser ainsi et enfin détestait sa mère de faire naître en lui ces sentiments.

— J'ai à travailler avant de repartir.

— Dieu merci, tu ne joues plus au football.

Elle avait le don de créer en lui ce désir de rébellion qui lui donnait envie de lui lancer brutalement qu'il faisait de nouveau partie de l'équipe... ou qu'il apprenait le ballet avec Sheila, juste pour la provoquer un peu.

— Cette décision n'est pas forcément irrémédiable, maman.

Ruth Stern cacha mal sa stupéfaction.

— Parles-en à ton père.

Bruce savait ce qu'il avait à faire Sa femme en avait

déjà discuté avec lui. « Si Bernie prétend rejouer au football, tu lui offriras une nouvelle voiture... »

Heureusement, Bernie n'était pas au courant : il aurait sauté au plafond et aurait non seulement refusé la voiture mais serait immédiatement retourné jouer au football. Il détestait être acheté. Il détestait la façon dont sa mère agissait et le couvait. Il lui semblait parfois difficile d'être enfant unique.

Lorsqu'il revint à Ann Arbor et en discuta avec Sheila, celle-ci tomba d'accord avec lui. Tous deux avaient passé des vacances pénibles, sans la possibilité de se voir durant tout ce temps, même si Hartford n'était pas le bout du monde.

Les parents de la jeune fille l'avaient eue assez tard et la traitaient comme une porcelaine fragile, terrifiés chaque fois qu'elle quittait la maison, imaginant les pires choses... elle se faisait attaquer ou violer à tous les coins de rue, ou rencontrait un mauvais garçon, ou se cassait les deux jambes sur la route verglacée, ou s'inscrivait dans une mauvaise école... L'université du Michigan leur faisait pareillement peur, mais Sheila n'avait pas cédé. Elle savait comment les prendre pour arriver à ses fins, mais trouvait épuisant le souci qu'ils se faisaient pour elle.

Sheila ne pouvait donc que comprendre Bernard, et après ces vacances de Pâques ratées, ils décidèrent d'un plan pour l'été. Ils se retrouveraient en Europe et passeraient un mois à voyager ensemble — à l'insu de leurs parents, bien entendu. Ce qu'ils firent.

Ce fut merveilleux de découvrir à deux Venise, Paris et Rome. Sheila se montrait follement amoureuse et ils pouvaient rester des heures allongés nus sur une plage déserte d'Ischia, Bernard songeant qu'il n'avait jamais rencontré quelqu'un d'aussi beau. A tel point qu'il pensait sérieusement à la demander en mariage. Mais il gardait ce secret pour lui. Ils se fianceraient durant les vacances de Noël et se marieraient en juin, après avoir obtenu leur diplôme.

Ils partirent ensuite pour l'Angleterre et l'Irlande et, de retour à Londres, reprirent ensemble le même avion pour rentrer aux Etats-Unis.

Comme d'habitude, son père se trouvait en salle d'opération, et sa mère, bien que Bernie lui eût écrit de s'en abstenir, vint le chercher à l'aéroport. Lui faisant joyeusement signe de loin, elle paraissait très jeune dans sa nouvelle tenue beige de chez Zuckerman, ses blonds cheveux coiffés spécialement pour l'arrivée de son fils. Mais sa belle humeur disparut aussitôt qu'elle découvrit sa compagne de voyage.

— Qui est-ce? demanda-t-elle sèchement.

— Sheila Borden, maman.

Ruth Stern crut qu'elle allait s'évanouir.

— Vous avez voyagé tout ce temps ensemble?

Ses parents lui avaient donné assez d'argent pour six semaines, cadeau remis à l'occasion de ses vingt et un ans.

— Ensemble et... sans aucune honte? hoqueta-t-elle.

En l'écoutant, Bernie eut envie de disparaître sous terre, alors que Sheila restait souriante, tout à fait à l'aise.

— Ne t'en fais pas, Bern. Je prends la navette pour Hartford.

Clignant de l'œil, elle saisit son sac de voyage et, sans même un adieu, se fondit dans la foule, tandis que Ruth se tamponnait les yeux.

— Maman, s'il te plaît...

— Comment as-tu pu nous mentir ainsi?

— Je ne vous ai pas menti. Je vous ai dit que j'allais rencontrer des amis.

— Tu appelles ça une amie?

Il pensait au nombre de fois où ils s'étaient aimés... sur les plages, dans les parcs, près des rivières ou dans de petits hôtels. Rien de ce que Ruth lui disait ne pouvait ôter ces souvenirs de son esprit et il la regardait avec une expression de défi.

— C'est la meilleure amie que j'aie.

Saisissant son sac, Bernie avait tourné le dos à sa mère

et s'était dirigé vers la sortie, la laissant seule au milieu du hall, mais il commit l'erreur de se retourner et la vit pleurer comme une enfant. Faisant demi-tour, il la rejoignit puis s'excusa, tout en se détestant de réagir ainsi.

A l'automne, de retour à l'université, sa relation avec Sheila s'était approfondie et, aux vacances de Thanksgiving, fin novembre, il se rendit à Hartford pour rencontrer sa famille. Il fut reçu poliment mais avec réserve, les parents de la jeune fille étant visiblement étonnés que Sheila ne leur ait pas parlé plus tôt de son amour pour Bernard.

— Peut-être cela leur a-t-il déplu que je sois juif? la questionna-t-il plus tard.

— Non, répondit-elle en allumant une cigarette de marijuana dans le fond de l'avion qui les ramenait vers le Michigan. Simplement surpris, je pense, enchaîna-t-elle. Il ne m'était pas venu à l'idée de leur mentionner ce détail.

Bernie appréciait l'insouciance de Sheila. Elle prenait la vie légèrement et en toute simplicité.

— Ils t'ont trouvé gentil.

— Je les trouve sympathiques également, mentit-il.

En fait, ils lui avaient paru tout à fait ennuyeux et il était étonné que la mère de Sheila possédât si peu de classe. Leur conversation lui avait semblé fade et sans intérêt. Sheila était si différente d'eux. Il est vrai qu'elle avait fait la même remarque à son sujet. Elle avait traité Ruth d'hystérique, après leur rencontre à l'aéroport, et Bernie n'avait pas cherché à la contredire.

— Viendront-ils à la remise des diplômes?

— Tu veux rire! s'esclaffa-t-elle. Ma mère pleure déjà rien qu'en y pensant.

Il songeait toujours à la demander en mariage mais ne lui en avait encore rien dit. Le jour de la Saint-Valentin, avec l'argent que lui avaient laissé ses grands-parents à leur mort, il lui offrit une ravissante bague sertie d'un petit diamant. La pierre ne faisait que deux carats mais était d'une pureté parfaite. En la gratifiant d'un baiser sonore sur la bouche, il lui avait jeté l'écrin de velours rouge sur les genoux.

— Essaie cela, ma jolie.

Sheila crut d'abord à une blague et rit en l'ouvrant puis resta bouche bée, avant d'éclater en sanglots. Se levant d'un bond, elle lui rendit froidement l'écrin et partit sans un mot en le plantant là, complètement interloqué. Plus tard, elle revint le voir dans sa chambre d'étudiant et ils discutèrent ensemble jusqu'à l'aube.

— Comment as-tu pu me faire cela? lança Sheila en regardant fixement la petite boîte.

Bernard ne comprenait pas. Peut-être trouvait-elle la bague trop grosse.

— Quoi « cela »? Je veux t'épouser, reprit-il en s'approchant d'elle.

Mais s'écartant de lui, elle se leva vivement.

— Je pensais que tu avais compris. Tout était si simple entre nous.

— Mais, bon sang, qu'est-ce que ça veut dire?

— Ça veut dire que je croyais être ton égale, c'est tout.

— Mais tu l'es! Qu'est-ce que cela a à voir?

— Nous n'avons pas besoin de nous marier. Toutes ces fichues conventions sont complètement inutiles et vieillottes, répliqua-t-elle avec dégoût. Nous n'avons besoin que de ce que nous possédons actuellement, aussi longtemps que cela durera.

Ce fut la première fois que Bernie l'entendit parler de la sorte et il se demanda ce qui lui arrivait.

— Et combien de temps penses-tu...

— Un jour, une semaine, je ne sais pas. Qu'est-ce que cela peut bien faire? En tout cas, tu ne peux sûrement pas acheter l'avenir avec un diamant.

— D'accord, je te demande pardon, rétorqua-t-il, soudain furieux.

Saisissant l'écrin, il le fourra brutalement dans un tiroir de son bureau.

— Excuse-moi de m'être montré si bourgeois. Encore un effet de ma présomption !

Sheila l'observait comme si elle avait devant elle un parfait étranger.

— Je ne croyais vraiment pas que tu irais si loin. Il me semblait que tu avais compris...

— Non, je n'ai rien compris ! Cela fait un an que nous vivons pratiquement ensemble, nous sommes allés en Europe ensemble... Qu'est-ce que c'est, d'après toi ? Une petite aventure sans lendemain ?

Même à vingt et un ans, Bernie ne se sentait pas fait pour ce genre d'amour à la sauvette.

— Que tu es démodé ! rétorqua-t-elle en se levant et s'étirant comme pour lui montrer son ennui.

Elle ne portait pas de soutien-gorge et Bernie éprouva brusquement un violent désir, qu'il réprima non sans mal.

— C'est peut-être trop tôt. Sans doute avons-nous besoin de plus de temps.

Sheila secoua négativement la tête et se dirigea vers la porte, sans même un baiser d'adieu.

— Je n'ai pas l'intention de me marier un jour, Bern. Ce n'est pas mon truc. Je désire seulement partir pour la Californie une fois que nous serons diplômés, et décrocher pour quelque temps.

Avec dégoût, il l'imaginait déjà vivant dans une communauté de hippies.

— Qu'entends-tu par « décrocher » ? Cela ne te mènera nulle part.

— C'est tout ce que je désire pour le moment, Bern, je regrette. Et... merci tout de même pour la bague.

Sheila referma lentement la porte derrière elle et Bernie resta seul à s'abîmer dans de sombres pensées. Il l'aimait ou croyait l'aimer, mais n'avait jamais remarqué chez elle cette indifférence à ce que pouvait penser autrui. Sauf lorsqu'il l'avait observée en compagnie de ses parents : elle semblait alors se ficher parfaitement de leur opinion. Elle traitait même son compagnon de fou quand il téléphonait aux siens ou s'il achetait un cadeau pour sa mère avant de rentrer chez lui. Une autre fois, il avait offert des fleurs à Sheila pour son anniversaire et elle ne s'était pas gênée pour se moquer de lui. Brusquement, tous ces souvenirs lui revenaient à l'esprit.

En fait, la jeune fille ne se souciait absolument de personne, peut-être même pas de lui. Elle s'offrait simplement du bon temps et prenait son plaisir au jour le jour. Mais l'épisode de la bague venait de casser cette belle routine. Bernie se coucha, le cœur gros.

Par la suite, les choses ne s'arrangèrent pas. Sheila se joignit à un groupe de recherche spirituelle dont les membres se plaisaient à discuter de sa relation avec lui. De ces séances, elle ressortait régulièrement gonflée à bloc pour remettre en question la vie de Bernie, ses ambitions et même sa façon de lui parler.

— Tu t'adresses à moi comme à un enfant. Je suis une femme, bon sang ! Et aussi intelligente que toi ! J'ai autant de tripes, autant d'années d'études derrière moi.

Il fut consterné par ce changement de ton et davantage encore lorsqu'elle abandonna le ballet. Sheila garda ses contacts avec les Russes, mais pour parler, cette fois, de révolution et de Che Guevara. Elle se chaussait de bottes de combat et revêtait des accessoires qu'elle achetait au surplus de l'armée, aimant particulièrement les maillots de corps qu'elle portait sans soutien-gorge. Bernard finit bientôt par se sentir embarrassé de se promener à ses côtés dans les rues.

— Tu veux rire ! s'écria-t-elle lorsqu'il lui parla d'assister au bal de promotion de fin d'année.

Mais il décida malgré tout de s'y rendre et elle finit par se laisser convaincre de l'accompagner. Le soir du bal, elle se présenta chez lui, vêtue d'un treillis ouvert sur un tee-shirt rouge déchiré, assorti à de vieilles bottes badigeonnées de doré, qu'elle appelait ironiquement ses escarpins de bal. Bernie, quant à lui, portait la traditionnelle veste de soirée blanche achetée l'année précédente pour un

mariage. Elle allait à ravir avec ses yeux verts et son teint
déjà tanné par ce début d'été.

— Tu ne vas pas infliger cela aux autres! lui opposa-t-il
en la voyant paraître ainsi accoutrée. Si nous allons là-bas,
nous nous devons de les respecter par notre tenue.

— Oh, tu permets! rétorqua-t-elle dédaigneusement
en se laissant tomber sur le canapé. Tu me rappelles lord
Fauntleroy. Mon Dieu, quand je raconterai cela à mon
groupe...

— Je n'ai que faire de ton fichu groupe! Maintenant je
te prie de te lever et de retourner chez toi te changer!

— Va te faire voir! lâcha-t-elle, les lèvres pincées par
un mauvais sourire.

— Je ne plaisante pas, Sheila. Tu ne sors pas avec moi
dans cette tenue.

— Si, j'irai!

— Non, je regrette.

— Dans ce cas, personne n'ira.

— Parle pour toi. Moi, j'y vais.

— Alors, bonne soirée...

Furieux et déçu, Bernard s'était rendu seul au bal, où il
ne s'amusa pas du tout. Il ne dansa avec personne. Sheila
avait gâché sa soirée.

De la même façon, elle sabota la cérémonie de remise
des diplômes, mais ce fut pire encore, car Ruth Stern y
assistait. Son diplôme en main, elle se lança dans un
discours dénonçant à la fois l'inutilité de ce genre d'établissement et les mères oppressives du monde entier, sans
épargner ce qu'elle appelait le chauvinisme de l'université
du Michigan. Puis, sous les yeux exorbités de l'assistance,
elle déchira en deux le papier cartonné convoité depuis si
longtemps.

Bernie était bouleversé et se sentit incapable d'expliquer quoi que ce soit à sa mère, encore moins d'en discuter
avec Sheila, au moment où ils se retrouvèrent, ce soir-là,
pour faire leurs valises.

Le lendemain, il devait retrouver ses parents et des amis

pour fêter sa réussite universitaire, avant de rentrer avec eux à New York. Il regardait Sheila avec désespoir : cette année et demie qu'ils avaient vécue ensemble paraissait partir à la dérive. Cependant, bien qu'ayant des projets de voyage en Europe en compagnie des siens, il ne pouvait encore accepter l'idée d'une rupture. Comment cette jeune fille si passionnée au lit pouvait-elle se montrer si froide partout ailleurs ? Il restait incapable de penser à Sheila de façon objective. Ce fut elle la première qui rompit le silence.

— Je pars demain soir pour la Californie.

— Je croyais que tes parents t'attendaient à Hartford...

— Oui, ils m'attendent, admit-elle dans un demi-sourire.

Bernie ressentit brusquement le désir de la gifler. Il l'avait aimée sincèrement, avait désiré l'épouser et, elle, tout ce qui l'intéressait était son petit plaisir personnel. C'était finalement un monstre d'égoïsme.

— Je prends le premier avion pour Los Angeles. De là, j'irai faire un tour à San Francisco.

— Et ensuite ?

— Ensuite, je verrai, répondit-elle avec un geste vague.

Bernie se sentait floué, trompé. Deux ans passés avec cette fille... Deux ans de sa vie gâchés.

— Rejoins-moi donc à San Francisco, après ton retour d'Europe. Je n'y verrais aucun inconvénient.

Elle « n'y verrait aucun inconvénient » ! Après deux ans...

— Je ne crois pas, lâcha-t-il en laissant échapper une moue mélancolique. Il faudra que je me cherche un travail.

De travailler, Sheila s'en moquait bien. Ses parents lui avaient donné vingt mille dollars pour la réussite de ses examens et, ceux-là, elle s'était bien gardée de les déchirer. Elle possédait suffisamment d'argent pour vivre plusieurs années à Los Angeles.

Le rêve de Bernie était de trouver une place dans une

petite école de la Nouvelle-Angleterre, pour y enseigner la
littérature russe. Il avait posé sa candidature dans trois ou
quatre endroits différents et attendait les réponses.

— Ne trouves-tu pas stupide de t'enchaîner à un de ces
établissements débiles, de te forcer à travailler pour de
l'argent dont tu n'as nullement besoin ? demanda-t-elle,
ironique.

— Parle pour toi. Je n'ai pas l'intention de vivre toute
ma vie aux crochets de mes parents.

— Pas plus que moi, laissa-t-elle tomber sur un ton
acerbe.

— Tu as l'intention de trouver quelque chose sur la côte
ouest ?

— Peut-être.

— Poser nue, c'est cela ?

— Bravo... Tu commences à penser comme tes
parents...

C'était la pire réflexion que Sheila pouvait lui faire. Elle
se leva, ferma son gros sac qu'elle prit en bandoulière et
lui tendit la main.

— Salut, Bern.

— C'est tout ? Après deux ans passés ensemble, je n'ai
droit qu'à un « salut » ? remarqua-t-il, les yeux emplis de
larmes. Je n'arrive pas à y croire. Nous allions nous
marier, avoir des enfants...

— Ce n'est pas ce que nous avions décidé.

— Et qu'avions-nous décidé, Sheila ? Seulement coucher ensemble pendant deux ans ? Aussi invraisemblable
que cela puisse paraître aujourd'hui, je t'aimais.

Pour une fois, il devait admettre malgré lui que sa mère
avait eu raison.

— Je crois que je t'aimais sincèrement aussi, répliqua-t-
elle, les lèvres tremblantes, avant de s'approcher de lui. Je
regrette, Bern... La situation a changé.

Emus, tous deux pleuraient dans les bras l'un de l'autre.

— Je sais Ce n'est pas ta faute, murmura-t-il en
frémissant de chagrin.

Il l'embrassa et Sheila leva vers lui des yeux embués de larmes.

— Rejoins-moi à San Francisco, si tu peux.

— Je tâcherai.

Jamais il ne le fit.

Sheila passa trois ans dans une communauté, près de Stinson Beach, et Bernard la perdit complètement de vue, jusqu'au jour où il reçut d'elle une carte de Noël, accompagnée de sa photo. Jamais il ne l'aurait reconnue. Elle vivait dans un vieux bus aménagé en caravane, parqué au bord de la côte, en compagnie de neuf adultes et de six enfants. Deux étaient d'elle, vraisemblablement des filles, à ce qu'il avait pu en voir.

Mais tout cela ne voulait plus rien dire pour lui. Sheila lui était devenue indifférente, même s'il avait mis long-temps à l'oublier. Il était reconnaissant à ses parents d'avoir fait peu de cas de cette aventure. Il était heureux que sa mère ne fît jamais mention de la jeune fille devant lui et celle-ci était heureuse que Sheila eût disparu de la vie de son fils.

Son voyage en Europe lui fit du bien. Il rencontra bon nombre de filles à Paris, à Londres, dans le sud de la France, en Suisse ou en Italie et fut surpris de l'amusement que lui procurèrent ces quelques semaines passées en compagnie de ses parents.

A Berlin, il rencontra trois camarades de classe et, ensemble, ils donnèrent une réception avant la fin de leurs vacances. Deux d'entre eux se destinaient à devenir avocat et le troisième s'accordait une dernière virée en célibataire avant de se marier à l'automne. Ce mariage était en partie destiné à lui éviter l'incorporation, ce dont Bernie n'avait hélas pas à se soucier : il souffrait d'asthme depuis sa plus tendre enfance bien que son père l'eût fait très sérieuse-ment soigner.

N'ayant pas passer sa maîtrise, il s'était vu refuser l'entrée de plusieurs universités. Il s'inscrivit donc, gardant toujours l'espoir d'enseigner, à Columbia mais les cours choisis ne l'emballèrent pas outre mesure.

Bernard vivait désormais chez ses parents et sa mère le rendait fou. Tous ses amis se trouvaient loin, à l'armée ou dans une grande école, ou avaient trouvé un emploi ailleurs. Se sentant esseulé, il se dégota un travail chez Wolff pendant la ruée de Noël et ne se formalisa pas de devoir vendre des chaussures au rayon homme. Il se sentait prêt à accepter n'importe quoi plutôt que de rester chez lui et il avait toujours aimé l'ambiance des grands magasins.

Wolff était un lieu immense et élégant, qui sentait bon la marchandise neuve, de qualité et de bon goût, et où se pressait une clientèle bien vêtue. Les vendeurs eux-mêmes étaient stylés et Noël dans cet endroit était plus beau que partout ailleurs. Cela n'avait rien de comparable avec un magasin tel que Bloomingdale, qui ne se trouvait qu'à trois rues de là.

Cette proximité était justement ce qui fascinait Bernie. Il prodiguait mille conseils quant à la façon de concurrencer le rival. Paul Berman, le directeur du magasin, finit par apprendre l'existence de ce garçon aux idées intéressantes et prometteuses et voulut le rencontrer. Ils déjeunèrent plus d'une fois ensemble et Paul fut séduit par l'esprit novateur et moderne de son jeune employé. Il sembla également amusé d'apprendre que Bernard désirait enseigner la littérature russe et suivait des cours du soir à Columbia.

— Mais c'est du temps perdu! s'étonna-t-il.

Bernie fut choqué par cette réflexion, bien qu'il appréciât déjà cet homme. C'était un personnage élégant, respirant la tranquillité et l'intelligence, l'homme d'affaires idéal, en quelque sorte. Tous les avis l'intéressaient. Il était le petit-fils du fondateur du magasin, M. Wolff.

— La littérature russe était ma matière principale, monsieur, répondit-il avec respect.

— Vous auriez dû plutôt suivre des cours de commerce.

— Vous me rappelez ma mère, rétorqua Bernie en souriant.

— Et que fait votre père ?

— Il est chirurgien, mais j'ai toujours détesté la médecine. La seule vue d'un malade me rend moi-même malade.

Berman opina du bonnet.

— Mon beau-frère était médecin, et moi aussi j'ai toujours eu ça en horreur... Et vous alors ? Que comptez-vous faire ?

— J'ai l'intention de passer ma maîtrise, de postuler le même genre d'emploi l'année prochaine et, avec un peu de chance, j'enseignerai l'année d'après dans une petite ville.

Paul Berman se dit que, décidément, il appréciait beaucoup Bernard, dont l'innocence le touchait.

— Et si l'armée vous appelle avant ?

Bernie lui parla de son asthme.

— Vous avez une sacrée chance, jeune homme. Cette désagréable affaire du Viêt-nam pourrait finir par mal tourner. Souvenez-vous de ce qui est arrivé aux Français là-bas. Ils y ont laissé leurs chemises. Et la même chose nous pend au nez, si nous n'y prenons pas garde.

Bernie acquiesça.

— Laissez donc tomber ces cours du soir, lui demanda Paul avec insistance.

— Et que ferai-je ?

— J'ai quelque chose à vous proposer. Vous restez ici l'année prochaine, vous vous exercez à vendre dans les différents rayons, de façon à avoir un avant-goût de ce que nous proposons à notre clientèle, puis, si vous désirez rester avec nous, je vous envoie dans une école de commerce. Et en même temps, vous apprendrez le métier sur place. Qu'en dites-vous ?

Jamais auparavant il n'avait fait pareille offre à quiconque, mais Paul aimait ce garçon aux grands yeux verts, respirant l'honnêteté et l'intelligence. Ce n'était pas un

Apollon, mais il avait belle allure et son visage reflétait la gentillesse et une certaine finesse d'esprit.

Bernard demanda deux ou trois jours de réflexion, tout en se disant flatté et très touché de la considération que Paul lui portait.

Ce fut une décision difficile à prendre. Il n'était pas vraiment sûr de vouloir suivre des cours de commerce, s'accrochant à l'idée d'enseigner Tolstoï ou Dostoïevski dans une petite école de campagne. Mais ne s'agissait-il pas au fond d'un rêve, qui, au fil des jours, devenait de plus en plus flou dans son esprit ?

Ce soir-là, Bernie parla à ses parents, et même son père fut impressionné de l'offre que lui faisait le magasin Wolff. Cela représentait une occasion magnifique que son fils devait accueillir à bras ouverts. Cette année d'essai allait lui donner tout loisir de se rendre compte s'il lui convenait ou non de travailler dans cette entreprise. Il avait de toute façon tout à gagner.

Bruce félicita chaleureusement Bernie, tandis que sa mère demandait si Paul Berman avait des enfants... des fils — en d'autres termes des concurrents — ... ou des filles — c'est-à-dire des beaux partis !

— Laisse-le tranquille, Ruth, lui lança son mari.

Au prix d'un effort inouï, elle parvint à retenir les questions qui la démangeaient.

Le lendemain, Bernie donna sa réponse à Paul : il acceptait son offre avec plaisir. Le directeur lui recommanda alors de s'inscrire dans plusieurs écoles de commerce en même temps. Il choisit Columbia et l'université de New York pour leur proximité et les universités de Wharton et Harvard pour leur renommée. Il ne saurait pas avant longtemps s'il était accepté, mais, d'ici là, beaucoup de travail l'attendait.

Son année d'essai s'écoula. Bernard fut admis dans trois des quatre écoles choisies. Seule Wharton le refusa en précisant toutefois qu'il y aurait de la place pour lui l'année suivante, s'il le désirait.

Il se décida pour Columbia et commença d'y suivre les cours tout en travaillant au magasin plusieurs heures par semaine. Il réalisa vite que la mode pour homme l'intéressait particulièrement, et y consacra son premier rapport universitaire. Non seulement il obtint de très bonnes notes, mais il fit quelques suggestions chez Wolff, que le directeur lui laissa mettre en pratique à petite échelle.

Il passa ses examens avec succès et continua de travailler pour Paul, au rayon homme puis enfin au rayon femme. Ses idées nouvelles amenèrent quelques sérieux changements dans l'établissement et, en cinq ans, il devint la vedette de Wolff. Aussi ne cacha-t-il pas sa surprise lorsqu'un après-midi de printemps, Paul Berman lui annonça qu'il le mutait pour deux ans dans leur succursale de Chicago.

— Pourquoi ?

Cela lui semblait la Sibérie. Il ne désirait pas aller là-bas. Il aimait New York et brillait par son efficacité dans ce magasin.

— La première raison est que vous connaissez parfaitement cette région. La seconde... — Paul soupira et alluma un cigare. — La seconde est que nous avons besoin de vous là-bas. Le magasin ne marche pas aussi bien que nous le voudrions. Il a besoin d'une bonne poussée en avant et c'est vous qui la donnerez.

D'un sourire, il encouragea le jeune homme. Tous deux avaient beaucoup de respect l'un pour l'autre, mais, cette fois, Bernie argumenta. Il ne gagna cependant pas et, deux mois plus tard, se retrouva dans un avion à destination de Chicago. Un an après, il fut nommé directeur, ce qui l'engagea, malgré lui, pour deux années supplémentaires.

Cette grande ville l'oppressait et il détestait radicalement le vent glacé de l'hiver qui y faisait loi. Ses parents vinrent le voir souvent et, visiblement, sa nouvelle promotion lui apportait un prestige considérable. Il était bien sûr magnifique de se retrouver directeur de Wolff-Chicago à trente ans, mais en dépit de cet honneur, Bernie mourait d'envie de retourner à New York.

Lorsqu'un an plus tard il annonça la nouvelle de son retour, sa mère donna pour lui une immense réception. Il avait alors trente et un ans et Paul Berman le laissait libre de gérer le magasin comme il l'entendait. Berman fit cependant une moue sceptique lorsque Bernard émit l'idée de relancer le département de la mode féminine. Il ne paraissait pas convaincu que réintroduire une douzaine de lignes « couture » rendrait à Wolff sa réputation de « magasin qui fait la mode », à l'échelle nationale.

— Vous rendez-vous compte à quel prix sont vendues ces robes ? lui demanda Berman, l'air soucieux.

— Oui, mais je suis sûr qu'ils nous feront des prix intéressants. D'autant que ce ne sera pas vraiment de la haute couture.

— Cela en sera quand même très proche et de toute façon très cher. Et qui achètera ces vêtements de luxe ?

Berman semblait à la fois inquiet et intéressé.

— Je pense que nos clientes vont se jeter sur ce que nous leur proposerons, Paul. Spécialement dans des villes comme Chicago, Boston, Washington ou même Los Angeles, où elles n'ont pas, comme à New York, cet étalage de magasins de qualité. Nous allons leur offrir Milan et Paris.

— En risquant de nous retrouver sur la paille...

Pourtant, Paul finit par admettre qu'il n'était pas contre cette idée. Il eut envie d'acheter immédiatement les tenues les plus chères, qui se vendraient six ou sept mille dollars pièce, même si ce n'était que du prêt-à-porter, mais ressemblant fort à de la haute couture.

— Nous n'avons même pas besoin de stocker des modèles, commenta Bernie. Il est inutile d'en posséder trop en magasin. Il suffit d'inviter les créateurs à faire des défilés de mode et les clientes nous commanderont les vêtements qu'elles auront choisis.

— D'accord, Bernard, je vous laisse carte blanche.

— Je pense que nous avons besoin, avant tout, de revoir l'espace et la décoration. Notre département création ne fait pas assez européen.

Ils discutèrent durant des heures, mirent sur pied plusieurs projets sur lesquels tous deux tombèrent d'accord. A la fin de l'entretien, Berman se leva et serra vigoureusement la main de Bernard. Ses idées lui paraissaient solides.

A Chicago, il avait mûri, semblait-il ; il avait acquis une confiance qu'il ne possédait pas jusqu'alors. Il faisait même plus que son âge, avec la barbe qu'il avait laissée pousser là-bas et à propos de laquelle Paul ne manqua pas de le taquiner. A trente et un ans il était devenu un très bel homme.

Ils échangèrent un sourire, tous les deux ravis. Cette révolution chez Wolff promettait d'être passionnante.

— Je tiens à vous féliciter. Vous avez accompli du bon travail, reconnut Berman. Par quoi comptez-vous commencer ?

— Je voudrais contacter quelques architectes pour qu'ils me dessinent des plans que je vous soumettrai. Puis j'aimerais aller à Paris afin de proposer mon idée aux créateurs français.

— Pensez-vous qu'ils se déroberont ?

— Ils ne devraient pas. Il y a beaucoup d'argent en jeu.

Bernard ne se trompait pas. Les stylistes apprécièrent son projet et il signa des contrats avec une vingtaine d'entre eux. Trois semaines plus tard, il rentra à New York, victorieux. Il devait lancer son nouveau programme dans neuf mois, avec une superbe série de défilés qui auraient lieu en juin et au cours desquels les femmes pourraient commander leur garde-robe d'automne.

Bernie fêterait cet événement en organisant une immense réception ainsi qu'une revue de mode présentant un échantillon de la collection de chaque couturier avec lequel il travaillerait. Aucune des pièces ne serait à acheter, ce qui attiserait certainement l'envie des futures clientes et donnerait un avant-goût de ce que seraient les défilés suivants. Tous les mannequins viendraient de Paris, avec leur styliste. Par la suite, trois mannequins américains seulement furent ajoutés à la liste originale.

Ce projet donna un travail fou à Bernie mais lui apporta aussi le titre de vice-président de Wolff à l'âge de trente-deux ans.

Le spectacle se déroula magnifiquement. Les vêtements se révélaient stupéfiants de beauté et le public applaudissait à tout rompre. Mais le vrai roi de la soirée fut Bernard. Il avait gagné son pari. Les magasins Wolff entraient dans l'histoire de la mode et devenaient, du même coup, plus célèbres et mieux cotés que n'importe quel magasin de New York ou du pays tout entier.

Assis au dernier rang, dans l'ombre, Bernie eut le trac en regardant défiler la première collection, sous le regard avide des clientes. Puis il se décontracta au fur et à mesure que les mannequins venaient, dans un pas de danse, présenter les différents modèles. Alors qu'il se perdait dans la contemplation des robes du soir, il remarqua une magnifique créature blonde, mince, féline, aux formes délicates et aux immenses yeux bleus. Tel un ange, elle paraissait flotter au-dessus du sol et Bernie se surprit à guetter sa réapparition, chaque fois qu'une nouvelle robe longue arrivait sur le plateau. Quand le défilé s'acheva, il fut presque déçu.

Au lieu de retourner à son bureau comme il l'avait prévu, il se promena quelques instants puis se glissa en coulisses pour féliciter sa nouvelle directrice de mode, une Française qui avait travaillé chez Dior.

— Bravo, Marianne. C'était superbe, déclara-t-il en lui prenant la main.

Elle lui coula un œil de velours, comme elle le faisait depuis qu'elle était arrivée au magasin. Elle approchait de la cinquantaine, était vêtue à la perfection, avec beaucoup de chic.

— Merci, Bernard. Les tenues étaient bien mises en valeur, n'est-ce pas?

Elle prononça ces mots avec un charmant accent français qui la rendait encore plus séduisante, malgré son allure réservée. C'était un mélange de feu et de glace. Bernard avait cependant les yeux plutôt fixés sur les jeunes filles qui, rapidement, troquaient robe du soir contre jean et tee-shirt.

Les bras chargés de somptueuses tenues, des vendeuses affairées allaient et venaient pour les faire essayer aux clientes intéressées. Ce fut à cet instant que Bernie l'aperçut, avec dans les mains la robe de mariée dont la présentation avait clôturé le défilé.

— Qui est cette fille, Marianne? Est-elle des nôtres ou l'avez-vous engagée spécialement pour l'occasion?

Sans être dupe du ton dégagé qu'avait employé Bernie, Marianne suivit son regard pour sentir aussitôt son cœur chavirer à la vue du mannequin. Celle-ci ne semblait pas avoir plus de vingt-deux ans et était ravissante.

— C'est une Française qui travaille pour nous de temps à autre, se contenta-t-elle d'expliquer.

La jeune fille s'approcha d'eux, jeta un regard à Bernard, puis demanda en français à Marianne ce qu'elle devait faire de la robe. Alors que la directrice de mode lui répondait, il ne put s'empêcher de la dévisager. Et Marianne comprit vite ce qui lui restait à faire.

La mort dans l'âme, elle présenta Bernard à la jeune fille, expliquant qui il était et pourquoi il avait eu l'idée de ce défilé dans le magasin. Tout en parlant, elle observait Bernie. Il était évident qu'il aimait les femmes, mais jamais, à ce que l'on disait, il n'avait eu de relation suivie. A la différence des marchandises qu'il choisissait pour Wolff, il préférait chez les femmes la quantité à la qualité. Mais peut-être pas cette fois...

Elle s'appelait Isabelle Martin et avait vingt-quatre ans. Après avoir vécu dans le midi de la France, elle était montée à dix-huit ans à Paris pour travailler chez Saint

Laurent, puis Givenchy. Parvenue rapidement au stade de top-model, elle était devenue la coqueluche de la capitale et avait été sollicitée par les Etats-Unis. A New York, elle connaissait un succès fabuleux depuis quatre ans, et Bernard ne comprenait pas comment ils ne s'étaient pas rencontrés plus tôt.

— Je ne fais d'habitude que de la photo, expliqua-t-elle avec un accent qui l'enchanta. Mais pour ce défilé, exceptionnellement...

Le sourire qu'elle lui adressa le fit littéralement fondre. Bernard se sentait prêt à faire n'importe quoi pour elle. Et tout à coup, il se souvint. Il l'avait vue plusieurs fois en couverture de *Vogue* ou de *Harper's Bazaar* mais elle lui semblait très différente au naturel, encore plus belle. Il était rare pour un mannequin de présenter des collections et de poser en même temps pour des photographes. Isabelle savait faire les deux et, ce soir, elle avait été merveilleuse. Bernard l'en félicita chaleureusement.

— Vous avez été superbe, mademoiselle...

— Isabelle, précisa-t-elle poliment.

Bernard se sentait devenir fou d'elle. Le soir même, il l'invita à dîner à La Caravelle et, dans le restaurant, tous se retournaient pour la regarder. Ensuite, ils allèrent danser et le jeune homme songea alors que, plus jamais, il ne rentrerait seul chez lui ; jamais il ne la laisserait quitter ses bras. C'était la première fois qu'il rencontrait une personne comme Isabelle, et aucune femme ne lui avait ainsi tourné la tête. Le rempart qu'il s'était construit après le départ de Sheila s'effondra brusquement, comme s'il se désagrégeait entre les mains de la jeune fille.

Elle avait les cheveux si blonds qu'ils paraissaient presque blancs et, plus extraordinaire encore, c'était leur couleur naturelle. Elle représentait pour Bernard la plus belle créature existant sur terre et il aurait été difficile pour quiconque de le nier.

Cette année-là, ils passèrent un été délicieux à East Hampton. Bernard y avait loué une petite maison et

Isabelle passait chaque week-end auprès de lui. En arrivant aux Etats-Unis, elle avait eu une liaison avec un photographe de mode très connu, qu'elle avait quitté au bout de deux ans pour s'installer avec un grand manitou de l'immobilier. Cependant, lorsque Bernard apparut dans sa vie, tous les autres s'évanouirent.

Ce fut pour lui une époque magique. Il emmenait Isabelle partout, se faisait photographier en sa compagnie, dansait avec elle jusqu'à l'aube dans les night-clubs les plus en vogue. Ils menaient la grande vie, et Bernard avait ri lorsque, ayant invité sa mère à déjeuner, elle lui avait jeté avec un regard des plus maternels :

— Ne crois-tu pas qu'elle est un petit peu trop... au-dessus de tes moyens ?

— Où veux-tu en venir ?

— Elle sent le jet-set à plein nez et je me demande dans quel état tu sortiras de cette aventure.

— « Nul n'est prophète en son pays », comme l'on dit. Mais je ne trouve pas ta réflexion très gentille.

Il admirait sur sa mère l'ensemble bleu marine de chez Dior qu'il lui avait offert en revenant de son dernier voyage à l'étranger. Discuter d'Isabelle ne l'emballait pas outre mesure. Jamais il ne l'avait présentée à ses parents et il n'en avait pas l'intention, sachant pertinemment qu'ils ne s'entendraient pas, leurs mondes étant trop différents. Bernie pensait, malgré tout, que son père aurait eu plaisir à la rencontrer. Elle faisait tellement d'effet !

— A quoi ressemble-t-elle ?

— Elle est charmante, maman.

— Ce qualificatif ne me paraît pas juste, pour la décrire, reprit Ruth dans un sourire. Elle est plus que ravissante.

Elle avait vu des photos d'elle partout et avait déjà raconté à toutes ses amies que « cette fille qui est en couverture » sortait avec son fils.

— Es-tu amoureux d'elle ? s'enhardit-elle alors.

A ces mots, Bernie prit peur. Bien que fou d'Isabelle, il

ne s'attendait pas à cette question et se souvenait de ses
folies passées : ses projets de mariage avec Sheila, la
bague qu'il lui avait offerte le jour de la Saint-Valentin, la
façon dont elle l'avait rejeté de sa vie puis quitté. Pour rien
au monde il ne voulait se retrouver dans cette situation et
il avait fort bien réussi jusqu'ici à se protéger... mais qu'en
serait-il avec Isabelle ?
— Nous sommes très bons amis, lâcha-t-il.
— J'espère que c'est plus que cela, répliqua sa mère,
terrifiée à l'idée qu'il pouvait tenter de lui cacher une
homosexualité insoupçonnée jusqu'alors.
Tout ce qu'il put faire fut de rire.
— Oui, c'est plus que cela, maman. Mais il n'est pas
question de mariage, d'accord ? Cela te rassure-t-il ? A
présent, que désires-tu pour déjeuner ?
Au cours du repas, Ruth le pressa de mille questions sur
son travail chez Wolff. Ses parents et lui étaient devenus
presque amis car Bernie les voyait moins que lors de ses
premières années à New York. Il n'avait d'ailleurs plus
beaucoup de temps, particulièrement depuis l'entrée de la
jeune Française dans sa vie.
Cet automne-là, elle l'accompagna en Europe pour un
voyage d'affaires et ils firent sensation partout où ils se
montraient. Le couple devint inséparable et, juste avant
Noël, Isabelle s'installa chez Bernie. Alors, il finit par se
rendre à l'idée d'aller avec elle à Scarsdale, pour la
présenter à ses parents, ce qui ne l'enchantait pas. Bien
que parfaitement polie avec eux, elle ne se jeta pas dans
leurs bras et fit comprendre à Bernie qu'elle n'avait pas
l'intention de les revoir souvent.
— Nous passons si peu de temps ensemble, expliqua-t-
elle avec cette petite moue qu'il aimait tant.
C'était la femme la plus exquise qu'il eût connue et il
pouvait rester des heures à la regarder se maquiller ou se
sécher les cheveux. Il l'admirait aussi bien sortant de la
douche que quittant l'appartement, son dossier de photos
sous le bras.

Ruth était même restée coite durant leur première entrevue, Isabelle ayant le don d'impressionner les gens qu'elle côtoyait, excepté Bernie qui se sentait parfaitement à l'aise avec elle. Ses prouesses sexuelles le subjuguait et leur relation tenait plus de la passion que de l'amour. Ils s'aimaient partout où ils le pouvaient, dans leur bain, sous la douche, à même le sol ou à l'arrière de la voiture. Une fois même, ce furent les portes de l'ascenseur qui les empêchèrent d'aller trop loin, en s'ouvrant avec bruit à l'étage de leur appartement.

C'était comme s'ils ne pouvaient s'arrêter, comme si Bernie, insatiable, n'en avait jamais assez d'elle. Aussi l'emmena-t-il une seconde fois en France, le printemps suivant. Puis ils retournèrent à East Hampton, où ils multiplièrent les sorties et les rencontres.

A une soirée sur la plage de Gogue, un producteur de cinéma retint l'attention de la jeune femme et, le matin suivant, Bernie ne la trouva nulle part.

Il finit par l'apercevoir sur un yacht ancré non loin de là, dans les bras du producteur hollywoodien. Bernard les observa un instant puis, les larmes aux yeux, s'enfuit en reconnaissant un fait qu'il ne voulait pas s'avouer : Isabelle n'était pas seulement une bonne affaire au lit, c'était la femme qu'il aimait et la perdre allait le rendre très malheureux.

De retour à la maison qu'ils avaient louée, elle s'excusa de devoir le quitter ainsi.

Elle avait longtemps parlé avec le producteur, de sa carrière, de ses buts dans la vie, de ce que signifiait sa relation avec Bernie et de ce qu'il lui offrait. Cet homme avait été fasciné par elle et ne s'était pas privé de le lui montrer.

Elle essaya de faire comprendre à Bernard sa décision.

— Je ne pourrai pas vivre en cage le reste de ma vie, Bernie. Je dois rester libre d'aller où je veux.

Dans une autre vie, il avait déjà entendu une tirade de ce genre, mais lancée par un personnage en treillis et bottes de combat à la place d'une femme en Chanel et chaussures de chez Pucci. Celle-ci venait d'ouvrir, non un gros sac de marin, mais une valise Vuitton qu'elle posait sur le lit.

— Cela veut dire que je te retiens prisonnière, c'est ça ? demanda-t-il d'une voix glacée.

Bernard n'était pas près de supporter qu'elle couche avec quelqu'un d'autre. C'était aussi simple que cela.

— Tu n'es pas une cage, mon amour, mais un homme très agréable. Pourtant, cette vie, où nous prétendons vivre comme un couple marié, ne peut pas durer indéfiniment.

Cela faisait huit mois qu'ils habitaient ensemble, ce qui était loin de faire une éternité...

— Je pense que j'ai surestimé notre relation, Isabelle.

D'un signe de tête, elle acquiesça. Elle lui apparut encore plus belle qu'à l'accoutumée et, l'espace de quelques secondes, Bernard se prit à la détester.

— C'est vrai, déclara-t-elle. — Puis, remuant le couteau dans la plaie, elle enchaîna, du ton le plus candide : — Je désire partir quelque temps pour la Californie. Dick m'a promis un essai en studio et j'aimerais beaucoup faire un film avec lui.

— Je comprends, lâcha-t-il.

Il alluma une cigarette, geste inhabituel chez lui et trahissant son malaise.

— Tu n'en avais jamais parlé avant, Isabelle.

Mais c'était logique. Elle avait raison. Pourquoi ne pas faire profiter les spectateurs d'un visage pareil ? Les couvertures des magazines ne suffisaient plus à une telle beauté.

— Je n'ai jamais jugé important de te le dire.

— Ou alors voulais-tu d'abord te servir de Wolff comme tremplin ?

Bernie regretta aussitôt ces paroles qui représentaient la chose la plus méchante qu'il eût jamais dite. Il eut honte. Isabelle n'avait pas besoin de lui.

— Excuse-moi, Isabelle. Je ne voulais pas dire cela, dit-il en s'approchant d'elle. Mais ne te précipite pas sur n'importe quoi, je t'en prie.

Il eut la brusque envie de la supplier, mais la jeune Française se montra plus forte qu'il pensait. Elle avait bien pris sa décision.

— Je pars pour Los Angeles la semaine prochaine.

Bouleversé, Bernie s'éloigna d'elle pour regarder au-dehors. Puis il se retourna et lui lança un regard amer.

— La côte ouest doit avoir quelque chose de magique. Tout le monde finit par y aller... Peut-être devrais-je y atterrir à mon tour.

— Non, ta vie est à New York, Bernard. Tu représentes tout ce qu'il y a d'excitant et de vivant là-bas.

— Pourtant cela n'a pas l'air de te suffire, rétorqua-t-il tristement.

— Ce n'est pas cela... Ce n'est pas toi... Si j'avais voulu quelqu'un de sérieux, si j'avais voulu me marier, c'est toi que j'aurais désiré.

— Je n'ai jamais parlé de cela, protesta-t-il faiblement.

Tous deux savaient cependant qu'il aurait formulé cette idée un jour ou l'autre. C'était son genre et Bernie regrettait de lui apparaître ainsi. Il aurait préféré se montrer plus racé, plus décadent... pour la lancer lui-même dans le cinéma.

— Je ne peux plus rester ici, Bernard.

Isabelle partit bientôt avec le producteur qu'elle avait rencontré exactement au moment qu'elle avait jugé opportun. Trois jours après être revenue de East Hampton, elle fit ses valises, sans omettre d'emporter, dans ses bagages Vuitton, les magnifiques vêtements que Bernard lui avait offerts. Et, après lui avoir laissé un mot, elle s'envola pour Hollywood. Elle prit même avec elle les quatre mille dollars que Bernard gardait dans son bureau. Elle appela cela un petit emprunt et elle était sûre qu'il comprendrait.

La jeune Française passa ses auditions avec succès et, un an plus tard, tous les écrans du pays découvraient son beau

visage. Mais, à cette époque, Bernard n'y pensait déjà
plus. Il avait autre chose en tête et se trouvait entouré de
mannequins, de secrétaires ou de directrices. Il rencontrait
des femmes à Rome, à Milan, hôtesses de l'air ou artistes,
pour les oublier aussitôt, et il se demandait s'il lui
arriverait de retomber amoureux un jour.

Chaque fois que l'on parlait d'Isabelle, il se sentait
comme berné. Elle ne lui renvoya bien sûr jamais l'argent,
ni la montre Piaget dont il ne remarqua la disparition que
plus tard ; pas plus qu'elle ne lui donna de ses nouvelles.
Elle s'était servie de lui et l'avait quitté pour un autre,
comme cela semblait être son habitude. A Hollywood, elle
fit exactement la même chose, profitant du producteur qui
l'avait lancée, puis se tournant vers un autre, plus puissant.

Isabelle Martin irait loin, cela ne faisait aucun doute.

Les parents de Bernard savaient que ce sujet était
devenu tabou pour lui. Après une altercation qui l'avait
fait partir, fou de rage, ils ne lui avaient jamais reparlé de
la jeune femme. Durant deux mois, il n'avait pas remis les
pieds chez eux et sa mère avait été effrayée de ce qu'elle
avait pu lire dans son regard.

Un an et demi plus tard, il avait tout à fait repris sa vie
sentimentale en main. Il y avait aujourd'hui de plus en
plus de noms de femmes sur son carnet de rendez-vous, les
affaires étaient florissantes, le magasin tournait à merveille..

La tête bourrée d'idées excitantes, Bernard descendit
du bus à l'angle de Lexington et de la 64e rue. Beaucoup
de travail l'attendait et il désirait parler à Paul Berman de
ses projets pour l'été. Le front baissé pour se protéger du
vent glacé, il pénétra dans le magasin qu'il contempla avec
fierté. Il se sentait marié... à Wolff. Le magasin était
devenu pour lui une vieille courtisane qui lui portait
bonheur et il lui en était pleinement reconnaissant.

Dans l'ascenseur, il appuya sur le bouton du septième et secoua la neige de son manteau.

— Bonjour, monsieur, lui lança une voix familière au moment où la porte se refermait.

Lorsqu'il arriva à l'étage, Bernard se répéta ce qu'il voulait dire à Paul Berman.

Il était cependant loin de s'attendre à la nouvelle que ce dernier allait lui annoncer plus tard dans la matinée.

2

— Sale journée! laissa échapper Paul Berman en regardant la neige continuer de tomber au-dehors.

Avec ce temps, il n'était pas question de retourner dans le Connecticut et il serait obligé de passer encore une nuit en ville, ayant promis à sa femme de ne pas rentrer au milieu du blizzard.

— Avons-nous des clients? ajouta-t-il, dubitatif.

Les affaires qui continuaient à tourner par des temps pareils l'étonnaient toujours. Les gens avaient vraiment besoin de dépenser leur argent coûte que coûte.

— Aussi étonnant que cela puisse paraître, il y en a quelques-uns. Nous leur avons même installé deux bars où ils peuvent boire du thé ou du chocolat chaud. Nous leur devons bien cela : affronter les intempéries pour venir acheter chez Wolff...

— En fait, ils ont raison. Il est beaucoup plus agréable de faire ses emplettes sans personne dans le magasin.

Les deux hommes échangèrent un sourire de conni-vence. Ils étaient amis depuis douze ans et Bernard n'oubliait pas qu'il devait sa brillante carrière à Paul. C'était lui qui l'avait encouragé à faire des études de commerce puis accueilli chez Wolff. Mieux encore, il lui avait fait confiance, à une époque où personne ne semblait prendre au sérieux les projets de Bernard. N'ayant aucun héritier, Paul avait poussé son poulain à devenir numéro un et à le rester.

Il lui offrit un cigare en demandant :

— Que pensez-vous du magasin, en ce moment ?

C'était le jour idéal pour une de leurs petites conversations. Ils bavardaient souvent ainsi, ce qui menait généralement à formuler de nouvelles idées sur la conduite de l'entreprise. De là vint un jour la décision d'engager une nouvelle directrice de mode, arrachée à Saks, dont le travail s'avéra fort efficace.

— J'ai l'impression que tout baigne dans l'huile, répondit Bernard. Pas vous ?

Sans savoir par où il allait commencer, son patron baissa les yeux et acquiesça.

— Si. C'est pourquoi le comité et moi estimons que nous pouvons nous offrir un petit changement... inhabituel.

— Ah ? s'étonna Bernard, légèrement inquiet.

Chaque fois que Paul évoquait le comité, il se préparait quelque chose de sérieux.

— Vous savez que nous nous apprêtons à ouvrir la succursale de San Francisco, en juin ?

— Oui, pas avant cinq mois. La construction n'en est pas encore achevée.

— Et nous n'avons toujours pas trouvé qui la dirigera.

Soulagé, Bernard ne put réprimer un sourire. Pendant un moment, il avait imaginé que quelque chose allait lui arriver. Mais il savait combien le marché de San Francisco comptait pour Paul. Il y avait beaucoup d'argent là-bas et les femmes achetaient la haute couture comme des petits pains. Il était temps que Wolff participe aux bénéfices. Tout était regroupé à Los Angeles et le comité avait décidé de décentraliser vers le nord.

— Je continue de croire que Jane Wilson serait l'idéal, mais elle ne voudra jamais quitter New York, observa Bernie.

Paul Berman tiqua. Ce serait encore plus difficile qu'il pensait.

— Non, elle n'ira pas, objecta-t-il. Elle n'a pas les épaules assez carrées. Un nouveau magasin a besoin de quelqu'un de fort, qui gardera le contrôle sur tout. Quelqu'un qui a les deux pieds sur terre et des idées novatrices. Jane convient mieux pour ce qui se passe ici.

— Ce qui nous ramène au point de départ. Et si nous embauchions quelqu'un de l'extérieur ou même d'un autre magasin?

L'heure de l'estocade était venue, pensa Paul qui se sentait arrivé à un point de non-retour. Il regarda Bernie droit dans les yeux.

— C'est de vous que nous avons besoin, Bernard.

Bernie blêmit. Paul ne parlait pas sérieusement. son regard, pourtant... Si! Mais il avait déjà assez donné. Trois ans à Chicago lui suffisaient amplement.

— Paul, c'est impossible, lâcha-t-il à la fois incrédule et interloqué. San Francisco... Pourquoi moi?

— Parce que vous avez toutes les qualités que je viens d'évoquer. Vous en avez l'aptitude et nous avons besoin de vous. Nous ne trouverons personne d'aussi bon que vous et cette succursale compte énormément pour Wolff. Vous le savez très bien. Un marché fabuleux nous attend là-bas. Ce sera de la grande classe, de la haute couture et si nous ouvrions la mauvaise porte, ce serait désastreux. Nous ne nous en remettrions pas, Bernie.

Paul le regardait d'un air suppliant.

— Vous devez nous aider en acceptant, insista-t-il.

Bernard s'effondra dans son fauteuil.

— Mais, Paul... Et mon travail ici?

Il haïssait l'idée de quitter New York une nouvelle fois. Il se sentait bien dans cette ville. Partir lui pesait trop, bien qu'il ne voulût pas laisser tomber Paul.

— Vous pourrez revenir souvent, Bernie. Et je vous aiderai. Nous avons besoin de vous là-bas.

— Pour combien de temps?

— Au moins un an. Peut-être deux.

— C'est ce que vous m'avez dit lorsque je suis parti pour Chicago. Seulement j'étais plus jeune à l'époque. J'ai pris du galon depuis et je ne veux plus vivre dans un bled perdu. Je suis déjà allé là-bas et je sais à quoi cela ressemble. C'est une belle ville, mais provinciale au possible.

— Vous aurez Los Angeles pour vous distraire. Mais je vous en prie... Je ne vous demanderais pas cette faveur si nous avions le choix. Et il nous faut envoyer un émissaire sur cette côte le plus vite possible, qui devra superviser la fin des constructions, préparer l'inauguration du magasin, s'occuper de la publicité, etc.

Paul leva un bras impatient.

— Je n'ai pas besoin de vous raconter dans le détail ce qui doit être fait. C'est une responsabilité énorme, Bernard. Ce sera un nouveau magasin et le plus beau que nous aurons, après celui de New York.

Bernie se leva et poussa un long soupir. Après tout, ce n'était pas une matinée tellement agréable et il aurait mieux fait de rester chez lui. Quoique... il aurait fini par atterrir dans ce bureau, de toute façon. Et il savait qu'il n'existait aucun moyen d'aller à l'encontre de la volonté de Paul, une fois que celui-ci avait décidé quelque chose.

— Je vais y réfléchir, laissa-t-il finalement tomber.

— C'est ça, réfléchissez, conseilla Berman, inquiet de ce qu'il lisait dans ses yeux.

— Si je pouvais être sûr que cela ne durerait pas plus d'un an, j'accepterais facilement, hasarda-t-il, l'air piteux.

Paul ne pouvait le lui promettre.

Si le magasin ne tournait pas parfaitement, Bernie ne pourrait pas partir si tôt. Il fallait souvent deux à trois ans de soins attentifs pour mettre sur pied une succursale et il ne voulait pas s'engager pour si longtemps. D'autant moins que San Francisco ne l'attirait pas spécialement.

Paul Berman se leva à son tour.

— Pensez-y, prenez votre temps. Mais je veux que vous sachiez exactement ce que j'attends de vous.

Il ne voulait pas prendre le risque de perdre Bernard, quoi que pût en penser le comité.

— Je ne voudrais surtout pas vous perdre, Bernie, déclara-t-il sincèrement.

— Et moi, je ne voudrais pas vous laisser tomber, enchaîna Bernard.

— Alors nous trouverons un point d'accord, quel qu'il soit, déclara Paul en lui tendant la main. Réfléchissez-y très sérieusement.

A nouveau seul dans son bureau, Bernie, les yeux perdus dans le vague, éprouvait la désagréable impression d'avoir été heurté par un camion. Il ne parvenait pas à s'imaginer vivant à San Francisco. Il aimait trop sa vie à New York. Ce départ serait pour lui comme s'il recommençait à zéro et l'idée d'ouvrir un nouveau magasin, pour prestigieux et exceptionnel qu'il fût, ne l'enchantait pas du tout, parce que cela voulait dire quitter l'endroit où il se sentait si bien.

Malgré les tempêtes de neige et les chaleurs insoutenables de juillet, il aimait y vivre, et la jolie ville de carte postale au bord de la baie ne l'attirait pas le moins du monde. Soudain il repensa à Sheila et sourit. Ce coin était pour elle, pas pour lui, et il se demandait s'il aurait à acheter ses propres bottes de combat avant de s'installer là-bas.

Ces réflexions l'attristèrent profondément et il ne put cacher son état à sa mère, lorsque celle-ci l'appela.

— Qu'y a-t-il, Bernard ?

— Rien, maman. Une journée fatigante, c'est tout.

— Tu es malade ?

— Non, je vais bien. Et vous deux ?

— Encore sous le choc. Nous venons d'apprendre la mort de Mme Goodman. Te souviens-tu d'elle ? Elle te faisait des gâteaux quand tu étais petit.

Pour Bernie, c'était déjà une vieille femme à l'époque,

trente ans auparavant. Sa mort n'avait donc rien de surprenant, mais Ruth aimait à raconter ce genre de choses.

— Alors, que se passe-t-il ? enchaîna-t-elle.

— Rien, maman, je te l'ai dit. Je vais très bien.

— Tu n'en as pas l'air. Tu semblerais plutôt épuisé.

— J'ai eu une dure journée, répéta-t-il, les dents serrées.

« On m'envoie de nouveau en Sibérie... » faillit-il ajouter.

— Mais ça ira mieux demain, dit-il à la place. Alors, ton dîner d'anniversaire tient-il toujours, pour la semaine prochaine ? Où veux-tu aller ?

— Je ne sais pas. Ton père pensait que tu pourrais venir à Scarsdale.

Bernie savait que c'était un mensonge. Son père aimait sortir après les journées harassantes de l'hôpital. C'était toujours sa mère qui voulait le faire venir chez eux.

— Que penses-tu du 21 ? Cela te plairait-il ? Ou préfères-tu quelque chose de français ? La Côte basque peut-être, ou La Grenouille ?

— D'accord pour le 21, lâcha-t-elle, résignée.

— Parfait. Venez donc d'abord chez moi à sept heures pour prendre un verre. Puis nous irons dîner. Cela te va ?

— Amèneras-tu une fille ? hasarda-t-elle, l'air chagrin comme pour lui rappeler qu'il ne leur avait présenté aucune jeune fille depuis Isabelle.

— Pourquoi ?

— Pourquoi pas ? Tu ne nous présentes jamais à tes amies. Aurais-tu honte de nous ?

— Bien sûr que non, maman, rétorqua-t-il en réprimant mal son agacement. Ecoute, je dois partir maintenant. A la semaine prochaine, sept heures chez moi ?

Il savait parfaitement que répéter leur rendez-vous n'empêcherait pas sa mère de lui téléphoner encore trois ou quatre fois d'ici là, juste pour s'assurer qu'il n'avait pas changé ses projets, qu'il avait bien fait les réservations au restaurant ou encore qu'il tenait réellement à ne pas emmener une amie.

— Embrasse papa pour moi.

— Appelle-le de temps en temps. Tu n'y penses plus guère...

Elle lui faisait penser à une de ces blagues à rebondissement qui n'en finissent pas de s'arrêter. Bernie se demanda s'il deviendrait comme elle, si jamais il avait un jour des enfants, ce qui lui semblait bien dangereux, étant donnée l'époque dans laquelle il vivait.

L'année précédente, la fille avec qui il sortait avait cru, l'espace de quelques jours, être enceinte et, pour un temps, il avait réellement considéré le fait de garder cet enfant, simplement parce qu'il avait bien envie d'en avoir un lui aussi. Mais elle s'était trompée et tous deux se sentirent en fait soulagés, Bernard privilégiant sa carrière. Et puis il lui avait toujours paru honteux d'avoir un bébé qui ne serait pas né de l'amour.

Bernard regardait fixement les flocons dansant devant la fenêtre. Quel effet cela lui ferait-il de partir d'ici, de changer d'endroit, de dire adieu à ses nombreuses amies ? Cette pensée le fit presque pleurer au moment où il quitta son bureau, ce soir-là. Une soirée aussi froide et limpide que du cristal...

Il ne tenta pas d'attraper un bus et marcha tout droit, en direction de Madison Avenue, pour continuer vers le haut de la ville, en passant rapidement devant les vitrines illuminées des magasins. La neige avait cessé de tomber, le vent s'était calmé et l'endroit ressemblait à une ville de conte de fées. Il n'y avait même pas eu d'embouteillages à l'heure de pointe et les rues étaient restées d'un blanc immaculé.

Bernie arriva chez lui et prit l'ascenseur. L'idée de quitter New York le révulsait. Il ne pouvait s'imaginer un tel départ. Mais il se rendait à l'évidence qu'il n'y avait pas d'autre issue... à moins de démissionner. Et de cela, il n'était pas question.

Il n'existait pas d'échappatoire, songeait-il, le cœur battant à lui en faire mal. Pas d'échappatoire possible...

3

— Et où iras-tu ? demanda sa mère, interloquée comme si Bernie venait de sortir une ineptie.

Il lui aurait annoncé qu'il partait vivre dans une colonie de nudistes ou qu'il s'apprêtait à changer de sexe, que cela ne l'aurait pas davantage surprise.

— T'a-t-on mis dehors ou simplement rétrogradé ?

— Ni l'un, ni l'autre, maman. Ils me demandent de diriger le nouveau magasin de San Francisco. Ce sera le plus important que nous aurons, New York mis à part.

Il lui sembla qu'il essayait de la persuader, comme s'il tentait encore de se persuader lui-même. Mais, au bout de deux jours, il avait donné sa réponse à Paul, ce qui l'abattait encore plus, malgré la prodigieuse augmentation promise.

Berman n'avait pas omis non plus de lui rappeler qu'il dirigerait lui-même Wolff un jour ; et sans doute pas longtemps après son retour à New York.

Plus important encore : Bernard savait que Paul lui était reconnaissant. Mais la pilule restait dure à avaler. Il avait, de toute façon, décidé de garder son appartement et de le louer pour un an ou deux. Il ne prendrait à San Francisco qu'une location temporaire et avait averti son patron qu'il comptait être rentré à New York au bout d'un an, ce que celui-ci ne lui promit guère. Mais Bernie savait que Paul ferait tout son possible pour cela.

Si cet exil durait dix-huit mois, il pourrait encore le supporter, mais pas davantage. Pourtant, Bernie se garda bien de raconter cela à sa mère.

— San Francisco? Mais c'est plein de hippies, là-bas! Portent-ils d'ailleurs encore des habits?

Il envoya un sourire rassurant à ses parents.

— Mais oui. Et de très chers, en fait. Il faudra que tu viennes voir par toi-même. Voulez-vous assister à l'inauguration?

Ruth regarda son fils comme s'il l'invitait à un enterrement.

— Pourquoi pas? Quand aura-t-elle lieu?

— En juin.

Bernard savait qu'ils devaient partir en juillet pour l'Europe. Il leur restait donc tout le temps voulu pour passer quelques jours sur la côte avant cette date.

— Ecoute, je ne sais pas. Il faut que nous y réfléchissions. Le programme chargé de ton père...

Elle se servait toujours de son mari comme d'un prétexte, ce qui ne semblait pas déranger ce dernier outre mesure. Ce soir-là, pourtant, au 21, il parut soucieux pour son fils. C'était un des rares moments où il avait l'air décontracté et non préoccupé par son travail.

— Est-ce vraiment une promotion pour toi? lui demanda-t-il gravement.

— Oui, papa. Cela représente un travail très important, une grosse responsabilité. Paul Berman et le comité me demandent de m'en occuper personnellement. Mais je dois bien admettre que je préférerais rester à New York.

— As-tu quelqu'un dans ta vie? interrogea sa mère, penchée au-dessus de la table.

— Non, maman, rétorqua-t-il en riant. J'aime New York, c'est tout. Je m'y plais beaucoup. Et j'espère être rentré dans moins de dix-huit mois. Ce ne sera pas trop long. Et puis, il y a pire que San Francisco, j'imagine.

Pour être franc, Bernie ne voyait aucune ville qui pût

être pire, mais il s'efforça de prendre la chose avec philosophie.

— J'aurais pu tomber sur Cleveland ou Miami, ou même Detroit. Je n'ai rien contre ces endroits, mais ils ne sont pas New York.

— Il paraît que San Francisco grouille d'homosexuels, lâcha Ruth, inquiète pour son fils unique.

— Je pense que je suis assez grand, maman... Vous savez que vous allez me manquer, tous les deux.

— Tu ne rentreras pas pendant tout ce temps ? hasarda sa mère, les yeux pleins de larmes.

— Mais si, maman, la rassura-t-il en lui prenant la main. Je reviendrai souvent. Seulement je vivrai là-bas. Et c'est vous qui viendrez me voir. Je compte bien sur votre présence, le jour de l'inauguration. Ce sera vraiment un beau magasin.

Bernard continuait de s'en persuader, en ce début février où il faisait ses bagages. Il dit adieu à ses amis et prit un dernier repas en compagnie de Paul Berman.

Le jour de la Saint-Valentin, trois semaines après qu'on lui eut offert ce travail, il s'envolait pour San Francisco en se demandant ce qu'il faisait de sa vie et en regrettant de ne pas avoir démissionné.

Il quitta New York en plein blizzard et découvrit San Francisco, à deux heures de l'après-midi, resplendissant sous le soleil et baignant dans une douce tiédeur. Arbres et buissons étaient en fleurs et il eut l'impression de se retrouver en mai ou juin à New York. C'était une sensation agréable. Et la chambre qu'il avait retenue à l'hôtel Huntington lui parut tout à fait luxueuse.

Plus important encore : même inachevé, le magasin était déjà superbe. Lorsqu'il appela Paul, le jour suivant, celui-ci parut soulagé de le savoir enfin arrivé et satisfait.

Tout marchait comme sur des roulettes, la construction semblait en bonne voie et les décorateurs étaient sur le pied de guerre, attendant le feu vert pour commencer leur installation. Bernard entra en contact avec l'agence de publicité et se fit interviewer par le journal *Chronicle*. Tout se passait comme prévu et Bernie commençait à prendre ses responsabilités à cœur.

Restait à présent à ouvrir le magasin et à se trouver un logement correct. L'inauguration le préoccupait davantage que le logis et il loua rapidement, sur Nob Hill, un appartement meublé dans un grand immeuble moderne. Ce dernier ne possédait pas les charmes des maisons typiques que Bernard avait aperçues alentour, mais il lui convenait parfaitement et, de plus, se trouvait non loin du magasin.

L'inauguration fut merveilleuse et dépassa tout ce qu'ils auraient pu imaginer. La presse était là et en fit une critique plus que favorable, tandis qu'une magnifique réception eut lieu chez Wolff même, avec des mannequins portant de superbes robes, et d'impeccables serveurs proposant caviar et champagne. Les invités purent danser, se distraire devant divers spectacles et profiter de la liberté de se promener dans le magasin encore fermé à la clientèle.

Bernard fut très fier de cette soirée où se combinaient à la fois classe et décontraction. Elle avait tout le chic de New York, avec l'aisance de la côte ouest. Paul Berman lui-même en fut époustouflé.

Il fallut un cordon de police pour retenir la foule qui déferla le jour de l'ouverture. Même Ruth le félicita en lui assurant que c'était le plus beau magasin qu'elle eût jamais vu et elle raconta, à chaque vendeuse venue l'aider au cours de ses cinq jours d'achat consécutifs, que leur directeur n'était autre que son fils et que, un jour, lorsqu'il rentrerait à New York, il dirigerait une chaîne entière. Elle en était certaine.

Quand ses parents quittèrent San Francisco, Bernie prit soudain conscience de sa solitude. Paul et tous les membres du comité étaient repartis le lendemain de l'inauguration. Brusquement, il se retrouvait seul dans cette ville qu'il connaissait à peine, sans un ami et dans un appartement qui lui sembla hideux et sans âme avec ses tons de gris et de beige, et bien trop lugubre pour le doux soleil de ce Nord californien.

Il regrettait de ne pas avoir loué une de ces jolies maisons de style victorien. Mais, au fond, cela lui importait peu : il passait la plus grand partie de son temps chez Wolff, d'autant qu'en Californie les magasins restaient ouverts sept jours sur sept. Il n'avait, en principe, pas besoin de s'y rendre le week-end mais, n'ayant rien d'autre à faire, il y allait avec plaisir.

« Bernard Stern travaille comme une bête » disait le personnel, et tous tombèrent d'accord pour dire que c'était un homme très agréable. Il attendait beaucoup d'eux, mais plus encore de lui-même et il était difficile de critiquer quelqu'un comme lui.

Il possédait également un sens infaillible de ce qui convenait au magasin, et personne n'osait aller à l'encontre de ses avis. Il était précis et, la plupart du temps, ses choix se révélaient judicieux. Avec l'intuition innée de ce qui marcherait ou non, il était en constante évolution et ajustait son tir à chaque nouvelle information reçue. Il achetait, étudiait, gardait ou renvoyait la marchandise, selon qu'il l'estimait intéressante ou non pour la vente.

Son travail était remarquablement efficace et tous apprirent à l'apprécier à sa juste valeur. Ils s'habituèrent très vite à sa manie de se promener chaque jour dans le magasin pendant plusieurs heures. Il désirait voir ce que portait sa clientèle, ce qu'elle faisait chez Wolff, où elle s'arrêtait, ce qu'elle aimait. Il allait jusqu'à parler aux femmes, aux jeunes filles ou aux hommes seuls qui venaient acheter et s'intéressait même à l'habillement des enfants. Bernard voulait tout savoir et le seul moyen pour cela, prétendait-il, était d'aller « au front ».

Heureux de rencontrer ses clients, il était prêt à leur rendre service autant qu'il le pouvait et le personnel s'habitua rapidement à la présence presque constante parmi eux de cet homme aux cheveux bruns et à la barbe parfaitement taillée, aux yeux verts et aux costumes anglais impeccablement coupés. Jamais il n'avait une parole désagréable et, lorsqu'il désirait un changement quelconque, il s'adressait aimablement à ses employés, leur expliquant calmement ce qu'il attendait.

Le résultat fut qu'ils acquirent rapidement un immense respect pour Bernard. Et, à New York, il suffisait à Paul Berman d'examiner les chiffres de vente pour savoir qu'il se sortait à merveille de son nouveau rôle.

Bernie était en train de donner au Wolff de San Francisco la réputation du meilleur magasin de la chaîne. Il était la bonne fée de l'établissement et, un jour, il reprendrait, avec brio, le flambeau tenu par Paul Berman. Celui-ci en restait persuadé.

4

Le premier mois fut particulièrement agité mais, en juillet, tout rentra dans l'ordre et les vêtements d'automne commencèrent à arriver. Bernie avait prévu plusieurs défilés et même un spectacle qui serait le clou de l'été. L'ouverture de la saison de l'opéra de San Francisco constituait l'événement social le plus important de l'année, et les femmes étaient prêtes à dépenser cinq, sept ou même dix mille dollars pour une seule robe du soir.

Les portemanteaux étaient déjà pleins des tenues de soirée les plus exquises, gardées au secret dans un salon privé du magasin, de façon qu'aucun piratage ne fût tenté avant la présentation à la clientèle. Aucun photographe n'avait donc accès à cette salle qui contenait à elle seule une petite fortune.

C'était à cela que Bernie pensait quand il prit l'ascenseur ce jour de la mi-juillet. Il sortit à l'étage des enfants, pour s'assurer que tous les vêtements, commandés pour la rentrée des classes, étaient bien arrivés et disposés de façon à attirer l'œil des mamans avisées. Il s'entretint quelques instants avec la directrice du rayon, puis avec les vendeuses, ravies d'une visite de leur patron, avant de s'aventurer parmi les étalages. Là, il tomba sur une série de maillots de bain aux couleurs rutilantes, qui devaient être soldés la semaine suivante, et se trouva face à face avec une petite fille aux immenses yeux bleus. Celle-ci le regarda longuement, sans timidité aucune mais sans sourire non plus.

— Bonjour. Comment vas-tu? l'interrogea-t-il tout en se rendant compte de la banalité de sa question.

Mais que dire à une gamine paraissant cinq ans tout au plus?

— Aimes-tu l'école? ajouta-t-il en comprenant qu'au mois d'août cette idée devait être encore loin d'elle. Le magasin te plaît-il?

— Ça va, répondit-elle dans un haussement d'épaules. J'aime pas les barbes...

— Oh, je suis désolé, reprit Bernie, amusé.

C'était le plus joli personnage qu'il eût jamais rencontré. Quelqu'un, avec un amour certain, lui avait tressé deux longues nattes blondes retenues par des rubans roses, assortis à une robe fraîchement repassée. Dans une main, elle portait une vieille poupée, à laquelle elle semblait tenir comme à la prunelle de ses yeux.

— La barbe, ça pique, continua-t-elle sur le même ton.

Bernie s'empressa de se passer la paume sur la joue, et le contact ne lui parut pas vraiment rêche. Mais peut-être que pour une petite fille de cinq ans... A vrai dire, depuis son arrivée à San Francisco, il n'avait guère eu l'occasion de faire tester la douceur de sa peau par une main féminine. Et puis vraiment les femmes de San Francisco n'étaient pas son type. Elles portaient des cheveux longs et tombant de façon indisciplinée sur les épaules et se chaussaient d'horribles sandales qui semblaient effectivement très confortables. Et toutes paraissaient ne pas pouvoir vivre sans le tee-shirt et le jean de rigueur, qui, selon Bernie, étaient en passe de devenir un véritable uniforme. La mode new-yorkaise lui manquait, avec ses hauts talons, ses chapeaux, ses accessoires, ses cheveux parfaitement retenus, ses boucles d'oreilles qui agrémentaient n'importe quel visage, ses fourrures, ses ensembles chics... Ce n'était que des détails frivoles mais qui comptaient beaucoup pour lui. Ainsi vêtues, les femmes

avaient chacune leur personnalité. Ici, elles étaient toutes
pareilles.

— Au fait, je m'appelle Bernie, déclara-t-il en lui
tendant une main qu'elle accepta sans manières. Et toi ?

— Jane. Tu travailles ici ?

— Oui.

— Ils sont gentils avec toi ?

— Très, assura-t-il, incapable d'avouer que ce « ils »
s'appliquait à lui seul.

— C'est bien, parce que là où maman travaille, ils ne
sont pas toujours très gentils. Parfois, ils deviennent
vraiment méchants avec elle.

Son interlocutrice parlait avec un sérieux étonnant et
Bernie eut du mal à réprimer un sourire. Il se demanda
alors où pouvait bien se trouver sa mère. Peut-être l'enfant
s'était-elle perdue, mais l'ignorait encore. Aussi chercha-t-
il à ne pas l'effrayer.

— Ils ne la laissent même pas quitter son travail quand
je suis malade, continua-t-elle, visiblement indignée que
l'on pût agir ainsi avec sa mère. Mais... au fait... Où est
ma maman ?

— Je ne sais pas, Jane, répondit calmement Bernie en
jetant un regard alentour.

Il n'y avait personne d'autre en vue que les vendeuses
auxquelles il s'était adressé un peu plus tôt. La maman de
Jane n'était nulle part.

— Te rappelles-tu où tu l'as vue, la dernière fois ?

— Elle était en train d'acheter des collants, en bas... Je
voulais regarder les maillots de bain, avoua-t-elle, l'air
penaud. Nous allons à la mer, bientôt... Je voudrais un
beau maillot.

Bernie remarqua que la lèvre inférieure de la petite fille
commençait à trembler. Les larmes n'allaient plus tarder.

— Ecoute, allons d'abord chercher ta maman, proposa-
t-il.

— Je ne dois pas partir avec quelqu'un que je ne
connais pas, protesta-t-elle en faisant un pas en arrière.

Bernie fit signe à une vendeuse qui s'approcha silencieusement. Jane avait à présent le plus grand mal à retenir ses pleurs, mais il la trouva fort courageuse.

— Ecoute-moi bien : nous allons tous les deux manger une glace dans le salon de thé du magasin pendant que cette dame ira chercher ta maman. D'accord ?

Après avoir expliqué à la vendeuse où trouver la mère de la petite fille, il jugea plus intelligent de la faire appeler au moyen du haut-parleur général. Il lui fallait donc le nom de cette maman. Jane s'essuyait à présent les yeux avec la robe de sa poupée. S'accroupissant en face d'elle, Bernie lui prit les mains en souriant et demanda :

— Comment s'appelle ta maman ?

— Comme moi.

— Oui, et quel est ton nom de famille ?

— O'Reilly. C'est un nom irlandais, ajouta-t-elle machinalement comme si elle avait entendu mille fois cette réflexion. Moi je suis catholique. Et toi ?

Elle semblait tout à fait fascinée par Bernard, et lui de même. Amusé, il songea qu'elle était peut-être la femme qu'il attendait depuis... trente-quatre ans. C'était en tout cas la plus intéressante qu'il eût rencontrée à ce jour.

— Je suis juif.

— C'est quoi, juif ?

— Cela veut dire que nous fêtons Hanoukka à la place de Noël.

— Est-ce que le Père Noël vient aussi dans la maison ? s'inquiéta-t-elle.

— Nous nous offrons des cadeaux durant sept jours, répondit-il en évitant ainsi de répondre directement à sa question.

— Sept jours ! C'est beaucoup !... Et tu crois en Dieu ? ajouta-t-elle gravement.

Bernard en resta sidéré. Cette enfant était décidément surprenante. Il s'avoua ne pas avoir beaucoup pensé à Dieu, ces derniers temps, mais eut honte de le lui dire.

— Oui, laissa-t-il tomber.

— Moi aussi... Tu crois que ma maman va revenir bientôt ?

— J'en suis certain. Et maintenant, veux-tu de cette glace ? Le salon de thé est tout près d'ici.

Tranquillement, quoique légèrement intriguée, Jane glissa sa main dans celle de Bernard et se mit à marcher à ses côtés, ses nattes blondes lui battant le dos. Il l'aida à s'asseoir sur un des tabourets du bar et commanda pour elle un banana split que la petite accueillit avec un sourire émerveillé. Mais elle avait beau babiller et parler avec lui de son appartement, de la plage ou de l'école qu'elle fréquentait, au regard inquiet qu'elle jetait autour d'elle, on devinait qu'elle était anxieuse de retrouver sa mère. Elle lui raconta également qu'elle voulait un chien, mais que le propriétaire restait opposé à cette idée.

— Il est vraiment méchant, dit-elle, du chocolat plein la bouche. Sa femme aussi. En plus, elle est grosse. — Elle enfourna une cuillerée de glace puis continua : — Les maillots de bain sont très jolis.

— Lesquels préfères-tu ?

— Ceux qui ont un bas et un haut. Maman m'a dit que je n'étais pas obligée de porter le haut, mais je le garde toujours... J'aime bien le bleu et le rose... et le rouge... et le orange.

Elle terminait sa coupe quand il y eut de l'agitation près de l'entrée. Une jeune femme entra en trombe et se précipita vers eux, ses cheveux blonds se balançant sur ses épaules.

— Jane !

Comme sa fille, elle était adorable, bien que ses yeux fussent rougis et gonflés de larmes. Posant en hâte son sac et ses paquets par terre, elle lança un regard furieux à sa fille qui bredouilla :

— Je voulais juste voir les...

— Ne refais jamais cela ! coupa sa mère en l'empoignant par le bras et la secouant quelque peu, avant de la serrer contre elle et de l'embrasser.

Il était clair qu'elle s'était terriblement inquiétée et elle mit longtemps avant d'apercevoir Bernard, debout près d'elles.

— Oh, je suis désolée ! s'excusa-t-elle alors en lui jetant un regard qui lui plut infiniment.

Elle portait un jean, un tee-shirt et des sandales, mais elle lui parut très belle : d'apparence délicate et fragile, elle avait les mêmes immenses yeux bleus que Jane.

— Je m'excuse pour tout le mal que vous vous êtes donné pour nous.

Le magasin entier s'était mis à chercher, les uns la mère, les autres la fille, avant qu'enfin l'on annonçât par haut-parleur que Jane attendait sa maman au salon de thé.

— Je vous en prie, riposta poliment Bernard. Cela a créé un petit divertissement. Et Jane et moi avons passé un très agréable moment ensemble.

— Tu as même mis de la banane plein ta barbe ! s'exclama la petite fille à l'adresse de son protecteur. C'est pour ça que je n'aime pas les barbes...

— Oh, Jane !

— Ce n'est rien, reprit Bernard en s'empressant de s'essuyer le visage. Elle a raison.

L'idée qu'elles devraient bientôt le quitter lui déplaisait fortement. Alors, il décocha à la maman son sourire le plus charmant, ce qui la fit rougir.

— Je regrette sincèrement ce qui s'est passé, insista-t-elle. Merci encore... Puis, se ravisant : — Je m'appelle Elizabeth O'Reilly.

— Et vous êtes catholique, enchaîna Bernie pour l'étonner. Jane et moi avons eu une très sérieuse conversation à ce sujet.

— Et lui, il est... s'empressa d'ajouter la petite qui s'arrêta net. Qu'est-ce que tu es, déjà ?

— Juif.

— Et ils ont sept Noël ! ajouta-t-elle, très impressionnée, devant les deux adultes qui riaient. C'est vrai ! C'est ce qu'il m'a dit ! Hein, c'est vrai ?

— Mais oui, acquiesça Bernie. Cela s'appelle Hanoukka.

A vrai dire, cela faisait des années que Bernard n'avait pas pratiqué ou mis les pieds à la synagogue. Mais quelque chose d'autre le troublait : est-ce que Mme O'Reilly était réellement catholique et, surtout, y avait-il un M. O'Reilly ? Il n'avait même pas eu l'idée de le demander à Jane et celle-ci ne lui en avait pas parlé.

— Je ne saurais vous remercier assez, articula Elizabeth en regardant sa fille comme un trésor retrouvé.

Celle-ci n'avait d'ailleurs plus les doigts crispés sur sa poupée et avait l'air fort à l'aise, à présent.

— Ils ont de beaux maillots de bain, tu sais, maman, hasarda-t-elle.

Secouant négativement la tête, sa mère tendit la main à Bernard.

— Merci encore de vous être ainsi occupé d'elle... Allons, viens, nous devons rentrer maintenant.

— Est-ce qu'on peut regarder les maillots, avant de partir ?

— Non, déclara fermement sa mère en lui demandant de faire plutôt ses adieux à Bernard.

Jane lui serra la main à son tour et le gratifia d'un sourire ensoleillé.

— Tu as été gentil et la glace était très bonne. Merci beaucoup.

Les regardant descendre par l'escalator, Bernard vit disparaître les rubans roses et eut la sensation désagréable de perdre soudain les seules amies qu'il avait à San Francisco.

Il alla remercier ses employées de leur aide et, à l'instant où il s'apprêtait à prendre l'ascenseur, son regard fut attiré par les petits maillots de bain. Il en choisit trois dans la taille six ans, un orange, un rose et un bleu, qu'il assortit de petits chapeaux de plage, auxquels il ajouta une robe bain-de-soleil. Enfin, il se dirigea vers une caissière à qui il demanda si l'ordinateur possédait le nom de O'Reilly, avant d'ajouter :

— Je ne sais pas si elle possède une carte de crédit du magasin et quel est le nom de son mari.

Bernard se prit même à espérer qu'elle n'eût pas de mari et le verdict tomba en sa faveur. La caissière lui confirma alors qu'Elizabeth O'Reilly venait d'ouvrir un compte chez Wolff et habitait Vallejo Street, à Pacific Heights.

— Parfait, observa-t-il en notant bien visiblement le numéro de téléphone et l'adresse sur un bloc-notes et non sur son carnet de rendez-vous.

Puis il ordonna que les vêtements soient envoyés à Mlle Jane O'Reilly, en les faisant passer sur son compte personnel. Au paquet, il joignit une carte où il écrivit simplement ceci :

« Merci pour ce sympathique moment ensemble. J'espère te revoir bientôt. Ton ami, Bernard Stern. »

Le sourire aux lèvres, il regagna son bureau d'un pas léger, convaincu qu'en toute rencontre il y avait du bon.

5

Les maillots de bain arrivèrent un mercredi après-midi et Elizabeth appela Bernie le jour suivant, pour le remercier.

— C'est trop gentil, vous n'auriez pas dû. Jane parle encore du banana split et du bon moment qu'elle a passé avec vous.

Liz O'Reilly avait une voix très jeune et Bernie, en l'écoutant, revoyait flotter sur ses épaules sa blonde chevelure.

— Je l'ai trouvée très courageuse, vous savez. Quand elle s'est rendu compte qu'elle vous avait perdue, elle a eu très peur, mais a gardé son sang-froid. Pour une petite fille de cinq ans, bravo !

— Je dois reconnaître qu'elle est gentille, répondit Liz, flattée.

Bernie mourait d'envie d'ajouter « sa mère aussi », mais se retint.

— Le maillot lui va-t-il ?

— Les trois lui vont à merveille. Elle s'est pavanée avec, toute la soirée d'hier. Et ce matin, elle en porte même un sous sa robe... En ce moment, elle est au parc avec des amis. Quelqu'un nous a prêté une maison à Stinson Beach. Jane a donc tout ce qui lui faut pour la plage... Je vous remercie beaucoup.

Elizabeth ne savait plus que dire et Bernie cherchait désespérément quelque chose à ajouter.

— Pourrais-je... pourrions-nous nous revoir ?

Ces quelques mots lui semblèrent ridicules et la réponse de Liz l'étonna.

— J'aimerais beaucoup.

— Vraiment ?

— Vraiment, reprit-elle en riant. Voudriez-vous venir un après-midi à Stinson Beach ?

La jeune femme lui paraissait tellement simple et naturelle qu'il lui en fut reconnaissant.

— Avec plaisir. Combien de temps y resterez-vous ?

— Deux semaines.

Bernie fit un rapide calcul. Il pouvait bien, pour une fois, prendre son samedi après-midi. Rien ne l'en empêchait.

— Je pourrais venir samedi prochain.

Ce n'était que dans deux jours et ses paumes devinrent moites, rien que d'y penser. Liz réfléchit un instant, s'assurant qu'elle n'avait invité personne ce jour-là.

— Cela me semble bien... parfait, même.

Liz se surprit à sourire pour elle-même. Cet homme avait l'air gentil, il s'était parfaitement comporté avec Jane. Il ne semblait pas être homosexuel et ne portait pas d'alliance.

— Au fait, ajouta-t-elle, vous n'êtes pas marié ?

Cela ne coûtait rien de demander. Il valait mieux le savoir tout de suite que le découvrir plus tard.

— Grand Dieu, non ! Quelle idée !

— Vous êtes peut-être allergique au mariage ?

— Non. Je travaille simplement beaucoup.

— Cela n'a rien à voir, lâcha-t-elle en toute franchise.

Elle avait ses propres raisons de ne pas se remarier. Chat échaudé craint l'eau froide... Mais elle avait au moins essayé. Et lui avait peut-être tenté cette expérience également.

— Etes-vous divorcé ?

64   LA BELLE VIE

— Non, je ne suis pas divorcé. Oui, j'aime les femmes. J'ai eu deux aventures dans ma vie et tout va bien pour moi aujourd'hui. Je n'ai simplement pas beaucoup de temps à offrir : j'ai passé dix ans à me concentrer sur ma carrière.

— Vous devez parfois vous sentir seul, affirma-t-elle come si elle le comprenait déjà. Heureusement pour moi, j'ai Jane.

— Oui, vous avez de la chance.

Puis Bernard demeura silencieux et décida de garder ses autres questions pour Stinson Beach, quand il pourrait enfin admirer son visage, ses yeux, ses mains. Il n'aimait pas trop découvrir quelqu'un par téléphone.

— A samedi, donc. Puis-je apporter quelque chose ? Un pique-nique ? Du vin ? Un produit du magasin ?

— Oh oui ! Un manteau de vision ferait parfaitement l'affaire.

En riant, Bernie raccrocha et se sentit transporté de joie, durant toute l'heure qui suivit. Liz possédait ce genre de voix chaude qui lui plaisait. Elle ne faisait pas partie de ces femmes qui détestent les hommes, ou plutôt n'en avait pas l'air. Elle n'avait d'autre part rien à prouver.

Bernie attendait avec impatience cet après-midi où il la retrouverait et, le vendredi soir, il passa par le rayon « épicerie fine » du magasin pour s'y procurer quelques gourmandises à offrir. Il acheta une énorme sucette en forme d'ours pour Jane et une boîte de truffes au chocolat pour Liz, deux fromages et des baguettes en provenance de France, une petite boîte de caviar, un pâté de foie et des marrons glacés.

Le matin suivant, vers dix heures, il se doucha, se rasa, passa un jean et un vieux tee-shirt bleu, enfila des tennis et sortit son blouson de cuir du placard. Bernie avait apporté tous ces vêtements de New York pour les mettre sur le chantier, durant la construction du magasin, et en trouvait enfin l'utilisation pour la plage.

Au moment où, ses sacs de provisions en main, il

s'apprêtait à partir, la sonnerie du téléphone retentit. Il ne voulut pas répondre, mais se ravisa en pensant que ce pouvait être Elizabeth.

— Oui?

— Ce n'est pas une façon de répondre au télépone, Bernard.

— Ah, bonjour maman. J'étais en train de partir.

— Pour le magasin?

L'interrogatoire commençait.

— Non, à la plage. Je vais voir des amis.

— Je les connais?

Ce qui, une fois traduit, donnait : « Est-ce qu'ils me plairaient? »

— Je ne crois pas, maman. Tout va bien?

— Très bien.

— Bon. Dans ce cas, je te rappellerai ce soir ou demain. Je dois me dépêcher.

— Cela doit être quelqu'un d'important, pour que tu n'aies pas le temps de parler à ta mère? Est-ce une fille?

Non, une femme. Et puis, il y avait Jane.

— Non, seulement des amis.

— Tu ne t'aventures pas avec des garçons, j'espère, Bernard?

Mon Dieu! Il n'eut qu'une envie : lui répondre que si, justement, il sortait avec ces garçons qu'elle redoutait, rien que pour la contrarier.

— Non, maman, non. Ecoute, je te parlerai plus tard.

— Entendu, entendu... Et n'oublie pas de porter un chapeau au soleil.

— Embrasse papa pour moi.

Agacé, Bernie raccrocha et sortit en vitesse de son appartement, avant que Ruth le rappelle pour lui dire de faire attention aux requins. Sa manie était de mettre en garde contre les mille et un dangers qui le guettaient, de l'hydrocution aux hémorroïdes. La liste était sans fin. Il était agréable d'avoir quelqu'un pour veiller ainsi sur lui, mais pas au point où en arrivait sa mère.

Dix minutes plus tard, il se trouvait sur le Golden Gate Bridge, se dirigeant vers le nord. Jamais encore il n'était allé à Stinson Beach et il aimait les routes aux virages serrés qui bordaient la falaise plongeant sur le Pacifique. Bernard traversa la petite agglomération et chercha l'adresse que lui avait indiquée Liz. Elle habitait dans une résidence privée et il dut donner son nom au garde qui en protégeait l'entrée. La sécurité mise à part, l'endroit ne paraissait pas trop collet monté, mais plutôt familial, comme à Long Island ou au Cap Code, et possédait un charme certain.

Arrivé devant la maison, il aperçut dans le jardin de devant, un tricycle et un vieux cheval de bois qui semblaient se trouver là depuis toujours.

Bernard gara sa voiture, sonna et vit apparaître Jane portant, au-dessus de son maillot, la robe qu'il lui avait offerte. Les bras ouverts, elle se précipita vers lui.

— Bonjour, Bernie ! J'adore mon nouveau maillot.

— Il te va merveilleusement. Je suis sûr que l'on pourrait t'employer comme mannequin, au magasin. Où est ta maman ? Ne me dis pas que tu l'as encore perdue.

Jane éclata de rire, ce qui lui alla droit au cœur.

— Cela t'arrive-t-il souvent ? ajouta-t-il.

— Seulement dans les boutiques... parfois.

— Que se passe-t-il dans les boutiques ? demanda Elizabeth en passant la tête à la porte. Bonjour. Avez-vous fait bon voyage ?

— Magnifique, répondit Bernard, sincèrement heureux.

— Tout le monde ne dit pas cela, en arrivant ici. La route tourne horriblement.

— Et j'ai toujours mal au cœur, renchérit Jane.

— Tu devrais t'asseoir devant, avec les vitres baissées, conseilla Bernie.

— C'est ce que je fais.

— Manges-tu quelque chose avant de partir ? Non, pas du banana split, bien sûr !

Alors, se souvenant de ce qu'il portait dans son sac, il en sortit la sucette qu'il tendit à la petite fille et donna le reste à Liz.

— Pour vous deux. Quelques gourmandises qui viennent du magasin.

Liz sembla à la fois surprise et touchée, tandis que Jane poussait un cri de plaisir en saisissant l'ours qui était plus grand que sa poupée.

— Je peux le manger tout de suite, maman? S'il te plaît! Juste une oreille...

— D'accord, d'accord. Mais pas trop. On va bientôt déjeuner.

— Elle est vraiment mignonne, glissa Bernie à Liz.

La vue de la petite fille lui rappelait soudain qu'il y avait, quelque part, un vide dans sa vie. Une place pour un enfant, peut-être.

— Elle vous adore, répliqua sa maman.

— Les glaces et les bonbons y font beaucoup. Je ne suis peut-être que l'étrangleur de Boston.

Il suivit Elizabeth dans la cuisine et l'observa qui ouvrait les paquets. En apercevant le caviar et les truffes, elle ne put retenir un cri de surprise ravie.

— Bernie, il ne fallait pas. Toutes ces bonnes choses, mon Dieu! Regardez-moi ça!

Montrant le même plaisir enfantin que sa fille, elle ouvrit la boîte de truffes, en offrit à Bernie et en glissa une dans sa bouche. Elle était si gracieuse, si jolie. Aujourd'hui, elle avait tressé ses cheveux en une natte blonde et ses yeux étaient assortis à la chemise bleu délavé qu'elle portait sur un short blanc découvrant ses longues jambes bronzées. Bernie remarqua à ce moment que ses ongles de pied étaient recouverts de vernis, seule coquetterie qu'elle se permettait. Elle n'avait ni rouge à lèvres, ni maquillage et il la trouvait parfaite ainsi.

C'était une très jolie fille, mais qui savait rester naturelle et cette allure plaisait à Bernard. Elle ne ressemblait pas à une briseuse de cœurs, mais avait, au contraire, le don de réchauffer ceux qui se sentaient esseulés.

Liz se pencha pour attraper les deux bouteilles de vin et releva la tête en affichant un sourire éclatant.

— Vous nous avez terriblement gâtées, Bernard. Je ne sais que dire...

— Cela fait tellement plaisir de rencontrer de nouveaux amis. Je n'en ai pas beaucoup ici.

— Depuis combien de temps êtes-vous là ?

— Cinq mois.

— Vous venez de New York ?

— J'y ai vécu toute ma vie, mis à part trois ans à Chicago, il y a longtemps.

— Je viens moi-même de Chicago, reprit-elle étonnée. Pourquoi êtes-vous parti là-bas ?

— Baptême du feu. Pour y diriger un magasin... Et maintenant je suis là.

Pour lui, c'était encore une punition, bien qu'atténuée depuis qu'il connaissait Liz. L'aidant à porter des bières, il la suivit au salon. La maison était petite et le sol recouvert de tapis de paille. Les sièges étaient en toile bleu délavé et partout traînaient de gros coquillages. C'était une habitation banale, qui aurait pu se trouver n'importe où, à East Hampton ou à Malibu. Mais la vue était splendide : une immense plage, la mer à perte de vue et, à gauche, San Francisco à flanc de colline, étincelant au soleil.

Spectacle merveilleux et... fille merveilleuse. Elle lui proposa un fauteuil, s'installa dans le canapé en ramenant ses jambes sous elle.

— Et la région vous plaît-elle ?

— Oui, mais je dois avouer que je n'en ai pas vu beaucoup. Le magasin m'occupe trop. Cependant, j'aime beaucoup le climat. Lorsque j'ai quitté New York, il neigeait et, arrivé ici cinq heures plus tard, j'ai trouvé le printemps. Il faut reconnaître que c'est agréable.

— Mais... ?

En souriant, Liz l'invitait, d'une manière bien à elle, à la confidence. Bernie éprouva la soudaine impression qu'il devait être formidable de l'avoir pour amie. Mais il ne désirait pas obtenir seulement de l'amitié de sa part. Ses sentiments allaient plus loin. Il y avait chez cette femme quelque chose qui l'attirait irrésistiblement, d'une façon subtilement sexuelle, qu'il ne parvenait pas à définir. Sans doute étaient-ce les courbes de sa poitrine sous sa chemise délavée ou sa manière de pencher la tête. Il désirait la toucher, lui prendre la main, embrasser ses lèvres pleines qui lui souriaient. Il n'arrivait même plus à écouter ce qu'elle lui racontait.

— Vous devez vous sentir seul, sans amis. La première année, j'ai détesté me trouver ici.

— Mais vous êtes restée, lui fit-il remarquer, intrigué.

Tout ce qu'elle pouvait lui apprendre sur sa vie l'intéressait, le passionnait même. Il voulait en savoir davantage.

— Oui. Je n'avais pas le choix. Je n'avais pas de parents chez qui aller. Ils sont morts dans un accident de voiture, l'année où je terminais mes études à l'université.

Au rappel de ces souvenirs, ses yeux s'embuèrent et Bernie tressaillit.

— Cela m'a rendue très vulnérable. C'est ainsi que je suis tombée follement amoureuse de la vedette de la pièce que nous jouions, au cours de théâtre.

Malgré sa tristesse, Liz s'étonna de pouvoir se confier si naturellement, elle qui d'habitude ne s'épanchait auprès de personne, pas même ses amis. Mais, sans qu'elle sût pourquoi, il lui semblait facile de parler à Bernard. Ensemble, ils regardèrent Jane qui jouait dehors devant la fenêtre et, soudain, elle eut l'envie d'être franche envers cet homme qui l'écoutait avec tant d'attention. Elle n'avait, de toute façon, rien à perdre. Si ce qu'elle lui racontait ne lui plaisait pas, il ne l'appellerait plus mais, au moins, tout serait clair entre eux. Liz était fatiguée de ces fausses situations qui s'installaient entre deux personnes dès l'instant où elles se rencontraient.

Plongeant ses grands yeux bleus dans ceux de Bernie, elle poursuivit :

— Je me trouvais à Northwestern pour y étudier le théâtre. C'était l'été qui suivait la mort de mes parents et je me sentais si mal... dans un état second, si triste. Je n'avais plus personne à qui parler et ce garçon m'a complètement tourné la tête. Il était très beau et particulièrement gentil avec moi. Je me suis retrouvée enceinte, juste avant la remise des diplômes. Il m'a alors promis de m'épouser. Quelqu'un lui ayant proposé un petit rôle à Hollywood, il est parti là-bas et je l'ai suivi. Je n'avais pas d'autre choix, un avortement étant, pour moi, absolument hors de question.

Baissant les yeux, Liz se leva, se rassit au bord du canapé et continua :

— J'ai donc rejoint Chandler, même si les choses n'étaient plus aussi roses qu'au début. Ma grossesse ne l'emballait pas, c'était le moins que l'on puisse dire. Mais je l'aimais encore tellement que je pensais que tout allait s'arranger. Je suis donc arrivée en stop à Los Angeles et là, j'ai retrouvé Chandler. Chandler Scott. Son vrai nom était Schiavo, mais il l'avait changé pour Scott, qui faisait plus américain. Il n'a finalement pas obtenu ce que Hollywood lui avait promis et il s'est mis à courir les petits rôles et... les starlettes, pendant que je travaillais dans un bar et grossissait à vue d'œil. Nous avons fini par nous marier, trois jours avant la naissance de Jane puis... Chandler a disparu.

Les larmes aux yeux, Liz leva la tête en direction de sa fille qui jouait tranquillement dans le sable. Le regard dans le vague, elle se souvint :

— Elle avait cinq mois quand il a téléphoné, pour annoncer qu'il avait trouvé un travail dans l'Oregon. J'ai découvert par la suite qu'en fait il avait été en prison. On aurait dit que le fait d'être marié lui faisait tellement peur qu'il avait préféré disparaître. Mais, plus tard, je me suis rendu compte qu'il avait trempé dans toutes sortes d'affaires louches. Il s'est effectivement fait prendre en train d'écouler des objets volés, puis il s'est fait arrêter pour cambriolage. Cela ne l'a pas empêché de réapparaître lorsque Jane avait neuf mois, pour vivre quelque temps avec nous et se volatiliser à nouveau. Ma fille avait alors un an. C'est à ce moment que j'ai compris qu'il se trouvait en prison. Alors, j'ai demandé le divorce, avant de m'installer à San Francisco et, depuis ce temps, je n'ai plus reçu aucune nouvelle de lui... Dès le début, il a mené une double vie. Je n'ai jamais rencontré quelqu'un d'aussi convaincant. Si je le retrouvais aujourd'hui, je ne retomberais pas dans ses bras, mais... il savait si bien s'y prendre que c'en est attristant. Enfin... J'ai repris mon nom de jeune fille le jour de mon divorce et me voilà à présent seule ici avec ma petite...

En l'écoutant achever son récit, Bernie pensa que n'importe qui d'autre qu'Elizabeth serait encore prostré, en train de se lamenter sur son passé. Mais elle avait tenu le coup, et bien. Elle paraissait saine et heureuse et avait, ce qui ne gâchait rien, une ravissante petite fille.

— Aujourd'hui, je n'ai plus que Jane. Elle est ma seule famille. Finalement, je crois que j'ai eu de la chance.

— Et que pense Jane de tout ceci?

— Rien. Elle croit qu'il est mort. Je lui ai raconté que c'était un très bel acteur, que nous nous étions mariés après nos études, puis qu'il était mort lorsqu'elle avait un an. Elle ignore tout du reste et nous ne le reverrons jamais. Alors pourquoi en parler? Dieu seul sait où il se trouve. Il passera peut-être le restant de sa vie en prison et notre cas ne l'intéresse pas plus maintenant qu'auparavant. Je préfère laisser à Jane quelques illusions, au moins pour le moment.

— Je pense que vous avez raison.

Son admiration pour Liz allait grandissant. C'était une fille intelligente, qui s'était parfaitement tirée de ce mauvais pas, en s'arrangeant pour que, grâce à l'amour qu'elle lui apportait, son enfant n'en souffre pas. Jane avait une vie tout à fait normale, était pleine de cœur et de courage et, de plus, mignonne à croquer.

La jeune femme avait tourné la page et s'était fait une nouvelle vie. La Californie représentait l'endroit idéal pour tout oublier et repartir de zéro.

— A présent, je suis enseignante, expliqua-t-elle, le visage auréolé d'un sourire retrouvé. Mes parents avaient une petite assurance vie. J'ai utilisé cet argent pour suivre des cours du soir durant un an et obtenir de bonnes références. J'adore mon métier et mes élèves sont charmants. Jane fréquente la même école et je paie ainsi moins cher. C'est d'ailleurs ce qui m'a décidée à enseigner. Je voulais lui offrir des études décentes et une école privée m'aurait coûté une fortune. Tout est bien qui finit bien.

Au lieu de lui conter un cauchemar, Liz venait d'offrir à Bernard le récit d'un beau succès. C'était remarquable. Elle avait arraché la victoire à la seule force du poignet et de l'âme et il comprit aisément la rage qui avait dû l'animer. Chandler Scott, ou quel que fût son vrai nom, ne représentait que la version masculine d'Isabelle Martin, excepté que cette dernière ne finirait jamais en prison.

— J'ai moi-même été lié avec un personnage de ce genre, il y a quelques années, avoua-t-il. Une ravissante Française, un mannequin rencontrée au magasin. Pendant un an, elle m'a mené par le bout du nez, mais je n'en ai pas tiré une jolie petite fille.

Bernard jeta un sourire dans la direction de Jane, puis vers Liz, assise en face de lui.

— Je me suis retrouvé dupé et, pour tout arranger, délesté de quelques milliers de dollars et d'une montre que m'avaient offerte mes parents. Ah, elle était rusée. Un producteur lui avait proposé une carrière dans le cinéma et je les ai trouvés dans les bras l'un de l'autre, sur le pont de son yacht. J'imagine que cette sorte de gens sévit partout. Mais cette histoire aura au moins eu pour mérite de m'apprendre à me méfier des personnes que je fréquente. Depuis, je n'ai jamais été aussi intime avec aucune femme et cela remonte à trois ans... En repensant aux erreurs que j'ai commises, je me demande parfois comment j'ai pu être aussi fou, aussi inconscient.

Elizabeth se mit à rire.

— Vous pouvez le dire! Moi non plus, je n'ai connu personne depuis deux ans. Aujourd'hui encore je fais très attention. J'adore mon travail, mes amis. Quant au reste... Je m'en passe fort bien.

Bernard trouva dommage de l'entendre parler de la sorte.

— Peut-être vaudrait-il mieux que je m'en aille, lâcha-t-il, ironique.

Tous deux éclatèrent de rire et Liz se leva pour aller chercher la quiche préparée à son intention. Quand elle ouvrit la porte du four, une bonne odeur lui chatouilla les narines.

— Hum! ça sent bon! s'exclama-t-il.

— Merci. J'aime beaucoup cuisiner.

Ce disant, Liz apporta une salade composée qu'elle servit avec tout le style d'un serveur du 21, à New York. Puis elle lui versa un bloody Mary et alla taper à la fenêtre pour appeler sa fille. Celle-ci arriva, radieuse, tenant sa sucette à laquelle manquait une oreille.

— Peut-il toujours t'entendre? lui demanda Bernie.

— Quoi? Oh, oui... Après, je mangerai son nez.

— Le pauvre, il aura bien mauvaise mine, cette nuit. Il me faudra t'en acheter un autre.

— C'est vrai? fit Jane, aux anges.

Liz avait mis le couvert sur des sets de couleur saumon et décoré la table de fleurs de même couleur.

— Je me plais beaucoup ici. Nous y passons des vacances tellement agréables. Cette maison appartient à l'un des professeurs de l'école où j'enseigne. Son mari, qui est architecte, l'a construite il y a plusieurs années et, chaque été, ils partent sur la côte est rendre visite à leurs parents. Voilà pourquoi ils me laissent habiter ici, durant leur absence. C'est pour nous le meilleur moment de l'année. N'est-ce pas, Jane ?

L'enfant acquiesça avec un sourire.

— Tu aimes aussi cette maison ? interrogea-t-elle.

— Beaucoup.

— Est-ce que tu as vomi en venant ici ? continua-t-elle comme fascinée par le personnage qu'elle avait devant elle.

Bernard aimait son côté ingénu et franc. Elle tenait certainement ces qualités de Liz et lui ressemblait beaucoup. C'était la version miniature de sa mère.

— Non. On ne sent rien quand on conduit, tu sais.

— C'est ce que dit maman. Elle ne vomit jamais.

— Jane, s'il te plaît, laissa tomber sa mère, l'air sévère.

Bernie les regardait vivre et se sentait heureux en leur présence. Cet après-midi se passait délicieusement. Après le repas, ils partirent se promener le long de la plage, Jane caracolant devant eux, à la recherche de coquillages.

Le jeune directeur songea alors que la vie ne devait pas être facile tous les jours pour elles. Il lui semblait difficile de se retrouver seule avec une enfant, mais Liz ne s'en plaignait pas le moins du monde. Elle paraissait même se plaire ainsi.

Il lui parla de son travail au magasin, lui disant combien il aimait Wolff et combien il avait désiré lui-même enseigner. Mais son rêve avait changé de direction. Il lui raconta également son aventure avec Sheila, sans lui cacher qu'elle lui avait laissé le cœur brisé.

En marchant, il se mit à étudier Liz. Elle était nettement plus petite que lui et il trouvait cela charmant.

— J'ai l'impression de vous connaître depuis des années. C'est étrange, n'est-ce pas ?

— Vous êtes un homme bon, dit-elle. Je l'ai vu tout de suite.

— Merci pour le compliment, souffla-t-il, heureux.

— Je m'en suis aperçue à la façon dont vous vous adressiez à Jane. Elle n'a fait que parler de vous, sur le chemin du retour, comme si vous étiez devenu son meilleur ami.

— J'aimerais bien l'être.

Il chercha les yeux de Liz, qui lui sourit.

— Regardez ce que j'ai trouvé ! s'exclama Jane en se précipitant vers eux. Un magnifique coquillage tout rose, et pas abîmé du tout !

— Fais voir, demanda Bernie en se penchant vers elle et lui tendant la main.

Jane y déposa son trésor.

— Splendide !

— C'est pour toi. Je te le donne.

— Oh, merci, fit-il, touché. — Il se tourna vers Liz et ajouta, à contrecœur : — Je crois que je devrais rentrer, maintenant.

— Voulez-vous rester grignoter avec nous, ce soir ? Nous mangerons des hamburgers.

Liz faisait attention à ce qu'elle dépensait et tenait parfaitement son budget. Cela avait été difficile au début, mais elle avait su s'adapter. Elle cousait elle-même les robes de Jane, savait tout faire de ses dix doigts, même le pain et, grâce à ses amis qui lui prêtaient cette maison, elle n'avait besoin de rien de plus. Et à présent il y avait Bernie... et les cadeaux qu'il offrait à sa fille.

— J'ai une meilleure idée, suggéra-t-il en se souvenant d'un restaurant repéré sur la route. Si je vous emmenais dîner dehors ? Mais... est-ce qu'ils me laisseront entrer dans cette tenue ?

— Vous me semblez très correct, remarqua Liz, amusée.

— Alors, qu'en dites-vous ?

— Oh, maman ! Dis oui, s'il te plaît ! Je veux y aller ! supplia Jane.

Cette idée ne déplaisait pas non plus à Liz, qui accepta l'invitation avec chaleur. Une fois rentrés, pendant que la petite fille se changeait, la jeune femme proposa une bière à Bernie, qui refusa poliment.

— Je ne suis pas un gros buveur, vous savez.

Elizabeth parut soulagée par cet aveu. Elle détestait sortir avec des hommes qui prétendaient la faire boire : Chandler, par exemple.

— C'est drôle comme certaines personnes arrivent à être contrariées si vous ne buvez pas autant qu'elles.

— Je crois qu'elles se sentent menacées, précisément parce qu'elles boivent trop.

La présence de Bernie lui semblait tellement agréable et si facile, qu'elle ne voulait plus le voir partir. Ce soir-là, ils passèrent un merveilleux moment ensemble. Le Sand Dollar avait le charme d'un vieux saloon, où les gens venaient pour boire un verre au bar ou déguster d'énormes steaks ou du homard au beurre fondu.

Liz expliqua que c'était le seul restaurant de la ville, le seul endroit où l'on pouvait se retrouver pour une bonne soirée. Heureusement, la nourriture y était excellente et même Jane se jeta sur son assiette. Il ne leur arrivait pas souvent de manger si abondamment et, sur le chemin du retour, elle s'endormit dans la voiture. Bernard la porta dans la petite chambre d'amis où elle passait ses nuits et l'installa doucement sur son lit. Liz couchait dans la pièce voisine.

A pas de loup, ils retournèrent au salon.

— Je crois que je suis en train de tomber amoureux d'elle, avoua Bernard.

— Croyez bien que c'est réciproque. Nous avons passé une excellente soirée.

— Moi aussi.

Il se dirigea vers la porte, avec l'irrésistible envie d'embrasser la jeune femme, mais il pensa qu'il était encore trop tôt. Il l'aimait déjà tellement qu'il ne voulait pas lui faire peur.

— Rentrez-vous bientôt à San Francisco ?

— Dans deux semaines, je pense. Mais revenez samedi prochain, proposa-t-elle soudain. Ce n'est pas si loin, pour vous. En quarante minutes vous êtes ici, si vous supportez de conduire sur cette route qui zigzague. Nous dînerons tôt et, ainsi, vous ne repartirez pas trop tard. Vous pourrez même rester là, si vous le désirez. Je vous donnerai la chambre de Jane et elle dormira avec moi.

Bernie aurait cent fois préféré que ce fût lui qui dormît près d'elle, mais il n'en dit mot, même sous forme de plaisanterie. Une proposition de ce genre ne serait pas la bienvenue et il ne voulait surtout pas mettre en danger leur amitié toute neuve. Il faudrait agir non moins délicatement avec Jane, dont la vie restait entièrement liée à celle de sa mère. Elle se trouvait tout le temps avec eux et il devait prendre cet important détail en considération. Il n'était pas question de la heurter.

— Cela me ferait très plaisir, à condition que je parte du magasin à une heure décente.

— À quelle heure quittez-vous votre bureau? chuchota-t-elle pour ne pas réveiller sa fille.

— Entre neuf et dix heures, chaque soir, avoua-t-il en riant. Mais je suis ainsi, ce n'est la faute de personne. Je travaille sept jours sur sept.

— Ce n'est pas une façon de vivre, murmura Liz sur un ton de reproche.

— Je n'ai rien d'autre à faire, admit-il, honteux.

Mais peut-être qu'à partir de maintenant, il aurait mieux à faire... avec elles.

— Je vais tâcher de changer cela, à partir de la semaine prochaine, fit-il. Je vous appellerai.

Liz l'espérait bien. Le commencement d'une relation, bien que souvent plein de promesses et de rêves, se révélait toujours si délicat. Mais, avec lui, cela avait été presque facile. Bernard était l'homme le plus gentil qu'elle eût rencontré depuis longtemps... très longtemps. Elle l'accompagna à sa voiture.

Le ciel regorgeait d'étoiles. Elle les admira longuement, puis baissa les yeux vers celui qui la regardait intensément.

— Cette journée a été merveilleuse, Liz.

Il l'avait trouvée si franche, si chaleureuse. La jeune

femme lui avait même raconté la vérité sur la naissance de Jane, sur son mariage désastreux avec Chandler Scott. Il en savait déjà beaucoup sur elle et l'idée de la connaître un peu dès le début lui faisait plaisir.

— J'ai hâte de vous revoir, ajouta-t-il en tendant la main vers la sienne.

Liz garda quelques secondes les doigts serrés autour des siens, avant qu'il se glisse dans sa voiture.

— Moi aussi, murmura-t-elle. Soyez prudent sur la route.

Bernard lui sourit, ferma la porte et se pencha par la fenêtre.

— Je vais essayer de ne pas vomir...

Tous deux pouffèrent de rire et Bernie fit un dernier signe d'adieu, alors qu'il manœuvrait sur le chemin de gravier. Puis il démarra dans la nuit, sur la route sinueuse, en pensant à elle, à Jane, aux bavardages et aux rires qui avaient animé leur dîner ensemble.

6

La semaine suivante, Bernard retourna dîner deux fois à Stinson Beach. Le premier soir, il dîna chez Liz et le surlendemain il l'emmena de nouveau au Sand Dollar. Enfin, il revint le samedi, portant dans les bras un énorme ballon et des jeux de plage pour Jane, auxquels il ajouta un maillot de bain pour Elizabeth. Il était bleu pâle, presque la couleur de ses yeux, et lui allait à ravir.

— Mon Dieu, Bernie... il faut arrêter maintenant.

— Mais pourquoi? J'ai vu ce maillot sur un mannequin et c'était tellement vous qu'il fallait que je vous voie dedans.

Bernard était enchanté. Il aimait la gâter, sachant que personne ne l'avait fait auparavant.

— C'est trop, Bernard. Il ne faut pas.

— Pourquoi?

— Nous pourrions... en prendre l'habitude. Nous voyez-vous frappant à votre porte pour réclamer des maillots, des sucettes, du caviar ou autres gâteries de ce genre?

Cette image l'amusa.

— Ce serait une façon comme une autre de faire son marché, répliqua-t-il en comprenant malgré tout ce qu'elle voulait dire.

Après avoir été ainsi gâtées ce serait dur pour elles s'il devait un jour disparaître de leur vie. Mais Bernie n'envisageait même pas cette possibilité. Il était devenu pour lui hors de question de se séparer d'elles.

La semaine d'après, il revint encore les voir et, cette fois, Liz trouva une voisine qui garderait Jane pendant qu'ils sortiraient. Puisqu'il n'existait pas d'autre endroit où aller, ils se retrouvèrent bien sûr au Sand Dollar. Mais ils en aimaient l'atmosphère intime et chaleureuse.

— C'était très gentil de votre part de nous emmener toutes les deux ici, observa Liz en souriant.

— Oh, vous savez que je ne sais encore pas laquelle de vous deux je préfère. Je n'ai donc aucun mérite.

Liz partit d'un rire cristallin. Bernie lui faisait tellement de bien. Il avait l'air heureux, gentil, et semblait si facile à vivre, ce qu'elle ne put s'empêcher de lui faire savoir.

— On se demande comment, lui répondit-il. Avec une mère comme la mienne, j'aurais pu naître tordu ou au moins plein de tics.

— Elle ne peut être si mauvaise, reprit Liz, incrédule.

— Vous n'avez pas idée. Attendez de la voir, si jamais elle revient me rendre visite, ce dont je doute. Elle a détesté ce mois de juin, ici. Mais, au moins, elle a aimé le magasin. Vous ne pouvez pas savoir comme elle peut être difficile.

Depuis deux semaines, il essayait d'éviter ses coups de téléphone, ne voulant pas lui raconter où, ni avec qui il passait son temps. Et si elle avait tenté de le rappeler, elle s'était certainement rendu compte qu'il était souvent absent. Il imaginait aisément ce qu'elle dirait de ses sorties. De plus, fréquenter une fille du nom de O'Reilly serait le comble pour elle. Il ne pouvait cependant pas en parler à Liz, encore. Il ne voulait pas l'effrayer.

— Depuis combien de temps vos parents sont-ils mariés ?

— Trente-huit ans... J'admire mon père.

Liz éclata de rire.

— Je parle sérieusement. Vous ne savez pas à quoi elle ressemble.

— J'aimerais bien la rencontrer, un jour.

— Oh, mon Dieu, non ! souffla-t-il comme s'il s'attendait à voir entrer sa mère une hache à la main. Ne dites pas
ça, Liz. Ce pourrait être dangereux.

Bernie se moquait gentiment et Liz riait. Ils bavardèrent
ainsi jusqu'à une heure avancée de la nuit.

La seconde fois où il était venu à la plage, il l'avait
embrassée et Jane les avait même surpris à plusieurs
reprises. Mais leur histoire n'était jamais allée plus loin
qu'un baiser. Bernard restait inquiet à propos de la petite
fille et il courtisait sa mère doucement, à la manière
d'autrefois. Ils auraient tout le temps, quand elles reviendraient en ville. Et, dans la chambre voisine, séparée de
celle de Liz par un mur épais comme du papier, Jane ne
dormait pas encore.

Le dimanche suivant, il vint aider la jeune femme à faire
ses valises. Elle et Jane étaient visiblement ennuyées de
devoir rentrer. Les vacances se terminaient et elles ne
repartiraient nulle part cette année. Avec ou sans sa fille,
Liz ne pouvait se permettre de voyager plus souvent et, à
voir leurs mines dépitées, Bernie se sentit malheureux
pour elles.

— Ecoutez, je vous propose de partir nous promener,
un de ces jours. Du côté de Carmel, par exemple, ou au
lac Tahoe. Qu'en dites-vous ? Je n'ai encore rien visité et
vous, mesdames, pourriez me montrer un peu la région.

Liz et Jane laissèrent en même temps échapper un cri
d'enthousiasme et, le matin suivant, Bernie demanda à sa
secrétaire de faire les réservations. Elle obtint un appartement au lac Tahoe, avec, comme il l'avait spécifié, trois
chambres à coucher, disponible pour le week-end suivant
auquel s'ajoutait le jour de la fête du Travail.

Elizabeth et sa fille furent tout excitées à cette idée.
Après avoir gratifié Bernie d'un baiser sonore, Jane,
accompagnée de sa maman, alla se coucher. Lorsque Liz
revint s'asseoir près de lui, elle affichait un air inquiet. Son
petit appartement ne comprenait qu'une chambre où

dormait sa fille, alors qu'Elizabeth s'installait dans le salon sur un canapé-lit. Il devint rapidement évident, à leurs yeux, que leur vie amoureuse ne s'épanouirait pas dans cet endroit.

— Bernie... Je voudrais que vous me compreniez... Je ne pense pas qu'il soit sage d'aller avec vous au lac Tahoe.

— Mais... pourquoi ?

— Parce que... tout est si merveilleux et, cela peut vous paraître bizarre, je ne peux pas agir ainsi avec Jane. Si je vous laisse faire, je ne sais pas ce que nous ferons après.

— Après quoi ? demanda Bernard en sachant parfaitement ce qu'elle voulait dire.

— Après que vous serez reparti pour New York, répondit-elle d'une voix douce en lui prenant les mains. Ou une fois que vous en aurez assez de moi. Nous sommes des adultes et tout nous semble si beau, si nouveau... Mais qui sait ce qui arrivera le mois prochain, dans une semaine ou dans un an ?

— Je voudrais que vous m'épousiez, laissa-t-il tomber brusquement.

A ces paroles, Liz ne montra pas moins de surprise que lui. Les mots s'étaient imposés d'eux-mêmes, mais à présent qu'ils étaient dits, Bernie sut qu'il avait raison.

— Vous... vous ne parlez pas sérieusement ? articula-t-elle en se levant pour arpenter nerveusement la petite pièce. Vous ne me connaissez même pas.

— Si, je vous connais. J'ai passé ma vie à sortir avec des femmes dont je découvrais le caractère au premier rendez-vous et que je n'avais même pas envie de revoir. Mais je me disais qu'il valait mieux tenter la chance, on ne sait jamais. Et, deux ou six mois plus tard, j'abandonnais et je ne les appelais plus. Maintenant, je vous ai trouvée et j'ai su, dès le premier regard, que je vous aimais. La deuxième fois où je vous ai vue, j'ai compris que nous étions faits l'un pour l'autre et que vous étiez la meilleure femme qu'il m'ait été donné de rencontrer. Alors, que me reste-t-il à faire ? Attendre six mois pour être sûr ? Je n'ai nul besoin de cela. Je vous aime et je veux vivre avec vous.

Bernard la regardait gravement, intensément et il comprit soudain que la meilleure chose qui pût se passer pour lui venait d'arriver.

— Voulez-vous m'épouser, Liz ? répéta-t-il.

Avec son sourire de femme-enfant, elle paraissait bien plus jeune que ses vingt-sept ans.

— Vous êtes devenu fou. Vous savez cela ? Vous êtes fou !

Mais, en son for intérieur, elle savait qu'elle aussi était folle de lui.

— Je ne peux pas vous épouser au bout de trois semaines. Que vont penser les autres ? Que va dire votre mère ?

Liz venait de prononcer le mot tabou et Bernie ne put réprimer une grimace qui s'effaça vite, laissant place à un visage parfaitement heureux et tranquille.

— Ecoutez-moi. A partir du moment où elle saura que vous ne vous appelez pas Rachel Nussbaum et que le nom de votre mère n'était ni Greenberg, ni Schwartz, elle aura de toute façon une attaque ou nous fera une dépression. Alors, où est le problème ?

— Le problème se présentera quand vous lui apprendrez que nous nous sommes rencontrés il y a trois semaines seulement.

Doucement, Bernard la fit asseoir près de lui sur le canapé, lui prit les mains et déclara :

— Je suis amoureux de vous, Elizabeth O'Reilly, et je me fiche pas mal de savoir si vous êtes la cousine du pape ou si je ne vous ai rencontrée qu'hier. La vie est trop courte pour la gaspiller en des jeux inutiles. Ne gâchons pas le temps qui nous reste.

Perdue dans une grave réflexion, Liz resta muette.

— Ecoutez, poursuivit-il. Faisons cela correctement. Nous allons nous fiancer. Puis nous nous marierons à Noël. Cela fera cinq mois. Si, d'ici là, vous vous apercevez que ce n'est pas ce que vous désirez, nous annulons tout. Qu'en dites-vous ?

Bernard pensait déjà à la bague qu'il allait lui offrir. Cinq... huit... dix carats... tout ce qu'elle voudrait. Il lui passa un bras autour des épaules tandis que Liz riait et pleurait de bonheur.

— Vous rendez-vous compte que nous n'avons même pas dormi ensemble ?

— Un oubli de ma part... En fait, je voulais justement en discuter avec vous. Croyez-vous que vous pourrez trouver une baby-sitter, un de ces jours ? Ce n'est pas que je n'aime pas votre petite fille, mais j'ai dans la tête une mauvaise pensée qui me hante depuis longtemps : que vous veniez chez moi, ne serait-ce que quelques heures..

— Je vais voir ce que je peux faire, répondit la jeune femme dans un sourire malicieux.

C'était la chose la plus folle qui lui arrivait. Mais cet homme lui paraissait si bon, qu'elle savait qu'il serait, jusqu'au bout, merveilleux pour elle et Jane. Et, plus important encore, elle était sûre qu'il l'aimait. Mais qu'il était difficile d'admettre être tombée amoureuse en l'espace de trois semaines, et comment savoir si elle avait raison ? Liz avait hâte d'en parler à Tracy, sa meilleure amie, également dans l'enseignement, qui devait bientôt rentrer d'une croisière. Tracy avait quitté une femme seule avec sa fille et, à son retour, elle la trouverait fiancée au directeur des magasins Wolff. C'était complètement fou !

— D'accord, je vais trouver une baby-sitter, ajouta-t-elle hâtivement.

— Cela veut-il dire que nous sommes fiancés ? demanda-t-il radieux.

— Je crois bien que oui, répondit-elle en baissant les yeux.

Mais elle avait encore du mal à analyser la situation.

— Et si nous fixions ce mariage pour le vingt-neuf décembre ? C'est un samedi. Nous passerions ainsi Noël avec Jane et nous partirions ensuite pour Hawaii en voyage de noces.

Liz se sentait complètement transportée de bonheur et, comme elle riait, il se pencha sur elle et l'embrassa. Alors, tout devint clair pour eux. Le rêve devenait réalité, leur union serait parfaite. Une union née au-dessus d'un banana split, avec Jane veillant sur eux, tel un ange gardien.

Bernard étreignait maintenant Liz de toutes ses forces et elle pouvait sentir son cœur battre contre le sien. A cet instant même, tous deux surent avec certitude que cet amour serait éternel.

7

Il fallut deux jours à Elizabeth pour trouver une baby-sitter et, lorsqu'elle l'annonça à Bernie par téléphone, elle rougit légèrement. Elle savait parfaitement ce qu'il avait en tête et répondre si spontanément à son « invitation » la gênait quelque peu. Mais, avec Jane dormant dans la seule chambre disponible, c'était impossible de faire autrement. La femme qui devait garder la fillette venait à sept heures et resterait jusqu'à une heure du matin.

— Je me sens un peu comme Cendrillon, avec la permission de minuit, mais je viendrai, promit Liz.

— Ne vous en faites pas, la rassura Bernie qui était prêt à payer mille dollars la baby-sitter.

Il lui conseilla de revêtir quelque chose d'habillé.

— Un porte-jarretelles, par exemple ? proposa-t-elle, nerveuse comme une jeune mariée.

Bernie ne put étouffer un éclat de rire.

— Exactement. Mais passez tout de même une robe par-dessus. Je vous emmène au restaurant.

Liz avait la désagréable impression de sortir de chez elle pour entrer immédiatement dans l'appartement de Bernie. Cela lui faisait l'effet d'entrer dans un hôpital pour y subir une opération. Aussi, l'idée d'aller d'abord dîner en ville lui plut infiniment.

Ils allèrent à L'Etoile, restaurant d'un grand hôtel, où Bernie avait réservé une table, et Liz se décontracta en bavardant avec lui comme ils en avaient l'habitude. Il lui raconta ce qui se passait au magasin, lui parla des projets qu'ils faisaient pour l'automne, de la publicité qu'ils envisageaient, des défilés de mode. La façon dont il menait sa carrière, son sens inné des affaires la fascinait : il appliquait un principe de gestion qui, jusqu'à présent, avait fait merveille et tout ce qu'il touchait devenait de l'or, comme le disait si bien Paul Berman. Depuis quelque temps, cela ne le dérangeait même plus d'être à San Francisco. Il se disait qu'il y resterait au plus un an, le temps de se marier et d'y passer quelques mois, avant de rentrer à New York. Là-bas, Liz aurait affaire à sa mère et c'était une autre paire de manches. D'ici là, ils auraient peut-être mis un bébé en route et il lui faudrait aussi penser à une école pour Jane. Mais il n'en parla pas encore à Liz, l'ayant déjà avertie d'un possible départ vers la côte est, qui n'aurait, de toute façon, pas lieu avant un an. Leur mariage prochain importait beaucoup plus.

— Porterez-vous une vraie robe de mariée ?

Bernie aimait cette idée, d'autant qu'il venait de repérer, lors d'un défilé, une superbe tenue qui ferait merveille sur Liz. Mais la jeune femme ne fit que rougir à cette question.

— Vous le voulez réellement ?

Lui prenant la main, il la fit asseoir près de lui, sur la banquette de cuir. Il aimait sentir contre la sienne le contact de sa jambe, qu'une robe de soie blanche, fendue sur le côté, laissait joliment entrevoir. Liz s'était fait un chignon qu'elle portait haut sur la tête et avait peint ses ongles de rouge, ce qui était inhabituel chez elle.

— Oui, je le désire vraiment. J'ignore comment, mais parfois je sais instinctivement si je prends ou non le bon chemin. Mes seules erreurs, je les ai commises lorsque je n'ai pas écouté mon instinct. Jamais je ne me suis trompé en suivant mon intuition.

Liz comprenait parfaitement le sens des paroles de Bernard, mais restait perplexe devant la rapidité avec laquelle il s'était décidé. Elle savait cependant qu'ils ne faisaient pas fausse route et qu'elle ne le regretterait pas.

— J'espère qu'un jour vous éprouverez la même certitude, Liz.

Son regard était doux et le cœur de la jeune femme débordait d'émotion.

— Vous savez, le plus bizarre est que, moi aussi, je me sens sûre de nous, fit-elle. Ce que j'ignore, c'est comment je vais l'expliquer aux autres.

— La vie est ainsi faite, Liz. On apprend tous les jours que deux personnes vivaient ensemble depuis dix ans et que l'une d'elles, ayant soudain rencontré quelqu'un d'autre, a convolé au bout de deux semaines. Le premier couple ne formait pas l'union idéale et il a suffi d'un coup d'œil pour tout faire basculer.

— Oui, j'ai souvent pensé à cela. Je n'ai simplement jamais cru que cela pouvait m'arriver.

Après un délicieux repas où ils dégustèrent du canard aux poires suivi d'un soufflé aux framboises, ils descendirent au bar qui se trouvait en sous-sol et commandèrent du champagne qu'ils burent en bavardant et en écoutant le pianiste jouer des airs de blues. Cela faisait longtemps que Liz n'avait pas passé une aussi bonne soirée. Se trouver en la compagnie de Bernard effaçait tout ce qui lui était arrivé de négatif : la mort de ses parents, le cauchemar avec Chandler Scott et les longues années de solitude sans personne pour l'aider.

Et soudain, toutes ses peines passées s'évanouirent, comme si, sa vie durant, elle s'était préparée à recevoir cet homme qui se montrait si bon avec elle et sa fille.

Après le champagne, ils remontèrent lentement l'escalier les menant dans le hall de l'hôtel et, comme Liz se dirigeait naturellement vers la sortie, Bernie la retint doucement par le bras et la conduisit vers l'ascenseur. Là, il lui jeta un gentil sourire de gamin légèrement honteux.

— Voulez-vous monter prendre un verre ? souffla-t-il.

Liz acquiesça sans un mot. Elle devinait ses intentions et

savait pertinemment qu'il n'habitait pas ici, mais cette proposition avait une touche de romantisme qui n'était pas pour lui déplaire. Il n'était que dix heures : il leur en restait trois.

L'ascenseur les emmena au dernier étage et Liz suivit Bernard dans les couloirs silencieux. Sortant une clé de sa poche, il ouvrit la porte d'une suite et s'effaça pour la laisser entrer. Elle n'avait jamais vu d'endroit aussi joliment décoré. Les murs étaient tendus de soie ivoire et des chandeliers anciens apportaient à la pièce un éclairage doré et intime. Sur une table en marqueterie trônaient une superbe corbeille de fruits et une bouteille de champagne gardée au frais dans un seau d'argent.

Subjuguée, Liz resta quelques secondes sans pouvoir prononcer la moindre parole. Le geste de Bernie avait tellement de classe, il était si prévenant !

— Monsieur Stern, vous êtes... déroutant.

— Ce soir est un peu notre lune de miel. Alors, faisons cela dans les règles.

Et il avait mis les formes. Il avait retenu la suite vers midi et, avant de passer la chercher, il était monté vérifier si tout était installé comme il l'avait demandé. Il avait fait préparer le lit, sur lequel reposait un ravissant peignoir de soie assorti à une chemise de nuit de satin. Ce ne fut qu'en pénétrant dans la chambre que Liz aperçut tout cela et elle ne put étouffer un cri de surprise ravie. Bernard attendait-il une star de cinéma ou la petite Elizabeth O'Reilly de Chicago ?

— Plus que cela, répondit-il. Bientôt vous allez devenir la petite Liz Stern de San Francisco...

Il l'embrassa avec passion et, tendrement, l'allongea sur le lit. Pour la première fois ils allaient enfin assouvir leur faim l'un de l'autre et, telle une onde de chaleur, trois semaines de désir les enveloppèrent soudain, tandis que, un à un, leurs vêtements tombaient à terre et que leurs corps s'entremêlaient, mus par la passion d'un ardent amour.

Liz n'était plus que l'incarnation des rêves les plus fous de Bernard et il l'enivra de baisers et de caresses de plus en plus exigeantes, jusqu'à ce qu'ils se retrouvent enlacés, apaisés, heureux. La jeune femme avait la tête posée sur l'épaule de Bernie qui jouait avec une mèche de ses cheveux défaits.

— Sais-tu que tu es la plus belle femme que j'aie jamais vue ?

— Toi aussi, tu es magnifique, Bernard Stern ; plus encore que je ne le soupçonnais...

Liz parlait d'une voix rauque d'émotion, ses yeux bleus langoureusement posés sur le corps de son partenaire et tous deux éclatèrent de rire, lorsqu'elle découvrit, cachée sous l'oreiller, une jarretière de dentelle noire. Une fois qu'elle l'eut glissée le long de sa jambe fuselée, ils s'étreignirent à nouveau, incapables de résister au désir qui les envahissait. Ensemble, ils passèrent ainsi de merveilleux instants et une heure du matin avait largement sonné lorsqu'ils se glissèrent dans un bain chaud recouvert d'une mousse délicatement parfumée.

— Nous ne sortirons jamais d'ici, déclara Liz dont la tête reposait mollement contre le marbre de la baignoire.

Elle voulut téléphoner à la baby-sitter pour l'avertir qu'elle rentrerait plus tard que prévu, mais Bernard lui annonça qu'il avait déjà fait le nécessaire.

— Tu l'as payée pour cela ! s'exclama-t-elle en rougissant.

— Mais oui, avoua-t-il sans honte.

— Je t'aime tant, murmura-t-elle en l'embrassant.

Bernard regrettait déjà d'avoir fixé leur mariage à Noël seulement, désirant passer le restant de ses nuits avec elle. Il n'imaginait pas pouvoir attendre si longtemps et cette pensée lui rappela brusquement quelque chose.

— Où vas-tu ? interrogea-t-elle, surprise, en le voyant sauter de la baignoire.

— Je reviens tout de suite.

Liz eut à peine le temps d'admirer son long corps

musclé, ses jambes immenses et racées, ses larges épaules et ses hanches étroites qui l'attiraient irrésistiblement. Elle sentit un violent désir lui tenailler le ventre et, fermant les yeux, se laissa glisser dans l'eau chaude en attendant son retour.

Un moment plus tard, il l'avait rejointe. Mais, avant qu'il pût faire le moindre geste pour lui donner ce qu'il était parti chercher dans la chambre, l'envie d'elle devint si forte que sa bouche chercha les lèvres pulpeuses, tandis que ses doigts recommençaient à explorer le corps satiné de sa compagne. Ils firent l'amour dans l'eau et le marbre de la salle de bains retentit des murmures de leur passion.

— Mon Dieu, gémit-elle après un instant d'étourdissement, ils vont finir par nous chasser d'ici.

Bernard aurait voulu que cette nuit ne finisse jamais. Aucune femme ne lui avait tant plu, ni procuré plaisir aussi intense. Et cela faisait si longtemps que ni lui ni elle n'avaient fait l'amour.

— Au fait, avant que tu me sautes dessus, je t'avais apporté quelque chose...

— Avant que je te saute dessus ! Quel toupet... !

Mais déjà ses yeux s'étaient dirigés vers le coin de la baignoire, où il avait déposé une boîte qu'elle ouvrit pour y découvrir une paire de mules de satin rose rehaussées de strass.

Ne sachant si Bernie était sérieux ou non, Liz ne put réprimer un rire de gorge.

— Ces souliers seraient-ils ceux de Cendrillon ? s'étrangla-t-elle.

Ce ne fut qu'à cet instant qu'elle aperçut, accroché au nœud de satin, un diamant scintillant de tous ses feux.

— Mon Dieu !... Mon Dieu ! s'exclama-t-elle en se levant tout droit dans la baignoire. Bernie ! Non, tu ne peux pas faire cela !

Le tour était joué. Il avait soigneusement épinglé au tissu une magnifique bague qui, à première vue, ressemblait à une pierre de pacotille.

A présent, Liz pleurait en tenant contre son cœur les pantoufles de satin.

Bernie se leva à son tour et, calmement, défit la bague. C'était un diamant de plus de huit carats qu'il glissa au doigt tremblant de la jeune femme, dont les larmes coulaient lentement sur les joues.

— Oh, Bernie... murmura-t-elle en se pendant à son cou.

Tous deux sortirent de la baignoire et Bernard l'embrassa avec passion avant de l'essuyer tendrement. Puis il la conduisit vers le lit où il lui fit l'amour doucement, lentement, comme s'il lui chantait une berceuse au son de laquelle tous deux dansèrent gracieusement, indéfiniment, jusqu'à ce qu'ils n'en puissent plus. Enfin Bernie l'étreignit et Liz frissonna de délice.

Il était cinq heures du matin lorsqu'elle rentra chez elle, l'air parfaitement frais et reposé. Il eût été difficile à quiconque de deviner où elle venait de passer la nuit. Elle s'excusa vivement auprès de la baby-sitter de revenir si tard, mais celle-ci ne s'en étonna guère. En repartant, elle referma soigneusement la porte derrière elle et Liz demeura seule au milieu du salon, regardant le jour se lever par la fenêtre et pensant, avec une infinie tendresse, à celui qu'elle allait épouser.

Quelle chance elle avait eue de l'avoir rencontré! Le magnifique diamant scintillait sur sa main fine, tandis que des larmes de bonheur lui embuaient les yeux.

Dès qu'elle fut au lit, elle lui téléphona et, une heure durant, ils se firent encore de romantiques promesses pleines d'espoir. Elle ne pouvait plus supporter de se trouver éloignée de lui.

8

Après leur long week-end à Tahoe, durant lequel, malgré le désir de Liz de passer ses nuits auprès de Bernie, ils dormirent tous les trois dans des chambres séparées, celui-ci insista pour qu'elle se choisisse une robe dans le magasin, à l'occasion de l'ouverture de l'opéra. Ils disposeraient d'une loge pour assister à l'événement le plus important de la saison à San Francisco.

Bernard savait qu'elle ne possédait rien d'assez habillé et il voulait qu'elle porte, pour l'occasion, une tenue que tous remarqueraient.

— Profite des avantages que t'apporte mon poste dans ce magasin, ma chérie. Qu'au moins cela vaille le coup d'y travailler sept jours par semaine.

Bien que rien ne fût gratuit pour lui, il obtenait une importante remise sur chaque article qu'il achetait chez Wolff. Aussi fut-il heureux d'offrir ce cadeau à Liz. Elle vint donc au magasin et, après avoir essayé une bonne douzaine de tenues, elle choisit celle d'un créateur italien que Bernie aimait particulièrement. La robe était en velours cognac brodé de pierres et de gouttelettes d'or, avec un généreux décolleté, de grandes manches froncées et une traîne que la jeune femme pouvait tenir à la main, si elle le désirait.

Au début, Liz estima que cette tenue serait trop apprêtée pour elle, mais dès l'instant où elle la passa, elle se rendit compte combien ce vêtement était beau et seyant. En allant et venant dans le salon d'essayage, aidée par la vendeuse, elle se sentait une reine et sourit au miroir lui renvoyant une image d'elle qu'elle ne connaissait pas mais qui lui plaisait infiniment. Soudain, elle se figea en voyant s'ouvrir la porte derrière elle et en reconnaissant une voix familière.

— Trouves-tu ton bonheur ?

A la vue de la robe qui virevoltait devant lui, Bernie resta cloué sur place, ébloui. La tenue avait fait une telle sensation à son arrivée d'Italie qu'il n'avait pu faire autrement que de l'admirer et, bien qu'elle figurât parmi les plus chères du magasin, il était heureux de la voir sur Liz. L'effet était somptueux.

— Quelle beauté ! Dommage que le styliste ne soit pas là pour te voir porter son modèle, Liz.

Subjugué, il se dirigea vers elle et ne put se retenir de l'embrasser, tandis que la porte du salon se refermait discrètement sur le jeune couple.

— Tu l'aimes vraiment ? demanda Liz, radieuse, en tournoyant sur elle-même.

Ravie, elle laissa échapper un rire cristallin qui résonna dans la petite salle. Bernard était aux anges de la voir ainsi heureuse et il avait hâte de montrer sa jeune compagne au tout-San Francisco.

— Elle me plaît infiniment. Elle est faite pour toi. As-tu repéré autre chose que tu aimerais porter ?

— Je devrais refuser. J'imagine aisément le prix de cette robe... et... non, je ne crois pas que je l'achèterai.

Liz savait qu'elle ne pourrait jamais se l'offrir, même si le magasin lui faisait un prix intéressant. Cependant, elle prenait un plaisir enfantin à se déguiser ainsi en revêtant les tenues les plus merveilleuses, de la même manière que l'aurait fait Jane.

Bernie souriait. Liz était décidément une femme étonnante. Il se souvint brusquement d'Isabelle Martin et songea combien elles pouvaient être différentes. L'une n'avait jamais assez et l'autre n'osait rien prendre. Avec Liz, il avait une chance immense.

— Vous n'achèterez rien, madame! Cette robe est un cadeau de votre futur mari, ainsi que n'importe quel autre article qui vous plaira.

— Bernie... Je...

D'un tendre baiser, il l'empêcha de protester puis se dirigea vers la porte, sans omettre d'ajouter :

— Cherche quelque chose pour aller avec et viens me rejoindre dans mon bureau lorsque tu auras terminé. Je t'emmène déjeuner.

Bernie disparut, aussitôt remplacé par la vendeuse qui arriva les bras chargés de robes de soirée. Mais Liz refusa de les essayer, acceptant seulement de passer une paire de chaussures, des escarpins de satin dont la couleur s'harmonisait avec la tenue de velours cognac.

En venant chercher Bernard, Liz affichait un air victorieux et elle lui raconta avec effusion les magnifiques tenues qu'elle avait vues. Elle les aimait toutes et la façon dont il la gâtait la transportait de joie.

Ils déjeunèrent longuement, bavardèrent et rirent comme deux amoureux profitant d'un après-midi en tête à tête et ce fut avec un pincement au cœur que Bernie se força à quitter Liz, vers trois heures. Elle devait reprendre Jane qui se trouvait chez une amie. Toutes deux profitaient de leurs derniers jours de liberté, avant de reprendre chacune l'école. Il ne leur restait que quelques jours avant la rentrée qui avait lieu le lundi suivant.

Liz, cependant, avait l'esprit obnubilé par la grande soirée à venir et, ce vendredi-là, elle se rendit chez le coiffeur, se fit soigner les ongles par la manucure et, à six heures, se glissa avec délices dans la robe que Bernie lui avait offerte. Durant quelques instants elle admira son image dans le miroir. Sa chevelure était relevée et retenue par un filet aux mailles d'or qu'elle avait trouvé chez Wolff, tandis que le bout de ses escarpins de satin pointait sous le lourd vêtement de velours.

Elle eut à peine le temps d'entendre la sonnerie de la porte d'entrée que Bernie se tenait déjà sur le seuil de sa chambre, tel un ange faisant son apparition. Il portait, sur une chemise rose très pâle au col impeccablement amidonné, un smoking blanc cassé qui rehaussait magnifiquement son teint hâlé et sa barbe brune.

— Mon Dieu, Liz... articula-t-il en la découvrant ainsi parée.

Puis il l'embrassa délicatement, afin de ne pas mettre en péril le maquillage aux teintes douces que l'esthéticienne avait créé pour elle.

— Tu es si belle, soupira-t-il. Es-tu prête ?

Plantée devant eux, Jane les regardait tous deux avec admiration. Liz acquiesça avant de poser les yeux sur sa fille et crut déceler dans son regard de l'envie mêlée à une certaine tristesse. Elle aimait voir sa mère aussi jolie, mais semblait troublée de la découvrir aussi intime avec Bernie. Cette idée la travaillait depuis leur petit voyage au lac Tahoe et sa mère sentait qu'il faudrait bientôt lui parler de leurs projets de mariage. Pourtant, d'une certaine manière, cela l'effrayait un peu. Que se passerait-il si la petite fille se rebellait contre leur désir de s'épouser ? Jane aimait beaucoup Bernie, mais cela ne suffisait pas. Et puis n'était-il pas, selon elle, son ami, plus que celui de sa mère ?

— Bonne nuit, ma chérie, lui dit Liz en se penchant pour l'embrasser.

Mais, l'air fâché, Jane se déroba au baiser maternel et disparut sans dire un mot à Bernard. En quittant la maison, Liz se sentait ennuyée par l'attitude de sa fille, mais se garda d'en faire part à son compagnon. Elle ne voulait qu'aucun nuage ne ternisse cette soirée qui s'annonçait si belle.

Ils allèrent d'abord dîner au musée d'Art moderne, dans la Rolls Royce que Bernie avait louée pour l'occasion, et furent bientôt pris dans un tourbillon de femmes, plus resplendissantes les unes que les autres dans leurs robes scintillantes et leurs bijoux de valeur, et de photographes se battant pour saisir l'instantané qui ferait choc dans les journaux du lendemain. Liz, cependant, se sentait parfaitement à l'aise au milieu de cette agitation, et fière de se trouver au bras de Bernard Stern, auquel elle s'accrochait avec force, tandis que les flashes crépitaient de toute part. Elle savait qu'on les photographiait, d'autant que Bernie commençait à être connu en tant que directeur du magasin le plus élégant de la ville. Beaucoup de femmes richement vêtues semblaient effectivement le reconnaître.

Le musée avait été décoré, pour la circonstance, par les responsables culturels et un nombre incalculable de ballons argentés et dorés se balançaient au-dessus d'arbres eux-mêmes recouverts d'une couche d'or. A la place de chaque invité avaient été déposés des cadeaux : de l'eau de Cologne pour les hommes et un ravissant flacon de parfum pour les femmes, venant, bien sûr, tout droit de chez Wolff, dont il était aisé de reconnaître le logo sur les emballages.

Pressés par la foule, ils se dirigèrent, à travers le grand hall, vers les tables où avait été dressé un magnifique couvert de porcelaine, de cristal et d'argent. Liz jeta un sourire émerveillé à Bernie qui lui serra le bras, au moment où un journaliste les prenait en photo.

— Ça te plaît ? demanda-t-il.

Liz répondit d'un signe de tête, étourdie par le luxe qui régnait autour d'elle. L'ambiance était électrique et chacun avait conscience de participer à une soirée magique.

Bernard et Elizabeth prirent place à la table où se tenaient le conservateur du musée et sa femme, ainsi qu'un couple de Texans, une importante cliente de Wolff et son cinquième mari, la mairesse et son époux. Les conversations entre eux furent passionnantes et variées, touchant aussi bien à leurs enfants respectifs qu'à leurs derniers voyages en Europe ou le récent concert avec Placido Domingo. Ce soir, l'artiste était venu spécialement à San Francisco pour y chanter *la Traviata* avec

Renata Scotto, un réel cadeau pour les vrais amateurs d'opéra qui, malheureusement, ne constituaient pas la majorité des invités.

Pour certains, hélas, l'opéra de San Francisco avait plus à voir avec le standing et la mode qu'avec la passion de la musique. Bernie n'ignorait pas ce détail, mais cela lui importait peu. Il passait une excellente soirée et éprouvait un plaisir certain à participer, en compagnie de Liz, à une soirée telle que celle-ci. Domingo et Scotto ne représentaient, pour ce qui le concernait, qu'une distraction de plus. Il ne connaissait pas grand-chose à l'opéra...

Plus tard cependant, tandis qu'ils ralliaient le théâtre, Bernie ressentit l'intensité du moment et la beauté du spectacle qui les attendait. Photographes et badauds se pressaient sur les lieux. Il eut soudain l'impression de participer à la remise des Oscars, à la seule différence que les passants le regardaient lui, et non Gregory Peck ou Kirk Douglas.

C'était une sensation grisante de fendre la foule avec Liz, pour se propulser vers le grand bâtiment rond et gravir l'escalier qui les mènerait à leur loge. Là, il reconnut des visages familiers, ceux de ses meilleures clientes. Avec ravissement, il constata que c'étaient les plus jolies femmes de l'assemblée qui portaient les tenues de chez Wolff.

Liz, cependant, dans sa superbe robe Renaissance, restait de loin la plus belle d'entre elles. Il éprouva même l'envie folle de l'embrasser, alors que tous les regardaient avec une admiration non feinte. Lorsque les lumières baissèrent, il lui prit la main et la garda dans la sienne tout au long du premier acte.

Domingo et Scotto chantèrent merveilleusement et la soirée fut une réussite totale. Bernie et Liz suivirent les invités au bar du foyer, où le champagne coulait à flots et où, bien sûr, les photographes travaillaient d'arrache-pied. Ils mitraillèrent Liz, qui n'en prit pas ombrage. Timide et réservée, elle se tenait au bras de son fiancé. Tout en elle incitait Bernie à vouloir la protéger.

Il lui tendit une coupe de champagne qu'elle but silencieusement, observant les invités qui allaient et venaient autour d'eux. Liz souriait. Elle se sentait heureuse.

— C'est amusant, qu'en penses-tu ? lui souffla-t-elle à l'oreille.

Oui, c'était amusant. Il y avait une telle débauche de luxe et tous se prenaient tellement au sérieux, qu'on pouvait se croire revenu des siècles en arrière, à une époque où des moments comme celui-ci avaient une importance autrement plus grande qu'aujourd'hui.

— Cela change pas mal de la routine, n'est-ce pas, Liz ?

Elle resta rêveuse en songeant que, le lendemain, elle se retrouverait au supermarché à faire ses provisions pour la semaine, et que le lundi suivant, elle écrirait des additions au tableau.

— Oui. Tout le reste semble irréel.

— Cela fait partie de la féerie de l'opéra, je crois.

C'était la première fois qu'ils assistaient ensemble à un tel événement et Bernie aurait voulu partager des moments pareils avec elle toute sa vie durant. La sonnerie indiquant la fin de l'entracte les rappelèrent dans leur loge. Il remarqua alors que le public ne se pressait pas vraiment de retourner à sa place, les gens préférant rester à bavarder et à rire entre eux. San Francisco, c'était cela aussi : le bar et les intrigues de coulisses prenaient beaucoup plus d'importance que la musique.

Durant le second acte, les loges restèrent à moitié vides, et lorsque Bernie et Liz retournèrent au bar avant la troisième partie, celui-ci était plein de spectateurs qui avaient déserté la salle d'opéra. La jeune femme ne put réprimer un bâillement et leva vers son compagnon un regard penaud.

— Fatiguée, ma chérie ?

— Un peu. Cette soirée est tellement... éprouvante. Je n'en ai pas l'habitude.

Mais tous deux savaient que des instants encore plus beaux les attendaient. A la fin du spectacle, ils auraient droit à un souper, après quoi tous partiraient pour le bal, au City Hall. La soirée ne s'achèverait pas avant trois ou quatre heures du matin, mais cet événement comptait tant dans la vie culturelle de San Francisco qu'il n'était pas question d'en rater une partie.

La Rolls Royce les attendait au pied des marches, pour les emmener au Trader's Vic, où ils burent du champagne accompagné d'écrevisses et de caviar. A la fin du souper, Liz éclata d'un rire joyeux en trouvant dans son biscuit du bonheur un petit papier qui disait : « Il vous aimera toujours, autant que vous l'aimerez. »

— Cela me plaît infiniment, déclara-t-elle, le regard brillant.

Domingo et Scotto avaient rejoint les invités et pris place à une longue table. Beaucoup leur demandèrent des autographes qu'ils donnèrent de bon cœur.

— Merci pour cette merveilleuse soirée, murmura Liz à l'oreille de Bernie.

— Ce n'est pas fini, la prévint-il en lui versant une coupe de champagne.

— Si tu me fais boire ainsi, tu devras me porter pour ressortir.

— Ne t'en fais pas, je m'en chargerai très bien, précisa Bernie en l'entourant de ses bras.

Enfin, ils partirent pour le bal et Liz reconnut des visages entrevus un peu plus tôt au musée, à l'opéra ou au Trader's Vic. Tous semblaient parfaitement s'amuser. Même les photographes se détendaient un peu après leur folle course : ils avaient pris tous les clichés qu'ils désiraient et l'un d'eux ne se priva pas d'ajouter à sa collection quelques instantanés de Liz et Bernie entamant, au milieu de la grande salle de bal, un gracieux pas de valse qui ne donnait que plus de prestige encore à la robe de velours.

Ce fut cette photographie qu'on vit dans les journaux le lendemain matin. Un immense portrait de Liz et Bernard en train de danser au City Hall, étroitement enlacés, les yeux dans les yeux.

— Tu l'aimes vraiment beaucoup, maman? hasarda Jane, penchée sur la photo.

Elles étaient en train de prendre leur petit déjeuner. Liz avait un terrible mal de tête. Elle était rentrée à quatre heures et demie et se rendait compte, ce matin, qu'ils avaient bu au moins quatre, sinon cinq bouteilles de champagne à eux seuls. Cette soirée restait la plus merveilleuse de sa vie, mais la seule pensée du vin pétillant lui donnait la nausée. Et elle ne se sentait pas d'humeur à discuter avec Jane.

— C'est un homme très gentil et il t'aime beaucoup, Jane, se contenta-t-elle de dire.

— Je l'aime bien aussi.

Mais, dans son regard, Liz put lire qu'elle n'en était pas aussi sûre qu'au début. Les choses s'étaient compliquées au cours de l'été et la petite fille sentait instinctivement l'importance de leur attachement.

— Pourquoi sors-tu si souvent avec lui? lâcha-t-elle brusquement.

Liz baissa tristement la tête en regardant sa fille.

— Parce que je l'aime bien.

« Et puis, au diable ces hésitations! » pensa-t-elle, avant d'ajouter :

— Je l'aime, tu sais.

Alors, la jeune femme et l'enfant se dévisagèrent par-dessus la table. Elle n'apprenait en fait rien de nouveau à sa fille, mais c'était la première fois que celle-ci entendait prononcer ces mots et elle n'avait pas l'air de les apprécier.

— Je l'aime, répéta Liz tout en se détestant d'insister ainsi.

— Et... Et alors? demanda Jane avec colère en se levant.

— Qu'y a-t-il de mal à cela?

— Je n'ai pas dit qu'il y avait du mal.

— Il t'aime aussi, Jane, tu le sais très bien.

— Et comment le sais-tu ? questionna Jane, les larmes aux yeux et sur un ton de révolte.

— Parce qu'il me l'a dit, tout simplement.

Elizabeth se leva et s'avança lentement vers sa fille, se demandant de quelle façon elle allait lui raconter leurs projets. Il fallait bien qu'un jour ou l'autre elle lui en parle, et le plus tôt serait le mieux.

S'asseyant sur le canapé, elle prit Jane sur ses genoux. Elle sentit le petit corps se raidir mais sans chercher à s'échapper.

— Il veut se marier avec nous, expliqua-t-elle d'une voix douce.

Jane fut incapable de retenir plus longtemps ses larmes. Se cachant le visage, elle éclata en sanglots et s'accrocha aux épaules de sa mère. Liz pleurait aussi en serrant contre elle sa fille qui, d'une certaine façon, resterait toujours son bébé.

— Je l'aime, ma chérie...

— Pourquoi ? Pourquoi dois-tu l'épouser ? On était bien toutes les deux.

— En es-tu sûre ? Tu n'as jamais voulu que nous ayons un papa ?

— Parfois, oui. Mais cela allait très bien avant lui.

Jane continuait de rêver au père qu'elle n'avait jamais connu, le « bel acteur » qui était mort quand elle était si petite.

— Peut-être cela ira-t-il encore mieux avec un vrai papa ? N'y as-tu jamais songé ?

— Il faudra que tu dormes avec lui, renifla-t-elle, et je ne pourrai plus aller dans ton lit le samedi et le dimanche matin.

— Bien sûr que tu pourras, ma chérie.

Toutes deux savaient, malgré tout, que leur vie serait différente après ce mariage. Cette pensée les attristait et les rendait heureuses, en même temps.

— Imagine tout ce que nous ferons avec lui. Nous irons à la plage, nous ferons de longues promenades en voiture, nous irons faire du bateau. Souviens-toi qu'il est tellement gentil avec nous.

Jane ne pouvait nier cette évidence.

— Je crois que je l'aime bien, oui... Même avec sa grosse barbe.

Levant des yeux mouillés vers sa mère, elle finit par poser la question qui la tourmentait le plus :

— Est-ce que tu m'aimeras encore, quand tu seras avec lui ?

— Toujours... Toujours, répondit Liz dont les joues ruisselaient de larmes.

9

Jane et Liz s'étaient mises à acheter toutes les revues de mariage et lorsque, finalement, elles allèrent chez Wolff pour y choisir leurs robes respectives, la fillette n'était plus résignée ; elle commençait à y prendre un réel plaisir. Elles passèrent plus d'une heure au rayon enfant, cherchant pour Jane la tenue idéale, qu'elles finirent par trouver. Cette adorable toilette de velours blanc, rehaussée d'une ceinture à gros nœud rose et de petits boutons de même couleur, représentait exactement ce dont elle rêvait.

Puis elles s'amusèrent à chercher celle de Liz, et, d'un commun accord, choisirent l'un des plus jolis modèles de la collection. Après quoi, Bernie les emmena déjeuner au Saint Francis.

La semaine suivante, Paul Berman connaissait déjà la nouvelle. Les bruits couraient vite dans le monde de la mode, dont Bernie, en tant que directeur de Wolff-San Francisco, représentait un membre important. Curieux autant qu'amusé, Berman l'appela immédiatement.

— Alors, on me fait des cachotteries ? demanda-t-il, moqueur.

— Non... Pas vraiment.

— J'ai cru comprendre que Cupidon avait frappé sur la côte ouest. Est-ce seulement une rumeur ?

Il semblait heureux pour son ami de si longue date et ne pouvait lui souhaiter que du bien. Quelle qu'elle fût, il

était sûr que Bernie avait fait le bon choix et espérait bien
la rencontrer.

— Non, c'est vrai. Mais j'aurais aimé vous l'apprendre
moi-même, Paul.

— Alors, allez-y. Qui est-ce ? Tout ce que je sais, c'est
qu'elle a acheté une robe de mariée au troisième étage.

Il était décidément au courant de tout.

— Elle s'appelle Liz et enseigne à l'école, en cours
élémentaire. Elle est originaire de Chicago, a été à
Northwestern, est âgée de vingt-sept ans et a une adorable
petite fille du nom de Jane, qui a cinq ans. Nous pensons
nous marier juste après Noël.

— Tout ceci me paraît magnifique. Comment s'appelle-
t-elle ?

— O'Reilly.

Ayant eu l'occasion de rencontrer Ruth Stern plusieurs
fois, Paul ne put réprimer un grognement.

— Comment a réagi votre mère ?

— Je ne lui ai encore rien annoncé, avoua Bernie avec
un sourire.

— Prévenez-nous quand vous le ferez. Nous devrions
l'entendre d'ici exploser de colère. Ou peut-être s'est-elle
adoucie avec les ans ?

— Pas exactement, non.

— Eh bien, mon cher, je vous souhaite tout le bonheur
du monde. Aurai-je le plaisir de voir Liz, quand vous
viendrez sur la côte est, le mois prochain ?

Bernard projetait d'aller à New York, puis en Europe,
mais Liz ne prévoyait pas de l'accompagner. Elle avait du
travail et devait s'occuper de Jane, sans parler de la
maison qu'ils voulaient louer pour l'année suivante. Il n'y
avait pas de raison d'en acheter une, puisqu'ils seraient
bientôt de retour à New York.

— Je pense qu'elle n'aura pas le temps. Mais nous
comptons sur vous le jour du mariage.

Les invitations, commandées chez Wolff, étaient prêtes,
mais la cérémonie serait intime. Il n'y aurait pas plus de

soixante personnes conviées au repas de noces. Puis ils s'envoleraient pour Hawaii. Tracy, la meilleure amie de Liz, avait déjà promis de rester auprès de Jane pendant ce temps, dans la nouvelle maison.

— Je me ferai un plaisir de venir, précisa Paul. J'imagine qu'à présent vous n'êtes pas si pressé de réintégrer New York.

A ces mots, le cœur de Bernie ne fit qu'un bond.

— Ne croyez pas ça. J'ai l'intention d'y trouver une école pour Jane, et Liz m'accompagnera là-bas le printemps prochain.

Bernard voulait pousser Berman à le rappeler, mais il n'y eut aucun écho au bout du fil.

— Nous pensons l'inscrire pour le mois de septembre, ajouta-t-il.

— Bon... Eh bien, je vous verrai donc à New York dans quelques semaines. Et encore, toutes mes félicitations.

Après cette communication, Bernie resta songeur et, le soir même, il parla à Liz. Il paraissait inquiet.

— Mon Dieu, je ne les laisserai pas me clouer ici pendant trois ans, comme ils l'ont fait pour Chicago !

— Pourras-tu lui en toucher un mot, lorsque tu seras à New York ?

— J'en ai bien l'intention.

Mais, une fois sur la côte est, Bernie n'obtint aucune réponse précise de Paul quant à son retour à New York.

— Vous n'êtes là-bas que depuis quelques mois. Vous devez consolider notre assise à San Francisco, Bernard. Cela a toujours été entendu ainsi entre nous.

— Le magasin marche à merveille. Et je m'y trouve déjà depuis huit mois.

— Il n'est ouvert que depuis cinq mois. Donnez-lui encore un an. Vous savez à quel point nous avons encore besoin de vous. Plus vous resterez, mieux les affaires se porteront. Dans votre domaine, vous êtes le meilleur.

— Une année supplémentaire me semble terriblement long, avoua Bernie.

Pour lui, cela équivalait à une vie entière.

— Ecoutez, Bernie, reparlons-en dans six mois, voulez-vous ?

Paul Berman cherchait à gagner du temps et, ce soir-là, Bernard quitta le magasin très déprimé. Cela tombait mal, puisqu'il avait donné rendez-vous à ses parents. N'ayant pas le temps de monter jusqu'à Scarsdale, il devait les retrouver à La Côte basque. Et il savait combien sa mère avait hâte de le revoir. Pour fêter leurs retrouvailles, il lui avait acheté un sac de lézard beige, le dernier-né de chez Gucci, avec pour fermoir un œil de tigre. C'était plus une œuvre d'art qu'un objet utile et il espérait qu'elle l'aimerait.

Mais en quittant son hôtel pour le restaurant, Bernie se sentait le cœur lourd. C'était une de ces belles soirées d'octobre, si rares à New York, mais tellement habituelles à San Francisco.

De l'intérieur du taxi, Bernard eut l'impression que tout revivait sous ses yeux : les lumières brillaient aux vitrines, les klaxons s'en donnaient à cœur joie et même le ciel paraissait clair. Des limousines s'arrêtaient ici et là pour déposer d'élégantes créatures qui allaient au restaurant, au concert, ou au théâtre.

Soudain lui revint en mémoire tout ce qui lui avait tant manqué ces huit derniers mois et il regretta que Liz ne fût pas là, près de lui, pour partager son plaisir. Bernie se promit de l'emmener avec lui la prochaine fois. Avec un peu de chance, il pourrait faire coïncider ce voyage avec les vacances de Pâques.

En entrant dans son restaurant favori, Bernie inspira profondément pour se pénétrer de l'ambiance qui y régnait. Sous les lumières tamisées, des femmes aux bijoux magnifiques et en robes décolletées bavardaient doucement avec leurs compagnons, tous vêtus de costumes parfaitement coupés, et de cet ensemble émanait une atmosphère de richesse et de puissance.

Après s'être enquis auprès du maître d'hôtel de la place

où se trouvaient ses parents, il se dirigea vers une table dans le fond de la salle et aperçut alors sa mère qui aussitôt se leva pour venir se pendre à son cou, comme si elle allait se noyer. Ce genre d'accueil l'embarrassait toujours et Bernie en venait régulièrement à se détester de ne pas se montrer plus affectueux.

— Bonjour, maman.

— C'est tout ce que tu trouves à me dire, après huit mois ! « Bonjour, maman » ?

Elle semblait choquée et relégua son mari sur une chaise, près de la banquette où elle fit asseoir son fils. En se faisant gronder comme un enfant, Bernie avait l'impression que la salle entière avait les yeux braqués sur lui.

— Nous sommes au restaurant, maman. Tu ne vas pas me faire une scène ici ?

— Tu appelles cela une scène ? Tu ne vois pas ta mère pendant huit mois, tu lui dis à peine bonjour et tu appelles cela une scène !

Il aurait voulu disparaître sous terre Tout le monde pouvait l'entendre crier.

— Je t'ai vue en juin, protesta-t-il à voix basse tout en sachant qu'il était inutile de discuter.

— C'était à San Francisco.

— Et alors ?

— Tu étais tellement occupé que l'on t'a très peu vu.

On inaugurait alors le magasin et Bernie savait pertinemment qu'il avait passé avec elle plus de temps qu'elle ne voulait l'admettre.

— Tu as l'air en pleine forme, lâcha-t-il pour changer de sujet.

Son père commanda deux bourbons ainsi qu'un kir pour Bernie.

— Qu'est-ce que tu bois ? demanda sa mère, inquiète.

— Tu essaieras, c'est très léger. Tu es très belle, maman, insista-t-il.

Pour la énième fois, il regretta que son père ne prît pas part à la conversation. Les discussions se déroulaient toujours ainsi entre sa mère et lui. Chose étonnante, cette fois, Bruce Stern avait oublié d'apporter ses revues médicales. Arrivèrent les boissons. Bernie proposa la sienne à sa mère, qui refusa. Il essayait de juger s'il convenait de parler de Liz à ses parents avant ou après le repas. S'il en parlait après, Ruth l'accuserait d'avoir manqué d'honnêteté envers elle. S'il en parlait avant, elle était capable de lui faire une autre scène et de gâcher la soirée. Avalant une grande gorgée de kir, il décida de se jeter à l'eau.

— J'ai une bonne nouvelle pour toi, maman, laissa-t-il tomber d'une voix mal assurée.

— Tu rentres à New York? demanda-t-elle, anxieuse, sans savoir qu'elle remuait le couteau dans la plaie.

— Non, pas maintenant. Un de ces jours peut-être... Mieux que cela.

— Tu as obtenu une promotion?

Bernie retint son souffle. Il fallait cesser ce jeu de cache-cache.

— Je vais me marier.

Tout stoppa net. Ce fut comme si quelqu'un avait débranché Ruth, pour l'empêcher de parler durant ce qui parut à Bernie une éternité. Elle le regardait fixement et, comme d'habitude, son père n'ouvrit pas la bouche.

— Veux-tu bien m'expliquer, je te prie?

Il leur aurait annoncé qu'il avait été arrêté pour trafic de drogue que leur réaction eût été la même. Il sentit la colère monter.

— C'est une fille merveilleuse, maman. Tu l'aimeras beaucoup. Elle a vingt-sept ans, est ravissante et enseigne en cours élémentaire.

Ce détail prouvait au moins qu'elle était une jeune femme saine et normale, et non entraîneuse ou strip-teaseuse.

— Elle a aussi une petite fille du nom de Jane.

— Elle est divorcée?

— Oui. Et Jane a cinq ans.

Ruth scrutait son fils du regard, cherchant la faille.

— Depuis combien de temps la connais-tu ?

— Depuis mon arrivée à San Francisco, mentit-il en se maudissant de se comporter comme un gamin.

Il fouilla dans ses poches à la recherche des photos qu'il avait apportées. De beaux clichés de Jane et Liz à Stinson Beach. Il les tendit à sa mère qui les examina avant de les passer à son père, lequel eut un regard appréciateur. Puis Ruth planta ses yeux dans ceux de son fils.

— Pourquoi ne nous l'as-tu pas présentée, en juin ?

Peut-être boitait-elle, avait-elle un bec de lièvre ou vivait-elle encore avec un mari dont elle ne pouvait se débarrasser ?

— Je ne la connaissais pas encore.

— Cela veut dire que tu ne l'as rencontrée que depuis quelques semaines et que vous allez vous marier ?

Il était impossible de lui expliquer quoi que ce soit. Ruth, sans prendre de gants, allait, comme d'habitude, droit au but. Et, au fond, peut-être n'était-ce pas si mal.

— Est-elle juive ?

— Non.

Bernie crut qu'elle allait s'évanouir et, à voir son visage, il ne put réprimer un sourire.

— Ne prends pas cet air tragique, pour l'amour du ciel. Tout le monde ne peut être juif.

— Il en existe assez pour que tu puisses en trouver. De quelle religion est-elle alors ?

Ce détail ne la tracassait pas vraiment, mais elle avait besoin de se torturer l'esprit. Bernie décida alors d'en finir.

— Elle est catholique. Son nom est O'Reilly.

— Oh, mon Dieu !

Fermant les yeux, Ruth se laissa tomber contre le dossier et, l'espace d'un instant, Bernie crut vraiment qu'elle s'était évanouie. Eperdu, il tourna la tête vers son père qui, levant calmement une main, lui laissa entendre que ce n'était rien. Un moment plus tard, Ruth ouvrit les paupières et regarda son mari.

— Tu as entendu? Tu te rends compte de ce qu'il fait? Il est en train de me tuer et cela lui est complètement égal.

Elle se mit à pleurer et, dans un geste dramatique, ouvrit son sac, en sortit un mouchoir et se tamponna les yeux, sous le regard intrigué des autres clients et du maître d'hôtel qui se demandait s'ils allaient dîner ou non.

— Je pense que nous devrions commander, proposa Bernard d'une voix calme.

— Tu... Tu peux encore manger? hurla sa mère. Moi, je crois que je vais avoir une attaque.

— Demande un potage, suggéra son mari impassible.

— Non, je pourrais m'étrangler avec.

Bernie aurait bien voulu l'étrangler lui-même.

— C'est une fille très bien, tu sais, maman. Elle te plaira beaucoup.

— Tu as pris ta décision? Quand aura lieu ce mariage?

— Le vingt-neuf décembre, répondit-il en se gardant bien de prononcer le mot Noël.

Cela n'empêcha pourtant pas Ruth de se remettre à pleurer.

— Tout est déjà arrangé... la date... la fille... personne ne me dit rien. Quand as-tu décidé tout ceci? Est-ce pour cela que tu es parti pour la Californie?

C'était sans issue. La soirée allait être très longue.

— Je l'ai rencontrée lorsque j'étais là-bas.

— Comment? Qui vous a présentés? Qui a pu me faire une chose pareille?

Ruth se tamponnait encore les yeux lorsque le potage arriva.

— J'ai fait sa connaissance dans le magasin.

— Comment? Dans l'escalator?

— Mon Dieu, maman! En voilà assez! lâcha-t-il en frappant du poing sur la table.

Ce geste n'eut d'autre effet que de faire sursauter sa mère et leurs voisins les plus proches.

— Je me marie. Point ! J'ai trente-cinq ans et j'épouse une femme adorable. Et franchement, je me moque de savoir si elle est bouddhiste ou orthodoxe. Elle est gentille, c'est une bonne mère et ça me suffit.

Cela dit, il plongea, d'un air décidé et vengeur, sa cuiller dans son consommé.

— Est-elle enceinte ?

— Non.

— Alors pourquoi vous mariez-vous si vite ? Attendez un peu.

— J'ai attendu trente-cinq ans, c'est suffisant.

Ruth poussa un profond soupir et jeta à son fils un regard mélancolique.

— As-tu rencontré ses parents ?

— Non, ils sont morts.

Pendant quelques secondes, elle sembla réellement désolée, mais prit bien garde de ne pas l'avouer à Bernie. Bien droite dans son siège, elle souffrit en silence. Ce fut seulement quand le café arriva que Bernie se souvint du cadeau qu'il lui avait apporté. Il le tendit par-dessus la table, mais, en secouant négativement la tête, Ruth le refusa.

— Ce n'est pas le genre de soirée dont je veux garder le souvenir.

— Prends-le quand même. Il te plaira.

A contrecœur, elle saisit le paquet qu'elle posa sur la banquette, comme s'il s'agissait d'une bombe à retardement.

— Je ne comprends pas comment tu peux agir ainsi.

— C'est la meilleure chose qui puisse m'arriver.

Bernie se sentit subitement déprimé par le comportement impossible de sa mère. Cela aurait pourtant été si simple d'être heureuse pour lui, de le féliciter. En soupirant, il s'appuya contre le dossier de la banquette et avala une gorgée de café.

— J'imagine que tu ne viendras pas au mariage.

Une fois de plus, Ruth pleura et se tamponna les yeux

avec sa serviette, puis, comme si son fils était absent, elle
leva la tête vers son mari.

— Il ne veut même pas de nous à son mariage, articula-
t-elle dans un sanglot.

Bernard se sentait épuisé.

— Maman, je n'ai jamais dit cela. Je croyais seulement
que...

— Il n'y a rien à croire! coupa-t-elle avant de se
retourner vers Bruce. Cette histoire est insensée.

Son mari la consola puis s'adressa à Bernie.

— Tu sais, c'est difficile pour elle. Mais elle va finir par
se faire à cette idée.

— Et toi, papa, qu'en penses-tu? Cela te va? Cette fille
est vraiment bien, tu sais.

C'était ridicule, mais il avait besoin de sa bénédiction.

— J'espère qu'elle te rendra heureux, lui sourit-il avant
de prendre la main de sa femme. Je crois que je vais
reconduire ta mère à la maison. Elle a eu une dure soirée.

Ruth les observa tous deux puis ouvrit le paquet que lui
avait donné Bernie.

— C'est très joli, murmura-t-elle avec un manque
d'enthousiasme flagrant.

Elle essayait en fait de faire passer sur son fils la charge
émotionnelle qu'il lui avait infligée. Si elle avait pu le
poursuivre en justice, elle l'aurait fait.

— Je ne porte jamais de beige, laissa-t-elle tomber.

« Mis à part tous les autres jours », pensa Bernard qui
se garda bien de le lui faire remarquer. Il savait que, la
prochaine fois où il la verrait, elle aurait son sac à la main.

— Je regrette. Je pensais que tu l'aimerais.

Bernie insista pour payer l'addition et, tandis qu'ils
sortaient du restaurant, sa mère le saisit par le bras.

— Quand reviendras-tu à New York?

— Pas avant le printemps. Je pars demain pour l'Europe et je retournerais directement de Paris à San Francisco

Il ne se sentait plus d'humeur à lui faire plaisir et parlait avec une froideur évidente.

— Tu ne peux pas t'arrêter une nuit à New York? demanda-t-elle, anéantie.

— Je n'ai pas le temps. Une réunion importante. Je te verrai au mariage, si tu viens.

Ruth hésita puis hasarda :

— Je voudrais que tu viennes passer Thanksgiving avec nous. Ce sera la dernière fois.

Sur ces mots, elle emprunta la porte tournante et, suivie des deux hommes, se retrouva sur le trottoir, face à son fils.

— Je ne vais pas en prison, maman, je me marie. Ce n'est pas la fin du monde. Et j'espère que l'année prochaine je serai de retour à New York où nous pourrons passer Thanksgiving tous ensemble.

— Toi et cette fille? Quel est son nom déjà? questionna-t-elle en prenant l'air tragique de celle qui a un trou de mémoire.

Bernard savait cependant qu'elle aurait pu réciter par cœur tous les détails qu'il lui avait donnés sur « cette fille » et ceux qu'elle avait vus sur les photos.

— Elle s'appelle Liz. Et elle va devenir ma femme. Essaie de t'en souvenir.

Il l'embrassa et héla pour eux un taxi, ne désirant pas prolonger plus longtemps leur entrevue.

— Tu ne viendras pas pour Thanksgiving? demanda-t-elle en s'accrochant à la portière du véhicule et en pleurant à chaudes larmes.

Pour toute réponse, Bernie fit signe que non et aida fermement sa mère à monter dans la voiture.

— C'est impossible. Je te téléphonerai à mon retour de Paris.

— Il faut que nous parlions de ce mariage, insista-t-elle, les mains agrippées à la vitre ouverte.

— Il n'y a plus rien à dire. Ce sera le vingt-neuf décembre, à la synagogue Emmanuel, et la réception aura lieu dans un petit hôtel de Sausalito que Liz aime beaucoup.

Sa mère aurait encore voulu lui demander si la jeune femme était une hippie, mais elle n'en eut pas le loisir, Bruce donnant déjà leur adresse au chauffeur.

— Je n'ai rien à me mettre.

— Va au magasin et choisis quelque chose qui te plaît. Je m'occuperai du reste.

Ruth réalisa soudain ce qu'il venait de dire.

— Elle veut bien se marier à la synagogue? interrogea-t-elle, surprise.

Elle n'aurait jamais cru que les catholiques pussent faire une chose pareille. Mais cette fille était divorcée... Peut-être avait-elle été excommuniée ou quelque chose de ce genre?

— Oui, elle veut bien se marier à la synagogue. Et tu l'aimeras, maman, déclara-t-il en lui effleurant la main.

Les yeux encore pleins de larmes, Ruth lui souriait.

— Mazel tov, lui souhaita-t-elle brusquement avant de s'enfoncer dans son siège.

Le taxi démarra en trombe devant Bernie qui poussa un profond soupir de soulagement. Il avait tout dit.

10

Ils passèrent la fête de Thanksgiving dans l'appartement de Liz, en compagnie de son amie Tracy. C'était une jolie femme d'à peine plus de quarante ans, qui avait fini d'élever ses enfants. Son fils étudiait à l'université Yale et sa fille, mariée, vivait à Philadelphie. Le mari de Tracy était mort quatorze ans plus tôt et elle faisait partie de ces personnes chaleureuses qui relèvent la tête malgré le malheur qui les frappe. Sans jamais se plaindre, elle aimait jardiner et cuisiner, possédait plusieurs chats et un labrador, et vivait dans un petit trois-pièces de Sausalito.

Elle avait fait de Liz son amie lorsque celle-ci s'était mise à enseigner et l'avait beaucoup aidée pendant les années difficiles où la jeune femme vivait seule et presque sans argent pour nourrir sa fille. Parfois, pour que Liz puisse se distraire au cinéma, elle lui gardait son enfant. Et personne ne fut plus heureux que Tracy d'apprendre le nouveau bonheur de son amie. Elle avait déjà accepté d'être demoiselle d'honneur à son mariage et Bernie l'aima tout de suite beaucoup.

C'était une femme grande et mince, qui venait de l'Etat de Washington et n'avait jamais mis les pieds à New York. A ses yeux Bernard était la meilleure chose qui pût arriver à Elizabeth. Il représentait l'homme idéal, tout comme son mari l'avait été pour elle jusqu'à sa mort. Tracy et lui avaient été faits l'un pour l'autre, pour se comprendre, pour vivre ensemble. Jamais elle n'avait retrouvé quelqu'un comme lui et, depuis longtemps, elle avait cessé de lui chercher un remplaçant. Sa vie simple à Sausalito, ses quelques amis et ses enfants lui suffisaient. Elle cherchait à présent à mettre de l'argent de côté pour aller à Philadelphie, voir son petit-fils qu'elle ne connaissait pas.

— Nous pourrions l'aider, proposa un jour Bernie à Liz.

Vis-à-vis de Tracy, il était vaguement gêné de posséder une voiture de luxe, de s'acheter des vêtements fort coûteux, d'avoir offert à sa fiancée un diamant de huit carats ou d'avoir acheté, à très haut prix, une poupée ancienne pour l'anniversaire de Jane, alors que l'amie de Liz économisait chaque dollar pour pouvoir se payer le voyage jusqu'à Philadelphie.

— C'est injuste, dit-il.

— Je ne pense pas qu'elle acceptera quoi que ce soit de nous, répliqua Liz.

Elle avait encore du mal à se faire à l'idée qu'elle n'aurait plus aucun souci financier, bien qu'elle ne voulût pas extorquer le moindre cent à Bernard avant leur mariage. Cela n'empêchait pas son fiancé de la couvrir de cadeaux somptueux.

— Même sous forme de prêt?

N'y tenant plus, il finit par en toucher lui-même un mot à Tracy. Liz était partie coucher Jane, la soirée était calme et Bernie s'installa près de leur amie, devant le feu.

— Je ne sais pas comment formuler ma proposition, Tracy, articula-t-il, horriblement mal à l'aise.

— Vous voulez coucher avec moi? J'en serais ravie, laissa-t-elle tomber avec son habituel sens de l'humour.

Elle avait le visage d'une enfant, avec la peau lisse, le teint frais et de grands yeux clairs et limpides.

— Ce n'est pas exactement ce à quoi je pensais, bredouilla Bernie après un instant de surprise amusée.

Puis, prenant le taureau par les cornes, il lui avoua ce qu'il avait sur le cœur. A ces mots, Tracy fut incapable de retenir ses larmes et, dans un geste d'impuissance, saisit le bras de Bernard. Elle avait de grandes mains, longues et solides, des mains qui avaient pris soin de deux enfants et d'un époux, les mains d'un être courageux.

— Vous voyez, Bernie, s'il s'agissait d'autre chose, une robe, une maison ou une voiture, j'aurais refusé tout net. Mais... je désire tellement voir cet enfant... faire sa connaissance... Je n'accepterai que si vous considérez cela comme un prêt.

Bernard alla lui-même acheter un billet pour Philadelphie et, une semaine avant Noël, ils l'accompagnèrent à l'aéroport. Tracy leur était profondément reconnaissante de ce cadeau qu'ils lui faisaient. Elle promit d'être rentrée le vingt-sept décembre, deux jours avant le mariage.

La période de Noël fut particulièrement agitée, cette année-là. Bernie emmena Jane voir le Père Noël au magasin, puis ils célébrèrent Hanoukka tous ensemble. Il leur fallait également s'occuper du déménagement, d'où une joyeuse pagaille. Bernie s'installa dans la nouvelle maison le vingt-trois et Jane et Liz le rejoignirent le vingt-sept. Le jour même, ils allèrent chercher Tracy, qui revint rayonnante de bonheur et leur parla du bébé les larmes aux yeux.

— Il a deux dents! Vous rendez-vous compte, à cinq mois!

Elle se montrait si fière qu'ils la taquinèrent tout au long du chemin de retour, avant de l'emmener chez eux pour qu'elle admire leur nouvelle installation. C'était une ravissante petite maison victorienne, à flanc de colline, tout près d'un parc, et qu'ils avaient louée pour un an, Bernie espérant être de retour à New York avant cette date.

— Quand vos parents doivent-ils arriver, Bernie?

— Demain soir, soupira-t-il. J'ai l'impression d'attendre la visite d'Attila.

— Est-ce que je pourrai l'appeler Grand-Mère? demanda Jane dans un bâillement.

— Bien sûr, ma chérie, répondit-il en priant le ciel pour que sa mère accepte ce petit nom.

Peu après, Tracy récupéra la voiture qu'elle avait laissée dans leur garage et rentra chez elle. Liz grimpa dans leur nouveau lit et passa les bras autour du cou de Bernie. Qu'il était agréable d'avoir enfin un vrai chez-soi au lieu de courir entre deux ou trois endroits différents! Elle commençait à se blottir contre son compagnon lorsqu'ils entendirent une petite voix à l'entrée de leur chambre.

— J'ai peur.

— Peur de quoi? demanda Bernard qui avait sauté du lit pendant que Liz riait sous les couvertures.

— Je crois qu'il y a un monstre sous mon lit.

— Mais non, il n'y a rien. J'ai vérifié toute la maison avant que nous nous y installions. Tu peux me croire.

Devant la fillette, il essayait de paraître sincère, mais restait embarrassé d'avoir été surpris au lit avec sa mère.

— Alors, il est venu après... Les déménageurs l'ont laissé entrer, insista-t-elle.

Jane semblait réellement mal à l'aise mais Liz émergea des draps, la mine sévère.

— Jane, tu retournes tout de suite au lit.

— J'ai trop peur, pleurnicha-t-elle en s'accrochant à Bernie.

— Alors, je monte avec toi et nous regardons ensemble s'il y a un monstre. D'accord? proposa-t-il

— Tu y vas le premier. — Elle regarda tour à tour sa mère puis Bernie, avant d'ajouter : — Comment se fait-il que tu dormes dans le lit de maman, si vous n'êtes pas mariés? On n'a pas le droit.

— Eh bien... c'est que... cela se fait dans certains cas. C'est plus pratique... tu comprends... Bon, si on allait voir ce monstre?

Se félicitant d'avoir eu la bonne idée de porter un pyjama, il prit la petite fille par la main.

— Est-ce que je peux dormir avec vous? hasarda-t-elle.

Liz était résolument contre. Si elle la laissait monter

dans son lit, elle savait qu'il faudrait trois semaines de discussion pour lui faire changer d'avis.

— Je l'emmène au lit, déclara-t-elle en se levant à son tour.

— Juste ce soir, plaida Bernie. C'est une nouvelle maison...

Jane le gratifia d'un regard ravi et le suivit vers l'énorme lit où, cela lui parut évident, il y avait de la place pour trois.

— J'abandonne, murmura Liz en se poussant pour laisser monter sa fille qui se glissa entre eux deux.

— C'est amusant, observa Jane en se calant bien au chaud sous les couvertures.

11

L'avion atterrit avec vingt minutes de retard, en raison
du mauvais temps qui sévissait à New York. Bernie avait
décidé de venir seul accueillir ses parents. Plus tard, quand
il les aurait installés au Huntington Hotel, Liz les rejoindrait pour faire connaissance devant un cocktail. Ensuite,
ils iraient dîner à l'Etoile, lieu cher aux deux fiancés. Ils y
avaient passé leur première nuit ensemble, s'y étaient
aimés pour la première fois et, ce soir-là, Bernie avait
offert à Liz la bague qui scellait leur amour.

Après la cérémonie, ses parents partiraient pour Mexico
et Liz et son mari pour Hawaii. Cette soirée serait donc
leur unique chance de passer quelques moments ensemble
et de lier connaissance. Ruth aurait bien voulu arriver une
semaine avant, mais, avec l'agitation de Noël chez Wolff,
les soldes à préparer et enfin le déménagement, Bernie
n'avait guère de temps à consacrer à ses parents. Aussi
leur avait-il déconseillé de venir plus tôt.

Consciencieusement, il examinait chaque passager
débouchant du couloir, puis il distingua le visage familier
de sa mère portant une toque de fourrure et un nouveau
manteau de vison. Elle avait à la main le sac de voyage
Louis Vuitton qu'il lui avait offert un an auparavant et
sourit en lui ouvrant les bras.

— Bonjour, chéri ! lança-t-elle en étreignant son fils qui
répondit par une affectueuse accolade

Légèrement en retrait, son père, vêtu d'un manteau au col de fourrure, lui tendit la main en souriant.

— Bonjour papa, articula-t-il avec un plaisir non feint. Tu es superbe, maman.

— Toi aussi, Bernard, répliqua-t-elle en le scrutant du regard. Un peu fatigué peut-être, mais Hawaii te fera le plus grand bien.

— Oh oui, j'en ai besoin.

Lis et Bernie prévoyaient d'y rester trois semaines, Liz ayant obtenu un congé de l'école.

— Mais où est-elle ? interrogea alors Ruth, intriguée.

— Elle ne m'a pas accompagné. J'ai jugé plus sage de vous installer d'abord à l'hôtel puis de nous retrouver tous ensemble pour le dîner.

Liz devait les rencontrer au bar à six heures, pour dîner vers sept heures. Fatigués par le décalage horaire, les parents de Bernard devraient se coucher tôt pour être en forme le lendemain. Il y aurait d'abord la cérémonie à la synagogue, suivie du repas de noces à l'Alta Mira Hotel, puis leur départ pour Acapulco.

— Pourquoi n'est-elle pas venue ? insista Ruth, prête à jouer les contrariées.

Bernie espérait vaguement qu'elle finirait un jour par changer. Mais non. C'était un vœu pieux.

— Nous avons tellement à faire, maman. La nouvelle maison et tout le reste...

— Ne pouvait-elle pas se déplacer pour accueillir sa future belle-mère ?

— Elle nous retrouve à l'hôtel, répéta-t-il.

Ruth eut un sourire brave puis glissa son bras sous celui de son fils avant de se diriger vers la réception des bagages. Bernie eut l'impression que ses parents se trouvaient, pour une fois, particulièrement de bonne humeur. Il ne fut fait aucune mention de voisins ou amis morts ou divorcés, ou des ravages provoqués par la mise sur le marché d'un produit hautement toxique. Sa mère ne se plaignit même pas de la possible disparition d'une de ses

valises, qui finit par arriver bonne dernière et que Bernie
attrapa avec un soupir de soulagement.

Sur le chemin de l'hôtel, ils bavardèrent agréablement,
Bernie exposant ses projets et Ruth racontant à quel
point elle aimait la robe qu'elle avait achetée chez Wolff :
une tenue vert pâle qui lui allait à ravir mais dont elle ne
voulut rien révéler de plus. Bernie conversait encore
plaisamment avec eux lorsqu'il les déposa devant l'hôtel
en leur promettant, comme à des enfants, de venir les
rechercher dans une heure.

Puis il sauta à nouveau dans sa voiture et rentra chez lui
pour se changer et prendre Liz qui l'attendait. En arrivant,
il la trouva sous la douche. Jane s'amusait seule dans sa
chambre avec une poupée. Depuis plusieurs jours, elle lui
semblait mélancolique et il se demandait si le déménagement n'y était pas pour quelque chose. La petite fille avait
passé la nuit précédente dans leur lit et Bernie avait
promis à Liz que cela ne se reproduirait pas.

— Salut ! Ça va ? lui demanda-t-il en s'arrêtant sur le
seuil.

Jane le regarda en souriant, lui fit signe d'entrer et
Bernard vint s'asseoir près d'elle. Et, tout à coup, elle se
mit à rire :

— Tu ressembles à Boucle d'Or !

— Avec une barbe ?

— C'est vrai !

— Soit, tu as raison... Alors, tu vas bien aujourd'hui ?

— Oui, pas mal.

— As-tu toujours peur qu'un monstre se cache sous ton
lit ? On peut regarder. Tu vois, il n'y a rien.

— Je sais bien, déclara-t-elle l'air hautain comme si elle
n'avait jamais pu penser une chose pareille. Il n'y a que les
bébés qui croient ça, ou les enfants qui veulent dormir
avec leurs parents.

— Alors, qu'est-ce qui te tracasse ?

— Tu vas me prendre ma maman... pendant longtemps, lâcha-t-elle, les larmes aux yeux.

Bernie se sentit bouleversé de la peine qu'il causait à la fillette.

— Ecoute, c'est notre... voyage de noces. Tante Tracy s'occupera très bien de toi, tu sais, répliqua-t-il sans conviction.

— Je ne veux pas rester avec elle.

— Et pourquoi ?

— Elle va me faire manger des légumes.

— Et si je lui dis de ne pas t'en préparer ?

— Elle en fera quand même. Elle ne mange que ça. Elle dit que les animaux morts sont mauvais pour la santé.

— Je ne présenterais pas les choses de cette manière.

— Elle ne me laisse jamais manger des hot-dogs ou des hamburgers. Et moi, j'aime ça...

— Ecoute, je lui dirai de te laisser manger ce que tu désires.

— Que signifient ces conciliabules ? interrogea Liz sur le pas de la porte.

Elle avait le corps enroulé dans une serviette de bain et les observait, ses longs cheveux blonds tombant en cascade sur ses épaules mouillées.

— Oh, nous discutions...

— As-tu encore faim, Jane ? Il y a des pommes et des bananes dans la cuisine, si tu veux.

— Non, ça va, rétorqua-t-elle en prenant de nouveau un air triste.

— Bernie, si tu ne te presses pas, nous allons être en retard.

Une fois la porte de la salle de bains refermée derrière eux, il murmura :

— Cela ne lui plaît pas du tout que nous partions pour trois semaines.

— Elle te l'a dit ? Moi, elle ne m'en a jamais parlé. Elle se confie à toi parce que tu es un tendre. Et elle a raison, fit-elle en lui passant les bras autour du cou.

Le peignoir glissa le long de sa taille et Bernie soupira de satisfaction en sentant contre lui le corps nu de Liz.

— Ecoute, si tu continues ainsi, je ne pourrai jamais m'habiller, protesta-t-il faiblement.

Lentement, il ôta ses vêtements, se dirigea vers la douche, mais ne put détacher son regard de celle qu'il aimait. Avec tendresse, elle se mit alors à le caresser et Bernie l'étreignit si fort qu'un moment plus tard ils s'embrassaient avec passion. Puis, n'y tenant plus, il alla fermer la porte à clé, ouvrit les robinets de la baignoire et, dans l'air embué de la salle de bains, ils firent l'amour. Et, comme d'habitude, Liz dut se retenir pour ne pas crier de plaisir. Jamais ils ne s'étaient aimés ainsi et ils se sentirent ensuite divinement bien.

— C'était bon, lui avoua Bernie avant de se décider à prendre enfin sa douche.

— Attends ce soir. Ceci n'était qu'une entrée en matière...

Liz le rejoignit sous l'eau tiède et Bernard fut diablement tenté de recommencer mais il se faisait tard. Il ne voulait en aucun cas faire attendre ses parents — ce qui eût été, pour le moins, une mauvaise entrée en matière.

Ils accueillirent la baby-sitter, embrassèrent Jane et montèrent dans la voiture. Liz portait une robe de flanelle grise que Bernie lui avait offerte, ainsi que des escarpins et un collier de perles de chez Chanel. Son diamant scintillait sur sa main fine, sa chevelure était sagement coiffée et son maquillage discret.

Au premier coup d'œil, Bernie vit que sa mère était impressionnée par l'allure de Liz. Debout dans le hall de l'hôtel, elle la regarda approcher en l'analysant de la tête aux pieds, comme pour y trouver un défaut quelconque. Mais tandis qu'ils descendaient vers le bar, la jeune femme au bras de Bruce, Ruth murmura à son fils :

— Elle est vraiment jolie.

Venant d'elle, ce jugement était de grande valeur.

— Elle est superbe, tu veux dire, rétorqua-t-il à voix basse.

— Elle a de beaux cheveux. Leur couleur est-elle naturelle ?

— Bien entendu.

Ils s'assirent à une petite table et commandèrent des apéritifs. Bernie savait que Liz n'en boirait qu'une ou deux gorgées, avant d'aller dîner.

— Alors, interrogea Ruth comme si elle allait prononcer une sentence de mort, comment vous êtes-vous connus ?

— Je te l'ai déjà raconté, maman, reprit Bernie.

— Tu m'as dit que vous vous étiez rencontrés au magasin. Mais tu ne m'as pas expliqué comment.

Liz émit un petit rire nerveux.

— C'est ma fille qui a fait sa connaissance. Elle s'était perdue. Bernard l'a trouvée et l'a emmenée manger une glace pendant que l'on partait à ma recherche.

— Et vous ne vous inquiétiez même pas ?

Liz ne put réprimer un nouveau rire. La description que lui avait faite Bernie de sa mère était juste. Il l'avait prévenue : c'était le Grand Inquisiteur en toque de vison. Mais la jeune femme y était préparée.

— Si, bien sûr. Nous nous sommes retrouvées à l'étage supérieur et ce fut tout. Bernard lui a ensuite envoyé des maillots de bain, je l'ai invité à venir à la plage, il est revenu plusieurs fois... Et voilà. C'est ce qu'on peut appeler, je crois, le coup de foudre.

En rougissant, elle regarda Bernie, et Mme Stern lui sourit. Peut-être était-elle une jeune femme très bien. Peut-être... Il était encore trop tôt pour le dire. Et puis, elle n'était pas juive.

— Et vous espérez que cela durera ? lâcha-t-elle rudement en provoquant chez Bernie une grimace de mécontentement.

— Oh, oui, répondit calmement Liz.

Elle vit alors Ruth fixer avidement sa bague et se sentit soudain gênée. Le diamant de sa future belle-mère était trois fois plus petit que le sien et ce détail n'avait pas manqué d'échapper à ses yeux avisés.

— C'est mon fils qui vous a acheté cela ?

— Oui, admit-elle modestement.

— Vous avez beaucoup de chance.

— Je le sais, madame.

— C'st moi qui ai de la chance, observa Bernie sur un ton bourru mais avec un regard doux.

— Espérons, lança sa mère avant de continuer son questionnaire serré. Bernie m'a dit que vous enseigniez.

— Oui. En cours élémentaire.

— Avez-vous l'intention de continuer, après ?

Connaissant trop bien sa mère et sachant qu'il serait intile d'essayer de l'arrêter en si bon chemin, Bernie réprima difficilement l'envie de lui demander en quoi cela l'intéressait. Elle était à l'apogée de sa gloire, dans le rôle de la mère interrogeant la future épouse de son fils unique. En regardant Liz, si douce et blonde, il eut soudain pitié d'elle et lui prit la main pour l'encourager. Son père avait également les yeux braqués sur elle et songeait qu'elle était vraiment une gentille fille. Mais Ruth n'en avait pas encore la certitude.

— Continuerez-vous de travailler ensuite ? insista-t-elle.

— Oui. Je termine mes cours à deux heures et je serai à la maison avec Jane au moment où Bernie rentrera du travail.

Que pouvait-elle redire à cela ? Sur ces entrefaites, le maître d'hôtel vint les prévenir que leur table était prête. Quand la commande fut passée, Ruth questionna Liz sur l'intérêt de vivre ensemble avant d'être marié, en précisant que ce n'était sans doute pas très bon pour Jane. Liz rougit légèrement. Bernard avait pourtant prévenu sa mère que cette situation ne durerait que deux jours. Mais, ce soir, tout était prétexte à discussion. Ruth se devait de commenter le moindre sujet qui lui tenait à cœur.

— Et ensuite elle se demande pourquoi je n'aime pas la
voir, observa plus tard Bernie, exaspéré.

Même les efforts de son père pour détendre l'atmosphère pendant le repas ne l'avaient pas apaisé.

— C'est plus fort qu'elle, mon chéri. Tu es son seul
enfant.

— Tu me fournis une excellente raison pour en avoir au
moins douze. Parfois, elle me rend fou. La plupart du
temps, d'ailleurs.

— Elle va s'améliorer. Du moins je l'espère. Ai-je
réussi l'examen?

— Brillamment, ma chère. Mon père t'a admirée toute
la soirée. Chaque fois que tu bougeais, il regardait tes
jambes.

— Il a l'air gentil et surtout très intéressant. Il m'a
beaucoup parlé de son métier et nous avons eu une
conversation très agréable pendant que tu t'entretenais
avec ta mère.

— Il aime beaucoup expliquer ce qu'il fait.

Bernard lui jeta un tendre regard, mais le comportement de Ruth continuait de l'ennuyer. Elle s'était comportée toute la soirée d'une façon terriblement embarras-
sante. Il lui plaisait de torturer son fils et, à présent, elle
pouvait assouvir son penchant sur Liz et sur Jane. Cette
pensée l'irritait et le déprimait.

Avant d'aller se coucher, ils restèrent devant le feu à
bavarder au sujet de la cérémonie. Bernie irait se préparer
chez un ami, tandis que Liz resterait à la maison avec Jane.
Tracy viendrait les chercher pour les accompagner à la
synagogue. Le futur mari irait ensuite prendre ses parents
à l'hôtel. Bill Robbins, l'ami architecte de Liz qui lui avait
prêté la maison de Stinson Beach, la conduirait à l'autel.
Ils étaient amis depuis plusieurs années et, bien qu'elle ne
le vît pas souvent, Liz aimait beaucoup cet homme pour
son sérieux et sa droiture.

Puis ils en vinrent au voyage de noces.

— Cela me gêne vraiment de laisser Jane trois semaines, avoua alors Bernie.

— Il ne faut pas, déclara Liz en appuyant la tête contre l'épaule de son compagnon. Nous en avons le droit. Nous n'avons eu que très peu de temps ensemble.

Bien sûr, elle avait raison, mais il se souvenait du regard triste que lui avait lancé Jane, à l'idée qu'elle devait rester avec Tracy.

— Elle est si jeune. Elle n'a que cinq ans. Une lune de miel ne veut rien dire pour elle.

Liz soupira. Elle se sentait également peinée de quitter Jane. Mais il le fallait. Ce voyage était primordial pour eux et Bernard devait s'en rendre compte. D'un autre côté, penser qu'il s'intéressait tant au cas de sa fille lui plaisait infiniment. Il serait un merveilleux père.

— Sais-tu que tu es un tendre ? Un vrai nounours...

Bernie se montrait effectivement très doux. Et lorsque Jane demanda si elle pouvait venir dans leur lit, cette nuit-là, il se poussa pour lui faire de la place et la garda bien serrée contre lui, de façon qu'elle ne réveille pas sa mère. La petite fille se sentait peu à peu devenir son enfant. Lui-même était surpris de constater combien il l'aimait.

Le lendemain matin, ils sortirent du lit en catimini et, sans bruit, préparèrent le petit déjeuner de Liz qu'ils lui apportèrent sur un plateau, accompagné d'une rose.

— Joyeux mariage ! s'écrièrent ils ensemble tandis que Liz entrouvrait un œil.

— Bonjour vous deux. Quand vous êtes-vous levés ?

Observant Bernie, puis Jane, elle les soupçonna de comploter dans son dos. Mais aucun des deux n'éventa la mèche.

Puis le futur marié disparut pour aller se préparer chez son ami. Le mariage avait lieu à midi et Liz coiffa soigneusement sa fille en lui tressant les cheveux avec un ruban de satin blanc. Jane enfila sa jolie robe de velours blanc sur laquelle elle passa un manteau de laine bleu marine que Bernie lui avait apporté de Paris.

Belle comme un ange, elle attendit, sur le seuil de la maison. Sa mère sortit à son tour, parée d'une robe de satin blanc de chez Dior, aux manches ballon et dont la jupe ne descendait pas plus bas que la cheville, de façon que l'on aperçoive les délicats escarpins recouverts du même tissu. La tenue de mariée, ainsi que la coiffure faite de fleurs tombant en cascade sur ses cheveux dorés, formaient un magnifique camaïeu d'ivoire satiné. Elizabeth resplendissait et Tracy l'admira avec des larmes d'émotion dans les yeux.

— Puisses-tu être toujours aussi heureuse qu'aujourd'hui, ma chère Liz, lui souhaita-t-elle en l'embrassant — Elle se tourna vers Jane. — Elle est ravissante, ne trouves-tu pas ?

— Oh, oui ! répondit la fillette qui n'avait d'yeux que pour sa mère.

Jamais elle n'avait vu de maman plus belle.

— Toi aussi, tu es jolie, ajouta Tracy à l'adresse de l'enfant en effleurant ses tresses blondes.

Toutes trois montèrent dans la limousine que Bernie avait louée à leur intention et se firent conduire à la synagogue Emmanuel. C'était une journée magnifique et, lorsqu'elles arrivèrent, Liz sentit son cœur se serrer et étreignit de toutes ses forces la main de sa fille. Elles échangèrent un sourire d'encouragement. C'était un jour tellement important pour elles !

Solennel dans son habit bleu marine, Bill Robbins attendait sur le seuil, l'œil protecteur avec sa barbe grisonnante et ses yeux doux. Les invités étaient déjà assis à l'intérieur et, lorsque retentit la musique, Liz réalisa ce qui lui arrivait. Jusqu'à cet instant, tout s'était déroulé comme dans un rêve et, brusquement, cela devenait réalité.

Au bout du tapis rouge se tenait Bernard qui, avec gravité, la regardait s'avancer et, non loin de lui, Paul Berman. Au premier rang étaient assis M. et Mme Stern.

Mais Liz ne voyait que Bernard, beau et digne dans son habit gris de cérémonie. Rayonnante de beauté, elle marchait lentement vers cet homme, prêt à commencer à ses côtés une vie nouvelle.

12

La réception à l'Alta Mira fut une très belle réussite. Le panorama était magnifique et chacun semblait s'amuser. Ce n'était pas un de ces grands et somptueux hôtels du centre ville, mais l'endroit avait beaucoup de charme et Liz adorait son cachet vieillot. Bernie appréciait tout autant et sa mère elle-même n'y trouva rien à redire. Son fils l'invita pour la première valse, tandis que Bruce entamait un pas de danse avec sa bru. Puis Paul Berman prit le relais auprès de Liz, pendant que le jeune marié proposait galamment son bras à Tracy, sans omettre ensuite d'inclure dans le rituel la petite Jane, ravie de participer à la fête des grands.

— Alors, tu t'amuses bien ?

— Oui, répondit-elle, enchantée de ce qui lui arrivait.

Bernie, cependant, s'en voulait toujours de la laisser seule pendant leur voyage. Il prenait très au sérieux ses nouvelles responsabilités de père, mais Liz s'était gentiment moqué de lui la veille, affirmant qu'ils pouvaient compter sur Tracy. Après tout, ils avaient bien le droit de se retrouver seuls pendant leur lune de miel.

— Je suis juif, souviens-t'en, lui avait-il fait remarquer. Le sentiment de culpabilité a beaucoup d'importance pour nous.

— Utilise-le à d'autres fins. Tout se passera très bien pour elle.

Leur danse terminée, Bernard emmena sa belle-fille au buffet pour l'y laisser choisir tout ce qui lui ferait plaisir, puis l'installa auprès de sa nouvelle grand-mère avant de retourner danser avec Elizabeth.

Jane leva ses grands yeux vers Ruth, qui l'observait attentivement.

— J'aime bien ton chapeau, déclara-t-elle sans l'ombre d'une timidité. Il est en fourrure ?

Cette question fit légèrement sursauter Ruth, mais elle trouvait la fillette ravissante et plutôt bien élevée.

— Oui. C'est du vison.

— C'est joli avec ta robe. Et elle de la même couleur que tes yeux. Tu le savais ?

Malgré elle, Ruth sourit.

— Mais oui. Et toi, tu as de très beaux yeux bleus.

— Merci. Ils sont comme ceux de ma maman... Mon papa est mort, tu sais.

A l'écouter raconter sa vie tout en avalant d'énormes bouchées de rôti, Ruth eut soudain pitié d'elle. Cela n'avait pas dû être facile tous les jours pour Liz et Jane avant l'arrivée de Bernie. Elle n'était pas loin de considérer son fils comme un sauveur. Et sa bru autant que la petite fille étaient certainement de son avis. D'ailleurs, jamais elles ne la contrediraient. Seul son fils était capable de le faire...

— Je suis désolée pour ton père, répliqua-t-elle sans savoir quoi répondre.

— Moi aussi. Mais j'ai un nouveau papa, maintenant... Tu sais que tu es ma seule grand-mère ?

Ruth avait à présent les larmes aux yeux et se sentit gênée que Jane la vît pleurer. Doucement, elle lui prit la main.

— J'en suis fière. Tu es également mon seul petit-enfant.

A ces mots, Jane eut un sourire ravi.

— Je te trouve gentille avec moi. J'avais un peu peur,

avant de te rencontrer. Je croyais que tu serais très vieille ou très méchante.

— Est-ce Bernie qui t'a raconté de telles choses? demanda-t-elle, horrifiée.

— Non. Il m'a dit que tu étais adorable.

Cette réponse sembla tout à fait satisfaire Ruth qui observa avec tendresse la petite fille se servir d'un gâteau sur un plateau que lui proposait un serveur. Jane en donna un morceau à Ruth, qui le mangea en gardant la main de l'enfant serrée dans la sienne.

Le temps que Liz monte se changer avant de partir, elles étaient devenues de grandes amies. Mais lorsque Jane vit sa mère disparaître, elle se mit à pleurer en silence. Du bout de la salle, Bernard se précipita vers elle.

— Que se passe-t-il, ma chérie interrogea-t-il en lui passant un bras autour du cou.

— Je ne veux pas que toi et maman vous partiez.

— Nous ne resterons pas longtemps, je te le promets.

Trois semaines lui semblaient pourtant une éternité et Bernie le comprenait parfaitement. Lui-même souffrait de devoir la laisser tant de temps avec une tierce personne. Lorsque Tracy s'approcha d'eux, les pleurs de la petite fille redoublèrent, ce qui eut pour effet d'attirer la mère de Bernie. Aussitôt, Jane s'accrocha à son cou comme si elle l'avait toujours connue.

— Mon Dieu, mais que lui arrive-t-il?

Son fils lui expliqua les raisons du chagrin de Jane et Ruth ne put s'empêcher de soupirer :

— Emmenez-la avec vous.

— Je ne crois pas que Liz apprécierait cette idée. C'est notre voyage de noces...

Sa mère lui jeta un regard chargé de reproches.

— Tu le regretteras toujours. Et la savoir seule ici te gâchera tout ton plaisir.

— Tu as sans doute raison, maman, déclara-t-il avant de partir rejoindre Liz.

— Nous ne pouvons l'emmener avec nous, lui rétorqua

sa femme un moment plus tard. Ses bagages ne sont pas faits et nous n'avons même pas de chambre pour elle à l'hôtel.

— Nous en trouverons une... Au besoin, nous irons autre part.

— Et s'il ne reste aucune chambre de libre ?

— Elle dormira avec nous... Et nous ferons plus tard un second voyage de noces, lâcha-t-il dans un demi-sourire.

— Bernard Stern... Que t'arrive-t-il ? demanda-t-elle, à la fois décontenancée et heureuse d'être tombée sur un homme qui aimait tant sa fille.

Elle éprouvait de toute façon quelques remords de la laisser à San Francisco et, au fond, l'idée de Bernie simplifiait les choses.

— D'accord, fit-elle. Alors que faisons-nous ? Nous courons faire ses bagages ?

— Aussi vite que possible.

Après avoir jeté un coup d'œil à sa montre, Bernie descendit à la réception, embrassa rapidement sa mère, salua son père puis Paul Berman et souleva Jane dans ses bras au moment même où Liz apparaissait. Des grains de riz volèrent de toute part et la petite fille, effrayée, crut que son beau-père lui disait au revoir. Mais celui-ci l'étreignit encore plus fort et lui murmura :

— Tu viens avec nous. Seulement, ferme les yeux pour les protéger des grains de riz.

Heureuse, elle serra les paupières du plus fort qu'elle put. De sa main libre, Bernie empoigna celle de sa femme et tous trois coururent vers la sortie, pour se retrouver enfin dans la limousine qui les conduisit à toute vitesse vers San Francisco.

Dix minutes leur furent nécessaires pour faire la valise de Jane, sans oublier les maillots de bain que Bernie lui avait offerts, et ils arrivèrent à temps à l'aéroport. Dans l'avion, il restait une place libre en première classe, que Bernie acheta pour Jane, en espérant qu'ils auraient autant de chance à l'hôtel. Quelle victoire pour la fillette !

Elle se cala confortablement contre son nouveau papa puis termina le voyage la tête posée sur les genoux de sa mère. Ils étaient tous trois mariés...

Tendrement, Bernie se pencha pour embrasser Liz, au moment où les lumières baissaient pour laisser les passagers regarder le film.

— Je vous aime, madame Stern.

— Moi aussi, je t'aime, murmura-t-elle en lui jetant un baiser de loin afin de ne pas réveiller l'enfant.

Ils passèrent la nuit à Waikiki et, le jour suivant, s'envolèrent pour Kona, une des îles d'Hawaii. Décidément, les dieux étaient de leur côté. A l'hôtel Mauna Kea, où ils avaient réservé, une chambre était libre à côté de la leur. Cela ne changea de toute façon pas grand-chose : à Mauna Kea, il y avait aussi un monstre sous le lit de Jane et celle-ci passa la plupart de ses nuits à dormir entre les deux jeunes mariés.

C'était une lune de miel qu'ils partageaient à trois et sans aucun doute, une histoire qu'ils se raconteraient plus tard en riant.

— Je t'emmène à Paris au printemps, je te le jure! promit Bernard à Liz.

— Jusqu'à ce qu'elle nous refasse le même chantage.

— Non, je te promets. Il ne sera plus question de sentiment de culpabilité.

Au fond, Liz s'en faisait peu. Elle était heureuse. Se penchant au-dessus de Jane qui dormait déjà, elle embrassa son mari. C'était leur vie, qu'ils partageaient avec la petite.

Ces trois semaines furent paradisiaques et ils rentrèrent de leur lune de miel reposés et bronzés. De retour à l'école, Jane expliqua à qui voulait l'entendre qu'elle était allée en voyage de noces avec sa maman. C'était un souvenir que tous trois chériraient longtemps.

13

Les mois qui suivirent leur voyage à Hawaii se déroulèrent à une vitesse hallucinante. Bernie préparait les défilés d'été et d'automne qui auraient lieu dans le magasin, commandait de nouvelles marchandises et rencontrait beaucoup de gens venant de New York. Liz était très occupée à décorer et installer leur nouvelle demeure, cuisinait et jouait parfaitement son rôle de maîtresse de maison. Il n'y avait rien qu'elle ne sache faire. Elle jardinait également, faisant pousser des roses et quelques légumes.

Avril arriva sans qu'ils y prissent garde. Comme chaque année, Bernie devait se rendre à New York et en Europe. Liz n'avait jamais mis les pieds dans cette ville ni en Europe et il avait hâte de l'y emmener. Bernard était tenté de prendre Jane avec eux, mais il avait promis à Liz que ce voyage serait leur véritable lune de miel.

Ils devaient partir pendant les vacances scolaires et la fillette disposait également de deux semaines. Fort opportunément, les parents de Bernie proposèrent à Jane de les passer à Scarsdale en leur compagnie. Jane était tellement excitée à cette idée qu'elle en oubliait de réaliser qu'elle ne partait pas en Europe avec ses parents.

— Et nous irons au Radio City Music Hall ! annonça-t-elle triomphante dans l'avion.

Elle se réjouissait également d'aller visiter le musée

d'Histoire naturelle où elle verrait les dinosaures qu'elle étudiait cette année à l'école, de monter à l'Empire State Building ou tout en haut de la statue de la Liberté. Elle attendait ces événements avec une grande hâte, et d'après ce que Bernie pouvait comprendre au téléphone, Ruth aussi. Leurs coups de fil se révélaient d'ailleurs beaucoup plus agréables et détendus, ces derniers jours. Liz appelait constamment sa belle-mère pour lui dire bonjour ou lui donner des nouvelles ce qui soulageait grandement Bernie. De toute façon, il n'y avait qu'une personne à qui sa mère désirait vraiment parler : Jane. Bernie était épaté de constater comme elle aimait les enfants, et la petite l'adorait. Elle était enchantée de s'être trouvé une grand-mère et avait même demandé très solennellement à Bernie si elle pouvait utiliser son nom à l'école.

— Bien sûr, avait-il répondu, légèrement surpris.

Le lendemain matin, donc, Jane devint officiellement Mlle Stern à l'école.

— Maintenant je suis aussi mariée avec toi, lui avait-elle lancé, radieuse.

Liz était contente de savoir sa fille chez ses grands-parents pendant son absence. Tracy avait bien proposé de la prendre, mais, ces derniers temps, le torchon brûlait entre elle et Jane.

Tracy ne faisait qu'en rire, heureuse de voir l'harmonie qui régnait au sein de la nouvelle petite famille.

A New York, Grandma Ruth les attendait à l'aéroport Kennedy.

— Comment va mon petit amour ?

Pour la première fois de sa vie, Bernie ne sentit personne se pendre à son cou en l'assaillant de questions, et cela lui parut étrange. En voyant Jane se précipiter dans les bras de Ruth, il ne put réprimer quelques larmes d'émotion. Il serra chaleureusement la main de son père et embrassa enfin sa mère.

Tous les cinq partirent pour Scarsdale, en bavardant gaiement. C'était comme si, tout à coup, ils étaient devenus une vraie famille et non plus des ennemis. Bernie réalisa alors que cette nouvelle entente était due à la présence de Liz et à la façon remarquable avec laquelle elle savait réunir les gens. Et quel soulagement pour lui de constater comme elle était acceptée par ses parents! Longtemps, il avait eu peur qu'ils la refusent et n'avait pas imaginé quel impact aurait sur eux le fait de devenir grands-parents.

— Et en plus, je m'appelle comme vous, annonça fièrement Jane. C'est bien plus facile à épeler que mon ancien nom.

Elle venait de perdre sa première dent et raconta à sa grand-mère comme la petite souris l'avait gâtée.

— Cinquante cents? s'étonna Ruth. Mais avant on n'en recevait que dix.

— C'était le vieux temps, corrigea la petite fille avec dédain. Je t'achèterai une glace avec, Grandma.

Une fois de plus, le cœur de Ruth fondit et elle serra les mains de l'enfant dans les siennes.

— Tu sais, nous allons bien nous amuser, pendant que ton papa et ta maman seront partis.

Jane appelait Bernie « papa » à présent et celui-ci avait même proposé à Liz de l'adopter officiellement.

— Tu en as le droit, avait-elle répondu. Son père nous ayant abandonnées, nous pouvons faire ce que nous voulons. Mais je ne vois pas pourquoi tu te jetterais dans toutes ces complications. A partir du moment où elle utilise ton nom, celui-ci devient légal après quelques années. Et, de toute façon, c'est elle seule qui a décidé de t'appeler papa.

Bernie avait fini par tomber d'accord avec Liz. Il était inutile d'amener Jane devant la cour pour une histoire de nom.

Pour la première fois, depuis longtemps, Bernie resta coucher dans la maison de ses parents et il s'étonna de constater comme il était agréable de s'y trouver en compagnie de sa femme et de Jane. Liz aida Ruth pour la cuisine et la vaisselle : la bonne était malade. Ce fut la seule mauvaise nouvelle que sa mère annonça ce soir-là. Tous étaient de fort bonne humeur. Le seul problème pour Bernie fut qu'il se sentit terriblement mal à l'aise lorsque Liz lui demanda de faire l'amour avec lui, cette nuit-là.

— Et si ma mère arrive? soupira-t-il dans l'obscurité.

— Je sauterai par la fenêtre et attendrai sur la pelouse jusqu'à ce qu'il n'y ait personne en vue, railla-t-elle.

— Cela me paraît une bonne idée, ma chérie...

Doucement, il glissa une main sous la chemise de nuit de satin et ils étouffèrent des rires, luttèrent, s'embrassèrent et s'aimèrent en silence, chuchotant comme des enfants en train de faire une bêtise. Plus tard, apaisé, Bernie avoua à Liz combien sa présence avait changé l'atmosphère qui régnait dans la famille.

— Tu ne peux imaginer comment était ma mère avant que tu arrives. Je t'assure que parfois je la haïssais.

— Je crois que c'est Jane la responsable de ce coup de charme.

— Non, toutes les deux. Tu es la femme la plus remarquable que j'aie jamais rencontrée.

— Encore plus qu'Isabelle? se moqua-t-elle.

— Au moins tu ne m'as pas encore volé ma montre... seulement le cœur.

— C'est tout? fit-elle avec une moue, qui fit naître à nouveau un violent désir chez Bernie.

Tous deux eurent l'impression qu'une nouvelle lune de miel commençait pour eux. Cette nuit-là, Jane ne tenta même pas de venir dormir avec eux et c'était tout aussi bien parce que la chemise de nuit de Liz avait disparu quelque part sous le lit et que Bernie n'avait plus de pyjama.

Le lendemain matin, durant le petit déjeuner, ils affichèrent l'air le plus respectable du monde et Ruth annonça qu'elle et Jane avaient pressé des oranges pour toute la famille.

— Nous n'aurons pas le temps de vous accompagner à l'aéroport, aujourd'hui, expliquèrent-elles avec un sourire complice. Nous allons au Radio City Music Hall ; nous avons déjà les billets.

Jane était tellement excitée à cette idée qu'elle avait du mal à contenir sa joie et Bernie en fut tout heureux. Sa mère, admit-il, avait agi intelligemment : elle s'était arrangée pour éviter à la petite d'accompagner ses parents et de pleurer en les voyant partir. Ainsi, ce furent eux qui lui dirent au revoir lorsqu'elle monta dans le train, accompagnée de sa grand-mère, pour retrouver Bruce au Plaza Hotel. Une journée féerique se préparait.

— Nous irons même nous promener en voiture à cheval ! s'écria-t-elle avant de les embrasser.

Seulement alors, sa lèvre trembla légèrement, mais comme le train démarrait, elle sourit à nouveau et se mit à bavarder avec Ruth. Bernie et Liz rentrèrent tranquillement et refirent l'amour, comme deux amants seuls au monde.

En partant, ils fermèrent soigneusement la maison derrière eux, montèrent dans un taxi qui les mena à l'aéroport, et leur lune de miel commença.

— Prête à affronter Paris ?

— Oui, monsieur, répondit Liz en français.

Ils prirent un vol d'Air France et débarquèrent à Orly le matin suivant, à huit heures. Deux heures plus tard, ils se trouvaient au Ritz. Wolff avait mis une limousine à leur disposition et Liz fut frappée par le luxe et la beauté de l'établissement. Elle n'avait encore jamais vu de réception aussi belle, emplie de femmes élégamment vêtues, traînant en laisse caniche ou pékinois. Les magasins du faubourg Saint-Honoré l'éblouirent littéralement.

Ce séjour à Paris se passait comme dans un rêve et Bernard emmena sa jeune femme partout : au Fouquet's, chez Maxim's, à la Tour d'Argent, en haut de la tour Eiffel, sur l'Arc de triomphe. Il n'omit bien sûr pas de lui montrer les Galeries Lafayette, le Louvre, le musée Rodin et celui du Jeu de paume. Cette semaine fut la plus belle de sa vie et Liz aurait bien voulu qu'elle ne s'arrêtât jamais. Puis ils s'envolèrent pour Rome et Milan, afin d'assister à plusieurs défilés de mode.

Bernard avait pour mission de choisir les articles à emporter pour Wolff, et faire le tri dans toutes les merveilles étalées devant lui se révélait une tâche ardue. Liz était très impressionnée par le travail qu'il abattait et passa son temps près de lui, prenant des notes, essayant même des vêtements pour montrer l'effet qu'ils faisaient sur une « simple mortelle » et non sur un mannequin expérimenté. Alors, elle lui disait ses impressions, en se permettant de temps à autre une suggestion.

Elle apprit ainsi beaucoup sur le métier de son mari et se découvrit une passion pour la mode. Elle accordait plus d'importance maintenant à ce qu'elle portait, y compris les accessoires. Elle mettait naturellement en valeur les vêtements et soudain, de très jolie, elle devint saisissante de beauté. Liz se sentait heureuse comme jamais elle ne l'avait été, voyageant aux côtés de Bernie, travaillant près de lui et, parfois en plein après-midi, retournant avec lui à l'hôtel pour faire l'amour et passer ensuite la nuit dehors à se promener sur la Via Veneto ou jeter des pièces dans la fontaine de Trevi.

— Dis-moi quel est ton souhait, mon amour.

— Tu verras bien, répondit-elle d'un air mystérieux.

— Et comment le saurais-je ?

Mais Bernie croyait déjà deviner. Tous deux désiraient la même chose.

— Ton souhait pourrait-il te rendre grosse et ronde ? hasarda-t-il.

Il avait hâte de la voir porter leur enfant. Cependant, ils n'essayaient pas depuis très longtemps et il n'y avait donc pas beaucoup de chances pour qu'elle fût déjà enceinte.

— Si je te révèle ce que je désire, cela ne se réalisera pas.

Lentement, ils retournèrent à l'Excelsior et firent

encore l'amour, avec la pensée délicieuse qu'ils pourraient concevoir un enfant durant leur seconde lune de miel. Mais, en arrivant à Londres pour les deux derniers jours de leur voyage, Liz comprit qu'elle n'attendait pas de bébé et en fut si déçue qu'elle pleura en annonçant à Bernard la mauvaise nouvelle.

— Ce n'est pas grave, la consola-t-il en l'embrassant tendrement. Nous essaierons encore.

Une heure plus tard, ils se remettaient à l'œuvre tout en sachant que cela ne donnerait aucun résultat pratique, mais passèrent néanmoins un fort agréable moment.

A leur retour à New York, ils montraient un visage épanoui de bonheur, et visiblement, ne se trouvaient pas les seuls dans ce cas. Jane passa deux heures à leur raconter tout ce qu'elle avait vu et fait pendant leur absence et il leur sembla que Grandma Ruth lui avait acheté un magasin entier de jouets.

— Il va nous falloir un camion pour les rapporter à la maison, s'exclama Bernie en voyant poupées, peluches et cheval à bascule s'entasser dans sa petite chambre.

— Elle n'avait rien pour jouer, expliqua Ruth. Tout ce qui me restait étaient tes vieilles voitures ou les restes de ton train électrique.

Acheter tous ces jouets pour sa petite-fille l'avait enchantée. Son fils lui tendit alors une boîte venant de chez Bulgari, qui contenait une splendide paire de boucles d'oreilles formées d'anciennes pièces de monnaie cerclées de brillants. Il avait offert les mêmes à Liz qui en était folle. Ruth les aima tout autant et les mit immédiatement pour les montrer à Bruce.

Liz tenait sa fille serrée contre elle. La petite lui avait beaucoup manqué, malgré le merveilleux voyage qu'elle venait de faire.

Les jours qu'ils passèrent ensuite à New York furent non moins agréables. Ils dînèrent à La Côte basque, au 21 et à La Grenouille, les restaurants favoris de Bernie. Liz fit des achats chez Bergdorf, Saks et Bloomingdale, mais

persista à dire qu'elle préférait encore Wolff. Son mari la
sortit partout dans les endroits chics, les boîtes à la mode
ou les cabarets en vogue.

— La vie est tellement facile près de toi, Bernie. Tu me
fais passer de si bons moments. Jamais je n'aurais cru
qu'un tel bonheur puisse m'arriver. Avant de te rencontrer, je n'avais qu'une préoccupation : nous faire vivre, ma
fille et moi. Notre univers se réduisait à si peu de choses
et, aujourd'hui, tout me semble si plaisant, si luxueux ! J'ai
l'impression d'évoluer dans un décor de rêve. Avant, je
vivais en noir et blanc, à présent des couleurs chatoyantes
dansent autour de moi.

Liz ponctua ces mots par un regard plein d'adoration et
de confiance, que Bernard accueillit avec un tendre baiser.

— Je t'aime, Liz.

— Moi aussi, je t'aime, murmura-t-elle en se blottissant
contre son mari.

Elle émit un tel soupir de bonheur que le barman se
retourna pour la regarder.

— Comment vous appelez-vous déjà ? plaisanta-t-elle à
l'adresse de Bernie.

— George Murphy. Je suis marié et j'ai sept enfants
dans le Bronx. Vous venez à l'hôtel avec moi ?

Totalement intrigué, l'homme continuait de les observer. L'endroit était bourré de clients avides d'aventures
faciles, mais aucun ne parlait jamais de leur femme ou de
leurs gosses.

— Allons plutôt chez moi, pour en faire un autre,
suggéra-t-elle, la mine réjouie.

— Bonne idée.

Bernie héla un taxi sur la 3e Avenue, qui les conduisit
rapidement à Scarsdale où ils arrivèrent bien avant Ruth et
Jane. Son père travaillait encore à l'hôpital et ils apprécièrent de se retrouver seuls.

Avec délices, Bernie se glissa entre les draps frais.
L'idée d'avoir à se lever pour accueillir sa mère était

insupportable. Quant au prochain retour à San Francisco, il préférait ne pas y penser du tout.

Il en avait bien parlé à Paul, mais sans grand résultat.

— Je suis là-bas depuis plus d'un an. Quatorze mois, pour être précis.

— Le magasin n'est ouvert que depuis dix mois, lui avait opposé Paul. Et qu'est-ce qui vous presse, à présent ? Vous avez une femme ravissante, une jolie maison et San Francisco est un excellent endroit pour Jane.

— Nous voulons l'inscrire à l'école ici et nous ne pouvons nous permettre d'attendre éternellement.

— Pas éternellement, Bernie. Mais disons encore quelque temps... Nous n'avons personne qui puisse vous remplacer actuellement.

— D'accord, avait-il soupiré, résigné. Mais je ne resterai pas plus d'un an.

— Entendu, entendu... Mais vous n'êtes tout de même pas au fin fond du Dakota. San Francisco n'est pas l'enfer.

— Non. Mais ma vie est ici, à New York et vous le savez aussi bien que moi.

— Je le conçois fort bien, Bernard. Mais nous avons encore besoin de vous là-bas et je vous promets que nous ferons notre possible pour vous faire revenir avant un an.

— Je compte sur vous.

Une fois sur place, Bernard dut admettre que vivre à San Francisco n'était pas si terrible que cela. Leur maison était des plus agréables et il retrouva Wolff avec plaisir. La seule chose qui l'ennuyait était de devoir se séparer de Liz le matin et, le premier jour, il ne put s'empêcher de la rejoindre à la cafétéria de l'école, afin de partager un sandwich avec elle. Lui, en élégant costume de ville gris foncé, et sa femme, dans un ensemble acheté aux Trois Quartiers, faisaient un effet très chic dans le petit établissement. Jane fut fière de présenter ses parents à ses camarades.

— C'est mon papa là-bas, avec ma maman, déclarait-elle à qui voulait l'entendre en les montrant du doigt, avant de venir se coller à eux pour prouver qu'ils lui appartenaient.

— Salut, petite, lui lança Bernie en la soulevant dans ses bras puissants.

Ils ne passaient pas inaperçus, et Tracy vint les rejoindre pour leur dire bonjour. Elle en profita pour leur annoncer que sa fille se trouvait de nouveau enceinte et ne manqua pas de noter le regard soudain triste de Liz. Chaleureusement, elle lui serra la main.

La jeune femme commençait en effet à se demander pourquoi elle n'arrivait pas à faire ce bébé et Bernie suggéra même que ce pût être sa faute à lui, puisque Liz avait déjà fait ses preuves. Tous deux avaient fini par décider d'oublier cela pour le moment, mais cette idée les obnubilait malgré tout. Ils désiraient tellement cet enfant.

En juin, Bernard lui fit une surprise. Il avait loué pour deux mois une maison à Stinson Beach et Liz en fut enchantée. C'était l'endroit idéal. Il y avait une chambre pour Jane, une autre pour eux, une troisième pour les amis de passage, un immense salon avec son coin repas, une jolie cuisine ensoleillée et une terrasse protégée où ils pourraient prendre des bains de soleil, nus et en toute tranquillité.

Mais ils étaient installés depuis à peine deux semaines quand Liz attrapa la grippe, et il lui fallut presque un mois pour se remettre. Averti, le père de Bernie recommanda vivement à Liz de prendre des antibiotiques. Tout le long du jour, la tête lui tournait et, le soir, elle se sentait nauséeuse. Jamais Liz ne s'était sentie aussi mal dans sa peau, ni aussi fatiguée et déprimée.

Le second mois se déroula un peu mieux, mais elle n'arrivait pas encore à vraiment apprécier leurs vacances. Même une petite promenade à pied, le soir, lui donnait mal au cœur et elle n'eut pas le courage d'aller en ville afin d'essayer sa nouvelle robe pour l'ouverture de l'opéra. Elle avait choisi, cette année, un fourreau de satin noir lui découvrant une épaule, avec une cape assortie, mais resta interdite lorsqu'elle la passa, début septembre.

— Quelle taille est-ce ? interrogea-t-elle, surprise.

Faisant d'ordinaire du trente-huit, elle ne comprenait pas comment elle n'arrivait pas à remonter la fermeture à glissière.

— C'est un quarante, madame, lui déclara la vendeuse.

— Comment te va-t-elle ? demanda alors Bernie en passant la tête dans l'entrebâillement de la porte.

— Je n'entre pas dedans. C'est affreux !

Elle n'avait tout de même pas pu grossir ainsi, étant malade depuis le mois de juillet ! Elle avait même pris rendez-vous chez le médecin pour le lendemain : elle reprenait l'école la semaine d'après et avait besoin de retrouver son énergie.

— Ce n'est pas un quarante, c'est un trente-six ! Il doit y avoir une erreur, objecta-t-elle. Je ne comprends pas.

Pourtant, au premier coup d'œil, la tenue n'avait pas l'air si étroite.

— Aurais-tu grossi à Stinson Beach ?

Bernie entra et constata que Liz avait raison : la robe ne fermait pas. Quelques centimètres de peau bronzée empêchaient la glissière de monter jusque sous le bras.

— Peut-on la reprendre ? questionna-t-il en jetant un regard sceptique à la vendeuse.

Il savait combien coûtait cette robe et l'élargir serait un sacrilège. Commander une autre taille conviendrait mieux, mais ils n'en avaient plus le temps. Liz devrait porter une autre tenue pour l'ouverture de l'opéra.

L'essayeuse en chef arriva, prit les mesures de Liz et déclara :

— Madame a pris du poids, cet été.

C'était une Française que Bernie avait fait venir de New York et qui, après avoir fait ses preuves chez Patou, travaillait chez Wolff depuis des années. Elle connaissait bien Liz et l'avait souvent servie.

— Je ne sais pas, Marguerite. Il faut croire que oui.

Tout ce qu'elle avait porté ces deux mois étaient des vêtements confortables et amples, de grands tee-shirts et des pantalons de jogging ou des robes de coton aux formes vagues.

Elle tressaillit soudain et regarda Bernie, l'air effaré.

— Oh, mon Dieu !

— Qu'y a-t-il ? interrogea-t-il, inquiet.

— Rien, au contraire, reprit-elle le visage tout à coup rose d'émotion.

Elle jeta les bras autour du cou de son mari et l'embrassa entre deux éclats de rire.

— Mais que se passe-t-il, Liz ?

— Je ne crois pas avoir besoin de voir ce docteur, après tout... Ou plutôt si...

— Mais pourquoi ? Tu me caches quelque chose.

— Devine...

Et soudain, Bernie comprit. Il regarda le vêtement trop étroit puis leva les yeux vers sa femme et hasarda :

— En es-tu sûre ?

— Non. C'est seulement maintenant que je réalise. Et pourtant... Je n'ai pas fait attention, lorsque nous étions à Stinson Beach.

Liz avait en effet sauté un cycle et ne s'en rendait compte qu'aujourd'hui. Elle avait un mois de retard, mais s'était sentie si malade qu'elle ne l'avait même pas remarqué. Le jour suivant, le docteur lui confirma qu'elle était enceinte de six semaines. Survoltée, la jeune femme se précipita chez Wolff pour l'annoncer à Bernie. Elle le trouva dans son bureau, plongé dans des rapports venant de New York.

— Eh bien ? demanda-t-il en retenant son souffle.

Liz tenait cachée derrière son dos une bouteille de champagne qu'elle brandit en déclarant :

— Toutes mes félicitations, futur papa !

Bernard se leva d'un bond et se jeta dans les bras de sa femme, sans pouvoir réprimer un cri de joie.

— Ça y est ! Nous avons réussi ! Ah, ah... C'est formidable !

Pendant que Bernie l'embrassait, Liz riait aux éclats.

Dehors, la secrétaire, un peu inquiète, se demandait ce qui se passait dans le bureau du patron. Mais M. et Mme Stern n'étaient plus là pour personne. Ils restèrent enfermés un bon bout de temps et, lorsqu'ils ressortirent, le directeur de Wolff arborait un air radieux.

14

Il se rendit seul à New York, pour son habituel voyage d'affaires d'automne, puis continua sur Paris, laissant Liz à San Francisco, jugeant qu'elle devait se reposer. Mieux valait pour elle se remettre, manger sainement et se délasser après l'école. Avant de partir, il recommanda à Jane de prendre soin de sa mère.

Au début, la petite avait été interloquée d'apprendre qu'un bébé allait arriver, mais elle finit par aimer cette idée.

— Ce sera comme une grosse poupée, lui avait-il expliqué en ajoutant, pour atténuer une jalousie éventuelle, qu'ils voulaient un petit garçon.

Rassurée de savoir qu'elle serait toujours sa petite fille préférée, Jane promit de s'occuper de Liz. Arrivé à New York, Bernie les appela du Regency Hotel, situé près du magasin, puis dîna avec ses parents le soir même. Ils avaient rendez-vous au restaurant Le Cirque et, en entrant dans l'établissement, il les repéra immédiatement qui l'attendaient. Il embrassa sa mère et serra la main de son père avant de s'asseoir et de commander un kir. Ruth lui jeta alors un regard inquiet.

— Quelque chose ne va pas ?

— Tout va très bien.

— Tu as été renvoyé ?

Cette fois, Bernard ne put s'empêcher de rire et demanda qu'on apporte une bouteille de dom Pérignon.

— Que se passe-t-il ?

— Quelque chose de très bien.

— Tu rentres à New York ?

— Pas encore. Mieux que cela.

— Tu es muté ailleurs ?

Bruce, qui avait deviné depuis le début, échangea un sourire de connivence avec son fils. Bernie leva alors son verre pour porter un toast.

— Aux futurs grands-parents... Mazel tov.

Ruth afficha un air incrédule, hésita, puis, soudain, comme si elle recevait une décharge électrique, se jeta en arrière et regarda son fils, les yeux exorbités.

— Non... C'est Liz ! Elle est...

Pour la première fois de sa vie, elle resta sans voix et des larmes de joie lui coulèrent le long des joues.

— Nous allons avoir un bébé, maman, déclara Bernie en lui prenant doucement la main.

Bernie se sentait si heureux qu'il avait du mal à contenir son émotion. Bruce le félicita chaleureusement, tandis que Ruth posait déjà mille questions sans en attendre les réponses.

— Je n'arrive pas à y croire... Tout va bien ? Est-ce qu'elle mange bien ? Comment se sent-elle ? Je l'appellerai dès que nous serons à la maison. — Puis, pensant tout à coup à sa petite-fille : — Comment réagit Jane ?

— Au début, cette nouvelle l'a un peu contrariée. Elle ne nous pensait pas capables de lui faire une chose pareille. Mais nous avons passé longtemps à lui expliquer, à lui dire combien elle comptait pour nous, que cela ne nous empêcherait pas de l'aimer et tout ce que tu peux imaginer. Liz va d'ailleurs lui acheter des livres illustrés qui l'aideront à mieux comprendre.

— Est-ce qu'elle prend des vitamines, au moins ? — Elle se tourna vivement vers son mari. — Tu lui parleras, ce soir, et tu lui indiqueras ce qu'elle doit manger et quelles vitamines elle doit prendre.

— Elle a certainement un gynécologue, Ruth. Il saura la conseiller.

— Qu'est-ce qu'il en sait ? Ce doit être encore un de ces hippies qui lui passera des herbes sur le front et lui recommandera de dormir nue sur la plage, observa-t-elle, l'air féroce. Il faut que vous soyez de retour à New York pour la naissance. Le bébé naîtra dans un bon hôpital, comme toi, et ton père surveillera cela de près.

— Ils ont de très bons hôpitaux là-bas, Ruth, la rassura Bruce. Je suis certain que Bernie s'en occupera très bien.

Celui-ci s'était déjà rendu chez le docteur avec sa femme et appréciait beaucoup l'obstétricien que lui avait conseillé une amie. Tous deux suivraient ensemble les cours d'accouchement sans douleur et Liz désirait que son mari assiste à la naissance en restant auprès d'elle jusqu'au bout. Cette idée inquiétait un peu Bernie, mais, pour rien au monde, il ne laisserait tomber Liz dans un moment pareil.

— Tout ira très bien, maman. Le docteur a l'air parfaitement compétent et, d'ailleurs, il vient de New York.

Bernie savait que ce détail la rassurerait, mais Ruth n'écoutait plus. Elle n'avait retenu qu'une chose :

— Comment ? Tu es allé chez le médecin avec Liz ? Tu es resté dans la salle d'attente, j'espère.

— Non. Cela se passe autrement, aujourd'hui. Le futur père prend part à tout, doit tout savoir.

— Tu n'assisteras tout de même pas à l'accouchement ? demanda-t-elle, horrifiée.

— Mais si, maman. J'en ai bien l'intention.

Ruth devint blanche comme un linge.

— C'est la chose la plus dégoûtante que j'ai entendue ! — Puis, baissant la voix, elle ajouta : — Sais-tu que tu ne la considéreras jamais de la même façon, si tu vois le bébé naître ? Crois-moi. J'ai entendu des histoires qui te rendraient malade... D'autre part, une femme décente ne voudrait pas de toi auprès d'elle. C'est horrible pour un homme, tu sais!

— Maman, enfin! Il n'y a rien d'horrible ou d'indécent à voir sa femme accoucher.

Bernard était fier de Liz et désirait voir son enfant venir au monde. Il voulait être là pour l'accueillir. Il projetait même d'aller voir un film montrant un accouchement, afin de mieux s'y préparer. Rien ne le dégoûtait, mais il se sentait simplement inquiet, sachant Liz un peu nerveuse aussi. Elle avait bien eu un premier enfant, mais six ans avaient passé. Cela semblait loin déjà...

Il leur restait cependant six mois à attendre et tous deux trouvaient cela bien long. A la fin du repas, Ruth avait non seulement décidé de toute la layette, mais elle avait aussi choisi parmi les meilleures garderies de Westchester et parlait déjà de faire suivre des études de droit à l'enfant. Ils burent beaucoup de champagne. Ruth se sentait légèrement ivre lorsqu'ils quittèrent le restaurant, mais cela faisait longtemps qu'ils n'avaient pas passé une soirée aussi agréable.

Bernard proposa même à ses parents de venir passer quelques jours chez lui. La perspective de les recevoir sous son toit ne l'effrayait plus.

— Liz serait contente que vous soyez là pour les vacances.

— Et toi, cela te ferait plaisir?

— Bien sûr que oui, maman.

— Où logerions-nous?

— Dans la chambre de Jane, qui s'installera dans celle du bébé.

— Non, non. Nous descendrons au Huntington, comme d'habitude. Ainsi nous ne vous dérangerons pas. Quel jour viendrait-on?

— Les vacances de Noël commencent le vingt et un décembre, je crois. Vous pourriez arriver à ce moment-là.

— Elle va s'arrêter de travailler, j'espère.

— Toute ma vie je me suis trouvé entouré de femmes têtues... Liz a décidé de travailler jusqu'aux vacances de Pâques puis son amie Tracy la remplacera. Elles se sont déjà entendues là-dessus.

— Complètement fou! Elle ferait mieux de se reposer chez elle, au lit.

— Tu ne la connais pas. Et le médecin lui a permis de travailler jusqu'au bout. Alors, viendrez-vous?

— Tu t'imagines peut-être que ton trou perdu me fait peur?

— Tu exagères, répliqua Bernie en riant.

— En tout cas, ce n'est pas New York.

Pendant qu'ils attendaient un taxi, Bernard observa avec mélancolie l'animation de la rue, les passants, les boutiques de Madison Avenue. Parfois il se prenait à penser que sa romance avec New York ne s'achèverait jamais, que San Francisco resterait toujours un exil pour lui.

— Allons, San Francisco n'est pas si mal, dit-il en essayant de se persuader lui-même.

Cependant, en son for intérieur, il savait qu'il serait encore plus heureux s'il venait vivre à New York avec Liz.

— Alors rentre vite chez toi. Ta place est auprès de ta femme. Surtout en ce moment.

Alors qu'un taxi s'arrêtait enfin devant eux, elle l'embrassa en le serrant contre elle et ne put réprimer une larme.

— Mazel tov, à vous deux...

— Merci, maman. Au revoir, papa.

Après un dernier signe d'adieu, Bernie retourna lentement à pied vers son hôtel, en songeant combien il était heureux, combien il avait de chance et que, finalement, peu lui importait l'endroit où il vivait. San Francisco serait plus pratique cette année pour Liz, lui évitant le froid et la neige de l'hiver new-yorkais. Il arrivait à se convaincre que vivre là-bas était aussi agréable que dans sa ville natale.

Lorsqu'il partit, le lendemain, la grande cité lui parut

encore plus belle, enveloppée dans son brouillard gris. Bernie repensa à ses parents et se dit qu'ils devaient souffrir de cet éloignement. Et maintenant qu'il allait être père à son tour, il comprenait mieux leurs sentiments : lui-même aurait détesté voir son fils s'installer à l'autre bout du pays. Avec un peu de chance, il ressemblerait à Liz. Et si c'était une fille...? Une petite fille avec des cheveux blonds et de grands yeux bleus... Sur ces pensées, il s'endormit et ne se réveilla qu'une fois l'avion arrivé à Orly.

Sa semaine à Paris passa trop rapidement. De là, il partit, comme à l'accoutumée, pour Rome et Milan, et se rendit au Danemark et à Berlin, avant de terminer par Londres. Son voyage dura trois semaines et le satisfit pleinement. A son retour, il eut la tendre surprise de trouver le ventre de Liz nettement arrondi. Elle n'entrait plus dans ses vêtements et, lorsqu'elle s'allongeait sur le lit, on aurait dit qu'elle avait avalé un gros melon.

Fous de désir l'un pour l'autre, ils avaient fait l'amour, vite et bien, avant le retour de Tracy qui avait emmené Jane se promener. Les cheveux en bataille, Liz se leva alors, traversa la chambre et se rendit compte que Bernie l'observait, un sourire au coin des lèvres. Instinctivement, elle attrapa sa chemise et l'enfila pour cacher ses rondeurs.

— Ne me regarde pas ainsi. Je suis si grosse... Je me déteste.

— Grosse ? Tu es folle ! Tu es ravissante ainsi. Tu n'as jamais été aussi appétissante.

Ce disant, il la rejoignit pour la prendre dans ses bras et caresser son ventre rond.

— Tu n'as aucune idée sur le sexe ? demanda-t-il, curieux.

— Tout ce que je sais, c'est que mon ventre est plus gros que pour Jane à la même époque, mais cela ne veut rien dire... C'est peut-être un garçon. C'est ce que tu désires, n'est-ce pas ?

— Non. En fait, l'un ou l'autre me fera autant plaisir. Quand retournons-nous voir le docteur ?

— Es-tu sûr de vouloir assister à l'accouchement ? interrogea-t-elle, soudain préoccupée.

— Oh, je vois que ma chère mère t'a téléphoné. Liz rougit et, d'un geste vague, tenta à la fois d'expliquer et de montrer que ce n'était rien. Emu, Bernie la serra contre son torse.

— Je te trouve très belle comme cela. Et je désire partager avec toi tout ce qui nous arrive, les bons et les mauvais moments aussi bien que les éprouvants et merveilleux instants de la naissance. Cet enfant, nous l'avons fait ensemble et je partagerai avec toi les peines et les joies qu'il nous procurera. Acceptes-tu ?

— Es-tu sûr que cela ne te dégoûtera pas de moi ? demanda-t-elle en paraissant du même coup soulagée et inquiète.

Son expression fit rire Bernie qui, d'un signe de tête, lui indiqua le lit où il venait, une fois de plus, de lui prouver son amour.

— Avais-je l'air dégoûté, tout à l'heure ?

— Tu as raison. Je regrette...

La fin de sa phrase fut interrompue par la sonnette d'entrée annonçant le retour de Jane et Tracy. Ils sautèrent dans leurs vêtements et arrivèrent juste à temps pour les accueillir. Bernard souleva Jane dans ses bras et entreprit de lui montrer tout ce qu'il lui avait rapporté de France et d'Italie.

Ce soir-là, de nouveau seuls dans leur chambre, Bernie et Liz conversèrent tranquillement.

Il lui raconta son voyage et s'aperçut vite qu'une seule chose l'intéressait vraiment : l'enfant qu'elle attendait. Cela ne le surprit guère. C'était son bébé également et il se sentait si fier d'elle. Il attira sa femme contre lui et ils s'endormirent ainsi, blottis l'un contre l'autre.

15

Les parents de Bernard arrivèrent au début des vacances de Noël et Liz et Jane allèrent les chercher à l'aéroport. La jeune femme était à présent enceinte de cinq mois et demi et Ruth lui remit une layette complète, achetée chez Bergdorf, ainsi que des dépliants sur les conseils aux futures mamans, que Bruce, sur sa demande expresse, avait rapportés de l'hôpital. Après un rapide regard sur le ventre de sa belle-fille, elle décida, pour la plus grande joie de tous, que ce serait un garçon.

Ils séjournèrent une semaine à San Francisco et emmenèrent Jane à Disneyland, laissant Bernie et Liz seuls pour leur anniversaire de mariage qu'ils fêtèrent trois nuits durant, d'abord à l'Etoile, puis à une soirée de bienfaisance donnée par le magasin et enfin, chez des amis, pour le Nouvel An. Ils s'amusèrent comme des fous, mais, à leur retour, Bruce et Ruth déclarèrent à leur fils qu'ils trouvaient à Liz une mine effrayante. Elle semblait effectivement pâle et comme épuisée. Bernie leur avoua alors qu'elle se plaignait, depuis le mois dernier, de douleurs aux hanches et dans le dos.

— Il faut que tu l'emmènes voir un spécialiste.

— Oui, je crois que je devrais, admit-il enfin.

Il avait tellement de travail, en cette période de l'année, qu'il n'avait pas vraiment prêté attention à un mal qu'il attribuait à la grossesse de sa femme. D'autant que cette année serait difficile pour lui : son habituel voyage en Europe devait se dérouler exactement au moment de la naissance de l'enfant. Il devrait donc le retarder et, d'une certaine manière, cela lui donnait encore plus de travail au magasin.

— Je verrai si j'ai le temps.

— Ne fuis pas tes responsabilités, Bernard lui conseilla Ruth, l'air sévère.

— Mais de qui es-tu la mère, après tout ? interrogea-t-il en riant. Es-tu la mienne ou la sienne ?

Pourtant, aussi envahissante que pût se montrer Ruth, il était agréable de savoir que quelqu'un au monde s'intéressait à lui et à sa femme qui, elle, n'avait aucune famille.

— Ne fais pas le malin. Cela lui ferait peut-être du bien de partir un peu, avant que le bébé arrive.

Pour une fois, il suivit le conseil de sa mère et emmena Liz passer quelques jours à Hawaii, mais sans Jane qui, s'étant trouvée devant le fait accompli, les bouda plusieurs semaines. Bernie était en effet arrivé un soir, les bras chargés de vêtements de maternité d'été et les billets d'avion en poche. Trois jours plus tard, ils partaient.

Ils rentrèrent tous deux bronzés, reposés et en pleine forme. Liz se sentait revivre... ou presque. Ne lui restaient que ses insomnies, maux d'estomac, gonflements des jambes et une fatigue croissante. Rien que de très normal, avait assuré le médecin. Les douleurs dans le dos et les hanches restaient les pires, mais, puisqu'elles étaient dues à la grossesse, il n'y avait pas lieu de s'alarmer.

— Tu sais, Bernie, j'ai parfois l'impression que je ne retrouverai jamais ma forme d'avant.

Elle avait déjà pris une quinzaine de kilos et il lui restait encore deux mois. Malgré ses rondeurs, son mari la trouvait toujours aussi ravissante. Son visage s'était légèrement empli, ce qui lui donnait l'air encore plus jeune. Et elle se montrait toujours fraîche et bien vêtue. Aux yeux de Bernie elle n'avait rien perdu de sa séduction, bien qu'il sût que son désir pour elle faiblissait légèrement. Parfois, au plus fort de leur relation physique, il avait peur de blesser l'enfant que Liz attendait. Quant à elle, cependant, faire l'amour avec son mari ne lui répugnait en rien.

Vers la fin du mois de mars, elle se sentait si lourde, si mal à l'aise qu'elle pouvait à peine se mouvoir et elle était bien heureuse de ne plus avoir à aller à l'école. Elle était du reste incapable de passer une journée entière debout, à tenir les enfants en rang ou à leur apprendre le calcul et l'orthographe.

Sa classe organisa une petite fête en son honneur et chacun de ses élèves lui offrit un cadeau de sa fabrication. Elle reçut ainsi des chaussons, de la layette tricotée, des bonnets, un cendrier, des dessins, de minuscules sabots de bois et même un berceau que le père d'un enfant avait confectionné pour le bébé. Les instituteurs se mirent aussi de la partie et Bernie, de son côté, rapportait chaque jour de nouveaux vêtements du magasin, de tailles variant de un à six mois.

Entre ce qu'elle recevait de son mari, de sa belle-mère et de ses amis, Liz possédait largement de quoi habiller des quintuplés. Elle était ravie et avait hâte d'arriver au bout de sa grossesse, ne pouvant plus guère dormir la nuit. Pour occuper ses nuits blanches, elle tricotait, regardait la télévision ou allait s'asseoir dans la chambre du bébé en essayant de s'imaginer comment deviendrait la vie, lorsqu'il serait là.

Un après-midi où elle se balançait mollement dans le fauteuil à bascule fraîchement repeint par Bernie, en attendant que Jane rentre de l'école, le téléphone sonna. Avec difficulté, elle se hissa hors du fauteuil, se massa le dos et s'avança lentement jusqu'à l'appareil.

— Bonjour, dit une voix qui lui parut vaguement familière.

Ce devait encore être un de ces démarcheurs, qui passaient leur temps à l'appeler.

— Oui ?

— Comment vas-tu ?

Quelque chose dans le ton de son interlocuteur la glaça soudain.

— Tu ne te souviens pas de moi ?

— Non.

Liz allait raccrocher, mais la voix reprit, plus rapide qu'elle :

— Liz, attend !

C'était un ordre, brutal et sec. Alors, elle comprit. Ce n'était pas possible... Et pourtant, cela ressemblait tellement à...

La main crispée sur le récepteur, elle resta muette, mais écouta.

— Il faut que je te parle.

— Je ne sais pas qui vous êtes.

— Allons, Liz, tu le sais très bien.

L'homme se mit à rire, d'un rire dur, presque diabolique. Elle n'avait d'ailleurs jamais aimé quand il riait. Elle l'avait parfaitement reconnu, mais ignorait par quel moyen il l'avait retrouvée et pourquoi. Cependant elle préférait ne pas le savoir.

— Où est ma fille ?

— Qu'est-ce que cela peut bien te faire ?

Chandler Scott... Celui qui avait engendré Jane et refusé son rôle de père. Le vrai papa était Bernard Stern. Et Liz estimait qu'elle n'avait plus rien à faire avec cet homme.

— Comment ? Que veux-tu dire ?

— Tu ne l'as pas vue une seule fois en cinq ans. Elle ne sait même pas qui tu es.

« Ou que tu existes encore... » voulut-elle ajouter, mais s'en abstint.

— Nous ne voulons plus te voir.

— J'ai appris que tu venais de te remarier. Je parierais que le nouvel époux a des sous.

Cette façon élégante de dire les choses la mit en colère.

— Et alors, que veux-tu ?

— Je veux savoir si ma gosse va bien, voilà. En fait, je

crois que j'aimerais la voir. Après tout, il est temps qu'elle sache qu'elle a un vrai père qui pense à elle.

— Ah, bon! Si elle t'intéresse tant pourquoi te décides-tu seulement maintenant?

— Et comment aurais-je deviné où tu étais partie? Tu avais disparu.

Cette conversation fit renaître dans l'esprit de Liz tout ce qu'elle aurait voulu lui reprocher, des années auparavant. Mais il y avait si longtemps... Jane avait sept ans, maintenant.

— Comment m'as-tu retrouvée?

— Oh, ce n'était pas difficile. Tu étais encore inscrite dans un vieil annuaire et ton ancienne propriétaire m'a donné ton nouveau nom. Comment va Jane?

— Bien, lâcha-t-elle, les mâchoires serrées.

— Je pensais que je pourrais venir un de ces soirs pour vous dire bonjour, fit-il avec décontraction.

— Tu perdrais ton temps. Je ne te laisserai pas la voir.

La petite le croyait mort et Liz aurait aimé qu'il le fût.

— Tu ne peux m'interdire de la voir, Liz, déclara-t-il méchamment.

— Tiens donc! Et pour quelle raison?

— Va expliquer au juge que tu empêches un père de rencontrer sa fille.

— Va expliquer au juge que tu l'as abandonnée il y a six ans. Il t'offrira toute sa sympathie, après cela.

La sonnette d'entrée retentit et Liz sentit son cœur bondir. C'était certainement Jane. Elle devait raccrocher à tout prix.

— Fiche le camp, Chandler. Ou, plus exactement, va te faire foutre!

— Tu l'as dit. Je vois un avocat cet après-midi.

— Pour quoi faire?

— Je veux rendre visite à ma fille.

De nouveau, la sonnette se fit entendre et Liz cria à Jane d'attendre une minute.

— Pourquoi?

— Parce que j'en ai le droit.

— Et ensuite ? Tu vas disparaître pour six autres années ? Laisse-la tranquille.

— Si c'est ce que tu désires, il faudra que nous parlions tous les deux.

Voilà où il voulait en venir. Encore un acte crapuleux. Il désirait de l'argent. Elle aurait dû s'en douter.

— Où loges-tu ? Je te rappellerai.

Il lui donna un numéro qu'elle nota immédiatement.

— J'attends de tes nouvelles d'ici ce soir.

— Tu en auras, promit-elle en le maudissant intérieurement.

Le visage défait, elle se dirigea vers la porte d'entrée pour ouvrir à sa fille, qui, à force de taper dessus avec son cartable, avait laissé des traces sur la peinture. Exaspérée, Liz la gronda et Jane partit en pleurant se réfugier dans sa chambre. Peu après, sa mère la rejoignit et vint s'asseoir sur le lit, elle-même au bord des larmes.

— Excuse-moi, ma chérie. J'ai eu un après-midi pénible.

— Moi aussi. J'ai perdu ma ceinture.

Elle portait une robe rose avec une ceinture blanche qu'elle adorait. Bernie la lui avait rapportée du magasin et elle la chérissait, comme d'ailleurs tout ce qu'il lui offrait.

— Papa t'en rapportera une autre.

Ces paroles ne la consolèrent qu'à demi. Liz l'attira à elle et, avec réticence, Jane se laissa faire.

Toutes deux se sentaient énervées. Liz était fatiguée et Bernie, pensant que le bébé pouvait arriver d'un moment à l'autre, restait sur le pied de guerre, prêt chaque nuit à partir avec elle pour l'hôpital. Quant à Jane, elle se demandait encore de quelle manière le nouveau-né perturberait sa vie d'enfant unique.

Les petites disputes étaient donc monnaie courante entre elles et la brusque réapparition de Chandler Scott n'était pas faite pour arranger les choses. Liz passa une main sur le front de sa fille et l'emmena à la cuisine, pour lui offrir une assiette de gâteaux qu'elle avait confectionnés le matin même. Puis, lorsque la fillette se mit à faire ses devoirs, elle retourna au salon et, avec un soupir de lassitude, composa le numéro de Bernie. Au bout du fil, il lui sembla pressé.

— Bonjour, mon chéri. Je te dérange ?

— Non, ça va... Devons-nous partir ?

— Non, gloussa-t-elle. Encore deux semaines à attendre.

— Tu vas bien ?

— Oui... plus ou moins. Quelque chose de désagréable m'est arrivé aujourd'hui.

Liz voulait absolument raconter à Bernie sa conversation téléphonique avec Chandler, avant qu'il rentre à la maison, évitant ainsi que Jane soit mise au courant.

— Tu t'es blessée ? s'inquiéta-t-il.

— Non. J'ai reçu le coup de fil d'un vieil ami. D'un vieil ennemi, plus exactement.

Bernie parut déconcerté. Quels ennemis pouvait avoir sa femme ? Personne, à sa connaissance.

— Qui ?

— Chandler Scott.

Un long silence lui répondit. Puis, au bout d'un moment :

— Ton... ex-mari ?

— Si on peut l'appeler ainsi. Nous n'avons vécu que quatre mois ensemble, et un peu moins, légalement.

— D'où sort-il ?

— De prison, probablement.

— Mais comment diable t'a-t-il retrouvée ?

— Mon ancienne propriétaire. Il semblerait qu'elle lui ait révélé mon nom d'épouse ainsi que notre nouvelle adresse.

— On ne donne pas de tels renseignements à n'importe qui !

— Je crois qu'elle n'y a vu aucun mal.

Liz s'étira péniblement sur le canapé. Toutes les positions lui semblaient pénibles : assise, debout ou couchée. Même respirer demandait un effort. Le bébé pesait lourd et bougeait constamment, lui tirant sur le bas du ventre.

— Que voulait-il ?

— Il a prétendu vouloir voir Jane.

— Pourquoi ? interrogea-t-il sur un ton horrifié.

— Je ne sais pas. Franchement, je crois plutôt qu'il voulait négocier avec nous. Il a menacé de voir un avocat, pour sans doute réclamer un droit de visite... Sauf si nous nous arrangeons avec lui.

— Cela m'a tout l'air d'un chantage.

— Bien sûr, mais je pense que nous devons lui parler. Je lui ai dit que je le rappellerai ce soir.

— C'est moi qui l'appellerai. Toi, tu restes en dehors de tout ceci. Comme si tu avais besoin de ça en ce moment...

— Je crois que nous devrions d'abord consulter un avocat. Peut-être Chandler n'a-t-il aucun droit ?

— Bonne idée, Liz. Je m'en occupe tout de suite.

— Sais-tu vers lequel te tourner ?

— Nous avons des conseillers pour le magasin. J'irai voir celui qu'ils me recommanderont.

Après leur communication, Liz alla voir si Jane avait terminé ses devoirs. Elle était en train de ranger ses affaires et questionna aussitôt sa mère :

— Est-ce que papa va me rapporter une ceinture, ce soir ?

Liz s'assit en soupirant.

— Oh, ma chérie ! J'ai oublié de lui en parler. Nous lui demanderons tout à l'heure.

— Maman ! lâcha-t-elle en commençant à pleurer.

Cela n'eut pour effet que de bouleverser un peu plus Liz. La vie semblait tellement pénible, tout d'un coup. Il lui était déjà suffisamment difficile de se mouvoir et de poser un pied devant l'autre pour ne pas, en plus, aggraver les choses avec Jane. La pauvre petite était bien assez secouée par l'arrivée prochaine du bébé. Comme un enfant qui veut se faire dorloter, elle alla se blottir contre sa mère qui la tint serrée contre elle.

Ce moment de tendresse mutuelle leur fit du bien et elles partirent faire quelques pas dehors. Jane voulut acheter des fleurs pour les offrir à Bernie et Liz l'aida à choisir un bouquet d'iris et de jonquilles. Puis, lentement, elles rentrèrent à la maison.

— Crois-tu que le bébé viendra bientôt ? interrogea-t-elle mi-inquiète, mi-contente, espérant encore secrètement que l'enfant oublierait de naître.

Bien que le pédiatre eût assuré à Liz que sa fille était suffisamment âgée pour faire face à cette naissance et qu'elle l'accepterait très bien, Liz n'en était pas si certaine et se demandait comment elle allait réagir.

— Je ne sais pas, chérie. Je l'espère. Je commence à me sentir vraiment fatiguée.

— Tu n'as pas l'air si fatigué, à côté de la maman de Kathy. Sa figure ressemble à celle d'un gros cochon, expliqua-t-elle en gonflant comiquement les joues. Et elle a plein de traces bleues sur les jambes.

— Des varices, précisa Liz.

Heureusement, elle n'en avait pas une seule.

— Ça doit être horrible d'avoir un bébé, hein ?

— Pas du tout, c'est très beau. Tu sais, après on oublie vite tout ce qui se passe pendant l'accouchement et on est heureux. Si tu as un bébé d'un homme que tu aimes, ce qui t'arrive alors est la plus belle chose du monde.

— Tu aimais mon papa, aussi ?

Il sembla étrange à Liz qu'elle posât cette question précisément le jour où Scott avait appelé, après tant d'années de silence. Et la jeune femme se souvint combien elle l'avait haï. Mais elle ne pouvait pas annoncer une vérité pareille à Jane et se demanda si, un jour, elle en serait capable.

— Oui, je l'aimais. Beaucoup...

— Comment est-il mort ?

C'était la première fois que Jane posait cette question

pour le moins dérangeante. Peut-être avait-elle surpris des bribes de conversation entre sa mère et Bernie ? Espérant que non, elle lui répondit :

— Dans un accident de voiture.

— Un accident de voiture ?

— Oui. Il est mort immédiatement. Il n'a pas souffert.

— Heureusement... Cela a dû te faire beaucoup de peine.

— Oui, mentit Liz.

— J'avais quel âge ?

— Tu avais tout juste quelques mois.

Elles arrivèrent chez elles et Liz était si fatiguée qu'elle pouvait à peine parler. Elle alla s'asseoir près de la table de la cuisine et regarda sa fille mettre les fleurs dans un vase.

— Je suis si contente que tu aies épousé Bernie. Maintenant j'ai de nouveau un papa.

— Moi aussi j'en suis heureuse.

« Et quelle différence avec le premier ! » songea-t-elle.

Jane emporta le bouquet dans le salon et Liz se mit à faire la cuisine. Elle persistait à vouloir leur préparer chaque soir un dîner ou faire à chacun son dessert favori. Elle ne savait pas comment elle se sentirait après la venue du bébé et si celui-ci lui prendrait beaucoup de temps, aussi préférait-elle les gâter maintenant. Chaque jour, elle s'y attachait et Bernie appréciait ces moments de détente passés à déguster ce qu'elle lui avait mitonné. Lui-même avait pris du poids et, en riant, mettait ces kilos en trop sur le compte de la grossesse de sa femme.

Ce soir-là, il rentra tôt, remercia Jane pour les fleurs et ne montra une expression contrariée que lorsqu'il se trouva seul avec Liz, après que leur fille fut couchée. Il avait voulu éviter de discuter de tout ceci devant l'enfant. Alors, il ferma soigneusement leur porte, mit la télévision en marche de sorte que Jane ne pût les entendre, et observa gravement Liz.

— Peabody, notre avocat au magasin, m'a recommandé

quelqu'un. Il s'appelle Bill Grossman et je l'ai vu cet après-midi.

Bernard lui faisait d'autant plus confiance que l'homme venait de New York et qu'il avait étudié à Columbia.

— Il dit que c'est mal parti, continua-t-il. Scott a des droits.

— Comment est-ce possible ? murmura Liz en se laissant tomber au bord du lit. Après si longtemps...

— Parce que, dans cet Etat, les lois sont très libérales. Si j'avais légalement adopté Jane, il ne pourrait rien contre nous. Mais je n'ai pas jugé utile de le faire. Voilà l'erreur. A partir du moment où elle utilisait mon nom, j'ai cru que cela suffisait. Quelle idiotie ! Tu ne peux pas savoir à quel point je m'en veux.

— Mais puisqu'il l'a abandonnée... Il nous a laissé tomber, nom d'un chien !

— Cela peut éventuellement nous aider à gagner le procès, mais ce n'est pas systématique. Cela dépendra du juge. C'est lui qui tranchera sur cette histoire d'abandon. Si nous gagnons, tant mieux. Si nous perdons, nous ferons appel. Mais, dans l'intervalle et avant le jugement, ils peuvent très bien lui accorder un droit temporaire de visite, juste pour être « gentil » avec lui.

— Mais enfin, cet homme est un récidiviste, un repris de justice, un serpent ! Et ils le laisseraient prendre cette enfant en charge ?

— Apparemment, oui. Leur hypothèse est que le père naturel serait, sauf preuve du contraire, un honnête homme. Alors, ils lui permettront d'abord de voir Jane, ensuite le procès aura lieu, et enfin l'un de nous gagnera. C'est aussi simple que cela. — Fixant Liz du regard, il ajouta gravement : — Mais auparavant nous devons expliquer à Jane qui il est, pourquoi il lui rend visite et ce que nous en pensons.

Tous deux paraissaient terrifiés de devoir annoncer cette nouvelle à l'enfant. Bernie jugea que c'était à lui de la mettre au courant.

— Grossman dit qu'il y a beaucoup de chances pour que nous ne gagnions pas. La Californie attache la plus grande importance aux droits du père et le juge pourrait très bien pencher en la faveur de Scott, sans se soucier de ce que nous pensons. On dirait que dans cet Etat les pères ont tous les droits, même s'ils battent leurs gosses ou les abandonnent. Et s'ils sont condamnés, la cour peut accorder aux parents abusifs le droit de voir leurs enfants. C'est très encourageant, n'est-ce pas ?

Bernie était tellement furieux qu'il avait brutalement déballé toute sa rancœur devant Liz, qui fondit en larmes. Aussitôt, il regretta de s'être laissé emporter par la colère. La jeune femme n'était pas en état d'affronter de telles réalités.

— Ma chérie, je n'aurais jamais dû te révéler tout ceci. C'est ma faute...

— Si c'est vrai, je dois le savoir, sanglota-t-elle. N'y a-t-il rien à faire pour se débarrasser de lui ?

— Oui et non. Bill Grossman a été honnête avec moi. Ce serait aller contre la loi que d'acheter ce type, mais cela s'est déjà vu. Et j'imagine que c'est tout ce qu'il cherche. Je refuse de croire qu'après sept ans il ait envie d'apprendre à Jane à conduire une bicyclette. Il a besoin de l'argent qui l'aidera à tenir le coup jusqu'à son prochain retour en prison. Le problème est que, si nous commençons, il en redemandera et cela deviendra un puits sans fond.

Pendant un moment, Bernie fut tenté d'essayer au moins une fois, espérant que cela les débarrasserait de lui pour de bon. Il se sentait prêt à lui donner dix mille dollars, en échange de sa disparition. Il lui aurait même offert plus, mais il eut peur qu'une grosse somme le rende trop gourmand par la suite. Liz était d'accord avec lui sur ce point.

— Alors, appelons-le, suggéra-t-elle, désireuse d'en finir au plus vite avec lui.

D'une main tremblante, elle tendit à Bernard le papier où elle avait noté le numéro de Chandler.

— C'est moi qui lui parle, déclara-t-il. Je ne veux pas que tu sois mêlée plus longtemps à cette sale intrigue. C'est juste un stratagème qu'il emploie pour attirer ton attention et, moins il obtiendra satisfaction, mieux tu te sentiras.

Liz comprit parfaitement l'idée de Bernie et fut heureuse de le laisser prendre les rênes.

Le téléphone sonna longtemps avant que quelqu'un décroche et Bernie demanda à parler à Chandler. Il passa l'écouteur à Liz et ils attendaient depuis un bon moment quand une voix masculine se fit entendre au bout du fil. Bernard interrogea Liz du regard et, d'un signe de tête, celle-ci lui fit savoir que c'était bien son ex-mari.

— Monsieur Scott. Je m'appelle Stern.

— Oh !... Ah, d'accord. Vous êtes marié avec Liz.

— Exactement. J'ai cru comprendre que vous l'aviez appelée cet après-midi pour... traiter d'une affaire. J'ai les résultats de ce que vous attendez.

Grossman lui avait conseillé de ne pas mentionner le nom de l'enfant, ni la véritable raison de son coup de téléphone, au cas où Scott enregistrerait la communication. Ce dernier saisit rapidement l'astuce et apprécia que son interlocuteur aille directement au but.

— Pourrions-nous nous rencontrer pour discuter de tout ceci ? interrogea-t-il en employant les mêmes termes voilés que Bernie.

Sans doute avait-il, de son côté, peur de la police. Liz se demanda quelle forfaiture il était encore capable de mijoter.

— Cela ne me semble pas nécessaire. Mon client a proposé un prix : dix mille dollars pour l'ensemble. En une fois. Je crois bien qu'ils veulent vous racheter.

Le sens de ses paroles était clair. Un long silence lui répondit.

— Dois-je signer quelque chose ? lâcha-t-il enfin.

— Ce ne sera pas la peine.

Bernie aurait préféré, mais Grossman lui avait fait comprendre que ce serait inutile.

— Comment aurai-je cet argent? demanda Chandler d'un ton soudain agressif.

« Dans une valise, à la station d'autobus », faillit répondre Bernie, ironique, mais la situation ne se prêtait pas à ce genre de blague. Tout ce qu'il désirait était se débarrasser au plus vite de ce sale maître chanteur, pour leur paix à tous.

— Je serais heureux de vous rencontrer pour vous le remettre.

— Cash?

— Bien sûr. Demain, si vous voulez.

Le fumier! Tout ce qu'il voulait était cet argent. Il se fichait pas mal de Jane. Bernie le savait bien.

— Où habitez-vous?

Au moins leur adresse ne se trouvait-elle pas dans l'annuaire et Bernie en fut soudainement heureux. Il ne voulait pas non plus lui donner rendez-vous dans son bureau, préférant le rencontrer dans un bar ou dans un restaurant. Cette histoire prenait les allures d'un film policier de troisième catégorie.

— Je vous retrouverai chez Harry, sur Union Street, à midi, déclara platement Bernie.

Sa banque n'était qu'à quelques rues de là. Il lui donnerait l'argent et rejoindrait Liz à la maison, ensuite.

— Parfait, s'exclama Scott sans l'ombre d'un remords. Alors, à demain.

Il raccrocha sans crier gare. Bernie se tourna vers Liz.

— Il va l'accepter.

— Crois-tu que c'est tout ce qu'il veut?

— Pour l'instant, oui. Je suppose que cela représente pour lui une somme folle et, pour un temps, il s'en tiendra là. Mais, ensuite, il peut réapparaître. Il faut nous préparer à cette éventualité.

Et Bernie ne pouvait se permettre de sortir tant d'argent chaque mois.

— Avec un peu de chance, nous aurons quitté San Francisco avant qu'il ait à nouveau faim. Il ne nous retrouvera jamais. La prochaine fois que nous déménagerons, nous éviterons d'en informer ton ex-propriétaire. Lorsqu'ils seraient à New York, Chandler n'aurait aucune chance de mettre la main sur eux.

— Je ne voulais pas le rencontrer au magasin, parce que cela lui aurait donné l'occasion de savoir où nous trouver, au moment voulu.

— Je regrette vraiment de te mettre dans un tel pétrin, chéri, s'excusa Liz. Je promets de te rembourser, lorsque j'aurai pu mettre assez d'argent de côté.

— Liz, ne sois pas ridicule, répliqua-t-il en lui passant un bras autour du cou. C'est un petit ennui dont nous serons débarrassés pas plus tard que demain matin.

Se souvenant du chagrin que lui avait causé Chandler, la jeune femme lui lança un regard triste et, tout à coup, se sentit saisie d'une peur incontrôlable. Anxieuse, elle prit la main de Bernie.

— Veux-tu me promettre une chose ?

— Tout ce que tu voudras, ma chérie.

Jamais il ne l'avait autant aimée qu'à cet instant où elle était assise près de lui, son gros ventre reposant presque sur ses cuisses. Avec de grands yeux candides, elle demanda :

— S'il m'arrive quoi que ce soit, protègeras-tu toujours Jane de cet homme ?

— Ne dis pas de choses pareilles, répondit-il en fronçant les sourcils. Rien ne t'arrivera.

Le docteur l'avait averti que les femmes, à cette période de leur grossesse, deviennent souvent craintives ou s'inventent même des idées morbides. Sans doute était-ce un signe annonçant la venue imminente du bébé.

— Promets-le-moi, malgré tout. Je ne veux pas qu'il l'approche. Jamais. Jure-moi que tu l'en empêcheras.

Devant son agitation croissante, Bernie promit.

— Je l'aime comme si c'était ma fille, tu le sais bien. Tu n'auras jamais à t'inquiéter de cela.

Cette nuit-là, cependant, Liz fit de terribles cauchemars et, le lendemain, Bernie se sentait très nerveux en se dirigeant vers son point de rendez-vous avec Scott. Il portait sur lui une grosse enveloppe contenant cent billets de cent dollars. Liz lui avait décrit son ex-mari comme quelqu'un de grand et mince aux cheveux blonds et à l'allure engageante.

— Il ressemble à un propriétaire de yacht ou au jeune homme que l'on aimerait présenter à sa petite sœur.

— Merveilleux ! Je vais donc m'approcher du premier type normal et lui tendre l'enveloppe et il me flanquera un coup de poing... ou, pire encore, prendra l'argent et s'enfuira.

Chez Harry, observant la foule qui commençait à s'y presser pour l'heure du repas, il se sentait un peu comme un espion russe en pleine mission secrète. Lorsque Scott entra, il le reconnut immédiatement : l'homme était assez beau et marchait d'une manière désinvolte. Il portait un blazer bleu marine et un pantalon gris. Mais, en y regardant de plus près, la veste semblait de mauvaise qualité, les manchettes de chemise étaient râpées et les chaussures usées. Il avait tout de l'éternel étudiant fauché.

Il se dirigea vers le bar et commanda un scotch qu'il saisit d'une main tremblante, tout en épiant la foule d'un regard inquiet. Bernie ne lui avait pas donné de détails sur lui-même, aussi avait-il l'avantage. Sans se presser, donc, il l'écouta raconter au barman qu'il rentrait tout juste d'Arizona et, au bout de deux minutes, il l'entendit avouer qu'il avait été en prison là-bas.

— Ils ne comprennent même pas la plaisanterie, expliquait-il. J'ai eu le malheur de signer quelques chèques en bois et les juges sont devenus fous... C'est bon de se retrouver en Californie.

Cette réflexion traduisait bien la mentalité de cet Etat et, une fois de plus, Bernie regretta de ne pas être déjà rentré à New York où les lois étaient certainement plus strictes. Il se décida finalement à l'approcher.

— Monsieur Scott ? demanda-t-il d'une voix calme en se glissant discrètement près de Chandler qui en était à son second verre.

Celui-ci semblait nerveux. De près, il avait les mêmes yeux bleus que Jane. Mais Liz avait aussi les yeux bleus, et il était difficile de juger de qui la petite les tenait vraiment. Il possédait un beau visage, mais paraissait plus âgé que ses vingt-neuf ans. Une épaisse mèche de cheveux blonds lui retombait sur l'œil et Bernie comprit aisément comment la jeune femme avait pu s'éprendre de lui. Chandler avait cet air candide qui est un sérieux atout quand on veut flouer les gens.

Depuis l'âge de dix-huit ans, il trompait tous ceux qu'il rencontrait et ses fréquentes arrestations ne semblaient pas l'avoir freiné. Il gardait cependant l'allure naïve d'un gars de la campagne, bien qu'il eût maintes fois essayé de jouer les grands seigneurs. Aujourd'hui il paraissait être en plein creux de la vague, et le regard qu'il jeta à Bernie reflétait de la méfiance mêlée d'agressivité.

— Oui ? répondit-il avec un sourire forcé, ses yeux restant aussi froids que de la glace.

— Je m'appelle Stern, se contenta d'expliquer Bernard.

— Parfait… Vous avez quelque chose pour moi ?

Bernie acquiesça d'un signe de tête, mais ne se pressa pas pour sortir l'enveloppe. Chandler l'examina des pieds à la tête.

Bernie se félicita de n'avoir pas endossé un costume Cardin ou mis sa Rolex. Il portait la montre que lui avait donnée son père, lorsqu'il était encore étudiant, mais même celle-là n'était pas bon marché et Scott le devina aisément.

— On dirait que la petite Liz s'est trouvé un bon mari, cette fois.

Bernard ne releva pas. De sa veste, il tira silencieusement la pochette de papier.

— C'est bien ce que vous désirez? Vous pouvez compter. Tout est là.

— Qui me dit qu'ils sont vrais?

— Vous parlez sérieusement? demanda Bernie, indigné. Où diable voulez-vous que je me procure des faux billets?

— Ce ne serait pas la première fois que ça arriverait.

— Allez à la banque et montrez-les. J'attends ici.

Mais Scott ne le prit pas au mot. Discrètement, il se mit à compter les dollars. Tout y était.

— Avant que vous partiez, dit Bernie avec assurance, je voudrais que les choses soient claires entre nous : ne revenez plus jamais. Nous ne vous donnerons plus un cent. C'est clair?

— Message reçu, lâcha l'autre en vidant son verre qu'il reposa sur le zinc.

Il glissa l'enveloppe dans sa veste et jeta un dernier regard à Bernie.

— Dites bien des choses à Liz. Désolé de n'avoir pas pu la voir.

Bernie réprima une forte envie de lui flanquer son pied au derrière. Le fait que Scott n'eût pas une seule fois mentionné le nom de Jane était éloquent. Il venait de la vendre pour dix mille dollars et, après un vague signe de la main au barman, il sortit de l'établissement pour disparaître au coin de la rue.

Bernie demeura tremblant au bar. Il ne toucha même pas à son verre. Son seul désir était de retrouver Liz pour s'assurer qu'elle allait bien. Il craignait en effet que Chandler aille chez elle pour l'embêter ou essayer d'apercevoir Jane. Il n'arrivait pourtant pas à croire que cet homme puisse porter un quelconque intérêt à la fillette. En tout cas, il n'en avait rien laissé paraître.

Bernie sortit à son tour, regagna sa voiture et rentra vite chez lui. Sans qu'il sache vraiment pourquoi, cette rencontre l'avait péniblement secoué et il n'avait qu'une hâte : retrouver Liz. Il dut s'y prendre à deux fois pour ouvrir la porte avec sa clé et crut d'abord qu'il n'y avait personne. Mais, en pénétrant dans la cuisine, il aperçut sa femme qui préparait encore des gâteaux pour lui et Jane.

— Me voilà, déclara-t-il avec soulagement.

Il était si heureux de la revoir qu'il en aurait pleuré. A sa vue, Liz s'assit lourdement sur une chaise et l'accueillit par un sourire. Son ventre mis à part, elle ressemblait à une princesse de conte de fées.

— Bonjour, mon chéri, murmura-t-elle en appuyant la tête contre sa hanche tandis qu'il lui caressait la joue.

Toute la matinée, elle s'était fait du souci pour lui et s'était sentie coupable de lui causer de si gros ennuis.

— Tout s'est bien passé ?

— Parfaitement. Il ressemble tout à fait au portrait que tu m'as fait. J'ai l'impression qu'il a grand besoin d'argent.

— Alors, il va bientôt se retrouver en prison. Il ne connaît que ça : les sales affaires. A-t-il dit quelque chose au sujet de Jane ?

— Pas un mot. Il a simplement pris l'argent avant de filer. « Prends l'oseille et tire-toi », en quelque sorte.

— Tant mieux. Et j'espère qu'on ne le reverra plus, soupira-t-elle, soulagée.

Il lui semblait si bon d'avoir Bernard avec elle, spécialement après les durs moments qu'elle avait passés auprès de Chandler. Jamais elle n'oublierait la chance qu'elle avait aujourd'hui.

— Je l'espère aussi, Liz.

En son for intérieur pourtant, il n'était pas convaincu que Scott les laisserait tranquilles pour de bon. Il lui avait paru trop aimable et surtout faux. Mais Bernie garda ses impressions pour lui. Il aurait bien proposé à Liz d'adopter Jane tout de suite, sans plus tarder, mais il ne voulait pas l'ennuyer avec ces histoires. Elle avait l'air si fatiguée ces derniers temps.

— Allons, n'y pense plus. C'est fini. Affaire classée. Comment va notre petit ? demanda-t-il en lui caressant tendrement le ventre.

— Il n'arrête pas de me donner des coups de pied, comme s'il demandait à sortir.

L'enfant était si lourd et placé si bas à présent qu'elle pouvait à peine marcher. Cette nuit-là, elle ressentit plusieurs fois une douleur aiguë et Bernie téléphona au médecin, qui se montra rassurant et leur conseilla d'aller se recoucher.

Les trois semaines qui suivirent furent interminables et Liz, ayant dépassé son terme de dix jours, se sentait tellement épuisée qu'elle se laissa tomber sur sa chaise et sanglota lorsque Jane refusa, ce soir-là, de manger.

— Allons, Liz, calme-toi. Si on allait au restaurant?

Liz refusa, trop fatiguée pour mettre un pied dehors ou même s'habiller. Elle avait mal partout et préféra donc rester à la maison. Aussi Bernie lut-il une histoire à Jane avant de la coucher et l'accompagna-t-il à l'école, le matin suivant. Il venait à peine de gagner son bureau et lisait un rapport de New York sur les ventes records réalisées en mars, quand sa secrétaire l'appela.

— Vous avez Mme Stern, sur la ligne quatre.

— Merci, Irene... Que se passe-t-il, ma chérie?

Il se demandait s'il avait oublié quelque chose à la maison ou si le rhume de Jane avait empiré au point qu'il dût aller la prendre à l'école.

Liz riait au bout du fil, ce qui marquait un réel changement par rapport à ce matin, quand il l'avait quittée. Elle était en effet de fort méchante humeur et l'avait envoyé promener, lorsqu'il avait proposé de l'emmener dîner dehors. Mais il comprenait parfaitement son état d'esprit et n'avait pas insisté.

— Tout va bien, expliqua-t-elle d'une voix enjouée.

— Tu m'as l'air d'aller mieux que ce matin, dis-moi. Quelque chose est arrivé?

— En quelque sorte, oui.

— Que veux-tu dire? demanda-t-il, soudain alerté.

— J'ai perdu les eaux.

— Alléluia! J'arrive.

— Ne te précipite pas. Rien n'a encore commencé, juste quelques contractions.

Mais Liz avait l'air tellement ravi qu'il ne pouvait attendre plus longtemps. Cela faisait neuf mois et demi qu'ils attendaient cet événement, et il désirait être auprès d'elle le plus vite possible.

— As-tu téléphoné au docteur?

— Oui. Il m'a dit de le rappeler quand ça commencera vraiment.

— Mais encore?

— Tu te souviens de ce qu'ils disaient au cours? Cela peut se produire dans la demi-heure, ou prendre jusqu'à demain matin. En tout cas, c'est pour bientôt.

— Ecoute, j'arrive. As-tu besoin de quelque chose?

— De toi seulement... Je regrette de m'être si mal comportée, ces derniers temps. Je me sentais si mal.

Liz lui avait même caché les douleurs atroces qu'elle ressentait dans le dos et les hanches.

— Ne t'en fais pas, mon amour. C'est presque fini.

— J'ai tellement hâte de voir le bébé.

Mais, soudain, elle prit peur et, lorsque Bernie arriva, il la trouva tendue et anxieuse. Alors, il lui massa le dos et l'aida à prendre une douche, ce qui sembla précipiter les choses. Liz sortit de la salle de bains, alla s'asseoir sur le lit et grimaça de douleur : pour la première fois, son ventre la tenaillait violemment, mais cela ne dura qu'un court instant seulement. Son mari l'aida à respirer pour se détendre et pris sa Rolex afin de compter le temps passé entre chaque contraction.

— J'ai horreur de cette montre, marmonna Liz. Elle est trop clinquante.

Liz redevenait grognon... et tous deux savaient, pour avoir suivi les cours, que c'était normal. Bernie sourit intérieurement, sachant qu'elle approchait du but. Son irritabilité en était la preuve.

Il appela Tracy et lui demanda de prendre Jane à la sortie des classes. Elle fut ravie d'apprendre que Liz allait accoucher, et vers une heure, le rythme des contractions s'accélérait. Liz avait du mal à reprendre son souffle entre chacune d'elles, de plus en plus violentes.

Il était temps de partir et, lorsqu'ils arrivèrent à l'hôpital, le médecin les attendait. Une infirmière les conduisit vers la chambre retenue pour Liz, qui devait s'arrêter à chaque nouvelle crampe. Bientôt, elle se tordait de douleur, les contractions qui se succédaient ne lui laissant aucun répit.

Rapidement, ils gagnèrent la salle de travail où Bernie aida sa femme à se déshabiller et à s'allonger sur le lit où elle devait accoucher. Liz souffrait trop maintenant pour arriver à garder son calme.

— Tout va bien, ma chérie. Essaie de te détendre...

Il n'avait plus peur, à présent, et songeait que sa place était ici, auprès d'elle. Liz laissa échapper un cri terrible lorsque arriva la contraction suivante et le médecin vint l'examiner. Bernie lui tenait les mains et lui disait de respirer lentement, comme elle avait appris à le faire. Mais il lui était trop difficile de se concentrer et elle perdait tout contrôle sur la douleur qui l'envahissait.

Le médecin parut satisfait.

— Vous êtes sur le bon chemin, Liz, déclara-t-il d'une voix chaleureuse.

Bernie appréciait beaucoup cet homme aux cheveux gris et aux yeux bleus, qui lui inspirait une confiance totale. Il paraissait compétent, efficace et humain tout à la fois. Mais, accrochée au bras de son mari, Liz n'écoutait plus, criait à chaque contraction qui durait, maintenant, de plus en plus longtemps.

— Tu en es à huit centimètres. Plus que deux, et tu pourras pousser tant que tu voudras.

— Je ne veux pas pousser, je n'en ai plus la force... Je veux rentrer...

Bernard lui caressa le front avant d'y poser une compresse froide et la supplia de respirer. Les deux derniers centimètres se dilatèrent plus vite que prévu. A quatre heures, Liz était en train de pousser de toutes les forces qui lui restaient. Elle était en travail depuis déjà six heures, ce qui parut relativement court à Bernie. Mais cela faisait pour elle une éternité que la douleur lui labourait le ventre et les reins.

— Je n'en peux plus, gémit-elle alors que l'obstétricien proposait une épisiotomie. Faites ce que vous voulez. Tout ce que je vous demande, c'est de sortir ce bébé...

Elle sanglotait maintenant comme une petite fille et Bernie sentit une boule lui serrer la gorge. Il ne pouvait plus supporter de la voir souffrir ainsi et les respirations ne paraissaient pas l'aider. Cependant le médecin ne s'inquiétait pas.

— Ne peut-on rien lui donner pour la soulager ? soupira Bernie, angoissé.

Mais le médecin fit signe que non et, tout à coup, les infirmières s'agitèrent en tous sens, apportant un berceau avec une lampe chauffante. Brusquement tout devint réel. Le berceau était là pour leur bébé. Bernie, pourtant bien préparé à cet événement, n'en revenait pas.

Il encouragea encore sa femme à respirer et à pousser.

— Je ne peux pas... Je ne peux pas... trop mal...

Bernie regarda sa montre et fut sidéré de constater qu'il était déjà six heures. Sa femme poussait maintenant depuis plus de deux heures...

— Allez, Liz ! ordonna le médecin. Poussez... encore, encore. Je vois la tête du bébé, il est là ! Poussez... Continuez.

Et soudain, accompagnant le long cri douloureux de Liz, se fit entendre une autre plainte plus ténue. Bernard, ému aux larmes, regarda le petit front émerger d'entre les jambes de Liz dont il souleva les épaules afin qu'elle pût voir naître son enfant. Enfin, il était là. Leur fils...

De ses mains puissantes, le médecin tenait le petit corps frémissant qu'il vint poser sur le ventre de sa mère. Celle-ci pleurait et riait en même temps, tandis que Bernie, ne pouvant retenir ses larmes, l'embrassait. Les douleurs

disparurent comme par enchantement, le médecin coupa
le cordon ombilical et une infirmière rassura Liz qui
tremblait de tout son corps en lui expliquant que c'était
une réaction normale, juste après un accouchement.

— Comment s'appelle-t-il ? sourit l'obstétricien en
voyant les parents si heureux.

Liz et Bernie échangèrent un regard et la jeune femme
prononça pour la première fois le nom de son fils :

— Alexandre.

— Alexandre Stern, répéta le jeune père en se penchant pour embrasser sa femme qui tenait toujours le bébé
contre elle.

Leurs larmes se mêlèrent tandis que, doucement, une
infirmière prenait l'enfant pour le baigner et lui donner les
premiers soins.

16

La venue au monde d'Alexandre Stern créa un bouleversement sans pareil dans la famille. Les parents de Bernie arrivèrent, bras et valises chargés de cadeaux pour Jane, Liz et le bébé. Ruth fit particulièrement attention de ne pas léser sa petite-fille. Elle montra une joie énorme en la retrouvant et Liz tout comme Bernie lui en furent grandement reconnaissants.

— Tu sais, déclara Bernie à sa femme, parfois j'ai l'impression de ne plus pouvoir la supporter. Et, tout d'un coup, elle agit d'une façon tellement agréable que je ne peux croire que c'est cette femme qui me rendait fou d'exaspération il y a quelques années.

— Peut-être Jane dira-t-elle la même chose de moi, dans peu de temps.

Liz était heureuse. Elle se sentait encore plus proche de son mari depuis qu'ils avaient partagé les merveilleux instants de cette naissance.

— J'en doute, ma chérie.

— J'aimerais en être sûre. Une mère est une mère...

— Ne crains rien, je ne te laisserai pas faire...

Avec tendresse, il caressa le dos du bébé qui, après la tétée, s'était endormi sur la poitrine de sa mère.

— Ne t'inquiète pas, fiston. Si jamais elle montre le moindre signe de possessivité, je chasserai ce démon qui sera en elle.

Sur ces paroles, il se pencha pour embrasser Liz, confortablement installée dans son lit. Elle portait une liseuse de satin bleu que sa belle-mère lui avait apportée.

— Elle me gâte, tu sais.

— Elle a raison. Tu es sa seule fille.

Ruth lui avait également donné la bague que Bruce lui avait offerte pour la naissance de Bernard, trente-six ans plus tôt. C'était une émeraude, entourée de ravissants petits diamants. Tous deux avaient été très touchés par ce geste délicat.

Ses parents restèrent trois semaines à San Francisco, toujours au Huntington Hotel, et Ruth venait chaque jour aider sa belle-fille avec le bébé, pendant que Jane était à l'école. Les après-midi, elle emmenait la petite fille en promenade. Elle se révélait ainsi d'une aide précieuse pour Liz qui, voulant s'occuper elle-même de l'enfant, avait refusé de faire venir quelqu'un chez elle et continuait à tenir seule la maison.

— Je ne supporterais pas d'avoir une personne qui fasse ça à ma place, avait-elle expliqué à Bernie.

Elle était restée inflexible à ce sujet et il avait fini par la laisser faire. Mais il remarqua bien qu'elle ne recouvrait pas réellement ses forces. Et, avant de repartir pour New York, sa mère ne se priva pas de lui faire savoir ce qu'elle pensait.

— Je ne crois pas qu'elle devrait continuer à allaiter. Elle est épuisée.

Le médecin avait prévenu Liz de cette fatigue possible durant l'allaitement. Aussi ne se laissa-t-elle pas impressionner lorsque Bernie lui déclara qu'elle retrouverait plus vite sa forme si elle cessait de nourrir son enfant au sein.

— On croirait entendre ta mère, lui lança-t-elle du lit où elle demeurait la plus grande partie de la journée. Allaiter son enfant est ce qu'il y a de mieux pour lui. Il acquiert ainsi l'immunité dont il a besoin.

— Ne joue pas les écolos.

— Pense ce que tu veux, se moqua-t-elle en restant sur ses positions.

La seule chose qui l'ennuyait vraiment était ses hanches qui continuaient de la faire souffrir, ce qui l'étonnait.

En mai, après le départ de ses parents, Bernie partit pour New York et l'Europe, mais Liz se sentait encore trop fatiguée pour l'accompagner et refusait l'idée de sevrer le bébé. A son retour, il fut inquiet de ne constater aucune amélioration dans l'état de santé de sa femme, qui empira encore à Stinson Beach, cet été-là. Il eut même l'impression qu'elle avait du mal à marcher, mais Liz refusa de l'admettre devant lui.

— Il faut que tu retournes chez le médecin, Liz, commença à insister Bernie.

Alexandre avait quatre mois et se montrait un bébé solide, qui avait les yeux verts de son père et les boucles blondes de sa mère. A côté de lui, Liz paraissait pâle et affaiblie, même après deux mois passés sur la plage, et le comble fut qu'elle refusa d'accompagner Bernie à l'ouverture de l'opéra. Elle prétendit qu'il était trop compliqué de sortir pour aller choisir une robe et qu'elle n'en avait d'ailleurs pas le temps. L'école recommençait bientôt et elle devait se préparer à enseigner de nouveau.

Bernie se rendit compte de l'état d'épuisement dans lequel elle se trouvait lorsqu'il l'entendit s'entretenir avec Tracy pour que celle-ci la remplace à mi-temps, jusqu'à ce qu'elle aille mieux.

— Mais qu'est-ce que cela veut dire ? Tu n'as pas le courage d'aller en ville te choisir une robe, tu n'as pas voulu m'accompagner à Paris alors que le premier voyage t'avait tant plu, et aujourd'hui tu ne te sens pas capable de travailler à plein temps. Que se passe-t-il ?

Bernie était terriblement inquiet. Ce soir-là, il appela son père.

— Qu'en penses-tu, papa ?

— Je ne sais pas. A-t-elle vu un médecin ?

— Elle ne veut pas en entendre parler, prétendant qu'il

est normal pour une mère qui allaite d'être fatiguée. Mais Alexandre aura bientôt cinq mois et elle refuse de le sevrer.

— Elle devrait, pourtant. Cela doit l'anémier.

C'était peut-être la solution au problème et Bernard se sentit grandement soulagé après avoir discuté avec Bruce. Il insista malgré tout pour que Liz aille chez le médecin et il commençait même à se demander si elle n'était pas à nouveau enceinte.

Contre son gré, elle prit rendez-vous pour la semaine suivante, mais son gynécologue ne trouva rien d'anormal. Elle n'attendait pas d'enfant et il l'envoya au laboratoire de l'hôpital afin d'y subir quelques tests de routine : un électrocardiogramme, des prises de sang et des radiographies.

Liz devait voir un interne à trois heures ce jour-là et Bernie fut soulagé d'apprendre que sa femme allait se soumettre à ces examens. Dans quelques semaines, il devait s'envoler pour l'Europe et il désirait savoir ce qu'elle avait, avant de partir. Et si les médecins de San Francisco ne trouvaient rien, il l'emmènerait à New York afin qu'elle y vît son père. Lui saurait découvrir ce qui n'allait pas.

L'interne qui procéda aux examens sembla penser que tout allait très bien. Sa tension artérielle était bonne, l'électrocardiogramme également. Mais la numération globulaire était basse et, en écoutant les poumons de la jeune femme, il suspecta un léger cas de pleurésie.

— C'est probablement cela qui vous met à plat, la rassura-t-il.

C'était un grand homme de type nordique, aux mains puissantes et à la voix profonde, et Liz se sentait détendue avec lui. Il l'envoya se faire prendre une radio des poumons et, à cinq heures et demie, elle fut de retour chez elle. Elle embrassa Bernie qui était en train de lire une histoire à Jane, en l'attendant. Une baby-sitter avait gardé les deux enfants jusqu'à son retour du bureau.

— Tu vois... Je vais bien. Je te l'avais dit.

— Alors, comment se fait-il que tu te sentes si fatiguée ?

— J'ai une pleurésie. Il m'a fait une radio supplémentaire, juste pour vérifier que je n'ai pas une maladie bizarre, mais autrement tout va bien.

— Tu es quand même incapable de venir avec moi en Europe, précisa-t-il, non convaincu. Comment s'appelle ce gars ?

— Pourquoi ? demanda-t-elle, soupçonneuse.

Qu'allait-il faire maintenant ? Qu'attendait-il encore d'elle ?

— Je voudrais que mon père vérifie ses dires.

— Oh, pour l'amour du ciel...

Le bébé hurlait de faim et Liz se précipita dans sa chambre pour le prendre. Il était rond et blond et avait de magnifiques yeux verts. Il accueillit avec avidité le sein de sa mère. Plus tard, lorsqu'elle le remit dans son berceau et sortit sur la pointe des pieds, elle trouva son mari qui l'attendait à la porte.

— Ne t'inquiète pas, mon chéri, le rassura-t-elle en lui caressant la joue. Tout va bien.

Bernie la prit dans ses bras et la tint serrée contre lui.

— Je le souhaite tellement.

Jane jouait dans sa chambre, le bébé dormait. Il regarda sa femme qui lui parut bien pâle. Elle avait à présent des cernes sous les yeux et lui paraissait beaucoup trop frêle. Bernie voulait croire que tout allait bien, mais une peur sournoise le tenaillait, le persuadant du contraire. Il retint Liz longtemps ainsi, puis la laissant préparer le dîner, partit tenir compagnie à Jane.

Cette nuit-là, pendant que Liz dormait, il l'observa avec appréhension et, lorsque Alexandre s'éveilla vers quatre heures, il prépara lui-même un biberon de lait maternisé et s'occupa de l'enfant. Repu, celui-ci resta confortablement installé dans les bras de son père qui finit par le changer et le remettre dans son berceau. Petit à petit, il se familiarisait avec ces nouvelles habitudes et, le lendemain matin, ce fut lui qui répondit au téléphone quand le Dr Johanssen appela. Liz ne s'était pas éveillée.

— Je voudrais parler à Mme Stern, s'il vous plaît.

La voix était douce mais ferme. Bernie alla chercher sa femme.

— Liz, le téléphone... C'est pour toi.

— Qui est-ce ? demanda-t-elle, endormie

Il était neuf heures, ce samedi matin.

— Je ne sais pas. Il ne s'est pas présenté.

Bernard devina malgré tout que c'était le médecin et cette pensée ne fit qu'augmenter la crainte que trahissait son regard.

— Un homme ? Pour moi ?

Son interlocuteur s'identifia immédiatement et lui demanda de venir le voir à dix heures.

— Qu'est-ce qui ne va pas ? interrogea-t-elle, inquiète, en levant les yeux vers son mari.

Le médecin mit trop de temps pour répondre, ce qui la perturba davantage. Ce n'était pas possible... Elle se sentait fatiguée, mais pas à ce point.

— Cela peut-il attendre un peu ?

Bernie lui fit un signe négatif de la tête.

— Je ne crois pas, madame. Je vous attends avec votre mari dans un moment.

Sa voix trop calme lui fit alors peur. Liz raccrocha et tenta d'expliquer à Bernie ce qui se passait.

— Mon Dieu, on dirait que j'ai la syphilis.

— Que t'a-t-il dit ?

— Rien, en fait. Il nous demande simplement de venir à son cabinet d'ici une heure.

— Nous y serons.

Bernie était terrifié et cachait mal son bouleversement. Il appela Tracy et lui demanda de venir garder les enfants. Celle-ci promit et arriva une demi-heure plus tard, heureuse de s'occuper de Jane et du petit pour un moment. Elle paraissait également inquiète, mais ne posa aucune question. Avec chaleur, elle les pressa de partir à leur rendez-vous.

En chemin, les deux époux se parlèrent à peine. Arrivés à l'hôpital, ils trouvèrent aisément le bureau du Dr Johanssen. Deux radios étaient suspendues sur un écran lumineux et, malgré le sourire qu'affichait le médecin en les accueillant, Liz fut prise d'un tremblement nerveux. La peur lui serrait la gorge et elle voulut s'enfuir, sans écouter ce qu'il allait lui annoncer.

Bernie se présenta et le docteur les fit asseoir. Il hésita un instant avant de parler puis, sans mâcher ses mots, leur expliqua pourquoi il les avait fait venir. Liz était glacée d'effroi.

— Hier, lorsque je vous ai vue, madame, j'ai pensé que vous aviez une pleurésie, légère. Mais aujourd'hui je voudrais en discuter avec vous.

Faisant pivoter son fauteuil, il leur montra, du bout de son stylo, deux taches que révélait la radio de ses poumons.

— Je n'aime pas cela, admit-il franchement.

— Que veulent dire ces points ? demanda Liz, angoissée.

— Je n'en suis pas encore sûr. Mais j'aimerais reconsidérer un autre symptôme que vous m'avez mentionné hier. Vos douleurs aux hanches.

— Qu'est-ce que cela a à voir avec mes poumons ?

— Je crois qu'un scanner des os nous en apprendra davantage.

Il leur en expliqua alors le procédé, précisant qu'il avait pris les dispositions nécessaires pour que cet examen fût fait à l'hôpital. Ce n'était qu'un test demandant l'injection d'isotopes radioactifs afin de révéler certaines lésions dans le squelette.

— Que pensez-vous que cela puisse être ? interrogea Liz, de plus en plus paniquée et déroutée.

Elle n'était même plus sûre de vouloir connaître la vérité, mais elle sentait qu'il le fallait.

— Je n'en suis pas certain. Mais ces taches sur vos poumons pourraient indiquer un problème se trouvant ailleurs.

En traversant les couloirs qui les conduisaient au laboratoire, la jeune femme ne savait plus que penser et, l'esprit absent, s'agrippait au bras de son mari qui, lui, éprouvait l'envie désespérée d'appeler son père à New York. Mais il n'était pas question de laisser sa femme ainsi.

Il resta près d'elle lorsqu'on lui administra l'injection. Liz était pâle de terreur et ne sentit qu'à peine le liquide lui pénétrer dans les os. Le pire fut l'angoisse qui les tenaillait durant l'attente des résultats.

Ce que trouva le docteur les déprima profondément : il supposait que Liz était atteinte d'ostéosarcome, un cancer des os, qui avait déjà disséminé des métastases dans les poumons. Cela expliquait les douleurs qu'elle ressentait depuis un an dans le dos et les hanches ainsi que ses fréquents essoufflements.

Tous ces symptômes avaient été attribués à la grossesse. Au lieu de cela, Liz avait un cancer. Une biopsie devrait le confirmer. Les deux époux pleuraient en se tenant les mains.

Dans un geste émouvant, Bernard prit sa femme entre ses bras et l'étreignit désespérément, comme pour lui rendre un peu de cette vie qu'elle était en train de perdre.

17

— Je me fiche de ce qu'il dit ! Je ne le ferai pas ! criait-elle, au bord de l'hystérie.

— Ecoute-moi, veux-tu !

Bernie la secouait et tous deux pleuraient en marchant.

— Je veux que tu viennes à New York avec moi...

Il devait retrouver son calme... Il devait se battre... Un cancer ne voulait pas forcément dire la mort. Et après tout, que diable en savait ce docteur ? Il leur avait déjà recommandé de voir quatre spécialistes : un ostéopathe, un phtisiologue, un chirurgien et un cancérologue. Il avait aussi conseillé à Liz de suivre un traitement de chimiothérapie, après avis d'autres médecins, bien entendu. Lui-même avouait s'y connaître trop peu en la matière.

— Je ne subirai pas de chimiothérapie ! C'est horrible. Cela fait perdre les cheveux... Je vais mourir, je le sais...

Liz sanglotait dans les bras de son mari et celui-ci se sentait prêt à défaillir. Il leur fallait retrouver leurs esprits. C'était obligatoire.

— Tu ne vas pas mourir, ma chérie. Nous allons nous battre. Maintenant, calme-toi, nom d'un chien, et écoute-moi ! Nous allons emmener les enfants à New York et, là-bas, tu iras voir les meilleurs spécialistes.

— Que vont-ils me faire ? Je ne veux pas de chimiothérapie.

— Tu feras ce qu'ils te conseilleront. Personne n'a dit

que tu devrais suivre ce traitement. Ce docteur ne sait pas
ce dont tu as besoin. Tout ce que l'on sait, c'est que tu as
de l'arthrite et lui pense que c'est un cancer.

Il aurait été tellement plus agréable de croire cela...
Mais ce ne fut pas ce que décidèrent le phtisiologue, le
chirurgien et l'ostéopathe. Tous demandaient une biopsie.
Et, lorsque Bernie appela son père, il lui conseilla la même
chose. Cet examen leur confirma que le Dr Johanssen
avait raison : c'était un ostéosarcome.

Mais les détails qu'ils apprirent les terrifièrent davantage : étant donné la nature des cellules et la façon dont
elles s'étaient propagées dans les deux poumons, une
opération n'avait déjà plus de sens. Les médecins suggérè-
rent donc un traitement de radiations intenses, suivi par
une chimiothérapie.

Liz avait l'impression de vivre un cauchemar dont elle
ne pouvait s'éveiller. Ils ne dirent rien à Jane, excepté que
sa mère ne se sentait pas bien depuis la naissance du bébé
et devait se faire soigner. Les deux époux n'avaient aucune
idée de la façon d'annoncer la terrible nouvelle à la fillette.

Bernie veilla tard dans la chambre de Liz, à l'hôpital. La
jeune femme restait au lit, les deux seins bandés, après y
avoir subi la biopsie. Elle n'avait plus le choix, à présent :
elle devait sevrer son fils. Celui-ci pleurait à la maison et sa
mère pleurait ici, dans les bras de son mari, tentant
d'exprimer ses regrets, son sentiment de culpabilité, sa
terreur.

— J'ai l'impression que... je l'empoisonnerais si je
continuais de le nourrir, maintenant. C'est épouvantable !
Pense à ce que je lui ai administré tout ce temps...

— Le cancer n'est pas contagieux, la rassura-t-il en lui
répétant ce qu'ils savaient déjà tous deux.

— Qu'en sais-tu ? Comment peux-tu assurer que je ne
l'ai pas attrapé de quelqu'un croisé dans la rue ? Un fichu
germe qui se serait précipité sur moi... ou à l'hôpital,
lorsque j'ai eu le bébé...

Liz se tut tout d'un coup et regarda son mari. Aucun

d'eux ne pouvait réellement croire à la gravité de la situation. Cela ne pouvait arriver qu'aux autres, pas à des gens comme eux qui avaient une fille de sept ans et un bébé de quelques mois...

Ces derniers temps, Bernie appelait son père au moins cinq fois par jour et avait déjà tout mis en place pour la venue de sa femme à New York. Il s'entretint une dernière fois avec lui avant de venir prendre Liz à l'hôpital.

— Ils la verront dès que tu arriveras, lui expliqua gravement Bruce pendant que Ruth pleurait dans son dos.

— Bien. Sont-ils les meilleurs ? hasarda-t-il en se persuadant qu'ils ne leur apporteraient que de bonnes nouvelles.

— Oui, répondit calmement son père. Bernie... Cela ne va pas être facile. J'ai moi-même parlé à Johanssen hier et il semblerait que les métastases se soient bien propagées.

Bruce détestait ce mot que Bernard, pour son malheur, venait d'apprendre.

— Souffre-t-elle ?

— Non. Elle est simplement épuisée.

— Dis-lui que nous sommes de tout cœur avec elle et que nous prions pour elle.

Lorsqu'il raccrocha, Bernie découvrit Jane, debout sur le seuil de la porte.

— Qu'est-ce qui se passe avec maman ?

— Elle est... elle est très fatiguée, ma chérie. Nous te l'avons expliqué, hier. Le fait d'avoir eu son bébé l'a fatiguée encore plus. Mais elle va aller mieux.

Une boule d'angoisse lui serrant la gorge, il passa un bras autour du cou de la petite fille.

— On ne va pas à l'hôpital juste parce qu'on est fatigué.

— Parfois si, expliqua-t-il en lui faisant un baiser sur le nez. Maman rentre aujourd'hui.

Il était temps de lui annoncer. Il retint son souffle.

— Et la semaine prochaine, nous allons voir Grampa et Grandma à New York. C'est bien, n'est-ce pas ?

— Et maman ? Elle ira encore à l'hôpital ?

Elle en savait déjà trop. Elle écoutait tout. Mais Bernie
se sentait incapable de lui dévoiler la vérité.

— Peut-être, pour un jour ou deux.

— Mais pourquoi? interrogea-t-elle la lèvre tremblante, prête à pleurer? Pourquoi doit-elle y aller?

Il semblait que, tout au fond d'elle-même, la fillette se
rendait compte de la souffrance de sa mère.

— Tu sais, nous devons l'aimer très fort, déclara Bernie
les yeux pleins de larmes. Très, très fort, ma chérie.

Il serra l'enfant contre lui et ne put réprimer un sanglot
de chagrin.

— Mais je l'aime.

— Je le sais, chérie. Moi aussi, je l'aime.

Elle le vit pleurer et, de ses petites mains, lui essuya les
yeux.

— Je t'aime, toi aussi, avoua-t-elle en se blottissant
dans ses bras.

Bernard la tint ainsi longtemps, très longtemps et cela
leur fit du bien. Cet après-midi-là, lorsqu'ils allèrent
chercher Liz, tous deux partageaient un secret : celui
d'une très grande amitié, d'un amour très fort et du
courage qui les unissait. Jane attendait dans la voiture avec
un bouquet de roses, lorsque sa mère la rejoignit. Durant
tout le chemin, elle serra la main de sa fille et se laissa
raconter les espiègleries d'Alexandre, ce matin-là.

C'était comme si Bernie et Jane savaient qu'ils devaient
l'aider, qu'ils avaient charge de la garder en vie en la
distrayant d'histoires amusantes. C'était un lien nouveau
entre eux. Une immense responsabilité.

Liz alla voir le bébé dans sa chambre et, lorsqu'il la vit,
Alexandre laissa échapper un cri de joie. Ses petites
jambes s'agitaient en tous sens, il remuait les bras et sa
mère ne put résister au désir de le prendre dans les bras.
Mais elle grimaça de douleur lorsqu'il heurta sa poitrine
encore fragile.

— Tu vas le nourrir, maman? demanda Jane.

— Non, répondit-elle tristement.

Elle avait pourtant tout le lait dont il avait besoin mais elle n'osait plus le lui offrir.

— Il est grand, maintenant. Hein, Alex ? tenta-t-elle de s'encourager en refoulant mal ses larmes.

Elle dut même tourner le dos à Jane pour lui cacher sa peine et la petite fille repartit tranquillement dans sa chambre.

Bernard était à la cuisine, préparant le dîner avec Tracy. La porte était fermée, le robinet ouvert. Et il pleurait en silence, le visage enfoui dans un torchon. Tracy ne disait rien, mais, de temps à autre, lui posait une main sur l'épaule. Elle avait bien versé des larmes, elle aussi, quand Liz lui avait appris la triste nouvelle mais, à présent, elle sentait qu'elle devait avoir de la force pour s'occuper de Bernie et des enfants.

— Puis-je vous apporter quelque chose à boire ? proposa-t-elle.

— Non merci, répliqua-t-il en respirant un grand coup pour stopper ses pleurs. Que pouvons-nous faire pour elle ?

Il se sentait tellement impuissant.

— Tout ce qui sera en notre pouvoir, répondit Tracy. Et peut-être qu'un miracle arrivera.

Le cancérologue leur avait parlé de la même façon, sans doute parce qu'il n'avait rien d'autre à leur proposer. Il leur avait parlé de Dieu et des miracles de la chimiothérapie et Liz, une fois de plus, avait dit qu'elle n'en voulait pas.

— Quand je pense qu'elle refuse une chimiothérapie, murmura-t-il, désespéré.

Mais il devait se reprendre. Il était encore sous le choc. L'incroyable brutalité de la nouvelle l'avait terrassé.

— Vous ne pouvez pas lui reprocher de refuser ce traitement.

— Non, bien sûr. Mais parfois cela marche... pour un temps, au moins.

Bernie demandait seulement à la médecine de leur

accorder un peu de temps, quelques années, vingt ou dix...
ou cinq... ou deux... une seulement...
— Quand partez-vous pour New York ?
— A la fin de la semaine. Mon père a tout arrangé. J'ai
dit à Paul Berman que je ne pourrai pas aller en Europe. Il
l'a parfaitement compris. Tout le monde est adorable.
   Cela faisait deux jours qu'il n'allait pas au magasin et il
ignorait combien de temps il serait absent. Ses adjoints lui
avaient promis de s'occuper de tout.
— Peut-être qu'à New York ils proposeront quelque
chose de différent...
   Mais il n'en fut rien. Les docteurs firent exactement le
même diagnostic et prescrivirent un traitement semblable : chimiothérapie. Et ils leur conseillèrent de prier.
Peut-être qu'un miracle...
   Assis près du lit d'hôpital de sa femme, Bernie l'observait. Elle avait maigri et ses cernes se creusaient. Cela lui
paraissait incroyable, comme un sort diabolique qui se
serait abattu sur eux. Il lui prit doucement la main. Les
lèvres de la jeune femme tremblaient et tous deux avaient
très peur. Cette fois, il ne lui cacha pas ses larmes. Ils
pleurèrent ensemble et se confièrent l'un à l'autre. Le fait
de se soutenir mutuellement, aussi malheureux qu'ils
soient, les aidait beaucoup.
— Dis-moi que ce n'est qu'un mauvais rêve, murmura
Liz en secouant ses cheveux en arrière.
   Ses cheveux qu'elle savait devoir perdre bientôt à cause
de la chimiothérapie... Elle avait fini par accepter de
commencer le traitement lorsqu'ils rentreraient à San
Francisco. Bernie avait même menacé Wolff de démissionner s'ils ne le rappelaient pas à New York où elle pourrait
se faire soigner. Mais son père lui avait fait comprendre
que les soins seraient les mêmes en Californie. Les
médecins y étaient aussi bons et Liz s'y sentirait sans doute
mieux.
   Ainsi, elle n'aurait pas le souci de devoir chercher un
nouveau logement ou une autre école pour Jane. Et tout

ce dont ils avaient besoin aujourd'hui était bien leur maison, leurs amis et même son travail d'institutrice. Car Liz était décidée : elle voulait reprendre ses cours. Le médecin ne s'y était pas opposé, son mari non plus. Si cela pouvait lui changer les idées...

Durant le premier mois, elle irait une fois par semaine en chimiothérapie, puis tous les quinze jours et, enfin, toutes les trois semaines. Ce premier mois serait horrible mais, ensuite, elle ne serait malade que durant vingt-quatre ou quarante-huit heures tout au plus, et Tracy pourrait la remplacer. L'école avait déjà donné son accord. Et tous deux savaient que cela ferait le plus grand bien à Liz, plutôt que de rester à se morfondre chez elle.

— Voudras-tu aller en Europe quand tu iras un peu mieux ?

La jeune femme afficha un pauvre sourire. Bernie se montrait si bon pour elle. Et le plus fou était qu'elle ne se sentait pas mal. Elle était seulement très fatiguée et... mourante.

— Je regrette tellement de te faire subir tout ceci...

— Tu es bien ma femme, cela se voit. Tu commences à parler comme une juive.

18

— Grandma Ruth ? demanda une petite voix dans la pièce obscure.

Main dans la main, elles étaient allées, cet après-midi-là, faire une prière pour Liz. Bernie passait ses nuits à l'hôpital et Hattie, la vieille domestique de Ruth, les aidait à s'occuper du bébé.

— Tu crois que ma maman ira mieux ? Le bon Dieu ne va pas l'emmener, hein ? interrogea-t-elle en laissant échapper un sanglot.

Ruth se pencha sur elle, ses propres larmes coulant sur l'oreiller de la petite fille. Tout ceci était tellement affreux, si injuste ! Elle avait soixante-quatre ans et aurait été heureuse de disparaître à la place de Liz, si jeune, si belle, si amoureuse de Bernie, avec ces deux enfants qui avaient encore tant besoin d'elle.

— Alors demandons-lui de ne pas nous l'enlever, conseilla-t-elle.

Espérant que cela marcherait, Jane se sentit quelque peu rassurée.

— Est-ce que je peux aller à la synagogue avec toi, demain ?

Ruth n'y allait qu'une seule fois par an, pour Yom Kippour. Mais elle ferait une exception.

— Oui. Nous t'y emmènerons.

Le lendemain, accompagnées de Bruce, elles allèrent

prier pour Liz. Le bébé resta à la maison avec Hattie et, lorsque Bernie rentra ce soir-là, Jane lui raconta solennellement qu'ils étaient allés à la synagogue de Scardsdale. Il en eut les larmes aux yeux, comme pour chaque petite nouvelle qu'il apprenait en ce moment, le moindre geste d'affection le sensibilisant terriblement. Le jeune papa prit son fils dans ses bras et se sentit à nouveau bouleversé par la façon dont l'enfant ressemblait à sa mère.

Quand celle-ci se trouva de nouveau parmi eux, tout drame sembla presque oublié. Elle sortit de l'hôpital deux jours plus tard et, soudain, réapparurent les rires de gorge qu'il aimait tant, l'humour et les plaisanteries. Tout paraissait revenu à la normale. Liz redoutait la chimiothérapie, mais se refusait à y penser avant de commencer le traitement.

Un soir, ils allèrent dîner à New York, à La Grenouille, dans une limousine que Bernie avait louée pour l'occasion. Mais, au cours de la soirée, il comprit vite qu'elle était épuisée. Sa mère le poussa à écourter le repas et à la ramener à la maison. Sur le chemin du retour, ils restèrent silencieux et, une fois dans leur chambre, Liz s'excusa encore et, doucement, presque timidement, Bernie se mit à la caresser. Mais il avait en même temps peur de la brusquer ou de lui faire mal.

— Ça va, mon chéri, le rassura-t-elle. Le docteur a dit que l'on pouvait…

Son mari la désirait tellement qu'il se sentit honteux de lui faire l'amour avec tant de passion. Mais il avait si faim d'elle, il éprouvait un tel besoin de la retenir, qu'il l'étreignait comme pour l'empêcher de lui glisser entre les doigts. Après cela il pleura et, tel un enfant perdu, s'accrocha à Liz, puis s'en voulut d'avoir agi de la sorte. Il désirait être courageux et fort et, au lieu de cela, il se sentait comme un petit garçon, blotti contre elle, cherchant le réconfort entre ses bras. A la manière de Jane, il voulait la retenir, attendait un miracle. Peut-être la chimiothérapie leur ferait-elle ce cadeau…

Avant leur retour vers San Francisco, Ruth emmena Jane chez Schwartz, le grand magasin de jouets, et lui acheta un énorme ours en peluche et une poupée avant de lui faire choisir quelque chose pour Alexandre. La petite se décida pour un clown qui faisait des galipettes et jouait de la musique. A leur retour, elles purent constater avec quel plaisir il accueillit ce cadeau.

Leur dernière soirée ensemble fut douillette, chaleureuse et émouvante. Liz insista pour aider Ruth à préparer le dîner et semblait être en meilleure forme. Depuis longtemps elle ne s'était montrée si calme et apaisée, si solide. A la fin du repas, elle vint toucher la main de sa belle-mère et lui glissa :

— Merci pour tout.

Voulant cacher les larmes qui lui montaient aux yeux, Ruth baissa la tête. Après une vie entière passée à pleurer pour tout et rien, comment pouvait-elle s'en empêcher pour une chose qui avait tant d'importance ? Mais, cette fois, elle comprit qu'elle devait se retenir.

— Ne me remerciez pas, Liz. Faites ce qui vous semble le mieux pour votre santé.

— C'est promis.

La jeune femme paraissait avoir, dans un certain sens, vieilli. Ce drame l'avait mûrie.

— Vous savez, je prends cela beaucoup mieux, à présent. Et Bernie aussi. Ce ne sera pas facile, mais nous réussirons.

Ruth acquiesça, incapable d'en dire davantage. Le jour suivant, elle et Bruce les accompagnèrent à l'aéroport. Bernie portait le bébé et Liz tenait Jane par la main. Elle monta bravement dans l'avion, pendant que ses beaux-parents se retenaient pour ne pas pleurer. Mais, une fois seule avec son mari, Ruth laissa éclater sa peine et sanglota dans ses bras, incapable de croire que le mal avait frappé des personnes qu'elle aimait tellement. Tout à coup, ce n'était plus leur voisin, l'épicier, le petit-fils des Rosengarden, ou le père de M. Fishbein ; c'était leur belle-

fille. Et Alex, Jane et Bernie qui seraient si malheureux...
Le destin se montrait si injuste, la vie était si mal faite !
Ruth se sentait défaillir de chagrin. Elle ne pouvait
supporter un tel coup du sort.
— Allons, viens, ma chérie. Rentrons à la maison,
déclara Bruce en la prenant par le bras.
Arrivée près de la voiture, elle le regarda soudain avec
terreur en songeant que ce serait bientôt leur tour.
— Je t'aime, Bruce, je t'aime tant, s'écria-t-elle en se
remettant à pleurer.
Tendrement il lui caressa la joue et lui ouvrit la portière
afin de la laisser monter. C'était un moment très pénible
pour eux tous et Bruce se sentait tellement malheureux
pour son fils et sa belle-fille.
Lorsque la petite famille arriva à San Francisco, Tracy
les attendait avec leur voiture et elle rentra avec eux,
bavardant et riant, le bébé dans les bras.
— Je suis bien contente de vous retrouver tous, leur
déclara-t-elle sans manquer de remarquer l'épuisement de
Liz.
Le lendemain, la jeune femme devait se rendre à
l'hôpital pour débuter son traitement. Ce soir-là, en se
couchant, elle avoua à Bernie :
— Comme j'aimerais recouvrer la santé et me sentir à
nouveau normale.
— Et moi donc, renchérit-il. Mais tu iras mieux bientôt.
Et si cela ne marche pas, il restera ta foi chrétienne.
— Ne te moque pas... Cela pourrait très bien me sauver
aussi.
— Essayons la chimiothérapie d'abord, proposa Bernie
qui se sentait juif avant tout et fils de médecin.
— Crois-tu que ce sera si terrible que cela ? demanda-t-
elle d'un ton effrayé.
— Ce sera difficile, bien sûr, lâcha-t-il presque malgré
lui. Mais ils t'ont promis de te donner des calmants pour
t'assommer. Et je serai là, près de toi.
Liz se pencha vers lui et l'embrassa.

— Sais-tu que tu es le meilleur mari qui soit ?
— Ah oui ? murmura-t-il en s'approchant d'elle pour glisser sa main sous la chemise de nuit.

Cette fois, il l'aima doucement, avec une tendresse infinie, sentant tout son amour et sa force s'infiltrer en elle, désirant lui faire cadeau de lui-même.

— J'aimerais tellement être de nouveau enceinte...
— Tu le seras peut-être bientôt.

Il savait pourtant que c'était trop demander et cela ne donnait que plus de prix à la vie d'Alexandre. Le matin suivant, Liz serra longtemps son fils contre elle avant de partir pour l'hôpital et prépara elle-même le petit déjeuner de sa fille. Dans un sens, cette dévotion envers sa famille devenait cruelle pour eux : ils ne la regretteraient que plus si elle disparaissait.

Bernie la conduisit à l'hôpital où une infirmière la mena au premier étage, dans une chaise roulante. Son mari marchait près d'elle en lui tenant la main et tous trois arrivèrent dans le bureau du Dr Johanssen qui les attendait. Liz se dévêtit et passa une chemise courte. C'était un resplendissant matin de novembre et le soleil brillait au-dehors. Elle se tourna vers Bernie.

— J'aimerais ne pas avoir à subir cela, avoua-t-elle en s'allongeant sur le lit blanc.
— Moi aussi, ma chérie.

Il éprouvait l'horrible impression de conduire sa femme vers la chaise électrique. Entra alors une infirmière gantée d'amiante. Le matériel utilisé était si puissant et dangereux qu'il lui brûlerait les mains si elle ne portait pas ces gants protecteurs. Et ils allaient insérer ce produit dans le corps de celle qu'il aimait ! Bernard pensa qu'assister à cette opération serait au-dessus de ses forces, mais l'infirmière fit d'abord une intraveineuse de Valium à Liz et elle se trouvait presque endormie lorsque la chimiothérapie commença.

Le Dr Johanssen resta constamment présent et, lorsque ce fut terminé, Liz dormait encore paisiblement. Mais, vers minuit, elle commença à éprouver de violentes nausées et se sentit terriblement mal. Les cinq jours suivants, sa vie fut un réel cauchemar.

Le mois entier se révéla aussi atroce et Thanksgiving fut loin d'être une fête pour eux, cette année-là. A Noël seulement elle se sentit à peu près remise, mais elle avait perdu tous ses cheveux et était d'une maigreur à faire peur. Cependant, elle était de nouveau chez elle et ne subissait plus ce cauchemar que toutes les trois semaines. D'autre part, le médecin lui avait promis que cela ne la rendrait malade que durant un ou deux jours.

Après les vacances de Noël, Liz put retourner enseigner à l'école. Elle constata aussi que Jane n'était plus la même petite fille. Quant à Alexandre, il rampait déjà.

Ces deux derniers mois les avaient tous passablement ébranlés. D'après les dires de sa maîtresse, Jane pleurait souvent à l'école. Quant à Bernie, il s'en prenait à tout le monde dans le magasin et avait constamment l'esprit ailleurs. Il louait les services de deux baby-sitters pour s'occuper du bébé dans la journée, mais cela ne se révélait pas merveilleux. L'une se perdit avec l'enfant, l'autre arrivait toujours en retard, et, un beau jour, disparut sans prévenir. Aucune d'elles ne savait cuisiner et Bernie dut même un jour emmener son fils à une réunion importante.

Cependant, alors que Noël approchait, Liz se sentait beaucoup mieux et, à la maison, tout rentra dans l'ordre.

— Mes parents aimeraient venir nous voir, lui annonça un soir Bernie.

Un foulard sur la tête, de façon à masquer sa calvitie, elle lui jeta un regard plein de douceur et soupira.

— T'en sens-tu capable, ma chérie ?

Franchement, elle ne se sentait pas la force de les recevoir, mais elle savait combien leur présence importait pour Jane et même pour Bernie, quoiqu'il ne se l'avouât pas. L'année dernière à cette époque, lorsqu'ils étaient allés à Disneyland, elle se trouvait enceinte et toute son

existence n'était tournée que vers un seul but : la vie, et
non cette mort qui la menaçait.

Elle fit part de ces pensées à Bernie qui lui répondit,
l'air mécontent :

— C'est aujourd'hui qui compte, et non le passé.

— Je ne sais plus...

— Comment ! lâcha-t-il soudain furieux, sans pouvoir
réfréner son amertume. A quoi sert cette chimiothérapie
d'après toi ? Tu abandonnes ? Mon Dieu... Jamais je ne
t'aurais cru capable de renoncer.

Les yeux pleins de larmes, il se leva et s'enferma dans la
salle de bains dont il claqua la porte. Vingt minutes plus
tard, il revint pour la trouver tranquillement allongée en
train de l'attendre. Penaud, Bernard vint s'asseoir près
d'elle et lui prit la main.

— Je regrette. Je me suis conduit comme un imbécile.

— Mais non et je t'aime, Bernie. Je sais combien c'est
difficile pour toi aussi.

Sans y prêter attention, Liz effleura le foulard qui lui
recouvrait la tête. Elle détestait se sentir laide, avec ce
crâne rond et voyant. Elle avait l'impression de tourner un
film de science-fiction.

— C'est pénible pour vous tous. Mourir pour mourir, je
préférerais me faire écraser par un camion ou me noyer
dans la baignoire... Je hais le fait d'être chauve.

Pire encore, elle haïssait l'idée même de la mort.

— Je t'aime avec ou sans cheveux, répliqua-t-il en
tendant la main vers son foulard.

— Non ! s'écria-t-elle en reculant vivement la tête.

— Il n'y a rien en toi que je n'aime pas, ou qui soit laid.

Bernie avait découvert cela quand elle avait donné
naissance à leur fils. Ruth avait tort. Il ne s'était senti en
rien choqué ou dégoûté. Cela l'avait bouleversé et il ne
l'en aimait que davantage. Comme ce soir.

— Je t'aime.

— Moi aussi. C'est pour cela que tu dois vivre et te
battre.

Les lèvres de Liz ébauchèrent un sourire. Tous deux se sentaient mieux à présent. Mais que la bataille était dure pour garder la tête hors de l'eau !

— Que dois-je dire à mes parents ?

— Dis-leur de venir. Ils descendront à l'Huntington.

— Ma mère pense que Jane aimerait passer quelque temps avec eux. Qu'en dis-tu ?

— Je ne crois pas qu'elle voudra. Explique-le-lui de façon qu'elle ne se vexe pas.

Liz sentait que sa fille s'accrochait de plus en plus à elle et il arrivait même à la fillette de se mettre à pleurer lorsque sa mère quittait la pièce où elle se trouvait.

— Elle comprendra, j'en suis sûr.

Sa mère, qui avait, toute sa vie, représenté pour lui l'incarnation même du déraisonnable, portait à présent une auréole. Il l'appelait plusieurs fois par semaine et elle montrait un esprit compréhensif qu'il ne lui avait jamais connu auparavant. Au lieu de le torturer, elle était devenue une source de réconfort.

Ruth fit preuve de la même affection lorsqu'ils arrivèrent, peu de temps avant Noël, en apportant une tonne de jouets pour les deux enfants ainsi qu'un cadeau pour Liz.

Liz se reposait alors sur son lit. Ruth pénétra dans sa chambre, dont elle ferma la porte, et lui remit deux énormes boîtes à chapeau.

— Qu'est-ce que c'est ? demanda-t-elle, à la fois intriguée et émue.

— Un cadeau, reprit Ruth nerveusement en craignant de ne pas lui faire plaisir.

— Un chapeau ?

— Non, autre chose. J'espère que vous ne m'en voudrez pas.

Ruth ôta l'un des couvercles et Liz découvrit soudain une profusion de perruques, de tailles et de styles différents, toutes ayant exactement le même ton doré qu'elle connaissait si bien. La jeune femme pleurait et riait en même temps, tandis que sa belle-mère la regardait avec hésitation.

— Vous n'êtes pas fâchée ?

— Comment le serais-je ? s'exclama-t-elle en tendant les bras vers Ruth pour l'embrasser.

Puis elle prit les perruques une à une. Toutes les formes y étaient : de la coupe courte de petit garçon à celle plus longue d'un page. Elles étaient magnifiques et Liz fut profondément touchée de cette attention.

— Je voulais m'en acheter une. Mais je n'osais pas entrer dans un magasin.

— C'est ce que je pensais... Et puis, c'est plus amusant ainsi.

Amusant ? Qu'y avait-il d'amusant à perdre ses cheveux à cause d'une chimiothérapie ? Mais Ruth avait bien arrangé les choses.

Liz se dirigea vers le miroir et, lentement, ôta le foulard de sa tête, pendant que Ruth regardait ailleurs. C'était une si belle fille. Ce n'était pas juste... Elle finit par lever les yeux et la découvrit qui s'observait dans la glace, portant une des perruques. Elle avait choisi celle du page, qui lui allait à merveille.

— Vous êtes ravissante ainsi, s'exclama Ruth en applaudissant. Elle vous plaît ?

Liz fit signe que oui et se contempla, satisfaite. Enfin, elle paraissait un peu plus décente. Plus que décente... jolie, même. A franchement parler, elle se trouvait très belle et féminine. Se sentant à nouveau jeune et en pleine santé, elle partit d'un éclat de rire pendant que Ruth lui en tendait une autre.

— Vous savez, ma grand-mère était chauve. Toutes les femmes orthodoxes le sont. Elles se rasent le crâne. Cela vous donnera juste l'air d'une bonne épouse juive.

S'approchant d'elle, Ruth lui toucha doucement le bras.

— Je voudrais que vous sachiez... combien nous vous aimons.

Si l'amour pouvait la guérir, elle aurait obtenu la rémission qu'elle désirait tellement ! Ruth avait été bouleversée de constater qu'elle avait tant maigri, de voir comme son visage était mince et pâle, comme ses yeux s'étaient creusés. Et Liz qui prétendait vouloir retourner enseigner après les fêtes...

Elle essaya le reste de ses perruques et choisit celle du page pour se montrer aux autres. Elle la mit et se changea dans l'espoir de paraître plus sophistiquée puis se dirigea vers le salon et y entra, prenant l'air le plus naturel possible. Bernie étouffa un cri de surprise.

— Où as-tu trouvé ça ? interrogea-t-il en souriant.

Visiblement, ce changement lui plaisait.

— Un cadeau de Grandma Ruth. Qu'en penses-tu ?

— Tu es superbe, ma chérie, déclara-t-il en toute honnêteté.

— Attends. Tu n'as pas vu les autres...

C'était un présent qui lui remontait le moral d'une façon formidable. Et Bernie n'en fut que plus reconnaissant à sa mère. Jane arriva sur ces entrefaites et s'arrêta net.

— Tes cheveux ont repoussé ! s'exclama-t-elle en battant des mains avec ravissement.

— Pas exactement, ma chérie. Grandma m'a rapporté quelques perruques de New York, répliqua-t-elle en lançant un sourire de connivence à sa belle-mère.

— Je peux les voir ?

Liz emmena sa fille dans la chambre où Jane put à sa guise en essayer deux ou trois. Cela lui donnait une petite figure amusante qui les fit rire toutes deux aux éclats. Elles avaient l'impression de se trouver à une soirée costumée.

Ce soir-là, ils allèrent dîner dehors et, comme un cadeau du ciel, la jeune femme se sentit mieux tout au long des fêtes de Noël. Le couple s'arrangea pour sortir plusieurs fois au cours de ces vacances et Liz se rendit même chez Wolff, en compagnie de sa fille et de Bernie, pour y admirer l'arbre de Noël.

Ils célébrèrent aussi Hanoukka et allumèrent les bougies avant le dîner. D'une voix solennelle, Bruce entonna les prières et Liz ferma les yeux, priant leur Dieu et le sien de la sauver.

19

Leur second anniversaire de mariage fut très différent du premier. Tracy invita Jane et Alexandre à passer la nuit chez elle, tandis que les parents de Bernie sortaient de leur côté.

Liz et son mari se retrouvèrent pour une fois seuls et jouirent d'une soirée tranquille. Il aurait bien voulu l'emmener dîner dehors, mais elle avait fini par avouer qu'elle se sentait trop fatiguée pour cela. Bernard déboucha une bouteille de champagne et lui offrit une coupe à laquelle elle toucha à peine. Tous deux restèrent à bavarder tranquillement devant le feu.

C'était comme s'ils avaient ensemble fait le vœu silencieux de ne pas parler de sa maladie. Liz ne voulait pas y penser ce soir, ni à la chimiothérapie qu'elle devait subir la semaine suivante. C'était suffisamment pénible pour ne pas avoir à mentionner ce traitement à longueur de temps.

Elle avait tellement envie de se retrouver comme une personne normale, se plaignant de son travail, riant des facéties de ses enfants, préparant un dîner pour des amis ou se demandant si la machine laverait bien le pantalon de son mari. Elle avait envie de problèmes simples, de ces petits ennuis, de ces joies qui arrivent tous les jours à n'importe qui.

Tranquillement, ils se donnaient la main, regardant le feu dans la cheminée, traversant avec précaution un

terrain mental semé d'embûches à éviter. Ils n'osaient
même plus évoquer leur lune de miel, deux ans auparavant; bien qu'une fois Bernie lui eût rappelé combien Jane
était mignonne à cette époque. Elle n'avait alors que cinq
ans et aujourd'hui, elle approchait de ses huit ans.

Ce fut Liz qui le surprit en mentionnant le nom de
Chandler Scott.

— Tu n'oublieras pas ce que tu m'as promis, n'est-ce
pas?

— Qu'est-ce que je t'ai promis? demanda-t-il en versant un peu de champagne dans sa coupe encore pleine.

— Je ne veux pas que cette ordure voie Jane. Jamais.
Tu me le promets?

— Je te l'ai déjà promis.

— Je suis sérieuse, Bernie, insista-t-elle, inquiète.

Il l'embrassa et effaça de son front ce pli qu'il n'aimait
pas.

— Moi aussi.

Depuis longtemps il pensait à adopter Jane, mais il avait
peur que Liz ne se sente pas la force de supporter toutes
ces complications administratives. Aussi avait-il décidé de
repousser sa demande jusqu'à ce qu'elle soit guérie et plus
solide.

Liz s'endormit dans ses bras et il la porta vers le lit où il
l'allongea doucement. Il la regarda ainsi longuement,
songeant avec effroi aux mois à venir. Mais il gardait
toujours l'espoir d'une guérison.

Le cinq janvier, ses parents rentrèrent à New York.
Ruth proposa de rester, mais la jeune femme avait décidé
de retourner travailler de toute façon. Même si ses cours
ne lui prenaient que trois jours par semaine, cela l'occupe-
rait beaucoup. Elle avait subi sa chimiothérapie juste
après les vacances et, cette fois, l'après-traitement s'était
relativement mieux passé. Cela représentait un grand
soulagement pour eux tous et Liz avait hâte de recommencer à enseigner.

— Es-tu certain qu'elle tiendra le coup? demanda Ruth

à Bernie en allant le voir au magasin, la veille de son départ.

— Elle le désire tellement.

Cette idée ne l'enchantait pas non plus, mais Tracy leur assurait que cela lui ferait le plus grand bien. Sans doute avait-elle raison. Cela ne ferait pas empirer son état et, si ce travail se révélait trop pénible, elle abandonnerait. Mais Liz y tenait beaucoup.

— Que dit le docteur?

— Que cela ne lui fera pas de mal.

— Elle devrait se reposer davantage.

Bernie lui répondit qu'il répétait la même chose à Liz et qu'elle lui décochait chaque fois un regard furieux, en prétendant qu'elle ne voulait pas gâcher en dormant le peu de temps qui lui restait.

— Il faut la laisser faire ce dont elle a envie, maman. Je le lui ai promis.

Ces derniers temps, la jeune femme lui soutirait beaucoup de promesses...

Bernie raccompagna sa mère en bas. Ils ne pouvaient plus faire grand-chose et tous deux étaient terrifiés à cette idée. Tout ceci était si affreux, si cruel...

— Je ne sais que te dire, mon chéri, déclara Ruth, le regard plein de larmes.

Ils se trouvaient à présent à l'entrée du magasin, une foule de clients tourbillonnant autour d'eux.

— Je sais, maman, je sais... murmura-t-il, les yeux humides.

Ruth fut incapable de retenir plus longtemps ses pleurs et quelques personnes les dévisagèrent en se demandant brièvement quel drame se déroulait.

— Je suis bouleversée, Bernie.

Sans pouvoir lui répondre quoi que ce soit, il lui effleura la main et remonta silencieusement vers son bureau, le regard ailleurs. Tout à coup, sa vie lui sembla un cauchemar qui ne disparaîtrait pas, quoi qu'il entreprenne pour le faire cesser.

Ce fut pire encore ce soir-là, lorsqu'il ramena ses parents à l'hôtel, après que Liz eut insisté pour qu'ils restent dîner avant leur départ du lendemain. Le repas avait été, comme d'habitude, délicieux, mais c'était horrible de la voir se battre pour accomplir les choses qu'elle faisait auparavant sans aucun effort. Le moindre geste lui coûtait à présent, même respirer...

Bernie embrassa sa mère avant de serrer fortement la main de son père. A cet instant, leurs regards se croisèrent et il ne put supporter plus longtemps ces yeux qui lui rappelaient son enfance. Il se revit enfant devant cet homme qu'il aimait, l'observant dans sa blouse blanche de médecin, ou pêchant avec lui en Nouvelle-Angleterre. Il avait de nouveau cinq ans... Devinant son état d'esprit, Bruce lui passa un bras autour des épaules et Bernie ne put réprimer des larmes de désespoir. Incapable de voir son fils pleurer, Ruth détourna le regard.

Son père le conduisit lentement dehors et tous deux restèrent debout dans la nuit à se réconforter.

— Pleure, mon fils. Pleure, si cela peut te faire du bien.

En prononçant ces mots, Bruce sentit à son tour des larmes lui brûler les yeux avant de descendre le long de ses joues, pour venir fondre sur l'épaule de Bernie. Personne ne pouvait plus rien pour lui... Ses parents l'embrassèrent enfin et le laissèrent repartir chez lui.

En rentrant, Bernard trouva sa femme au lit, qui l'attendait. Elle portait une des perruques que Ruth lui avait offertes. Liz les utilisait à longueur de temps et son mari la taquinait parfois à ce sujet, secrètement déçu de ne pas avoir pensé lui-même à en acheter. Elle les appréciait énormément, pour l'unique raison qu'elles sauvaient sa fierté. Et c'était un constant sujet de conversation entre elle et Jane.

— Non, maman, déclarait-elle. Je préfère celle-ci, avec les cheveux longs. Celle-là est jolie aussi... Tu es rigolote avec des boucles...

Au moins Liz n'avait-elle plus peur de sortir.

— Cela s'est-il bien passé avec tes parents, mon chéri ? Tu as mis du temps pour les raccompagner.

— Nous avons pris un verre ensemble, lâcha-t-il en prenant un air coupable plutôt que triste. Tu sais comment est maman. Elle ne veut jamais se séparer de son bébé.

Bernie partit se changer dans la salle de bains et, un moment plus tard, se glissa dans le lit, auprès de Liz. Elle dormait déjà et il se prit à écouter sa respiration irrégulière. Cela faisait trois mois que les médecins avaient découvert chez clle un cancer et elle se battait vaillamment. Le médecin pensait que la chimiothérapie lui faisait du bien. Cependant, malgré ce traitement, Bernard trouvait qu'elle allait de mal en pis. Chaque jour ses yeux se creusaient un peu plus, ses cernes fonçaient et elle n'avait plus que la peau sur les os. Pire encore, et il n'y avait aucun doute là-dessus, elle avait de plus en plus de difficulté à respirer.

Pourtant Bernic s'accrochait à un espoir et il le ferait aussi longtemps qu'il le pourrait. Tous deux tentaient tout ce qu'il y avait à tenter, aussi pénible que cela leur semblât. Liz devait se battre. Il le lui répétait constamment. Jamais il ne la laisscrait le quitter ainsi.

Cette nuit-là, il eut un sommeil agité. Il rêva que Liz partait en voyage et qu'il essayait de l'en empêcher.

Retourner à l'école, pourtant, sembla la faire revivre. Elle aimait « ses enfants », comme elle les appelait. Cette année, elle ne leur enseignait que la lecture, Tracy prenant en charge les cours de calcul, aidée d'une assistante pour les autres matières. La directrice s'était montrée tout à fait compréhensive envers Liz et l'avait laissée de bon cœur réduire son programme. Dans l'établissement, ils l'aimaient tous beaucoup et l'incroyable nouvelle qu'elle leur avait tranquillement annoncée un matin les avait stupéfiés. Puis le bouche à oreille avait fait le reste.

Cependant, elle voulait toujours préserver Jane et suppliait le ciel qu'aucun enfant ne surprît une conversation entre deux professeurs. Ses collègues étaient tous au courant, mais les élèves ne savaient rien.

Liz était consciente que, l'année prochaine, elle serait incapable d'enseigner. Il lui devenait trop pénible de monter ou descendre un escalier ou de garder plus de cinq minutes la position debout devant le tableau. Mais elle tenait à achever coûte que coûte cette période scolaire et l'avait promis à la directrice. En mars, cependant, la nouvelle filtra et l'une de ses élèves arriva devant elle, en larmes et les vêtements en désordre.

— Que t'arrive-t-il, Nancy?

La petite fille avait quatre frères et, comme eux, aimait se battre. Liz lui adressa un sourire réconfortant et lissa sa robe. Elle avait un an de moins que Jane.

— Tu t'es battue avec quelqu'un?

— J'ai donné un coup de poing à Billy, sur le nez.

La jeune femme ne put retenir un éclat de rire. Décidément, ses « enfants » lui rendaient une certaine joie de vivre.

— Mais pourquoi?

La petite fille hésita puis, prenant son courage à deux mains, avoua en baissant la tête :

— Il a dit que vous alliez mourir... Et je lui ai répondu qu'il n'était qu'un sale menteur.

Se remettant à pleurer, elle s'essuya les yeux de ses paumes, ce qui laissa deux grandes traînées grises sur ses joues.

— C'est pas vrai, hein, madame? demanda-t-elle, encore indignée.

— Viens, que je te dise quelque chose, lui déclara Liz en l'asseyant sur une chaise de la classe vide.

C'était l'heure du déjeuner et elle avait un peu de temps devant elle.

— Tu sais bien que nous devons tous mourir, un jour ou l'autre, n'est-ce pas?

La petite serra sa main comme pour s'assurer qu'elle ne la quitterait pas. Cette enfant avait été la première à lui offrir un cadeau pour la naissance d'Alexandre, une petite écharpe de tricot bleu que Liz adorait. Nancy pleura de plus belle.

— Notre petit chien est mort l'année dernière, mais il était très vieux. Mon papa m'a dit que, s'il avait été une personne, il aurait eu cent dix-neuf ans. Mais vous n'êtes pas si vieille ?

— Pas vraiment, non. J'ai trente ans. Ce n'est pas très vieux mais parfois... parfois les choses ne se passent pas comme on l'aurait voulu. Nous devons tous retrouver Dieu à un moment ou à un autre. Certaines personnes y vont même quand elles sont encore bébé. Et, dans très très longtemps, quand tu seras très très vieille et que tu iras au ciel, je t'attendrai là-haut.

Liz eut du mal à retenir les larmes qui lui montaient aux yeux. Elle ne voulait pas pleurer, mais c'était si difficile. En réalité, elle ne voulait attendre personne au ciel. Elle désirait seulement se trouver avec Bernie, Jane et Alexandre.

Nancy le comprit parfaitement. En sanglotant, elle passa ses bras autour du cou de Liz et la serra très fort.

— Je ne veux pas que vous nous quittiez, je ne veux pas...

Sa mère buvait et son père passait son temps en voyage. Depuis le jardin d'enfants, elle s'était prise d'affection pour Liz et, à présent, elle allait la perdre. Ce n'était pas juste... Liz lui offrit quelques gâteaux qu'elle avait faits elle-même et tenta de lui expliquer le traitement qu'elle suivait et ce qu'elle en attendait.

— Cela peut me guérir, tu sais, Nancy. Je pourrai encore rester ici un bon bout de temps. Il y a des gens qui arrivent à vivre encore plusieurs années ainsi.

« Mais d'autres, non... » ajouta-t-elle pour elle-même. Elle voyait bien dans le miroir ce que son mari découvrait chaque jour sur son visage : les yeux cernés, la pâleur, la maigreur.

— Et je resterai à l'école toute cette année, tu sais.

Nous aurons encore un peu de temps ensemble. Alors, essaie d'oublier tout ceci, d'accord ?

La petite Nancy Farrell acquiesça et, les mains pleines de biscuits, se décida à ressortir pour penser à tout ce que son institutrice venait de lui raconter.

Mais, en conduisant sur le chemin du retour, Liz se sentit vidée, épuisée. Jane regardait silencieusement par la fenêtre, comme si elle en voulait à sa mère de leur faire autant de chagrin. Juste avant d'arriver à la maison, elle leva vivement la tête et lui demanda à brûle-pourpoint :

— Tu vas mourir, hein, maman ?

La soudaineté et la violence avec lesquelles la petite fille prononça ces paroles choquèrent profondément Liz. Mais elle comprit immédiatement d'où cela pouvait provenir : Nancy Farrell.

— Tout le monde doit mourir un jour, ma chérie.

Pourtant, la rassurer ne semblait pas aussi facile qu'avec Nancy. L'enjeu entre elles était plus important.

— Non, tu sais ce que je veux dire. Ce truc.. Quand tu vas à l'hôpital... Ça ne marche pas, hein ?

— Cela m'aide un peu, avoua-t-elle, nerveuse.

Mais pas assez. Tous le savaient. Et cela la rendait tellement malade. Parfois, elle se prenait à penser que ce traitement ne faisait qu'avancer sa mort.

— Non, c'est pas vrai ! lâcha Jane en lui lançant un regard accusateur, comme si elle lui reprochait de ne pas assez se battre.

Liz soupira en garant la voiture devant l'entrée de la maison. Elle conduisait toujours la vieille Ford qu'elle possédait avant de connaître Bernie. Lui utilisait la BMW pour aller au bureau.

— Ecoute, mon petit. C'est difficile pour tout le monde et, crois-moi, j'essaie, je fais de mon mieux pour me soigner.

— Alors, pourquoi est-ce que tu ne vas pas mieux ? demanda-t-elle, ses grands yeux bleus pleins de larmes. — Elle se cramponna soudain au siège où était assise sa mère.

— Pourquoi est-ce que tu es encore malade ? Pourquoi ? insista-t-elle comme terrifiée. Nancy Farrell m'a dit que tu allais mourir...

— Je sais, ma chérie, je sais, avoua-t-elle bouleversée en serrant sa fille contre elle. Mais peut-être que cela ne m'arrivera pas avant longtemps. Peut-être aussi mourrons-nous tous demain. Il suffit d'une bombe ou d'un tremblement de terre. Personne n'est à l'abri.

— Je préférerais cela, avoua-t-ellè rageusement. Je veux mourir avec toi.

— Non, ne dis jamais cela, ma chérie. Tu as toute la vie devant toi.

— Pourquoi est-ce que ça nous arrive, à nous ? interrogea-t-elle en répétant la question que tous se posaient.

— Je l'ignore, murmura Liz d'une voix à peine audible.

20

En avril, Bernard devait décider si, oui ou non, il allait partir pour l'Europe. Il avait espéré emmener Liz avec lui, mais il était évident qu'elle ne pourrait l'accompagner. Elle ne possédait plus la force d'aller nulle part, à présent. Cela devenait même une aventure que d'aller rendre visite à Tracy, à Sausalito. Elle continuait d'enseigner, mais deux fois par semaine seulement.

Bernard appela Paul Berman.

— Je regrette beaucoup, Paul. Mais il m'est vraiment impossible de quitter Liz maintenant.

— Je comprends parfaitement.

Il n'existait pas de mots pour une telle tragédie et Paul avait mal pour son protégé.

— J'enverrai quelqu'un d'autre.

C'était la seconde fois qu'il ratait un voyage en Europe, mais la direction du magasin le soutenait tout à fait. En dépit du drame qu'il vivait, Bernie continuait d'accomplir un travail très efficace pour le magasin de San Francisco et Paul lui en restait très reconnaissant.

— J'ignore comment vous vous en sortez, Bernie. Si vous avez besoin de vous absenter, n'hésitez pas.

— C'est entendu. Peut-être dans quelques mois. Mais pas immédiatement.

Il ne voulait pas travailler quand Liz serait près de la fin, si cela devait arriver brusquement, quoique ce fût souvent imprévisible. Parfois, elle se sentait réellement mieux pendant quelques jours puis, tout d'un coup, le mal empirait. Et, alors que Bernie commençait à paniquer, Liz le surprenait en faisant preuve d'un comportement presque normal.

C'était pour lui une véritable torture, parce qu'il ne pouvait jamais savoir si la chimiothérapie faisait son effet et si Liz avait encore beaucoup de temps devant elle, ou s'il ne lui restait que quelques semaines à vivre. Les médecins n'en savaient pas davantage.

— Supportez-vous toujours d'habiter San Francisco ? interrogea Paul. Je ne veux en aucun cas vous forcer à y rester dans de pareilles circonstances.

Il se devait d'être généreux avec Bernie qu'il considérait presque comme son propre fils et ne s'estimait pas le droit de le forcer à demeurer en Californie si sa femme était condamnée. Mais Bernard le surprit. Il avait été franc avec lui dès le début et lui avait immédiatement révélé que Liz était atteinte d'un cancer. Cela avait été un choc pour tout le monde et il était impossible de croire que cette jolie jeune femme blonde avec qui Paul avait dansé le jour du mariage, deux ans auparavant, allait mourir.

— Honnêtement, Paul, je ne veux aller nulle part maintenant. Si vous pouvez trouver quelqu'un pour me remplacer deux fois par an, ce serait fort bien. Pour le moment, nous ne voulons plus nous déplacer. C'est le pays de Liz et je ne veux pas la déraciner. Je ne crois pas que ce serait très gentil pour elle.

Liz lui avait fait nettement comprendre qu'elle ne voulait pas quitter San Francisco. Elle refusait de devenir une charge pour ses parents ou pour lui, ne voulait pas que Jane affronte une nouvelle école en pleine année scolaire et se sentait plus rassurée à l'idée de se trouver près de gens qu'elle connaissait bien, spécialement Tracy.

— Je comprends bien, répéta Paul.

Bernie venait de passer trois ans en Californie, exacte-

ment deux fois le temps qu'il comptait y rester mais
aujourd'hui cela n'avait plus guère d'importance.

— Vraiment, Paul, je ne veux pas partir ailleurs.

— C'est tout à fait d'accord, Bernard. Dites-moi seulement si vous changez d'avis, afin que je puisse trouver
quelqu'un qui vous remplacera dans le magasin de San
Francisco. Nous vous regrettons à New York. En fait,
ajouta-t-il en jetant un œil sur son calendrier, y aurait-il
une chance pour que vous acceptiez de venir à notre
réunion de directeurs, la semaine prochaine ?

— Je dois en parler à Liz d'abord, expliqua Bernie en
prenant un air ennuyé. Quand est-ce ?

Paul lui donna la date qu'il inscrivit sur son agenda. Liz
ne subissait pas de chimiothérapie ces jours-ci mais il
n'avait pas envie de la quitter.

— Vous ne resterez pas plus de trois jours. Vous
pourriez partir le lundi et être de retour le mercredi soir.
Mais, quoi que vous décidiez, je comprendrai.

— Merci, Paul.

Ce soir-là, Bernie interrogea Liz sur ce qu'elle pensait
d'un éventuel voyage de quelques jours à New York. Il lui
demanda même si elle voulait l'accompagner, mais elle
secoua la tête avec un sourire las.

— C'est impossible, mon chéri. J'ai trop à faire à
l'école.

Ce n'était pas la véritable raison et tous deux le
savaient. Et puis, dans deux semaines, ce serait l'anniversaire d'Alexandre ; elle verrait donc sa belle-mère de toute
façon. Bruce ne pouvait quitter son cabinet, mais Ruth
avait promis de venir pour l'occasion.

De retour de New York, Bernie eut un choc en voyant
Liz. En la quittant quelques jours, il avait pris assez de
distance pour comprendre dans quel état elle se trouvait.

Ce soir-là, il s'enferma dans la salle de bains et pleura, le
visage enfoui dans une des serviettes de toilette qu'elle
gardait si blanches pour lui. Il était terrifié à l'idée qu'elle
pût l'entendre, mais il ne pouvait en supporter davantage.

Elle était pâle et faible et avait encore maigri. Son mari la suppliait de manger et rapportait à la maison toutes les gâteries qu'il pouvait trouver, mais en vain. Liz n'avait plus d'appétit et était descendue à moins de quarante-cinq kilos au moment de l'anniversaire d'Alexandre. Ruth fit comme si elle ne remarquait rien, mais Liz lui parut plus décharnée encore lorsqu'elles s'embrassèrent toutes deux à l'aéroport. Bernie avait dû emprunter un chariot électrique pour que sa femme les accompagne dans les longs couloirs. Liz ne pouvait plus marcher longtemps mais refusait de monter dans une chaise roulante.

Ils parlèrent de tout, sauf du sujet qui les préoccupait le plus. Ruth avait apporté avec elle un énorme cheval à bascule ainsi qu'une autre poupée pour Jane, et elle avait hâte de revoir ses petits-enfants, mais l'état de Liz la touchait profondément. Elle fut même surprise de voir la jeune femme cuisiner et s'étonna de la façon dont elle continuait d'entretenir la maison et d'enseigner à l'école. C'était la femme la plus remarquable qu'elle ait connue et cela lui brisait le cœur de constater comment Liz se dévouait chaque jour, juste pour rester occupée et garder un peu de la vie qui s'échappait d'elle.

Ruth se trouvait encore là lorsque la jeune femme alla subir une séance de chimiothérapie et elle resta à la maison avec les enfants, pendant que Bernie passait la nuit à l'hôpital, auprès de son épouse.

Alexandre ressemblait beaucoup à son père au même âge et devenait un bel enfant potelé et heureux. Dire qu'il était arrivé seulement un an auparavant! Et, à présent, cette tragédie... Lorsque Ruth le mit au lit, elle quitta la pièce les larmes aux yeux en songeant qu'il ne connaîtrait guère sa mère.

— Quand viendrez-vous nous rendre visite à New York? demanda-t-elle à Jane devant un jeu de société.

La petite fille hésita. Elle aimait Grandma Ruth mais ne pouvait imaginer s'en aller de chez elle en ce moment.

« Quand maman ira mieux », aurait-elle dû dire mais, à la place, elle déclara :

— Je ne sais pas. Dès que l'école finira, nous irons à Stinson Beach. Maman veut aller là-bas pour se reposer. Elle en a assez de donner ses cours...

La vérité était que Liz en avait assez de mourir. Mais c'était une chose impossible à s'avouer.

Bernie avait loué la même maison que les années précédentes et il était prévu d'y rester trois mois, afin que Liz pût regagner le maximum de forces. Le médecin avait suggéré qu'elle ne renouvelle pas son contrat avec l'école et elle ne s'y opposa pas. Elle avoua même à son mari que c'était une bonne chose et qu'ainsi elle pourrait davantage profiter de Jane et du bébé. Bernie n'en fut que plus d'accord, mais ils se sentaient tous anxieux de retourner à la plage, un peu comme s'ils faisaient marche arrière.

A l'hôpital, Bernie regardait sa femme dormir. Il lui toucha le visage puis lui prit doucement la main lorsqu'elle commença à se réveiller. L'espace d'un instant, il crut défaillir. Elle semblait mourante.

— Qu'y a-t-il ? demanda-t-elle, inquiète.

Elle leva la tête et Bernie ravala ses larmes pour lui sourire.

— Comment vas-tu, ma chérie ?

— Ça va, soupira-t-elle en laissant retomber sa tête sur l'oreiller.

Tous deux savaient pertinemment que les médicaments utilisés étaient si puissants qu'ils pouvaient provoquer une crise cardiaque juste après le traitement. Les médecins les avaient prévenus dès le début. Mais ils n'avaient guère le choix.

Liz se rendormit et son mari sortit dans le couloir pour téléphoner à la maison, après avoir demandé à une infirmière de veiller sur elle. Il était habitué à l'hôpital, à présent. Trop, à son goût. Il lui était devenu normal de circuler dans cet établissement. Plus rien ne le surprenait comme au début. Il n'avait qu'une envie : se retrouver à l'étage où ils étaient arrivés un an auparavant pour faire naître le bébé, et non ici parmi les mourants.

— Bonsoir, maman. Tout se passe bien ?

— Très bien, mon chéri. Ta fille est en train de me battre au Scrabble et Alexandre vient de s'endormir. Il est si mignon. Il a bien dîné, m'a gratifiée d'un immense sourire et s'est même endormi dans mes bras. Comment se sent-elle ? demanda-t-elle à voix basse pour que Jane n'entende pas.

Mais la petite fille écoutait, si attentivement qu'elle ne pouvait plus se concentrer sur son jeu. Elle savait très bien ce qui se passait et avait perdu toute insouciance. Elle n'avait que huit ans, mais se sentait envahie d'une terrible tristesse d'enfant dont il était impossible de la débarrasser.

— Elle va bien. Elle dort, à présent. Nous rentrerons demain, pour le déjeuner.

— Nous vous attendrons. As-tu besoin de quelque chose, Bernie ? As-tu faim ?

Il lui semblait bizarre de voir sa mère si préoccupée par ces problèmes domestiques. A Scarsdale, elle laissait tout faire à Hattie. Mais ici, c'était différent.

— Non, tout va bien, merci. Embrasse Jane de ma part et à demain, maman.

— Bonne nuit, mon chéri. Embrasse Liz pour nous quand elle se réveillera.

— Est-ce que maman va bien ? interrogea Jane, inquiète.

— Elle va bien, mon chéri, et elle t'embrasse. Elle sera rentrée demain.

Ruth pensa qu'il était plus rassurant que ce soit sa mère qui l'embrasse et non Bernie. Mais, le lendemain, Liz s'éveilla avec de nouvelles douleurs. Elle avait brusquement l'impression que ses côtes étaient brisées. C'était si violent et si soudain que le Dr Johanssen appela le cancérologue. Ils l'envoyèrent aussitôt en radiologie et lui firent un scanner avant de la laisser rentrer.

Les résultats ne se révélèrent pas très optimistes : la

chimiothérapie ne soignait rien et les métastases s'étaient propagées plus loin. Les médecins acceptèrent que Liz retourne chez elle mais le Dr Johanssen dut avertir Bernie que c'était le commencement de la fin. A partir de maintenant la douleur ne ferait que s'accentuer et il ferait ce qu'il pourrait pour l'atténuer. Mais même les médicaments l'aideraient peu. Ils se trouvaient tous deux dans le bureau du médecin et Bernard se leva brusquement en tapant du poing sur la table.

— Comment, vous ne pouvez pas faire grand-chose pour l'aider? Qu'est-ce que cela veut dire, nom d'un chien?

Johanssen ne broncha pas. Bernie avait parfaitement le droit d'être en colère, d'en vouloir au destin qui avait frappé sa femme et laissait les médecins impuissants.

— Qu'est-ce que vous fichez tous, ici? Vous n'êtes donc bons qu'à ôter des échardes ou percer des furoncles? Cette femme est en train de mourir du cancer et vous me dites que vous ne pouvez rien faire pour atténuer ses douleurs!

En sanglotant, Bernard s'écroula dans le fauteuil et se prit la tête entre les mains.

— Qu'allons-nous faire pour elle...? Mon Dieu, aidez-la...

Il n'y avait plus rien à entreprendre. Il le savait. Liz allait mourir dans des douleurs épouvantables. Ce n'était pas juste. Sa croyance en la providence s'en trouvait tout à coup ébranlée. Il avait envie de secouer le médecin pour le forcer à avouer que l'on pouvait encore tenter quelque chose, que Liz n'était pas condamnée, qu'elle vivrait, que tout ceci n'était qu'une terrible erreur et qu'elle n'avait pas le cancer.

Bernie posa la tête sur le bureau et pleura doucement. Comprenant parfaitement son émotion et son chagrin, le médecin attendit puis se leva et lui apporta un verre d'eau.

— Je sais combien cette histoire est terrible, et, croyez-moi, je le regrette infiniment. Nous ferons tout ce qui sera en notre pouvoir. Je voulais simplement que vous compreniez nos limites.

— Qu'allez-vous faire ? interrogea Bernie, le cœur déchiré.

— Nous commencerons par lui administrer du Demerol ou du Percodan, si elle préfère, et nous finirons par des injections de Demerol toujours ou de morphine, si cela agit mieux sur elle. Elle recevra des doses de plus en plus fortes et nous nous efforcerons de l'apaiser du mieux que nous pourrons.

— Pourrai-je lui faire les piqûres moi-mêmc ?

— Si vous le désirez, oui. Ou vous pourrez demander qu'une infirmière vienne s'occuper d'elle. Je sais que vous avez deux jeunes enfants.

Tout à coup, leurs projets d'été lui revinrent en mémoire.

— Pensez-vous que nous puissions aller à Stinson Beach ou devons-nous rester en ville ?

— Je ne vois aucun inconvénient à ce que vous partiez au bord de la mer. Changer d'endroit ne pourra que vous faire du bien à tous et spécialement à Liz, d'autant que vous ne serez qu'à une demi-heure de l'hôpital. J'y vais moi-même souvent. C'est excellent pour l'esprit.

— Elle adore cet endroit, admit Bernie avec un sourire triste.

— Alors emmenez-la là-bas.

— Et ses cours ? Doit-elle arrêter maintenant ?

Soudain, leur vie entière semblait devoir être repensée. Ce n'était que le printemps et il restait à Liz encore des semaines avant les vacances.

— Cela ne dépend que d'elle. Poursuivre son enseignement n'aggravera pas son cas, si c'est cela qui vous inquiète. Mais elle pourrait ne pas en avoir la force, si la douleur la dérange trop. Laissez-la trouver son rythme.

Le médecin se leva et Bernie poussa un profond soupir.

— Qu'allez-vous lui dire ?

— Elle sait, d'après les douleurs, que la maladie a bien

LA BELLE VIE

avancé. Je ne pense pas qu'il faille la démoraliser avec ces nouveaux résultats. A moins que vous préfériez qu'elle soit au courant...

Bernard secoua vivement la tête et se demanda combien de mauvaises nouvelles il pourrait encore supporter et s'il faisait bien d'agir ainsi. Peut-être devrait-il l'emmener au Mexique pour se faire soigner par cette amande d'abricot censée guérir les cancers, ou la mettre au régime macrobiotique, ou aller à Lourdes ou encore lui faire fréquenter l'Eglise Scientologiste ? Il avait lu des rapports remarquables sur des gens guéris d'un cancer après avoir subi un régime bizarre, après avoir été hypnotisés ou tout simplement grâce à leur religion. Mais il savait que Liz ne voudrait pas en entendre parler.

— Tu es prête, ma chérie ?

Habillée et coiffée d'une nouvelle perruque rapportée par sa belle-mère, Liz attendait sagement. Ses cheveux avaient l'air d'être vrais et elle semblait même jolie, malgré les cernes sous les yeux et sa maigreur dramatique. Elle était vêtue d'une robe sport bleu pâle, avec espadrilles assorties, et sa fausse chevelure blonde lui tombait en cascade sur les épaules, exactement comme l'aurait fait la vraie.

— Alors, que t'ont-ils dit ? interrogea-t-elle, le regard inquiet.

Elle devinait que quelque chose n'allait pas. Ses côtes lui faisaient trop mal et c'était une douleur aiguë qu'elle n'avait jamais ressentie auparavant.

— Rien. Rien de nouveau. La chimiothérapie a l'air de marcher.

— Alors pourquoi mes côtes me font-elles si mal ? demanda-t-elle à l'adresse du médecin venu avec Bernie.

— Avez-vous beaucoup soulevé le bébé dans vos bras ? hasarda-t-il en souriant.

Liz prit un air coupable en se souvenant l'avoir fait plusieurs fois ces derniers jours. Elle le portait en réalité très souvent, parce qu'il ne marchait pas encore et aimait être dans ses bras.

— Oui, avoua-t-elle.

— Combien pèse-t-il?

— Le pédiatre veut le mettre au régime. Il pèse douze kilos.

— D'après vous, cela répond-il à votre question? demanda alors le médecin.

Cela ne répondait à rien du tout bien sûr, mais Bernie lui fut reconnaissant d'avoir ainsi escamoté la vraie raison du problème.

Une infirmière les conduisit à la réception et Liz quitta l'hôpital, accrochée au bras de son mari. Elle marchait lentement et il nota sur son visage une légère grimace lorsqu'elle monta dans la voiture.

— Est-ce très douloureux, chérie?

Elle hésita avant de répondre d'un signe de tête, pouvant à peine parler.

— Crois-tu que les respirations de l'accouchement sans douleur t'aideraient?

Bernie avait eu une idée de génie et ils essayèrent immédiatement. Liz finit par admettre que cela la soulageait un peu. D'autre part, elle avait sur elle les pilules prescrites par le médecin.

— Je ne veux pas les prendre tant que je n'en ai pas vraiment besoin. Ce soir, peut-être.

— Ne sois pas trop héroïque.

— C'est toi le héros, Bernie, déclara-t-elle en l'embrassant.

— Je t'aime, Liz.

— Tu es le meilleur homme de la terre. Je regrette de te mettre dans un tel pétrin...

C'était tellement pénible pour tout le monde. Et pour elle aussi. Elle détestait cette situation, haïssait cette maladie et, parfois même, les haïssait tous de ne pas être mourants comme elle.

En arrivant à la maison, ils trouvèrent Jane et Ruth qui

les attendaient. La petite fille était inquiète de leur retard, mais le scanner et les radios avaient pris beaucoup de temps. Il était déjà quatre heures et Jane ne tenait plus en place.

— Maman rentre toujours le matin, disait-elle à Ruth. Il se passe quelque chose, j'en suis sûre.

Elle avait demandé à sa grand-mère d'appeler l'hôpital, mais Liz était déjà sur le chemin du retour et, lorsqu'ils arrivèrent, Ruth lui jeta un regard significatif.

— Tu vois, ils sont là.

Mais ce qu'elle vit et ce que Jane ne remarqua pas était que la jeune femme semblait encore plus faible que d'habitude et qu'elle paraissait souffrir même si elle ne voulait pas l'admettre.

Liz refusa malgré tout d'arrêter d'enseigner. Elle tenait à finir l'année scolaire et Bernie ne chercha pas à l'en empêcher. Ce fut Ruth qui tenta de le convaincre du contraire, lorsqu'elle vint le voir chez Wolff, la veille de son départ pour New York.

— Elle n'en a pas la force. Tu ne le vois donc pas ?

— Ecoute, maman, s'écria-t-il exaspéré, le docteur a dit que cela ne lui ferait pas de mal !

— Cela va la tuer.

Alors, il répandit sur sa mère tout le désespoir qui bouillonnait en lui.

— Non ! C'est ce cancer qui va la tuer ! Voilà ce qui la détruit ! Cette sale maladie qui lui pourrit tout le corps... Voilà ce qui la tue ! Ecole ou pas, elle va mourir de toute façon.

De nouveaux sanglots lui bloquèrent la gorge et il se mit à marcher en long et en large. Puis il s'arrêta devant la fenêtre, le dos tourné et murmura :

— Je m'excuse...

Cette voix d'homme brisé déchira le cœur de Ruth. Elle s'avança doucement vers son fils et lui plaça les mains sur les épaules.

— C'est moi qui regrette. Je suis tellement désolée,

mon chéri... Cela ne devrait arriver à personne et surtout pas aux gens que l'on aime, encore moins à...

— Cela ne devrait même pas arriver aux gens que l'on hait, coupa-t-il en songeant qu'il ne souhaitait ce malheur à personne de sa connaissance.

A personne... Bernie se tourna lentement vers sa mère.

— Je pense toujours à ce qui va arriver à Jane et au bébé. Que vont-ils devenir sans elle?

Les larmes emplirent de nouveau ses yeux. Il avait l'impression de pleurer depuis des mois. Et c'était la vérité. Cela faisait six mois qu'ils avaient découvert la vérité, six mois qu'ils avaient dérapé dans le cauchemar, six mois qu'ils priaient pour que quelque chose stoppe ce calvaire.

— Désires-tu que je reste encore un peu? C'est possible et ton père le comprendrait très bien. Il me l'a même suggéré hier soir quand je l'ai appelé. Ou alors, je peux emmener les enfants avec moi, mais je ne crois pas que ce serait gentil pour eux ni pour Liz.

Ruth avait tellement changé que cela le surprenait encore. Elle avait évolué en une femme sensible et discrète. Disparue, celle qui lui faisait un rapport hebdomadaire sur les calculs de Mme Finklestein. Oubliée, celle qui menaçait d'avoir une crise cardiaque chaque fois qu'il rencontrait une jeune fille qui n'était pas juive. Bernie se prit même à sourire en évoquant cette soirée à La Côte basque où il avait annoncé qu'il épousait une catholique du nom d'Elizabeth O'Reilly.

— Tu te souviens, maman? fit-il en lui rappelant cette anecdote.

Il n'y avait que deux ans et demi et cela paraissait déjà une éternité.

— Je me souviens très bien. Et j'ai honte... Alors, que dis-tu de ma proposition? Veux-tu que je reste ici encore un peu?

— J'apprécie ton offre, maman, mais je crois qu'il est important pour Liz de continuer à vivre aussi normalement que possible. Nous irons à Stinson Beach dès que l'école sera terminée et je ferai la navette entre ici et là-bas. D'autre part, je vais prendre six semaines à partir de la mi-juillet, et plus, si c'est nécessaire. Paul Berman est très compréhensif.

— D'accord. Mais dès que tu as besoin de moi, je saute dans le premier avion. Tu m'entends ?

— Oui, madame, acquiesça-t-il en l'embrassant. Maintenant, va faire quelques courses pour toi. Et si tu as un peu de temps, choisis quelque chose de joli pour Liz. Elle est redescendue à la taille seize ans, à présent.

Il ne restait, à vrai dire, pas grand-chose d'elle. Elle pesait à peine quarante-deux kilos et se trouvait loin des cinquante-trois dont elle se plaignait parfois.

— Elle aimerait quelque chose de nouveau, mais n'a pas l'énergie suffisante pour se l'acheter elle-même.

Pour les enfants, il apportait régulièrement des cartons entiers de vêtements, gracieusement offerts par le chef de rayon qui adorait Jane et n'avait pas arrêté de gâter Alexandre depuis sa naissance. Bernie appréciait énormément ce geste, d'autant qu'il avait le sentiment de ne pas s'occuper assez de ses enfants. Il avait à peine vu Alexandre grandir, et il manquait de patience avec Jane, qu'il aimait pourtant comme sa propre fille.

C'était une période si difficile pour eux et Bernard regrettait de ne pas avoir emmené Jane chez un psychologue, comme l'avait suggéré Tracy. Mais Liz en avait immédiatement rejeté l'idée.

Le moment le plus pénible fut le lendemain matin, lorsque Ruth se rendit à l'aéroport. Elle passa d'abord à la maison. Comme chaque jour, Tracy avait emmené Jane, et Bernie était déjà parti au bureau. Liz attendait la baby-sitter pour pouvoir s'en aller à son tour à l'école, et Alexandre faisait sa sieste matinale. Au coup de sonnette de Ruth, elle alla ouvrir et, durant quelques instants, les deux femmes se firent face en silence. Toutes deux savaient pourquoi Ruth était là. Elles se comprenaient parfaitement et Liz se pencha pour embrasser sa belle-mère.

— Merci d'être venue...

— Je voulais vous dire au revoir. Je prierai pour vous, Liz.

— Merci...

Elle ne put en dire davantage, les larmes lui emplissant les yeux. Puis elle regarda Ruth avec gravité et parvint à ajouter :

— Veillez sur eux pour moi, Grandma... — Sa voix n'était plus qu'un soupir. — Et prenez soin de Bernie...

— Je vous le promets. Et soignez-vous bien, ma chérie. Faites tout ce qu'ils vous diront.

Ruth étreignit les frêles épaules et remarqua soudain que Liz portait la robe qu'elle avait achetée la veille chez Wolff.

— Nous vous aimons tous beaucoup, Liz. Beaucoup, beaucoup...

— Moi aussi, souffla-t-elle.

Ruth la serra encore dans ses bras, avant de se retourner pour partir. Debout sur le seuil, la mince silhouette regarda s'éloigner le taxi. Ruth agita le bras longtemps, longtemps.

21

Liz parvint à enseigner jusqu'à la fin de l'année scolaire. Le médecin et Bernie furent surpris de sa ténacité. Elle devait prendre ses calmants chaque après-midi à présent et Jane se plaignait intérieurement de voir sa mère dormir tout le temps, mais n'osait en parler. Ce qui la torturait était que Liz devait mourir.

L'année scolaire finissait le neuf juin et, ce jour-là, Liz étrenna l'une des robes que Ruth lui avait achetées avant de partir. Elle conduisit elle-même sa fille à l'école et Jane en fut très heureuse. Sa mère lui paraissait aussi lumineuse et ravissante qu'avant, simplement plus mince. Le lendemain, ils devaient partir pour Stinson Beach et la petite fille attendait ce départ avec une grande impatience. Elle arriva à l'école dans une robe rose et des chaussures vernies noires que sa grand-mère avait aidé à choisir. Il y aurait une petite fête à l'école, pour célébrer la fin de l'année.

Lorsque Liz entra dans sa classe, elle ferma soigneusement la porte et se tourna vers ses élèves. Ils étaient tous présents, vingt et un petits visages aux yeux brillants et au sourire chaleureux, admiratifs pour la plupart. Elle savait que beaucoup d'entre eux l'aimaient comme elle les aimait elle-même. Et aujourd'hui elle devait leur dire adieu. Il lui semblait impossible de les quitter, de disparaître sans leur donner la moindre explication. Alors, avec une craie rose, elle dessina un grand cœur sur le tableau, ce qui fit rire les enfants.

— Joyeuse Saint-Valentin pour tout le monde! s'exclama-t-elle.

— Ce n'est pas la Saint-Valentin! s'écria Bill Hitchcock d'un air futé. C'est Noël!

— Non. Aujourd'hui c'est la Saint-Valentin pour vous et moi. C'est l'occasion de vous dire combien je vous aime.

Liz sentit sa gorge se serrer, mais parvint à réprimer ses larmes.

— Je voudrais que tout le monde reste calme pendant quelques instants. J'ai une récompense pour chacun d'entre vous et nous organiserons une petite fête... avant la grande.

Echangeant des regards intrigués, les enfants s'assirent tranquillement. Liz les appela un par un et leur offrit un cadeau accompagné d'un petit mot disant ce qu'elle pensait de chacun, pourquoi elle l'aimait, et le félicitant de ses résultats scolaires, que ce fût en histoire, mathématiques ou gymnastique. Elle rappela à chacun combien l'année passée avec eux lui avait été agréable. Chaque élève revenait à sa place, un peu ému, tenant serré le précieux cadeau. Ce travail avait occupé ses derniers mois et mangé les pauvres forces qui lui restaient.

Puis elle posa sur son bureau deux plateaux pleins de biscuits en forme de cœur, qu'elle avait préparés elle-même sans en parler à Jane, ceux-ci étant réservés à sa classe.

— La dernière chose que je voudrais vous dire est combien je vous aime tous et comme je suis fière de vous. Et je suis certaine que vous ferez aussi bien l'année prochaine, avec Mme Rice.

— Vous ne viendrez plus, l'année prochaine? hasarda une petite voix venant du fond de la classe.

Un petit garçon aux cheveux noirs et aux yeux sombres la regardait tristement, en serrant contre lui son cadeau et le biscuit qu'il ne pensait même pas à manger.

— Non, Charlie, je ne pourrai pas. Je vais partir pendant quelque temps et... vous allez terriblement me manquer. Mais, un jour, je viendrai vous voir. C'est promis.

Liz prit sa respiration et ne chercha plus à cacher ses larmes.

— Et quand vous verrez ma petite fille, Jane, vous l'embrasserez bien de ma part.

Un sanglot éclata au premier rang. C'était Nancy Farrell qui courut vers Liz et l'enlaça.

— S'il vous plaît, ne partez pas, madame Stern. On voudrait que vous restiez. On vous aime...

— Je ne veux pas partir, Nancy, vraiment. Mais j'y suis obligée...

Un par un, ils s'approchèrent de son bureau pour l'embrasser et lui dire adieu. Puis la cloche sonna.

— Je crois qu'il est temps de se rendre à la grande fête, maintenant.

Tous se mirent donc en rang et sortirent dans le couloir en lui adressant un dernier sourire auquel elle répondit de bon cœur. Elle faisait partie de leur vie, à présent ; elle en était certaine.

Alors qu'elle les regardait sortir, Tracy arriva et devina ce qui se passait. Connaissant Liz, elle savait que ce dernier jour était pour elle une épreuve.

— Comment ça va ? demanda-t-elle tout bas.

— Bien, murmura Liz en s'essuyant le nez et les yeux.

— Leur as-tu dit ?

— Plus ou moins. J'ai dit que je partais. Mais je crois que plusieurs d'entre eux ont compris.

— C'est un beau cadeau, plutôt que de disparaître de leur vie sans les prévenir.

— Je n'aurais jamais pu leur faire cela.

A personne d'ailleurs... Voilà pourquoi elle avait énormément apprécié que Ruth passe la voir avant de se rendre à l'aéroport. C'était le moment des adieux et elle n'avait pas le droit d'en manquer un seul.

Elle eut du mal à quitter les professeurs qui étaient ses amis, et se sentait épuisée en rentrant en voiture avec Jane. Sa fille était si calme que cela l'inquiéta. Elle se demanda alors si la petite avait entendu parler de leur Saint-Valentin et si elle lui en voulait.

— Maman? demanda Jane en sortant de la voiture avec un air grave que sa mère ne lui avait jamais vu.

— Oui, chérie?

— Tu ne vas pas mieux, hein?

— Si, un petit peu, prétendit-elle tout en sachant que la petite n'était pas dupe.

— On ne peut rien faire de... spécial?

— Je me sens bien, tu sais...

L'enfant baissa la tête et des larmes coulèrent sur ses joues.

— Je regrette tellement de devoir te quitter, soupira Liz. Mais, tu sais, je serai toujours près de vous et je veillerai sur toi, Alex et papa.

Jane se précipita dans ses bras et toutes deux restèrent longtemps, ainsi enlacées, avant de gagner la maison.

Cet après-midi-là, Tracy passa prendre la fillette pour aller manger une glace et se promener au parc. Jane paraissait d'humeur plus légère que ces derniers mois, nota Liz. Elle-même se sentait soulagée et plus proche de Jane qu'au début de sa maladie. La situation n'était pas plus facile mais meilleure.

Seule dans le salon cet après-midi-là, elle écrivit une petite lettre à chacun, leur disant encore combien elle les aimait, ce qu'ils représentaient à ses yeux et combien elle était triste de devoir les quitter. La lettre pour Bernie se révéla la plus difficile parce qu'elle estimait qu'il n'aurait jamais dû faire sa connaissance.

Elle glissa les lettres dans la Bible qu'elle gardait dans sa table de nuit et se sentit apaisée. Cela faisait longtemps qu'elle désirait écrire ces lettres et, maintenant, c'était chose faite.

Le soir, lorsque Bernie rentra, ils préparèrent les bagages qu'ils devaient emporter à Stinson Beach. Et le lendemain, en partant, tous se trouvaient de fort joyeuse humeur.

22

Il était prévu que le premier juillet, Liz retourne en ville pour une nouvelle séance de chimiothérapie. Mais, cette fois, elle refusa. La veille, elle avait annoncé à Bernie qu'elle ne voulait pas y aller. Après un instant de panique, il téléphona au Dr Johanssen pour lui demander conseil.

— Elle dit qu'elle se sent heureuse ici et qu'elle veut rester tranquille. Pensez-vous qu'elle est en train de baisser les bras?

Sa femme était partie admirer les rouleaux du Pacifique avec Jane. Elle n'avait voulu d'aucune aide à la maison et continuait de cuisiner et de s'occuper d'Alexandre du mieux qu'elle pouvait. La présence constante de Bernie l'aidait beaucoup.

— Peut-être, répondit le médecin. Et je ne sais si la forcer à venir faire sa chimiothérapie changera grand-chose. D'autant que cela ne lui fera pas de mal de se reposer un peu. Remettons cela à la semaine prochaine, voulez-vous?

Bernie suggéra cette idée à Liz après lui avoir avoué qu'il avait appelé le Dr Johanssen. Elle commença par lui en vouloir puis finit par en rire.

— Deviendrais-tu cachottier avec l'âge? ironisa-t-elle en l'embrassant.

Il frissonna en repensant à la première fois où il était allé la rejoindre à Stinson Beach. Quelle période heureuse de sa vie disparaissait en fumée !

— Tu te souviens, papa, de tous les maillots de bain que tu m'avais envoyés ? Je les ai encore !

Jane les aimait tellement que, pour rien au monde, elle ne les aurait donnés ou jetés. Elle allait sur ses neuf ans et cela lui paraissait terrible de voir sa mère partir tout doucement. Alexandre avait quatorze mois et, le jour où Liz aurait dû subir sa chimiothérapie, il se mit à marcher seul. Il trottinait devant eux sur la plage en se retournant de temps à autre pour hurler de joie, ce qui les faisait tous rire. Liz jeta à Bernie un regard victorieux.

— Tu vois ! J'ai eu raison de ne pas partir aujourd'hui.

Elle avait cependant accepté de s'y rendre la semaine suivante, si elle en avait encore la force. Elle souffrait toute la journée à présent et se bourrait de calmants, sans pour autant se résoudre aux piqûres de morphine. Elle avait effectivement peur, si elle l'utilisait trop tôt, d'y habituer son organisme et que le produit perde de son efficacité lorsqu'elle en aurait vraiment besoin.

Un samedi soir, Liz prépara pour dîner ce que tous préféraient : des steaks grillés au barbecue, accompagnés de pommes de terre au four et d'asperges à la sauce hollandaise, le tout suivi d'une énorme glace à la vanille surmontée de chocolat chaud. Alexandre s'en barbouilla les joues, pour le plus grand plaisir de sa famille. Et Jane se rappela le banana split que lui avait offert Bernie le jour où elle s'était perdue chez Wolff.

C'était le temps des souvenirs, semblait-il. Hawaii... leur lune de miel à trois... leur mariage... leur premier été à Stinson Beach... l'ouverture de l'opéra... leur premier voyage à Paris...

Liz bavarda la nuit entière avec Bernie mais, le matin suivant, se sentit beaucoup trop faible pour se lever.

Les douleurs étaient si fortes qu'elle supplia le Dr Johanssen de venir l'examiner, ce qu'il fit gracieusement. Bernie lui en resta infiniment reconnaissant. Il administra à la jeune femme une piqûre de morphine qui la fit dormir jusqu'à la fin de l'après-midi. Tracy vint aider Bernard à s'occuper des enfants et les emmena courir sur la plage. Le médecin avait laissé plusieurs doses de morphine pour Liz, son amie étant parfaitement capable de lui faire elle-même les injections. C'était une véritable bénédiction d'avoir près d'eux une personne en qui ils avaient tellement confiance. La malade ne se leva même pas pour le dîner. Les enfants mangèrent bien, se couchèrent gentiment et soudain, vers minuit, Liz appela Bernie.

— Chéri...? Où est Jane?

Il était en train de lire et fut surpris de l'état d'excitation dans lequel elle se trouvait. Elle paraissait être restée éveillée la journée entière sans avoir souffert. Il se sentit soulagé de la voir ainsi. Elle semblait même moins maigre et il se demanda si c'était le début de la guérison. Ce n'était pourtant que le début d'une chose qu'il ne soupçonnait pas encore.

— Elle est couchée, ma chérie. Désires-tu manger quelque chose?

Elle paraissait dans une telle forme qu'il était prêt à lui apporter un plateau, mais elle refusa en souriant.

— Je voudrais la voir.

— Maintenant?

D'un léger signe de tête, elle répondit oui et le regarda comme pour exprimer l'urgence de son désir. Bernie enfila sa robe de chambre et alla réveiller la petite, en traversant sur la pointe des pieds le salon où dormait Tracy. Celle-ci avait décidé de rester, au cas où Liz aurait besoin d'une piqûre et afin d'aider Bernie avec les enfants le lendemain matin.

Lorsque son père effleura ses cheveux d'un baiser, Jane s'étira longuement puis ouvrit les yeux.

— Papa... murmura-t-elle dans un demi-sommeil, avant de s'asseoir vivement. Maman va bien?

— Oui. Mais le bisou du soir lui manque. Tu veux bien aller l'embrasser?

Fière d'être appelée en pleine nuit pour quelque chose d'aussi important, elle se leva immédiatement et suivit Bernie jusqu'à la chambre à coucher où l'attendait Liz.

— Bonsoir, ma fille ! lança-t-elle d'une voix claire.

En se penchant pour l'embrasser, Jane remarqua que ses yeux brillaient d'une intensité particulière et songea que sa mère n'avait jamais paru aussi belle et reposée.

— Maman... Tu te sens mieux ?

— Beaucoup mieux.

Elle ne souffrait plus et, à cet instant, elle ne ressentait plus rien.

— Je voulais seulement te dire que je t'aime.

— Est-ce que je peux dormir avec toi ? hasarda-t-elle, le regard plein d'espérance.

— Bien sûr, répondit Liz en repoussant les couvertures.

Elles bavardèrent à voix basse pendant quelques instants et Jane finit par fermer les yeux, après avoir une dernière fois souri à sa mère qui l'embrassa encore et lui dit combien elle l'aimait. Puis la petite s'endormit et Bernie la ramena dans son lit. Lorsqu'il revint, Liz n'était plus là. Il la chercha dans la salle de bains puis entendit son pas dans la pièce contiguë à leur chambre. Et il la trouva, penchée sur le berceau d'Alexandre, en train de caresser ses boucles blondes.

— Bonne nuit, mon joli garçon...

Après quoi elle s'en retourna sans bruit dans la chambre où l'attendait Bernie.

— Tu devrais dormir à présent, ma chérie. Tu seras épuisée, demain.

Elle paraissait cependant si vive et alerte qu'il n'insista pas. Elle se jeta dans ses bras et soupira. Bernie l'étreignit avec tendresse tandis qu'elle blottissait la tête dans son cou. C'était comme si elle ressentait le besoin de se sentir près de chacun d'eux, de s'accrocher à la vie ou, peut-être, de la laisser partir.

Elle ne s'assoupit qu'au lever du soleil, ayant parlé toute la nuit avec Bernie. À son tour, il se laissa aller contre elle, la tenant dans ses bras et sentant la chaleur de son corps contre le sien. Un moment plus tard, Liz ouvrit les paupières et le regarda dormir d'un sommeil paisible qui la rassura, puis referma les yeux.

Et au matin, à son réveil, Bernie la trouva morte. Elle s'était éteinte paisiblement, en rêvant, dans ses bras. Avant de s'en aller, elle avait dit adieu à ceux qu'elle aimait. Il la contempla longtemps, très longtemps, reposant ainsi sur le lit. Comme il était difficile de se dire qu'elle ne dormait pas... D'abord, il l'avait secouée, puis avait touché sa main, son visage, et avait compris.

Une peine immense lui étreignit la gorge alors qu'il s'éloignait d'elle et fermait la porte de l'intérieur, afin que personne ne pût entrer. Puis il ouvrit la porte-fenêtre donnant sur la plage, se glissa au-dehors et se mit à courir, courir éperdument sur la grève comme s'il sentait encore sa douce présence près de lui.

A son retour, il pénétra dans la cuisine et y trouva Tracy préparant le petit déjeuner pour les enfants. Bernie l'observa un instant ; elle ouvrit la bouche pour lui dire bonjour mais, se rendant brusquement compte de son désarroi, l'interrogea du regard. Un signe de Bernie suffit pour lui confirmer ce qu'elle venait de comprendre. Il s'assit alors près de Jane, la prit dans ses bras et lui annonça l'horrible nouvelle.

— Maman est partie, ma chérie...

— Où ? A l'hôpital, encore ?

Elle s'écarta pour examiner son visage, puis comprit et étouffa un cri avant de se mettre à pleurer contre sa poitrine.

C'était une matinée dont ils se souviendraient toute leur vie.

23

Après le petit déjeuner, Tracy emmena les enfants chez elle, les pompes funèbres devant arriver à midi. Bernie resta seul dans la maison, la porte de la chambre toujours close, puis se décida à y entrer par la baie vitrée et vint s'asseoir près de Liz. Doucement, il lui prit la main et attendit.

C'était la dernière fois qu'ils se trouvaient seuls tous les deux, la dernière fois que... Tout lui semblait être la dernière fois et il comprit qu'il n'y avait plus rien à faire. Elle était partie. Cependant, en embrassant ses doigts, il eut l'impression qu'elle vivait encore. Liz faisait partie de son esprit, de son corps, de sa vie. Elle resterait toujours présente dans sa mémoire.

Entendant la voiture arriver, Bernie déverrouilla la porte et alla les accueillir. Il lui fut impossible de les regarder recouvrir le corps et l'emporter. Après cela, il discuta avec l'entrepreneur et lui expliqua qu'il devait ranger et fermer la maison, avant de retourner à San Francisco. L'homme lui promit de tout arranger pour le mieux. Le mieux? Qu'y avait-il de bien à perdre sa femme, celle qu'il aimait, la mère de ses enfants?

Tracy appela de sa part le Dr Johanssen et Bernie téléphona lui-même aux propriétaires. Il quitterait la maison cet après-midi même. Il ne voulait pas retourner sur la plage. Cette seule vue lui déchirerait le cœur. Il avait soudain tellement à faire, à organiser, et tout lui paraissait tellement inutile à présent.

Et cet homme qui ne se lassait pas de lui décrire les cercueils en acajou, en pin ou en métal et de préciser que l'on pouvait le commander capitonné de rose, bleu ou vert... Quelle importance, maintenant...? Elle avait disparu. Trois ans et tout était déjà fini. En rassemblant les affaires de Jane et d'Alexandre, Bernie avait l'impression que son cœur pesait une tonne. Puis il ouvrit un tiroir, trouva les perruques de Liz et se laissa tomber sur une chaise pour éclater en pleurs. Il crut que jamais il ne pourrait s'arrêter.

Le regard perdu vers le ciel et la mer, il se mit à crier :

— Pourquoi, mon Dieu? Pourquoi?

Il ne reçut aucune réponse. Et ce lit qui restait vide... Elle était partie. Elle l'avait quitté cette nuit, après l'avoir embrassé et remercié pour la vie qu'il lui avait offerte, pour ce bébé qu'ils partageaient, et, malgré tous ses efforts, il n'avait pas été capable de la retenir.

Une fois que tous les bagages furent terminés, Bernard appela ses parents. Il était déjà deux heures et ce fut sa mère qui lui répondit. La chaleur était torride à New York et l'air conditionné n'arrangeait pas grand-chose. Ils devaient sortir avec des amis et Ruth croyait que c'étaient eux qui téléphonaient pour prévenir qu'ils seraient en retard.

— Bonjour, maman.

Bernard sentit tout à coup comme une dépression s'abattre sur lui et il crut qu'il n'aurait pas le courage de lui annoncer la nouvelle.

— Chéri? Que se passe-t-il?

— Je... Je voulais que vous sachiez...

Les mots ne venaient pas. Il avait soudain cinq ans et le monde venait de s'arrêter.

— Liz... Oh, maman... Elle est... morte la nuit dernière...

Il pleurait comme un enfant et se sentait incapable de

prononcer une parole de plus. Les larmes aux yeux, Ruth fit signe à Bruce de la rejoindre au téléphone.

— Nous arrivons immédiatement, s'empressa-t-elle d'assurer tout en regardant sa montre, sa robe de soirée et son mari.

Elle pleurait à présent et pensait à cette femme que son fils avait tant aimée, la mère de ses petits-enfants. Sa disparition lui paraissait tellement inconcevable... Ruth n'avait plus qu'une envie : passer les bras autour du cou de Bernie et le consoler.

— Nous sautons dans le premier avion, ajouta-t-elle, prise d'une agitation incontrôlable tandis qu'elle tentait d'expliquer par gestes à son mari ce qu'il avait déjà compris.

Bruce prit à son tour la parole.

— Nous sommes de tout cœur avec toi, mon fils. Nous serons à San Francisco dès que possible.

— Merci... merci... Je...

Bernard hésitait, ne sachant que leur dire. Il avait envie de pleurer, de crier et de faire revenir sa femme. Mais elle ne lui reviendrait jamais. Jamais.

— Je ne peux pas...

Mais si, il pouvait. Il devait même. Il devait surmonter son chagrin pour ses enfants. Et il était seul. Ils représentaient tout ce qui lui restait.

— Où es-tu, Bernie ? demanda Bruce, inquiet.

— A Stinson Beach. C'est... arrivé ici.

Inspirant profondément pour secouer sa douleur, il songea qu'il devait quitter cette maison au plus vite. Il devait quitter l'endroit où Liz était morte. Il ne supportait déjà plus de rester là.

— Te trouves-tu seul ?

— Oui. Les enfants sont avec Tracy et.. tout à l'heure ils ont emmené Liz.

Cette pensée le fit tressaillir. Ils avaient recouvert son corps, son beau visage.

— Il faut que je parte maintenant, pour m'occuper de tout.

— Nous ferons notre possible pour arriver ce soir.

— Je veux la veiller cette nuit.

Comme il l'avait fait à l'hôpital... Bernie ne la quitterait pas tant qu'elle ne serait pas enterrée.

— Entendu. A très bientôt, mon fils.

— Merci, papa.

Bruce avait l'impression de parler de nouveau à son petit garçon et se sentit bouleversé en raccrochant. Il se tourna vers Ruth qui pleurait doucement, la prit dans ses bras et laissa quelques larmes descendre le long de ses joues. Il avait du chagrin pour son fils, à cause du moment tragique que celui-ci était en train de vivre.

Ils prirent l'avion de vingt et une heures, après avoir annulé le dîner avec leurs amis, et arrivèrent à San Francisco à minuit, heure locale. Pour eux, il était déjà trois heures du matin mais Ruth avait un peu dormi durant le vol. Elle voulait se rendre tout de suite à l'adresse que Bernie lui avait donnée.

Deux hommes en austère costume noir leur ouvrirent la porte lorsqu'ils se présentèrent vers une heure du matin. Bernie était assis auprès du cercueil, fermé, de Liz. Il ne s'était pas senti capable de la veiller en la regardant. Il n'y avait plus que lui dans la salle, les autres parents des décédés étant partis depuis longtemps.

Ses parents avaient laissé leurs bagages à l'hôtel et Ruth, par respect pour la défunte et son mari, avait passé un ensemble sombre. Bruce avait revêtu un costume gris foncé et une cravate noire. Et Bernie, qui portait également une tenue de deuil, leur sembla tout d'un coup plus vieux que ses trente-sept ans.

Avant de venir ici, il était allé voir ses enfants gardés par Tracy. Et il demanda à sa mère d'aller à la maison, de façon qu'elle fût là pour le réveil des petits. Son père lui annonça alors qu'il resterait avec lui pour veiller la défunte.

Ils parlèrent très peu et, au matin, Bernie rentra chez lui pour se changer. Ruth était déjà debout, en train de préparer le petit déjeuner, tandis que Tracy téléphonait à leurs amis pour les prévenir du décès. Elle lui annonça que Paul Berman avait appelé, pour dire qu'il arriverait à San Francisco à onze heures afin d'assister à la cérémonie. Suivant la tradition juive, ils enterreraient Liz aujourd'hui même.

Ruth avait choisi pour Jane une robe de piqué blanc. Alexandre resterait à la maison avec une baby-sitter qui le connaissait bien. Il ne comprenait bien sûr pas ce qui se passait et tournait sans cesse autour de la table en appelant sa mère, ce qui fit fondre Bernie en larmes. Ruth lui prit tendrement le bras et lui conseilla d'aller s'allonger quelques instants mais il refusa et s'assit à table près de Jane.

— Bonjour, petite. Tu vas bien?

Qui pouvait aller bien? Quelle question! Son père n'allait pas bien non plus et elle le savait parfaitement. En frissonnant, elle glissa sa petite main dans la sienne. Ils n'avaient pas besoin de se parler, se comprenant d'un regard. C'était arrivé, et ils devraient vivre sans Liz. Elle était partie et elle voulait qu'ils continuent. Mais comment? Bernie ne pouvait encore l'imaginer.

Il alla dans leur chambre, se souvenant de la Bible qu'elle lisait de temps à autre, et choisit de faire lire le psaume vingt-trois pour son enterrement. En saisissant le livre, il le trouva plus épais que d'habitude. Les quatre lettres tombèrent alors à ses pieds et Bernie comprit tout de suite de quoi il s'agissait. Les yeux pleins de larmes, il lut la sienne puis appela Jane pour lui lire celle qui lui était destinée. Enfin, il donna à Ruth la lettre que Liz lui avait écrite. Quant à celle d'Alexandre, il la garderait pour la lui donner beaucoup plus tard, lorsque l'enfant serait suffisamment grand pour la comprendre.

Ce fut un jour de grand chagrin, de constante tendresse et de souvenirs émouvants. Lors de la cérémonie, Paul se tenait auprès de Bernard qui ne quitta pas un instant la main de Jane. Bruce soutenait sa femme, celle-ci ne pouvant retenir ses larmes. Puis défilèrent parents, amis et voisins, venus dire un dernier adieu à la jeune femme. Tous la regretteraient, déclara la directrice de l'école dans un court hommage à la défunte. Bernie fut également touché par l'attention du personnel de Wolff, beaucoup s'étaient déplacés pour lui présenter leurs condoléances.

Il y avait tant de gens qui avaient aimé Liz... mais certainement pas autant que lui-même ou que les enfants qu'elle avait laissés derrière elle.

« Je vous reverrai, un jour », avait-elle promis à chacun, comme à ses élèves le jour de leur Saint-Valentin. Elle l'avait promis à tous... Et Bernie espérait qu'elle avait raison. Il désirait tellement la revoir lui aussi, désespérément...

Cependant, avant cela, il avait deux enfants à élever. Aveuglé par les larmes, il serrait très fort la main de Jane, tout en écoutant, debout, les paroles du psaume vingt-trois. Il aurait tant aimé qu'elle fût là, auprès de lui. Elle lui manquait déjà tellement.

Mais Elizabeth O'Reilly Stern avait disparu pour toujours.

24

Bruce dut rentrer à New York, mais Ruth resta trois semaines et insista pour emmener les enfants avec elle, lorsqu'elle repartirait : le mois d'août arrivait, Bernie devait retourner au magasin, il avait de toute façon arrêté la location de Stinson Beach et la rentrée des classes n'avait lieu que début septembre, rester à la maison en compagnie d'une baby-sitter n'apporterait rien à Jane et Alexandre...

— Et puis, il faut que tu t'organises, Bernard, ajouta-t-elle.

Ruth avait été merveilleuse avec lui, mais il commençait à s'en prendre à elle pour un rien. Il en voulait à la vie, au destin et passait son amertume sur tout le monde, sa mère restant sa première cible.

— Qu'est-ce que cela veut dire ? objecta-t-il, agacé.

Les enfants dormaient et elle venait d'appeler un taxi qui la reconduirait à l'hôtel. Elle comprenait qu'il avait besoin de rester seul chaque soir et c'était pour elle un soulagement d'aller dormir ailleurs, après s'être occupée des petits toute la journée.

— Je crois que tu devrais quitter cette maison et emménager autre part. C'est l'occasion pour toi de revenir à New York. Et si tu ne peux obtenir cette mutation, pars au moins habiter dans une autre ville. Vous avez trop de souvenirs ici. Jane rôde perpétuellement autour des

affaires de sa mère, respirant partout son parfum. Chaque
fois que tu ouvres un tiroir, tu tombes sur des objets à elle.
Tu te tortures avec cela. Partez d'ici.

— Nous ne quitterons pas cette maison, lâcha-t-il avec
amertume.

Mais sa mère insista.

— Tu es fou, Bernard. Tu leur empoisonnes la vie, à
eux, et aussi à toi-même.

A quoi cela servirait-il de se raccrocher au souvenir de
Liz?

— C'est ridicule! C'est notre maison et nous n'en
partirons pas.

— Tu ne fais que la louer. Qu'a-t-elle donc de si
particulier?

Liz avait vécu ici et Bernie n'était pas près d'abandonner ce lieu. Peu lui importait ce qu'on lui disait ou que son
entêtement devînt malsain. Il ne voulait pas que l'on
touche à ses affaires, ses chapeaux, ses robes ou sa
machine à coudre. Ses recettes de cuisine, ses terrines
devaient rester là où elles se trouvaient.

Pour avoir subi la même chose, Tracy savait ce que
Bernie ressentait et elle essaya de l'expliquer à Ruth. Elle
avait mis deux ans à se séparer des vêtements de son mari.
Mais Ruth s'obstinait à dire que ce n'était pas bon pour
eux. Bernie, quant à lui, ne voulait rien entendre.

— Laisse-moi au moins prendre les enfants avec moi
pour quelques semaines, jusqu'à la rentrée de Jane.

— Je vais réfléchir.

Il finit par les laisser partir avec Grandma Ruth, au bout
de dix jours, leur petit visage encore marqué par le
chagrin.

Travaillant tous les soirs jusqu'à neuf ou dix heures,
Bernard, une fois chez lui, se laissait tomber sur le canapé
et regardait dans le vide, songeant à Liz et ne se décidant à
répondre au téléphone qu'à la quatorzième sonnerie
lorsque sa mère l'appelait.

— Il faudra que tu leur trouves une baby-sitter, Bernard, conseillait-elle.

Elle voulait réorganiser sa vie et il voulait qu'elle le laisse tranquille. S'il avait aimé boire, avec elle il serait déjà devenu alcoolique. Mais cela ne l'intéressait même pas. Il avait seulement envie de rester assis, comme hébété, ne se décidant à aller se coucher qu'à trois heures du matin. Il s'était pris à détester leur lit, à présent que Liz ne s'y trouvait plus. Il avait également du mal à se rendre chaque jour au bureau et, une fois là-bas, il s'asseyait et restait immobile. Bernie était en état de choc.

Tracy s'en aperçut avant quiconque, mais elle ne pouvait rien faire pour lui. Elle lui dit d'appeler chaque fois qu'il en éprouverait le besoin, mais elle ne recevait jamais de ses nouvelles. Elle lui rappelait trop Liz.

Il lui arrivait même de demeurer près de la penderie de sa femme, comme le faisait Jane, pour respirer son parfum.

— Je m'occuperai moi-même des enfants, se bornait-il à répondre à sa mère.

Et celle-ci continuait de le traiter de fou.

— Aurais-tu aussi l'intention de quitter ton travail? demanda-t-elle, sarcastique, dans l'espoir de le secouer.

Il devenait dangereux de le laisser filer ce mauvais coton, mais son père savait qu'il irait mieux un jour ou l'autre. Bruce s'inquiétait davantage pour Jane qui souffrait de cauchemars presque chaque nuit et avait perdu près de trois kilos en trois semaines. Bernie en avait perdu douze depuis qu'il vivait en Californie. Seul Alexandre allait bien, quoiqu'il affichât un regard intrigué lorsque quelqu'un prononçait le nom de Liz, comme s'il se demandait où elle se trouvait et quand elle allait revenir.

— Je n'ai pas besoin d'arrêter mon travail pour m'occuper des enfants, maman.

Il jouait la déraison et s'y complaisait.

— Alors, tu vas emmener Alexandre avec toi au magasin?

Bernie avait oublié que son fils n'allait pas encore à l'école.

— Je peux reprendre la femme que Liz faisait venir lorsqu'elle enseignait l'année dernière.

Il pensait que Tracy l'aiderait aussi.

— Et tu feras la cuisine chaque soir, tu passeras l'aspirateur et entretiendras la maison? Ne sois pas ridicule, Bernie. Tu as besoin d'aide. Il n'y a pas de honte à avoir. Il faut que tu engages quelqu'un, à plein temps. Désires-tu que je vienne et que j'en interroge quelques-unes, lorsque les enfants seront là?

— Non, non, répondit-il, ennuyé. Je m'en chargerai.

Bernie semblait exaspéré pour la moindre raison. Il en voulait à tout le monde, parfois même à Liz pour l'avoir abandonné. Elle leur avait tant promis, à lui et aux enfants. Elle faisait tout dans la maison, la cuisine, la couture, et elle avait si bien su les aimer. Elle avait même réussi le tour de force d'enseigner jusqu'au bout. Comment la remplacer? Par qui? Elle était irremplaçable.

Un matin, il téléphona malgré tout à plusieurs agences pour leur expliquer ce qu'il voulait — une sorte de gouvernante ou de nurse. Il mentionna : une grande maison de sept pièces, pas d'animal, deux enfants, pas d'épouse.

— Etes-vous divorcé? s'enquit son interlocutrice d'un ton dégagé.

— Non.

« Je viens d'enlever deux enfants et je ne m'en sors pas tout seul. C'est facile à comprendre! » avait-il envie de crier.

— Les enfants n'ont plus... Je suis seul, corrigea-t-il. C'est tout. Mes enfants ont neuf ans et seize mois. Il y a un garçon et une fille. Elle a neuf ans et va à l'école.

— Cela tombe sous le sens. Alors, pensionnaire ou externe?

— Externe. Elle est bien trop jeune pour la pension.

— Pas l'enfant. La nurse.

— Oh... Je ne sais pas... J'avoue ne pas y avoir pensé.
Elle pourrait arriver vers huit heures et repartir le soir,
après le dîner.

— Avez-vous de la place pour une jeune femme au
pair ?

— Je crois que oui, répondit-il.

— Nous allons faire de notre mieux.

Mais leur « mieux » ne se révéla pas fameux. Bernie fut
horrifié par le peu de capacités des candidates qui se
présentèrent chez Wolff. La plupart d'entre elles ne
s'étaient jamais occupées d'enfants, étaient entrées illéga-
lement aux Etats-Unis ou, pire encore, se fichaient bien de
ce que l'on attendait d'elles. Elles ne valaient rien et
certaines étaient carrément antipathiques.

Pourtant, il arrêta finalement son choix sur une jeune
Norvégienne sans charme, qui avait six frères et sœurs et
paraissait solide. Elle disait vouloir rester dans le pays un
an ou deux et prétendait savoir cuisiner. Bernie l'emmena
avec lui lorsqu'il alla chercher ses enfants à l'aéroport.
Jane ne parut pas spécialement enthousiaste et Alexandre
l'observa d'un air curieux avant de sourire et taper des
mains. Mais la jeune fille eut tôt fait de le laisser courir à
travers le grand hall pendant que Bernie attendait leurs
bagages. Le petit se trouvait déjà devant une des portes de
sortie quand Jane le rattrapa et le ramena vers la
Norvégienne, en lui jetant un regard de reproche.

— Surveillez-le mieux, Anna, s'il vous plaît, réprimanda Bernie.

— Oui, fit-elle en souriant à Alexandre d'un air bêta.

— Où est-ce que tu l'as trouvée ? susurra Jane à son
père.

— Aucune importance. Au moins aurons-nous quelque
chose à manger.

Bernie gratifia Jane d'un regard attendri. A sa descente
d'avion, la petite s'était jetée contre lui, écrasant son petit
frère qui ronronnait de plaisir dans les bras de son père.
Bernie les avait alors embrassés, à les étouffer.

— Vous m'avez drôlement manqué, mes chéris. Et toi particulièrement.

Il était au courant des cauchemars de la petite, qui étaient tous en rapport avec Liz.

— A moi aussi, tu m'as manqué, dit-elle d'un air triste. Grandma Ruth a été tellement gentille avec moi.

— Elle vous aime beaucoup, tu sais.

Ils trouvèrent un porteur qui les aida pour les bagages et, quelques minutes plus tard, ils roulaient en direction de la ville. Jane était assise devant, près de son père, tandis qu'Anna et Alexandre restaient derrière. La jeune fille portait un jean usé avec un tee-shirt mauve et avait des cheveux blonds et hirsutes. Jane lui posa quelques questions, mais elle ne répondait que par monosyllabes ou grognements, et devenir amie avec les enfants semblait le cadet de ses soucis.

A leur arrivée à la maison, le dîner qu'elle leur prépara se composait d'un bol de céréales et de quelques toasts trop grillés. De désespoir, Bernie commanda une pizza sur laquelle Anna se jeta avant qu'il eût le temps d'y goûter. Soudain, Jane lança à la jeune fille un regard furibond.

— Où as-tu trouvé cette chemise ? demanda-t-elle en l'observant comme si elle avait affaire à un fantôme.

— Quoi ? ça ? s'étonna Anna en rougissant.

Elle avait troqué son tee-shirt contre un joli chemisier de soie verte qui portait à présent des marques de transpiration sous les bras.

— Je l'ai trouvé dans le placard, là-bas, répondit-elle en indiquant la chambre de Bernie.

Elle portait un vêtement de Liz.

— Ne refaites jamais cela, lâcha Bernie entre ses dents.

— Pourquoi donc ? dit-elle avec un haussement d'épaules. Puisqu'elle ne reviendra pas de toute façon...

Jane se leva de table.

Bernie la suivit et s'excusa auprès d'elle.

— Je suis désolé, ma chérie. Je la croyais beaucoup mieux, lorsque je l'ai interrogée. Elle me paraissait propre et jeune et je pensais qu'elle serait plus amusante pour vous qu'une vieille chauve-souris.

Jane lui lança un regard attristé. La vie semblait si difficile maintenant. Et ce n'était que leur première nuit à la maison. Instinctivement, elle comprit que plus rien ne serait pareil pour elle.

— Nous pouvons peut-être l'essayer quelques jours et la mettre dehors, si cela ne marche pas. Qu'en penses-tu ?

Soulagée de constater que son père ne voulait la forcer en rien, la petite acquiesça.

Il était déjà difficile pour eux de reprendre une vie normale, mais, la semaine suivante, Anna fit tout ce qu'elle put pour les rendre fous. Elle continuait à emprunter les vêtements de Liz et, parfois même, ceux de Bernie. Un jour, elle apparaissait avec l'un de ses cachemires et, le lendemain, avec ses chaussettes. Elle se lavait rarement et chaque pièce prenait une odeur terrible après son passage. Lorsque Jane rentrait de l'école, elle trouvait régulièrement Alexandre dans des vêtements souillés et collants de nourriture, ou courant à travers la maison en couches à moitié ouvertes et vêtu d'un seul tee-shirt, les pieds sales, le visage barbouillé, cependant qu'Anna jacassait au téléphone avec son petit ami ou écoutait du rock à plein tube.

Les repas étaient carrément immangeables, la maison dans un état épouvantable et c'était Jane qui prenait soin de son petit frère la plupart du temps. Elle le baignait et le mettait en pyjama avant l'arrivée de Bernie, le nourrissait et le couchait elle-même et allait le consoler quand il pleurait la nuit. La lessive n'était pas faite, les lits béaient et il n'y avait plus de vêtements d'enfants propres dans les placards.

Anna se fichait d'eux et, avant dix jours, Bernie la mit à la porte. Il le lui annonça un samedi soir, pendant que des steaks brûlaient dans une poêle crasseuse et que, assise sur le carrelage de la cuisine, elle bavardait au téléphone en oubliant Alexandre dans son bain. Jane l'y découvrit,

glissant comme un poisson et tentant de grimper sur la
paroi de la baignoire pour en sortir. Le petit avait eu vingt
fois le temps de se noyer, mais Anna ne semblait pas émue
pour autant.

Bernie lui demanda donc de faire ses valises et de
partir ; ce qu'elle fit, en s'excusant à peine et en emportant
avec elle son cachemire rouge préféré.

— Autant pour cela, ragea-t-il en fourrant la viande
brûlée dans la poubelle et en nettoyant la poêle à grande
eau.

— Est-ce qu'une pizza te ferait plaisir, ma chérie ?

Jane accepta avec joie et ils invitèrent Tracy à se joindre
à eux. Lorsqu'elle arriva, elle aida la petite à coucher
Alexandre, puis, ensemble, elles nettoyèrent la cuisine.
Tout semblait presque comme avant, excepté qu'il manquait quelqu'un de très important. Pour aggraver les
choses, Tracy leur annonça qu'elle déménageait pour aller
à Philadelphie. Jane en resta bouleversée. Elle avait
l'impression de perdre une seconde mère et, durant les
semaines qui suivirent son départ, elle parut déprimée.

La nurse suivante ne fut pas mieux. Elle était suisse et
avait l'habitude des enfants, certes, mais elle se révéla
rigide, inflexible et revêche. La maison était impeccablement tenue, les repas frugaux, les règles sévères et elle
giflait Alexandre pour un oui ou pour un non. Le pauvre
enfant pleurait constamment et Jane détestait rentrer de
l'école pour la retrouver. Au goûter, il n'y avait ni lait ni
biscuit, aucun bonbon n'était autorisé et ils ne devaient
pas parler à table, sauf quand leur père était là. La
télévision était un péché et la musique un crime contre
Dieu.

Bernie jugea cette femme à moitié folle, spécialement le
jour où Jane eut la malencontreuse idée de lui rire au nez,
deux semaines après son arrivée : vexée, la gouvernante se
précipita sur la fillette et lui administra une gifle retentis-
sante. Sur le coup, Jane fut si surprise qu'elle ne pleura

LA BELLE VIE

même pas, mais, tremblant de rage, Bernard vint se planter devant Mme Strauss.

— Disparaissez de cette maison, madame! Immédiatement!

Il lui ôta Alexandre des bras et alla consoler Jane qui s'était mise à sangloter dans un coin. Une heure plus tard, dans un claquement sinistre, la porte d'entrée se refermait derrière le cerbère suisse.

Cette expérience ne fit que les décourager davantage. Bernie avait l'impression d'avoir interrogé toutes les nurses de la ville et aucune ne lui inspirait confiance. La première chose qu'il fit fut d'engager une femme de ménage, mais cela ne se révéla pas suffisant. Le gros problème était Alexandre et Jane qui lui semblaient malheureux et dépenaillés. Il fallait impérativement trouver quelqu'un sur qui il pourrait compter.

Il se dépêchait de rentrer du bureau le soir pour s'occuper d'eux. Une baby-sitter les surveillait le jour, et repartait vers cinq heures. Ruth avait raison : il ne pouvait concilier le travail, les enfants, le ménage et la lessive, sans parler des courses à faire et des repas à préparer.

Cependant, tout changea six semaines après la rentrée des classes. L'agence appela Bernard et lui raconta l'histoire habituelle : Mary Poppins soi-même s'était présentée et proposait ses services. Selon eux, elle serait parfaite pour ce qu'il attendait d'elle.

— Mme Pappin est exactement ce qu'il vous faut. Elle a soixante ans, est britannique et a gardé dix ans son dernier emploi où elle s'occupait d'une fille et d'un garçon. Et, ajouta victorieusement l'employée de l'agence, il n'y avait pas de maman.

— Y a-t-il quelque fierté à en tirer? questionna Bernie, agacé.

— Cela veut simplement dire qu'elle est habituée à ce genre de situation.

— Merveilleux. Où est le problème?

— Il n'y en a pas.

Bernie se montrait un client difficile et ils étaient franchement ennuyés de l'accueil soupçonneux qu'il réservait à chaque candidate. De toute façon, ils se promettaient de ne lui envoyer plus personne après celle-ci.

Mme Pappin sonna à dix-huit heures, ce jeudi-là. Bernie venait juste de rentrer et avait à peine eu le temps d'ôter sa veste et sa cravate. Alexandre dans les bras, il préparait le repas avec Jane. Cela faisait trois soirs de suite qu'ils mangeaient la même chose — hamburgers, salade et pommes de terre sautées —, car Bernie n'avait pas eu le temps de faire de grandes courses.

Il ouvrit la porte et se trouva face à une petite femme aux cheveux gris coupés court et aux lumineux yeux bleus, vêtue d'un manteau bleu marine et de chaussures noires à talons plats. L'employée de l'agence avait raison : elle ressemblait à Mary Poppins. Elle portait même un grand parapluie noir.

— Monsieur Stern ?

— Oui.

— C'est l'agence qui m'envoie. Je m'appelle Mary Pappin.

Elle parlait avec un accent écossais et Bernie réprima un rire. Non, ce n'était pas une plaisanterie. Elle s'appelait bien Mary Pappin...

— Bonjour. Entrez, proposa-t-il en reculant pour la laisser passer.

Il lui fit signe de s'asseoir dans le salon et ce fut le moment que choisit Jane pour arriver, un gros hamburger à la main. Elle était curieuse de voir qui on leur avait envoyé cette fois. La femme était à peine plus grande qu'elle et sourit immédiatement à la petite fille en lui demandant ce qu'elle venait de préparer.

— Comme c'est gentil à toi de t'occuper ainsi de ton père et de ton petit frère. Tu sais, je ne cuisine pas très bien, ajouta-t-elle pour la mettre à l'aise.

Bernie l'aima immédiatement et se rendit soudain compte qu'il venait enfin de trouver chaussure à son pied.

Ecossaise à cent pour cent, Mary portait une jupe de tweed, un chemisier de coton blanc amidonné et, lorsqu'elle ôta son chapeau, Bernie remarqua que celui-ci tenait avec une épingle de nacre.

— Voici Jane, annonça-t-il alors que la fillette retournait à la cuisine. Elle a neuf ans ou les aura très bientôt. Quant à Alexandre, il a près de dix-huit mois.

Il déposa l'enfant sur le tapis et tous deux se mirent à discuter en regardant le petit trottiner pour rejoindre sa sœur.

— Il n'arrête pas une minute, je vous préviens, expliqua-t-il. Il se réveille toutes les nuits, ainsi que Jane. — Il baissa sa voix d'un cran. — Elle a des cauchemars et j'ai besoin de quelqu'un pour m'aider. Nous sommes seuls, à présent.

A la différence des autres baby-sitters qui le contemplaient d'un air bête quand il prononçait cette phrase, Mary Pappin acquiesça d'un signe de tête avec un regard d'où émanait une bonté simple.

— Il me faut donc quelqu'un pour garder Alexandre toute la journée et accueillir Jane lorsqu'elle rentre de l'école, pour les occuper et les distraire, pour devenir leur amie...

C'était la première fois que Bernard s'entendait dire une chose pareille, mais, d'une certaine façon, cette femme lui inspirait ces paroles chaleureuses.

— ... pour nous faire la cuisine, entretenir leurs vêtements et même leur acheter des chaussures neuves si je n'en ai pas le temps.

— Monsieur, coupa-t-elle doucement, vous avez en fait besoin d'une nounou.

Elle paraissait comprendre parfaitement la situation.

— Exactement, oui.

Bernie se rappela la jeune Norvégienne qui empruntait les vêtements de Liz et jeta un coup d'œil sur le col blanc de Mary. Il devait être franc avec elle. Tournant rapidement la tête vers la cuisine, il ajouta :

— Ma femme a été malade durant presque un an avant de... Elle est partie depuis trois mois et les enfants ont énormément de mal à s'en remettre.

« Moi aussi », songea-t-il et Mary le devina très bien. Bernie se sentit tout à coup soulagé, réconforté de savoir que quelqu'un de confiance allait prendre la maisonnée en main et qu'il pourrait se reposer presque entièrement sur elle. Une petite voix intérieure lui susurrait qu'elle était absolument parfaite.

— Je sais que votre travail ne sera pas facile, mais il ne manquera pas d'intérêt non plus.

Il lui parla aussi des deux femmes qu'il avait engagées avant elle, et lui fit part avec précision de ce qu'il attendait d'elle. Et, comme par miracle, elle semblait trouver ses exigences toutes naturelles.

— Cela me semble parfait. Quand aurez-vous besoin de moi ?

— Tout de suite, si vous le pouvez. Oh, j'ai oublié une chose : vous devrez dormir avec le bébé. Y voyez-vous un inconvénient ?

— Pas du tout. Je préfère même cela.

— Il est possible que nous déménagions, mais je n'ai aucun projet pour le moment. Et en fait... il se peut qu'un jour je reparte pour New York. Mais, là non plus, je ne sais encore rien.

— Je comprends, monsieur. Pour l'instant vous êtes déboussolé, et les enfants aussi. C'est tout à fait normal. Vous avez d'un coup perdu le pilier de votre existence et il vous faut du temps pour vous remettre, aussi bien que quelqu'un pour surveiller vos enfants pendant que vous apprenez à guérir. Que vous déménagiez dans un appartement, à New York ou au Kenya, m'est parfaitement égal. Je suis veuve, sans enfants, et mon foyer est celui dans lequel je travaille. Où que vous alliez, j'irai, si vous voulez de moi.

— Mais c'est merveilleux, madame Poppin... je veux dire Pappin... Excusez-moi.

— Ce n'est pas grave, lâcha-t-elle en riant.
Mary le suivit dans la cuisine. Elle avait beau être
menue, il émanait d'elle une certaine puissance rassurante
et les enfants l'aimèrent tout de suite. Jane l'invita à rester
pour le dîner, ce qu'elle accepta gentiment. La petite fille
lui prépara donc un hamburger, qu'elle mangea en tenant
Alexandre sur ses genoux. Puis elle alla discuter de ses
honoraires avec Bernie. Elle ne demandait pas trop et
représentait ce qu'il n'aurait jamais osé espérer.
Mme Pappin promit d'être là le lendemain matin, avec
ses bagages. Elle avait quitté en juin la famille chez qui
elle travaillait, les enfants ayant grandi et n'ayant donc
plus besoin d'elle, et était partie en vacances au Japon. En
rentrant sur Boston, elle avait fait un détour par San
Francisco et s'était inscrite dans une agence de la ville,
tellement l'endroit lui paraissait enchanteur. Tout finissait
donc pour le mieux.
Après son départ, Bernie appela sa mère.
— J'ai trouvé la perle, annonça-t-il d'emblée.
— Qui est-ce ? demanda Ruth qu'il venait de tirer de
son sommeil à cause du décalage horaire.
— Mary Poppins... Mary Pappin, plus exactement.
— Bernard... s'écria-t-elle, à présent tout à fait éveil-
lée. Aurais-tu bu ?
Elle jeta un coup d'œil inquiet à son mari qui lisait près
d'elle une revue médicale. Celui-ci ne parut pas inquiet.
Bernard avait bien le droit de boire, étant donné les
circonstances.
— Non. J'ai trouvé une nurse. Une nounou écossaise
qui a l'air fantastique.
— Qui est-ce ? répéta sa mère, toujours soupçonneuse.
Bernie lui donna tous les détails qu'il connaissait, ce qui
la rassura légèrement.
— Elle m'a l'air bien. As-tu vérifié ses références ?
— Je le ferai demain.
La famille de Boston ne tarissait pas d'éloges sur sa
chère nounou. Lorsque Mary arriva, le matin suivant,

Bernie songea qu'il la garderait toujours. Elle remit la maison en ordre, tria le linge à repasser, lut un livre à Alexandre et le fit propre comme un sou neuf pour le retour de son père. Jane portait une robe rose avec nœuds assortis dans les cheveux et un sourire radieux éclairait son petit visage.

Bernie éprouva un serrement au cœur en se remémorant la première fois où il avait vu la fillette ainsi vêtue, chez Wolff, alors qu'elle venait de perdre sa maman. Le repas fut simple, la table bien mise et Mary joua ensuite avec les enfants dans leur chambre. A huit heures du soir, la maison était propre, la table mise pour le petit déjeuner du lendemain, les deux enfants nourris, lavés, habillés pour la nuit et cajolés à souhait.

Bernard regretta presque que Liz ne pût les voir ainsi traités et ayant retrouvé l'attention qui leur manquait tant.

25

Le premier novembre, lorsque Bernie rentra chez lui et s'assit sur le canapé pour ouvrir son courrier, Mary émergea de la cuisine, les mains pleines de farine, et lui tendit un message.

— Une personne a appelé, monsieur.

Elle avait un bon sourire et il songea que c'était un réel plaisir de trouver un si bon accueil à la maison. Et les enfants l'aimaient tant.

— Un homme, précisa-t-elle. J'espère que j'ai bien inscrit son nom.

— Certainement, Mary. Je vous remercie.

Saisissant le papier, il jeta un coup d'œil dessus. Son cœur s'arrêta net de battre. *Chandler Scott.*

Il quitta la pièce, les yeux rivés sur le message. Pendant longtemps, il se demanda que faire, mais n'en parla pas au dîner. De toute évidence, Scott était revenu pour obtenir de l'argent. Un moment, Bernie pensa ignorer ce message, lorsque retentit la sonnerie du téléphone. Avec l'intuition qu'il ne pouvait s'agir que de lui, il décrocha. C'était bien sûr Chandler Scott.

— Bonsoir, articula celui-ci avec ce ton faussement décontracté qui n'impressionnait pas du tout Bernard.

— Il me semble que je m'étais fait clairement comprendre la dernière fois, précisa-t-il avec animosité.

— Je suis juste de passage, mon pote.

— Dans ce cas, ce n'est pas moi qui vous retiendrai.

Chandler partit d'un éclat de rire, comme si Bernie avait fait une réflexion particulièrement drôle.

— Comment va Liz?

Il se refusait à lui révéler la vérité. Cela ne le regardait en rien.

— Bien.

— Et ma gosse?

— Ce n'est pas votre gosse, ni votre fille. C'est la mienne, maintenant.

C'était la dernière des choses à dire et Bernie le sentit se rebiffer.

— Ce n'est pas ce dont je crois me souvenir.

— Ah bon! Vous rafraîchirai-je la mémoire en mentionnant les dix mille dollars...

— Ma mémoire va bien, merci. Cependant mes investissements n'ont pas vraiment tourné en ma faveur.

— Désolé.

— Moi aussi, figurez-vous. Je pensais que nous pourrions avoir une petite discussion sur... vous savez bien... au sujet de ma gosse.

Bernie serra les mâchoires à les faire blanchir sous sa barbe et il se souvint de sa promesse à Liz. Il devait se débarrasser de cet imposteur une fois pour toutes. Cela faisait un an et demi qu'il n'avait pas réapparu. Depuis qu'ils lui avaient remis cet argent...

— Je croyais, la dernière fois, vous avoir fait comprendre que notre affaire devait se traiter en une seule fois.

— Sans doute, mon ami, sans doute, répliqua Scott avec une insolence qui donnait à Bernie l'envie de le gifler à distance. Mais peut-être serons-nous obligés de la réétudier.

— Je ne crois pas.

— Ne me dites pas que vos finances sont au plus bas, ironisa-t-il avec son humour grossier.

— Je vous répète que je ne joue plus ce jeu avec vous. Est-ce clair?

— Alors, que pensez-vous d'une petite visite chez ma fille ?

— Cela ne l'intéresse pas.

— Elle le sera, si je vous intente un procès. Quel âge a-t-elle maintenant ? Sept ans ? Huit ?

— Qu'est-ce que cela peut bien vous faire ?

Jane avait neuf ans et Chandler ne le savait même pas.

— Demandez donc à Liz ce qu'elle en pense.

C'était du chantage, purement et simplement, et Bernard en devenait malade. Il fallait lui faire comprendre qu'il n'y avait plus rien à tenter du côté de la jeune femme.

— Liz n'en pense rien. Elle est morte en juillet dernier.

Il y eut au bout du fil un long, un très long silence.

— Désolé, finit par lâcher Chandler qui pour une fois avait l'air sincère.

— Ce détail met-il un terme à notre conversation ? demanda Bernie, soulagé de lui avoir révélé la situation.

Il pensait que cette ordure allait disparaître, à présent. Mais il se trompait lourdement.

— Pas vraiment. La gosse est encore vivante, n'est-ce pas ? Et de quoi est morte Liz ?

— Cancer.

— Dommage... De toute façon, avec ou sans sa mère, Jane reste toujours mon enfant. Et je suppose que vous aimeriez me voir disparaître. Alors, pour un bon petit prix, je vous ferai cette faveur.

— Pour combien de temps ? Un an ? Non, je regrette. Je ne marche pas, Scott.

— Dommage. Il ne me reste donc que le tribunal pour obtenir un droit de visite.

Bernard se souvint de sa promesse à Liz. Il tenta le bluff.

— Faites-le. Faites ce que vous voudrez. Cela ne m'intéresse plus.

— Ecoutez, je disparais pour dix mille dollars. Encore mieux : huit mille. Qu'en dites-vous ?

Bernie en avait la chair de poule.

— Allez vous faire foutre !

Sur ces mots, il raccrocha. Que n'aurait-il donné pour lui flanquer son pied dans les tripes ! Mais, trois jours plus tard, ce fut Chandler qui lui assena un coup. Une lettre d'un avocat de Market Street arriva au courrier, précisant que Chandler Scott, père de Jane Scott et ex-mari d'Elizabeth O'Reilly Scott Stern, demandait le droit de voir sa fille. Bernie serrait le papier d'une main tremblante. Il devait se présenter au tribunal le dix-sept novembre, heureusement sans l'enfant. Le cœur battant, il appela le bureau de Bill Grossman.

— Que dois-je faire, maintenant ? demanda-t-il, désespéré.

Grossman se souvenait très bien du dossier.

— Vous passez devant le juge. Il le faut bien.

— Scott a-t-il des droits ?

— Avez-vous adopté la petite ?

Bernie crut défaillir. Il s'était toujours passé quelque chose pour l'en empêcher : le bébé, Liz tombant malade, les derniers mois, puis leur guérison si pénible...

— Non, je n'ai rien fait. Mon Dieu, je l'aurais bien adoptée, pourtant ! Mais il n'y avait pas de raison. Une fois son silence acheté, je croyais qu'on ne le reverrait plus.

— Acheté ? releva l'avocat avec une grimace.

— Oui. Je lui ai donné dix mille dollars, il y a environ un an et demi.

— Pouvez-vous le prouver ?

— Non, parce que vous m'avez dit que c'était contre la loi.

Grossman lui avait en effet expliqué que cela équivalait à acheter un enfant au marché noir. Il était interdit de vendre ou de céder un mineur à quiconque. Et, effectivement, Chandler avait vendu Jane à Bernard pour dix mille dollars.

— Je l'ai payé en espèces.

– Autant pour lui.

Grossman hésita avant de poursuivre. Il avait l'air pensif.

— Le problème, c'est que quand on commence à traiter avec ce genre de personnage, c'est l'engrenage. Tôt ou tard, il revient à la charge. Que désire-t-il maintenant ?

— Voilà comment il m'a relancé. Il m'a téléphoné il y a quelques jours et m'a demandé dix mille dollars pour se perdre à nouveau dans la nature. En fait, il m'a proposé un compromis : huit mille dollars.

— Mon Dieu ! Quelle délicatesse...

— Quand je lui ai annoncé que ma femme était morte, je croyais qu'il perdrait tout intérêt. Je pensais qu'en n'ayant affaire qu'à moi seul, il comprendrait qu'il ne pourrait rien me soutirer.

Au bout du fil, l'avocat était étrangement silencieux.

— Je ne savais pas que votre femme avait disparu entre-temps, déclara-t-il enfin. Je suis désolé de l'apprendre.

— C'est arrivé en juillet, expliqua calmement Bernard.

Il repensait à sa promesse de garder Jane éloignée de Chandler coûte que coûte. Peut-être aurait-il mieux fait de lui payer les dix mille dollars, après tout ? Peut-être avait-il eu tort de le bluffer ainsi ?

— A-t-elle laissé un testament concernant sa fille ?

Ils en avaient bien parlé, mais Liz n'avait rien à laisser à quiconque, excepté ce que lui avait offert Bernie ; et elle lui donnait tout ainsi qu'aux enfants.

— Non. Elle ne possédait rien.

— Mais, au sujet de la garde de la petite ? Vous l'a-t-elle confiée ?

— Bien sûr, répondit Bernard presque offensé. A qui d'autre pourrait-elle laisser sa fille ?

— L'a-t-elle précisé par écrit ?

— Non.

Bill Grossman soupira en silence.

— La loi est de son côté, maintenant que sa femme a disparu. Je regrette de vous le dire. C'est le père naturel de l'enfant.

Bernard frémit.

— Parlez-vous sérieusement ? interrogea-t-il en pâlissant.

— Mais oui.

— Cet homme est un escroc, un repris de justice ! Peutêtre même sort-il tout juste de prison...

— Cela ne change rien. L'Etat californien estime que les pères naturels ont tous leurs droits, quoi qu'ils aient commis. Même les anciens meurtriers ont le droit de voir leurs enfants.

— Alors, que va-t-il se passer ?

— Ils peuvent lui accorder un droit de visite temporaire, après l'avoir entendu, expliqua l'avocat sans préciser à Bernie qu'il pouvait perdre complètement la garde de Jane. A-t-il eu une relation suivie avec l'enfant ?

— Jamais. Elle ne sait même pas qu'il est encore vivant. Et, d'après ce que m'a dit ma femme, la dernière fois qu'il l'a vue, la petite avait un an. Il n'a rien sur quoi s'appuyer, Bill.

— Si, vous le savez très bien. Il est le père naturel de l'enfant... Quelle relation conjugale avaient-ils ?

— Pratiquement inexistante. Ils se sont mariés peu après la naissance de Jane et je crois qu'il a disparu tout de suite. Puis il est revenu pour un mois ou deux, juste avant que sa fille ait un an, et il s'est perdu à nouveau dans la nature, pour de bon, cette fois. Liz a obtenu le divorce en invoquant l'abandon du domicile conjugal, mais sans consentement ni avertissement. Elle ignorait où il se trouvait, jusqu'à ce qu'il réapparaisse, l'année dernière.

— C'est une grosse erreur que de n'avoir pas adopté la fillette avant qu'il revienne.

— Mais c'est absurde !

— Je suis d'accord avec vous, mais cela ne veut pas dire que le juge le sera aussi. Estimez-vous qu'il porte un réel intérêt à l'enfant ?

— Il l'a vendue pour dix mille dollars et se trouve prêt à le refaire pour huit mille ! Il la prend seulement pour une caisse enregistreuse, voilà ! La fois où je l'ai rencontré, il n'a pas même mentionné son nom. Pas une fois. Cela vous dit quelque chose ?

— Qu'il est suffisamment futé pour tirer de vous le maximum. Je crains que vous ne receviez de ses nouvelles avant votre comparution devant la cour, le dix-sept.

Grossman avait raison. Scott appela trois jours avant, en lui proposant de disparaître. Mais, cette fois, le prix avait augmenté : il demandait cinquante mille dollars.

— Vous êtes complètement fou !

— J'ai fait faire une petite enquête sur vous, l'ami.

— Ne m'appelez pas ainsi, espèce de...

— J'ai cru comprendre que vous êtes un juif de New York très riche et que vous dirigez un magasin tout à fait chic. Je sais aussi que vous en êtes propriétaire.

— Pas vraiment.

— Peu importe. Voici mon prix. Cinquante briques ou vous risquez encore d'entendre parler de moi.

— J'irai jusqu'à dix, mais pas plus.

Bernie était prêt à monter jusqu'à vingt, mais ne voulut pas le lui avouer. Chandler lui rit au nez.

— Cinquante ou rien du tout.

Quel horrible marché autour d'une fillette...

— Je ne marche pas dans votre combine, Scott.

— Vous devriez, pourtant. Liz disparue, la cour m'accordera tout ce que je désire. Elle me donnera même la garde de Jane, si je l'exige. Pensez-y, avant que mon prix monte jusqu'à cent mille dollars.

Glacé d'horreur, Bernie l'entendit raccrocher et appela aussitôt Grossman.

— Sait-il de quoi il parle ? Serait-il au courant de ses droits ?

— C'est fort possible.

— Oh, mon Dieu !

Il était terrifié. Et s'il perdait Jane ? Après ce qu'il avait promis à Liz... Sans compter que la petite faisait partie intégrante de lui-même.

— Légalement, vous n'avez aucun droit sur l'enfant. Même si votre femme avait laissé un testament vous désignant comme le tuteur de sa fille, les droits de Scott resteraient prépondérants sur les vôtres. Maintenant, si vous pouvez prouver que c'est un mauvais père, vous gagnerez probablement, sauf si le juge est complètement cinglé. Si vous étiez tous deux banquiers, avocats ou hommes d'affaires, il serait sûr de gagner. Dans le cas qui nous préoccupe, tout ce qu'il peut réussir pour l'instant c'est de vous faire peur et créer un grave traumatisme dans l'esprit de la fillette.

— Surtout pas cela... murmura Bernie. Il menace à présent de demander cent mille dollars.

— Possédez-vous un enregistrement de votre conversation ?

— Bien sûr que non ! Que croyez-vous ? Enregistrer les communications téléphoniques... Je ne suis pas un revendeur de drogue, que je sache ! Je dirige un grand magasin. Alors que dois-je faire, à présent ?

— Si vous ne voulez pas lui donner cent mille dollars, et je vous suggère de ne pas le faire parce qu'il reviendra aussitôt, nous devons aller au tribunal et prouver quel genre de père il est... Ils peuvent lui accorder un droit de visite, mais ce n'est pas un problème.

— Pour vous, peut-être... La petite ne le connaît même pas. Elle ne sait même pas qu'il est vivant. Sa mère lui a dit qu'il était mort il y a longtemps. Par ailleurs, j'estime que Jane a été suffisamment éprouvée cette année. Elle fait continuellement des cauchemars, depuis la mort de Liz.

— Si un psychiatre peut en témoigner, cela peut affecter grandement sa demande de visite permanente.

— Et celle de visite temporaire ?

— Cela ne changera rien. La cour s'imagine que même Attila ne pourrait faire de mal en obtenant un droit de visite temporaire.

— Comment le justifient-ils ?

— Ils n'ont pas à le faire. Ils décident ce qu'ils veulent. M. Scott vient de se mettre, ainsi que vous, à leur merci.

Jane également... Il l'avait jetée dans le même panier de crabe. Cette pensée le rendait malade et il n'osait même pas imaginer ce que Liz en aurait pensé. Cette histoire l'aurait démolie, tuée avant terme.

Le jour de la première audience s'annonça gris et sombre, en parfait accord avec l'humeur de Bernard. Il laissa Mme Pappin avec les enfants, sans leur dire où il allait, espérant seulement que tout s'arrangerait au plus vite. Au tribunal, il s'assit à côté de Bill Grossman et remarqua Chandler Scott qui s'appuyait négligemment contre le mur. Vêtu d'un blazer neuf et chaussé d'élégants mocassins, les cheveux bien coupés, il avait l'air on ne peut plus respectable.

Grossman annonça à Bernie que l'entretien durerait environ vingt minutes. Lorsque le juge eut entendu ce qu'ils avaient à dire, Grossman expliqua que l'enfant ne connaissait pas son vrai père et venait de subir un choc sévère dû au récent décès de sa mère. Il insista sur le fait qu'il serait inapproprié d'accorder à Chandler un droit de visite temporaire avant que l'affaire soit complètement éclaircie. D'après lui, certaines questions primordiales restaient à étudier avant que la cour donne sa décision finale.

— Bien sûr, acquiesça aimablement le juge.

Tous les jours, il avait à trancher sur ce genre de cas et ne se laissait jamais émouvoir. Heureusement, il était toujours parvenu à ce que ses jugements n'affectent jamais la sensibilité du ou des enfants.

— Cependant, poursuivit-il, il serait injuste de refuser à M. Scott le droit de voir sa fille.

Il souriait à la fois à Chandler et Grossman.

— Je sais que cela affligera votre client, monsieur Grossman, et nous étudierons chaque problème un à un lors du jugment. Pendant ce temps, nous aimerions accorder à M. Scott le droit de voir sa fille une fois par semaine

Bernie crut qu'il allait s'évanouir et ne put s'empêcher de glisser à l'oreille de son avocat que Chandler n'était qu'un bagnard.

— Je ne peux le leur dire maintenant, répondit Grossman à voix basse.

Bernard avait envie de pleurer et regretta de ne pas avoir remis à Scott ce qu'il lui avait demandé la première fois ou même les cinquante mille dollars qu'il avait ensuite réclamés. Cent mille dollars étaient au-dessus de ses moyens.

Grossman éleva la voix pour s'adressr au juge :

— Où se passeront les visites ?

— Au lieu que choisira M. Scott. L'enfant a... — Il se plongea dans le dossier avant de regarder les deux parties d'un sourire compréhensif. — Voyons... Elle a presque neuf ans. Il n'y a aucune raison pour qu'elle ne puisse sortir avcc son père. M. Scott pourrait venir la chercher chez elle puis la ramener. Je propose le samedi, de neuf heures du matin jusqu'à sept heures du soir. Cela vous semble-t-il raisonnable ?

— Non souffla Bernie angoissé à l'oreille de son avocat.

— Vous n'avez pas le choix, répliqua immédiatement Grossman. Et si vous jouez le jeu avec le juge maintenant, il sera plus indulgent avec vous la prochaine fois.

Et Jane ? Qu'advenait-il d'elle dans tout ceci ?

Lorsqu'ils quittèrent la salle d'audience, Bernie était dans tous ses états.

— Qu'est-ce que c'est que ce magouillage ?

— Calmez-vous, supplia Grossman dont le visage était un masque impassible.

Chandler et son avocat passèrent devant eux. Scott avait l'un des hommes de loi les plus malhonnêtes de toute la ville, lui précisa Grossman peu après ; il était certain qu'ils allaient tout tenter pour faire payer la note à Bernie, en demandant plus tard à la cour de lui mettre sur le dos toutes les dépenses qu'ils auraient engagées.

— Il faut vous contenter de cela pour l'instant.

— Mais pourquoi? C'est tout à fait malsain. Pourquoi devrais-je laisser subir à ma fille quelque chose qui lui fera du mal?

Il parlait du fond du cœur, sans même faire attention aux mots qu'il employait.

— Ce n'est pas votre fille, souvenez-vous-en C'est la sienne. Voilà pourquoi nous sommes ici.

— Le pire de tout est que ce fumier désire seulement l'argent. Mais il demande trop. Je n'ai pas les moyens de le satisfaire.

— Vous n'auriez pu continuer longtemps, de toute façon. Les gens comme lui font sans cesse monter les enchères. Il vaut mieux, dans votre intérêt, traiter cette affaire ici. Le jugement est prévu pour le quatorze décembre. Pendant un mois, vous aurez donc à supporter que Scott voie sa fille avant que vous puissiez en obtenir la tutelle légale et permanente. Mais pensez-vous vraiment qu'il viendra la chercher?

— C'est bien possible, admit Bernie en espérant le contraire. Et s'il l'enlevait?

C'était une pensée qui lui faisait terriblement peur depuis que Chandler avait réapparu. Mais Grossman le rassura vite.

— Ne soyez pas ridicule. Cet homme est âpre au gain. Il n'est pas assez fou pour l'enlever lors d'une visite.

— Quel recours aurais-je, s'il le faisait?

— Cela ne se passe qu'au cinéma.

— J'espère que vous avez raison. Parce que, je vous le promets, si jamais il tente quoi que ce soit sur la petite, je le tuerai.

26

Les visites devaient commencer ce samedi, ce qui ne laissait pas beaucoup de temps à Bernie. Après l'audience du matin, il emmena Jane dîner et se mit en devoir de lui annoncer la mauvaise nouvelle. Ils étaient assis à l'Hippo, le restaurant favori de la fillette. Particulièrement calme, ce soir-là, elle finit par le regarder bien en face, consciente que quelque chose n'allait pas. Mais quoi?

Peut-être allaient-ils déménager pour New York? Ou allait-il lui annoncer une catastrophe imminente? L'air désolé, Bernie lui prit la main.

— J'ai quelque chose à te dire, ma chérie.

Le cœur battant la chamade, Jane n'avait qu'une envie : s'enfuir à toutes jambes. Elle paraissait tellement effrayée que Bernie en fut bouleversé. Il se demandait si elle finirait jamais par redevenir la petite fille qu'elle avait été, même si, grâce à Mme Pappin, elle avait retrouvé un peu de sa gaieté. Elle pleurait en effet beaucoup moins à présent et il lui arrivait même de rire.

— Ce n'est pas si terrible que tu le crois. N'aies pas peur, chérie.

— Je pensais que tu allais me dire...

Jane fut incapable de prononcer la fin de sa phrase, qu'il devina aisément.

— Te dire quoi?

— Que tu as le cancer, avoua-t-elle d'une voix si ténue

et si triste qu'il lui serra davantage les mains et se sentit au bord des larmes.

— Absolument pas, ma chérie. Cela n'a rien à voir. Bon... alors... maintenant... te souviens-tu que ta mère était mariée avant ?

Ces mots parurent étranges à Bernie, mais il devait commencer par le début.

— Oui. Elle était mariée avec un acteur très beau et il est mort quand j'étais bébé.

— Quelque chose comme cela, oui.

— Et elle me disait qu'elle l'aimait beaucoup, ajouta Jane d'un air innocent qui fit l'effet d'un coup de poignard dans le cœur de Bernie.

— Ah oui ?

— C'est ce qu'elle me disait.

— Bon. Elle m'a raconté quelque chose de différent, mais cela ne fait rien.

Soudain il se demanda s'il pouvait la monter contre quelqu'un que Liz avait vraiment aimé. Peut-être avait-elle réellement aimé Chandler et n'avait pas eu le courage de lui avouer ? Mais il se rappela soudain la solennité avec laquelle elle lui avait fait promettre de ne pas laisser sa fille à son ex-mari.

— Elle m'a dit que cet homme, ton vrai père, avait disparu juste après ta naissance et l'avait énormément déçue. Je crois qu'il avait accompli une mauvaise action, comme voler de l'argent à quelqu'un et qu'il était allé en prison.

Jane parut indignée.

— Mon papa ?

— Eh oui... Enfin, il a disparu pendant tout un temps pour revenir quand tu avais neuf mois, avant de repartir à nouveau. Cette fois, tu avais un an et ta maman ne l'a jamais revu. Terminé.

— C'est là qu'il est mort ?

Elle semblait profondément troublée par l'histoire que

venait de lui conter Bernard et sirotait pensivement sa limonade.

— Non, il n'est pas mort, ma chérie. Voilà pourquoi je t'en parle, ce soir. Il avait simplement disparu et, finalement, ta maman a obtenu de pouvoir divorcer. Et, quelques années plus tard, je suis arrivé et nous nous sommes mariés.

Bernie lui serra la main en la gratifiant d'un sourire que Jane lui rendit.

— C'était quand nous avons commencé à avoir de la chance. C'est maman qui me disait ça.

Il était visible que la fillette avait toujours partagé l'opinion de sa mère sur ce sujet et sur tout le reste d'ailleurs. Aujourd'hui, elle idolâtrait Liz plus que lorsqu'elle était vivante. Cependant, elle semblait tout à fait surprise d'apprendre que son père était encore en vie.

— C'était lorsque *moi* j'ai commencé à avoir de la chance, renchérit Bernie. Enfin... M. Scott s'est évanoui dans la nature et a brusquement réapparu il y a deux semaines, ici... à San Francisco.

— Et il n'est pas venu me voir! Pourquoi?

— Je ne sais pas, avoua-t-il. — Il décida d'être franc avec elle. — Il avait fini par téléphoner il y a à peu près un an, parce qu'il voulait demander de l'argent à ta maman. Et, quand elle le lui a donné, il est reparti. Mais aujourd'hui il est revenu pour la même chose et je ne pense pas que Liz lui en aurait donné, cette fois. Alors j'ai refusé.

Bernard simplifiait quelque peu, mais ne mentait pas. Il évitait simplement de préciser qu'ils avaient acheté son silence afin qu'il ne puisse réclamer de voir sa fille. Il omit également de préciser que Liz le haïssait.

Il voulait laisser la petite décider par elle-même, lorsqu'elle le rencontrerait. Mais, en son for intérieur, il avait très peur qu'elle se prît à l'aimer.

— Est-ce qu'il veut me voir?

Le bel acteur l'intriguait beaucoup.

— Maintenant, oui.

— Est-ce qu'il peut venir dîner à la maison ?

Tout lui paraissait tellement simple. Mais Bernard lui fit comprendre que c'était impossible et Jane en resta surprise.

— Ce n'est pas aussi simple que tu le crois. Nous avons été ensemble au tribunal, ce matin.

— Pourquoi ? demanda-t-elle apeurée.

Le tribunal lui apparaissait comme un endroit sinistre.

— Parce que je ne pense pas que ce soit un homme gentil et je veux te protéger de lui. Par ailleurs, ta maman m'a supplié d'agir ainsi.

— Tu crois qu'il pourrait me faire du mal ?

Dans deux jours, elle devait sortir avec Chandler et passer une dizaine d'heures avec lui. Il n'était donc pas question de l'effrayer.

— Non. Mais je crois qu'il s'intéresse un peu trop à l'argent et nous ne le connaissons pas vraiment bien.

— Pourquoi est-ce que maman m'a dit qu'il était mort ? hasarda-t-elle avec un regard candide.

— Je pense que pour elle il était plus facile de croire cela, plutôt que de se demander perpétuellement où il était ou pourquoi il était parti.

Jane avait l'air de comprendre mais gardait une mine ennuyée, presque déçue.

— Elle ne m'a jamais menti.

— Ce n'était pas un mensonge, chérie. Et elle a fait cela pour toi, parce qu'elle pensait que c'était mieux.

La fillette resta pensive quelques instants puis demanda :

— Alors, qu'est-ce qu'ils ont dit ce matin ?

Tout d'un coup, elle devenait curieuse.

— Que nous devrons retourner devant le juge dans un mois. Mais, pendant ce temps, il aura le droit de venir te voir et de t'emmener. Et cela, chaque samedi, de neuf heures du matin jusqu'au dîner.

— Mais je ne le connais même pas ! Qu'est-ce que je vais lui dire pendant une journée entière ?

Bernie ne s'attendait vraiment pas à ce que la petite se préoccupe de tels détails. Amusé, il répondit :

— Tu as deux jours pour y penser.

S'il n'y avait eu que ce problème...

— Et si je ne l'aime pas ? Il ne devait pas être gentil puisqu'il a quitté maman.

— C'est bien ce que je pense, répliqua-t-il en toute honnêteté. Et, dès que je l'ai vu, je ne l'ai pas trouvé sympathique.

— Tu l'as rencontré ? questionna-t-elle, surprise. Quand ?

— Le jour où il est venu demander de l'argent à ta maman. C'était juste avant la naissance d'Alexandre et elle m'a demandé de lui remettre moi-même cet argent.

— Elle ne voulait pas le voir ?

— Non.

Cette réponse nette de Bernie lui en dit long.

— Alors, ça veut dire qu'elle ne l'aimait pas tant que ça.

— Peut-être, oui.

Il ne désirait cependant pas trop abonder en ce sens, de peur de mettre la fillette mal à l'aise.

— Il est vraiment allé en prison ? questionna-t-elle, de plus en plus horrifiée.

Au signe de tête affirmatif de Bernard, elle ajouta :

— Et si je ne veux pas partir avec lui, samedi ?

Jane venait de toucher le cœur du problème.

— Ma chérie, je crois bien que tu devras le faire de toute façon.

— Pourquoi ? insista-t-elle, les yeux soudain emplis de larmes. Je ne le connais pas. J'ai peur de ne pas l'aimer.

— Eh bien, tu feras passer le temps. Tu ne le verras que quatre fois avant que nous retournions au tribunal.

— Quatre fois ? s'étonna-t-elle, comme anéantie.

— Tous les samedis.

Bernie avait l'impression qu'il venait de vendre sa fille unique. Il détestait Chandler Scott et son avocat, aussi bien que cette cour et son juge qui lui imposaient une telle douleur ; Bill, surtout, qui lui demandait de ne pas ruer dans les brancards. On voyait bien qu'il ne s'agissait pas de sa fille...

— Papa, je ne veux pas, gémit-elle.

Mais Bernie se devait de l'en persuader.

— Il le faut, ma chérie, insista-t-il, la mort dans l'âme, en lui tendant son mouchoir.

Il vint s'asseoir auprès d'elle et lui passa le bras autour des épaules. Jane appuya la tête contre lui et se mit à pleurer de plus belle. Tout lui semblait tellement pénible. Pourquoi en rajouter ?

— Ecoute, ce sera seulement quatre fois. Et n'oublie pas que Grandma et Grampa viennent nous voir pour Thanksgiving. Nous aurons beaucoup de choses à organiser, d'ici là.

Une fois de plus, il avait dû remettre son voyage en Europe, mais Paul Berman ne lui en tenait pas rigueur.

Il n'avait pas vu ses parents depuis des mois, depuis août où sa mère était repartie sur New York en emmenant les enfants avec elle. Fort heureusement, Mme Pappin avait promis de préparer la dinde de Thanksgiving. Elle se révélait telle qu'elle lui était apparue le premier jour, et il lui en était follement reconnaissant. Il n'espérait qu'une chose : qu'elle plaise à Ruth.

Toutes deux avaient à peu près le même âge et pourtant elles semblaient le jour et la nuit. Sa mère était élégante, bien mariée, quelque peu frivole et difficile comme il n'était pas permis, lorsqu'elle choisissait de l'être. Mary était simple, nature, pas coquette pour un sou, mais discrète, chaleureuse et compétente, aussi bien que merveilleuse avec les enfants. En un mot, très britannique. Cette rencontre promettait d'être passionnante.

Bernard régla l'addition puis, marchant aux côtés de Jane, rejoignit sa voiture. A leur arrivée, Mary les

attendait pour aider la fillette à prendre son bain et lui
tenir compagnie avant de lui lire une histoire et la coucher
Lorsqu'elle entra dans la maison, le premier réflexe de la
petite fut de se jeter au cou de sa Nanny, comme ils
l'appelaient dorénavant, et de lui annoncer, l'air grave :

— Tu sais, j'ai un autre papa.

Ce ton tragique fit sourire Bernard tandis que Mary
affichait une mine contrite en conduisant Jane dans sa
chambre.

27

Ce samedi matin, « l'autre » père, comme le nommait Jane, se présenta presque ponctuellement, à neuf heures un quart. C'était quelques jours avant Thanksgiving et Bernie, la fillette, Mary et Alexandre se trouvaient assis au salon, attendant sa venue.

La pendule au-dessus de la cheminée marquait sans pitié le temps qui avançait et Bernard s'était pris à espérer que Chandler Scott ne viendrait pas. Mais ce dernier ne lui fit pas cette grâce. Quand la sonnette d'entrée retentit, Jane sursauta. Elle ne voulait toujours pas s'en aller pour la journée et se sentait extrêmement nerveuse. Bernie alla ouvrir, tandis qu'elle restait immobile, collée contre Nanny. Alors elle leva les yeux vers l'homme qui se tenait en face de son protecteur. Elle ne le voyait pas mais l'entendait. Il parlait d'une voix basse qui lui parut amicale, mais seulement peut-être parce qu'il avait été acteur.

Elle vit alors Bernie faire un pas de côté pour laisser entrer Chandler dans le salon. Celui-ci considéra sa fille puis Alexandre, presque comme s'il ne savait pas qui était qui. Enfin, il observa Mary, puis revint à Jane.

— Bonjour, je suis ton papa.

Que ces mots sonnaient étrangement dans la bouche de cet inconnu ! Que ce moment semblait pénible ! Chandler ne lui tendit pas la main, ne s'approcha pas d'elle et elle ne

fut pas certaine d'aimer ses yeux. Ils avaient la même
couleur que les siens mais se promenaient beaucoup trop,
à son goût, à travers la pièce et semblaient être davantage
intéressés par son papa, comme elle appelait Bernie, que
par elle-même.

Il contempla attentivement la Rolex en or de Bernard
avant de balayer du regard le salon entier, pour ensuite
examiner la femme en ensemble bleu marine qui le
dévisageait, avec le petit garçon sur ses genoux. Mais il ne
chercha même pas à savoir qui elle était.

— Tu es prête ?

Jane recula aussitôt et Bernie fit un pas en avant.

— Si vous parliez un peu ensemble et faisiez connaissance avant de sortir ? suggéra-t-il poliment.

Chandler n'eut pas l'air d'apprécier la proposition. Il
jeta un coup d'œil à sa montre puis à Bernie, l'air
visiblement ennuyé.

— Nous n'avons pas le temps.

Pourquoi ? Où allaient-ils ? Bernard n'aimait pas cela
mais ne dit rien pour ne pas effrayer davantage Jane.

— Vous avez bien quelques instants. Désirez-vous une
tasse de café ?

Il s'en voulait presque de se montrer aussi aimable avec
Scott, mais ce n'était que pour le bien de la petite.
Chandler refusa et Jane alla s'asseoir sur le bras du
fauteuil où se trouvait Mary et attendit en l'observant. Il
portait un blouson de cuir brun sur un pull-over à col coulé
et un jean. Elle le trouva beau... mais pas comme elle
l'aurait aimé. Au lieu d'être accueillant et chaleureux
comme son papa, il semblait trop brillant, trop lisse. Elle
le jugea d'autre part banal, sans une barbe comme celle de
Bernie.

— Comment s'appelle le petit garçon ? demanda-t-il
machinalement.

Mary lui répondit. Elle le fixait et n'aimait pas ce qu'elle
lisait dans ses yeux fureteurs. Et il se moquait pas mal de la
présence de Jane.

— Dommage pour Liz, dit-il enfin, faisant sursauter la fillette. Tu lui ressembles beaucoup.

— Merci, répondit poliment la petite.

Sur ces paroles, il se leva et regarda une nouvelle fois sa montre.

— Bon. Eh bien, à plus tard, lâcha-t-il sans même tendre la main à Jane ni lui dire où il l'emmenait.

Il se dirigea froidement vers la porte d'entrée, s'attendant à ce qu'elle marche derrière lui comme un petit chien. La fillette était au bord des larmes mais Bernard lui adressa un sourire encourageant et la serra dans ses bras avant de la laisser partir. Les doigts crispés sur la robe rose qu'elle avait revêtue en son honneur, elle suivit Chandler dans l'entrée.

— Tout ira bien, ma chérie, lui murmura Bernie. Tu en as seulement pour quelques heures.

— Au revoir, papa, souffla-t-elle en se pendant à son cou. Au revoir, Nanny. Au revoir, Alex.

Elle leur fit un signe d'adieu et, de la main, envoya un baiser à son frère. D'un seul coup, elle apparut à Bernie comme une toute petite fille et il se souvint de la première fois où il l'avait vue. Tout au fond de lui, quelque chose le poussait à courir vers elle pour la retenir, mais il ne bougea pas. Il resta à les regarder par la fenêtre et vit Chandler lui adresser brièvement la parole avant de la faire monter dans le tas de ferraille qui lui servait de voiture. Comme pris d'une intuition soudaine, il en nota rapidement le numéro sur un carnet et vit la portière se refermer sur sa petite fille. L'instant d'après, l'auto disparaissait au coin de la rue et il se retourna vers Mary dont le visage semblait préoccupé.

— Il y a quelque chose qui ne va pas chez cet homme, monsieur. Il ne me plaît pas.

— A moi non plus, je suis bien d'accord avec vous. Mais le juge ne veut pas en entendre parler, tout au moins pas avant un mois. J'espère seulement qu'il ne lui arrivera rien. Je tuerai ce...

Bernie stoppa net et Nanny alla à la cuisine faire du thé. C'était l'heure de la sieste matinale d'Alexandre et elle avait beaucoup à faire mais, toute la journée, elle resta à s'inquiéter pour Jane. Elle n'était pas la seule. Bernard allait et venait dans la maison, incapable de s'atteler au travail qui l'attendait chez lui ni de partir se changer les idées au magasin. Il ne s'éloigna pas, au cas où sa fille appellerait.

A six heures du soir, il était assis dans le salon, tapant nerveusement le sol des pieds, attendant le retour de Jane. Elle devait rentrer dans une heure et il se sentait de plus en plus anxieux.

Mary lui apporta le bébé avant de l'emmener se coucher. Mais, ses yeux fixant un point invisible, Bernard ne parvenait même plus à se concentrer sur le petit garçon. Reprenant l'enfant, elle le porta jusqu'à sa chambre.

Mme Pappin ne voulait rien avouer, mais un terrible pressentiment lui tordait le ventre, au sujet de cet homme qui avait emmené Jane. Pire encore, elle éprouvait l'horrible impression qu'il était arrivé quelque chose. Mais elle n'en souffla mot à Bernie, alors que celui-ci attendait, au comble de la nervosité.

28

« Va dans la voiture » furent ses seules paroles lorsqu'ils descendirent les trois marches du porche, sous les yeux inquiets de Bernie. L'espace de quelques secondes, Jane eut envie de faire demi-tour pour se précipiter à l'intérieur de la maison. Elle ne voulait aller nulle part avec lui et ne parvenait pas à imaginer comment sa mère avait pu aimer cet homme qui lui faisait peur. Il avait un regard méchant, des ongles sales et sa façon de parler ne lui plaisait pas.

Chandler ouvrit la portière, s'installa au volant et répéta son injonction. Jetant un dernier coup d'œil à la fenêtre d'où l'observait son père, Jane obtempéra.

La voiture prit immédiatement de la vitesse et Jane dut s'agripper à la poignée pour ne pas basculer d'un côté ou de l'autre, tandis qu'il prenait ses virages à toute allure et se ruait vers l'autoroute.

— Où est-ce qu'on va ?

— Chercher une amie à l'aéroport.

Tout était prévu d'avance et il ne se sentait pas prêt à discuter avec l'enfant. Cela ne la regardait en rien.

Elle voulut lui demander de ne pas rouler si vite, mais avait peur de prononcer le moindre mot. Chandler, de son côté, ne lui adressa pas la parole de tout le chemin. Il gara la voiture au parking et tira du siège arrière une petite sacoche avant de saisir Jane par le bras. Sans même prendre le temps de fermer les portières à clé, il l'entraîna vers le terminal.

— Où est-ce qu'on va? répéta-t-elle, incapable de retenir plus longtemps ses larmes.

Elle n'aimait décidément pas cet homme et voulait rentrer chez elle. Tout de suite.

— Je te l'ai dit, gamine, à l'aéroport.

— Où est-ce qu'elle va, votre amie?

— C'est toi, mon amie, répliqua-t-il en l'observant. Nous partons à San Diego.

— Pour la journée?

Jane savait qu'il y avait un zoo, là-bas, mais son père lui avait promis qu'elle serait de retour à sept heures. Scott était le genre de personnage à qui la plupart des parents auraient conseillé de ne pas adresser la parole, mais elle se trouvait avec lui, seule, et ils partaient pour San Diego.

— Oui. Nous serons rentrés pour le dîner.

— Peut-être que je devrais appeler papa pour le prévenir?

Sa naïveté fit rire Chandler.

— Non, chérie. Maintenant, c'est moi ton père. Tu n'as pas besoin de lui téléphoner. Je l'appellerai pour toi quand nous serons là-bas. Fais-moi confiance, bébé, je l'appellerai...

Raffermissant sa prise, il lui fit traverser la route qui menait au terminal. Jane eut soudain envie de s'enfuir, mais l'étreinte était si forte qu'elle réalisa qu'il ne la lâcherait pas de si tôt.

— Pourquoi allons-nous à San Diego, monsieur... papa?

Chandler semblait désirer se faire appeler ainsi et, peut-être que si elle se montrait conciliante, il deviendrait plus gentil avec elle.

— Pour y voir des amis à moi.

— Oh...

Il aurait peut-être pu les voir un autre jour... Puis Jane se dit qu'elle était ridicule de ne pas profiter de l'aventure.

Elle aurait ainsi quelque chose de passionnant à raconter ce soir. Mais, en arrivant au contrôle, il lui saisit fortement la main et son visage se durcit au moment où il la pria de se dépêcher.

Alors, elle eut une idée. Si elle lui disait qu'elle avait besoin d'aller aux toilettes, elle trouverait sans doute un téléphone d'où elle pourrait appeler son père. La fillette éprouvait le sentiment bizarre qu'il aimerait savoir qu'elle se rendait à San Diego avec son « autre » papa. Lorsqu'elle repéra une porte indiquant ce qu'elle cherchait, elle se dégagea de l'étreinte de Chandler, mais celui-ci la rattrapa aussitôt, ce qui la fit bondir de peur.

— Non, non, mon petit. Pas maintenant.

— Mais je dois aller aux toilettes.

Jane pleurait, à présent. Elle savait que quelque chose clochait. Il ne la laisserait pas s'éloigner d'un mètre, pas même pour aller boire un verre d'eau.

— Tu iras quand tu seras dans l'avion.

— Je crois vraiment que je devrais appeler papa et lui dire où nous allons.

— Ne t'inquiète pas, sourit-il. Je t'ai dit que je l'appellerai.

La retenant fermement par le bras, il regarda autour de lui et, soudain, une femme aux cheveux teints en blond et avec des lunettes noires s'approcha deux. Elle portait un jean et une parka violette, des bottes de cow-boy et une casquette. Cet attirail lui donnait l'air plutôt vulgaire.

— Tu as les billets ? lui demanda Chandler sans un sourire.

Elle acquiesça et les lui tendit sans un mot. Puis ils montèrent l'escalier ensemble, Jane coincée entre eux deux et se demandant ce qui se passait.

— C'est elle ? questionna finalement la femme.

Scott répondit par un signe de tête et la petite n'en fut que plus terrorisée. Ils s'arrêtèrent devant un photomaton, firent quatre clichés de Jane et, au grand étonnement de la fillette, Chandler en colla un sur un passeport tiré de la sacoche Ces faux papiers n'auraient pas supporté une vérification méticuleuse, mais il savait que les passeports d'enfants étaient rarement inspectés.

A la porte d'embarquement, la petite se rebiffa tout d'un coup et tenta de s'enfuir, mais l'étau se resserra si violemment autour de son poignet qu'elle en cria presque. Chandler lui expliqua alors clairement ses intentions.

— Si tu dis un seul mot ou essaie encore une fois de nous échapper, ton papa, comme tu l'appelle, et ton petit frère seront morts avant cinq heures. Compris, trésor?

Il eut un sourire mauvais tandis que sa comparse allumait nerveusement une cigarette en s'assurant que personne ne les avait remarqués. Elle semblait particulièrement inquiète.

— Où est-ce que vous m'emmenez? demanda tout bas la fillette, effrayée par la nouvelle menace de Scott.

La vie de sa famille était entre ses mains et, pour rien au monde, elle n'aurait tenté de mettre en danger Bernie ou le bébé. Elle finit par se demander s'ils allaient la tuer, sa seule consolation étant qu'elle pourrait alors rejoindre sa maman. Elle en était certaine et cette pensée lui redonna un peu de courage.

— Nous allons faire un petit voyage.

— Est-ce que je pourrai aller aux toilettes dans l'avion?

— Peut-être, laissa-t-il tomber en lui jetant un regard absent.

Comment sa mère avait-elle pu aimer un homme tel que lui? Il paraissait vicieux, et rien de plaisant n'émanait de lui.

— Quoi que tu fasses, trésor, persifla-t-il entre ses dents, tu ne feras rien sans nous. Tu es notre mine d'or, ma fille chérie. Tu comprends ça?

Non, elle ne comprenait pas et restait persuadée qu'ils allaient la tuer. Chandler se mit alors à décrire à son amie la splendide Rolex en or de Bernie.

— Peut-être qu'il te la donnera, si tu me ramènes à la maison? dit-elle sur un ton plein d'espoir.

Tous deux éclatèrent de rire et la poussèrent dans le couloir menant à l'avion. L'hôtesse ne sembla rien remarquer d'anormal et Jane n'osa ouvrir la bouche, de peur qu'ils mettent leur menace à exécution. Jamais ils ne prirent la peine de répondre à ses questions et ils se commandèrent une bière, une fois que l'appareil eut décollé. Jane eut droit à un Coca-Cola dont elle ne but pas une goutte. Elle ne pouvait rien avaler et restait droite comme un I sur son siège, en se demandant où ils allaient avec ce faux passeport et si elle reverrait jamais son père, Alexandre ou Mary.

Pour l'instant, cela lui semblait plus qu'improbable.

29

Vingt heures venaient de sonner lorsque Bernard se décida à appeler Grossman. Longtemps, il avait essayé de se rassurer en se disant qu'ils étaient seulement en retard. Peut-être avaient-ils crevé sur le chemin du retour? Une vieille guimbarde pareille... mais ils auraient appelé pour le prévenir. Brusquement, il comprit que quelque chose était arrivé.

Grossman était en train de dîner chez lui avec des amis et Bernie s'excusa de le déranger ainsi.

— Ce n'est pas grave. Alors, cette journée? demanda l'avocat en espérant que tout s'était bien passé.

Ce serait tellement plus simple pour eux s'ils acceptaient l'inévitable. Son expérience lui affirmait qu'il serait difficile de se débarrasser d'un homme comme Chandler Scott.

— Voilà la raison de mon appel, Bill. Ils étaient censés rentrer il y a déjà une heure et je n'ai aucune nouvelle d'eux. Je commence à m'inquiéter, sérieusement, même.

L'avocat jugea cette angoisse un peu prématurée et pensa que Bernie exagérait la noirceur du personnage.

— Peut-être a-t-il été victime d'une crevaison?

— Il m'aurait appelé. Et quand avez-vous crevé pour la dernière fois?

— Quand j'avais seize ans et que j'avais volé la Mercedes de mon père.

— Vous voyez. Alors que faisons-nous?

— D'abord, du calme. Sans doute essaie-t-il seulement de l'amadouer, de faire sa conquête. Ils vont probablement rentrer vers neuf heures parce qu'ils auront fait une promenade plus longue que prévu et se seront offert une dizaine de glaces. Essayez de vous détendre un peu.

— D'accord. Je lui donne encore une heure.

— Et puis quoi? Vous irez arpenter les rues, armé jusqu'aux dents?

— Ecoutez, Bill. Je ne trouve pas ça drôle du tout. C'est avec ma fille qu'il est parti.

— Je sais, je sais. Et j'en suis désolé. Mais il se trouve que c'est également sa fille. Et il serait fou de faire quoi que ce soit de dangereux, particulièrement le jour de leur première sortie. Ce gars est peut-être désagréable, mais je ne pense pas qu'il soit stupide à ce point.

— Puissiez-vous avoir raison!

— Ecoutez. Donnez-lui jusqu'à neuf heures, puis rappelez-moi. Nous verrons alors ce qu'il y a lieu de faire.

Bernard raccrocha brutalement, exaspéré. A neuf heures moins cinq, il rappelait.

— Je téléphone à la police.

— Et qu'allez-vous leur dire?

— Premièrement, que j'ai relevé son numéro d'immatriculation. Deuxièmement, que je pense que Chandler Scott a enlevé ma fille.

— Laissez-moi vous dire ceci, Bernie : Je sais que vous êtes très ennuyé, mais vous devez voir les choses clairement. D'abord, Jane n'est pas votre enfant, mais le sien, au moins légalement, et ensuite, s'il l'avait enlevée, ce dont je doute, cela serait considéré comme un détournement et non comme un enlèvement.

— Quelle différence cela fait-il? demanda Bernie, ulcéré.

— Le détournement n'est qu'une infraction, s'il est commis par un des parents sur sa fille ou sur son fils.

— Non, en l'occurrence, il s'agit d'un enlèvement. Ce gars est un criminel de droit commun. Imaginez-vous qu'il ne lui a même pas dit deux mots, lorsqu'il est venu la chercher! Il n'a fait qu'examiner la maison, avant de sortir en attendant qu'elle le suive. Puis il est parti dans son tas de ferraille et Dieu sait où ils se trouvent à présent...

Bernie devenait hystérique rien qu'à imaginer la situation et se sentait en même temps coupable d'avoir trahi la promesse faite à Liz. Elle l'avait supplié de ne pas laisser Chandler mettre la main sur la fillette et c'était exactement ce qu'il venait de faire.

A dix heures, il appela la police qui lui parut attentive mais pas réellement inquiète. Comme Bill, ils étaient certains que Chandler finirait par arriver.

— Sans doute sont-ils partis trop loin, suggérèrent-ils.

Mais à onze heures, lorsque, mort d'angoisse, il téléphona à nouveau, ils finirent par accepter de venir chez lui afin d'entendre son rapport. Bill Grossman devenait inquiet, lui aussi.

— Toujours pas de nouvelles? demanda-t-il alors que la police se trouvait chez Bernie.

— Non. Vous me croyez, à présent?

— Hélas.

Bernard décrivit aux policiers la tenue de Jane, tandis que Mary se tenait calmement assise dans le salon, dans sa robe de chambre et ses pantoufles. Elle avait un effet calmant sur lui, ce qui se révéla de la plus grande aide lorsque la police découvrit, une demi-heure plus tard, que le numéro d'immatriculation était celui d'une voiture volée le matin même.

L'affaire devenait sérieuse, pour Bernie au moins. Pour la police, c'était exactement ce que Bill avait annoncé: détournement d'enfant, pas plus. Infraction à la loi et non crime. Et ils se fichaient bien de savoir que Scott possédait un casier judiciaire long comme le bras. Ce qui les ennuyait le plus était le vol de la voiture et ils le chargèrent sur cet acte, mais pas pour le détournement de l'enfant.

Bernard appela Bill vers minuit pour lui faire part de

leur conclusion, et il n'avait pas plus tôt raccroché que le téléphone sonna. C'était Chandler.

— Salut, l'ami.

Sa voix le fit frémir de colère et d'appréhension à la fois. La police s'était retiré et il se trouvait seul. Et Scott avait sa fille...

— Où diable êtes-vous ?

— Janie et moi allons très bien.

— Je vous ai demandé où vous étiez.

— A la campagne, mon Dieu. Et elle va très bien... N'est-ce pas, ma chérie ?

Jane se tenait près de lui dans la cabine téléphonique et tremblait comme une feuille. Elle n'avait sur elle qu'un pull léger et c'était le mois de novembre.

— Que voulez-vous dire par « la campagne » ?

— Je voudrais vous laisser suffisamment de temps pour réunir l'argent, l'ami.

— Quel argent ? interrogea Bernie, alarmé.

— Les cinq cent mille dollars que vous allez m'offrir en échange de Jane. Hein, ma chérie ? fit-il en jetant un rapide coup d'œil à la fillette. En fait, la petite Jane pensait que vous aimeriez vous débarrasser de la belle montre que vous portiez ce matin et je pense aussi que ce serait une très bonne idée. Vous pourriez même vous en fendre d'une deuxième pour mon amie.

— Quelle amie ? lança Bernie, complètement dérouté et au bord de l'hystérie.

— Aucune importance. Parlons plutôt de l'argent. Quand pourrez-vous l'avoir ?

— Vous plaisantez ! lâcha-t-il, le cœur battant à tout rompre.

— Non.

— Jamais... Mon Dieu, savez-vous combien cela représente ? C'est une fortune ! Je ne peux pas me procurer pareille somme.

Bernie était effondré. Il avait non seulement perdu Liz, mais il venait de perdre Jane aussi. Peut-être pour toujours. Dieu seul savait où elle se trouvait et ce qu'ils allaient lui faire.

— Vous feriez mieux de trouver cet argent, Stern, ou alors vous ne verrez plus jamais Janie. Je ne pourrai pas attendre très longtemps et j'imagine que vous avez quand même envie de la récupérer.

— Vous n'êtes qu'une ordure ! Un salopard !

— Et vous êtes plein aux as.

— Comment vous retrouverai-je ?

— Je vous rappellerai demain. Restez près de votre téléphone et ne prévenez pas la police, ou je la tue.

Jane regarda Scott avec des yeux terrifiés, mais celui-ci ne faisait pas attention à elle, bien trop préoccupé par sa conversation avec Bernie.

— Qui me dit que vous ne l'avez pas déjà tuée ?

Cette pensée lui glaçait le sang, et prononcer ces mots était plus que ce qu'il pouvait supporter. Il avait l'impression qu'un étau lui enserrait le cœur. Sans se faire prier, Chandler fourra l'appareil sous le nez de la petite fille.

— Allez, dis quelque chose à ton vieux papa.

Elle savait très bien qu'elle ne devait pas lui dire où ils se trouvaient et n'était d'ailleurs pas certaine de pouvoir le lui indiquer. De plus, elle avait remarqué les revolvers et comprenait ce que cela voulait dire.

— Bonjour, papa, fit-elle d'une toute petite voix en se mettant aussitôt à pleurer. Je vais bien...

— Je vais venir te chercher, ma chérie... Je te le promets...

Sans la laisser répondre, Chandler lui arracha le récepteur des mains et raccrocha immédiatement.

D'une main tremblante, Bernie composa aussitôt le numéro de Bill. Il était minuit et demi.

— C'est lui qui l'a.

— Je m'en doute. Où est-il ?

— Il a refusé de le dire. Il veut un demi-million de dollars, expliqua-t-il d'une voix haletante comme s'il venait de courir.

Un long silence s'ensuivit.
— Il l'a enlevée ? demanda Grossman, interloqué.
— Mais oui, idiot ! Je vous l'avais bien dit !... Excusez-moi, je... Que vais-je faire, à présent ? Je n'ai pas une somme pareille.

Il n'y avait qu'une seule personne en mesure de lui prêter cet argent, et encore... De toute façon, ce ne serait pas en espèces. Il devait pourtant essayer.
— J'appelle la police, proposa Grossman.
— C'était déjà fait.
— De ma part, ce sera différent.

Il se trompait. Les policiers ne se montrèrent pas plus impressionnés qu'une heure auparavant. Pour eux, c'était une affaire privée. Deux hommes se battaient pour une enfant qu'ils estimaient chacun leur appartenir. La police ne voulait pas s'en mêler, d'autant que Scott n'était probablement pas sérieux quand il parlait de rançon.

La nuit durant, Mary resta aux côtés de Bernie, lui prépara du thé et lui servit finalement un alcool pour le réconforter. Pâle comme un linge, il en avait bien besoin. Entre deux coups de téléphone, elle le regarda droit dans les yeux et lui parla doucement, comme à un enfant effrayé.
— Nous les retrouverons.
— Qu'en savez-vous ?
— Parce que vous êtes un homme intelligent et que la loi est de votre côté.
— J'aimerais tant en être sûr, Nanny.

Elle lui serra un instant la main et Bernard composa le numéro de Paul Berman. Il n'était pas loin de cinq heures du matin à New York et Paul lui annonça qu'il n'avait pas l'argent. Ce qui arrivait le consternait mais il lui expliqua qu'il ne pouvait obtenir une telle somme en liquide. Il lui faudrait vendre des actions qu'il possédait en commun avec sa femme. Il lui fallait sa permission et il perdrait de toute façon une fortune considérable à cause du marché qui se trouvait au plus bas. Paul dit enfin qu'il lui faudrait du temps, s'il se décidait à vendre, et Bernie comprit que ce n'était pas la bonne solution.

— Avez-vous appelé la police ?

— Ils s'en fichent complètement ! Apparemment le détournement d'enfant, comme ils l'appellent, n'est pas un crime dans cet Etat. Le père naturel semble avoir tous les droits.

— On devrait le tuer.

— C'est ce que je ferai, si je le retrouve.

— Que puis-je faire dans l'immédiat pour vous aider ?

— Rien pour le moment. Merci, Paul.

Après cette communication, Bernie rappela Bill.

— Je ne peux réunir cet argent. Alors, que dois-je faire ?

— J'ai une idée. Je connais un détective privé avec qui nous avons travaillé.

— Pouvez-vous le joindre maintenant ?

Bill hésita une fraction de seconde, mais comme c'était un homme honnête malgré sa trop grande crédulité, il se décida.

— Je vais lui téléphoner.

Il rappela Bernie cinq minutes plus tard pour l'informer qu'il serait chez lui dans une demi-heure, avec le détective.

A trois heures du matin, un petit groupe singulier se trouva réuni : Bill Grossman, Bernard et le détective, un gros homme lourd qui allait sur la quarantaine, accompagné d'une femme qui se trouvait là sans que Bernie sût très bien pourquoi, puis Nanny, toujours dans sa robe de chambre. Elle servit du thé et du café et apporta un autre alcool à Bernie, jugeant que les autres n'en avaient pas besoin. Il leur fallait rester sobres s'ils devaient retrouver la petite Jane.

Le détective s'appelait Jack Winters et son associée, sa femme en l'occurrence, Gertie. Tous deux avaient travaillé aux Stupéfiants et, après des années de services rendus à la police de San Francisco, ils avaient monté leur propre société. Bill assurait qu'ils étaient sensationnels.

Bernie leur raconta donc tout ce qu'il savait sur le passé de Chandler, sa relation avec Liz, ses arrestations, ses périodes de prison et son lien de parenté — ou ce qu'il en restait — avec Jane Il leur donna également le numéro d'immatriculation de la voiture volée puis s'enfonça dans son siège, en signe d'impuissance.

— Pourrez-vous la retrouver ?

— Peut-être.

Jack avait la moustache tombante et les épaules basses, mais son regard était vif, perçant. Sa femme était un peu sa réplique. Sans classe, mais finaude.

— Je le soupçonne de s'être rendu au Mexique ou dans un endroit de ce genre, dit le détective.

— Pourquoi ?

— Un pressentiment, c'est tout. Donnez-moi quelques heures, le temps que j'étudie les données et que je rassemble des hypothèses. Auriez-vous une photographie de lui ?

Bernie dut avouer qu'à son grand regret il n'en possédait aucune.

— Que dois-je lui dire lorsqu'il appellera ?

— Que vous cherchez à réunir l'argent. Occupez-le, arrangez-vous pour le faire patienter et... ne paraissez pas trop effrayé. Comme ça, il pensera que vous avez la somme demandée.

— Je lui ai déjà dit que je ne l'avais pas, répliqua Bernie, l'air ennuyé.

— Ça ne fait rien. Il ne vous a probablement pas cru.

Ils lui promirent de le contacter le lendemain dans la soirée et lui demandèrent de se reposer en attendant. Mais il avait encore une question à leur poser. Cela lui répugnait et pourtant il devait le faire.

— Pensez-vous que... qu'il pourrait... lui faire du mal ?

Bernie ne pouvait prononcer le mot « tuer ». Il était cinq heures et il n'en pouvait plus. Gertie, qui en avait beaucoup vu durant ses années de pratique, l'observa d'un air compréhensif avant de lui déclarer :

— Nous espérons que non. Nous ferons tout ce qui est en notre pouvoir pour l'en empêcher. Faites-nous confiance.

Il mettait effectivement tous ses espoirs en eux à présent, et douze heures plus tard, ils étaient de retour. L'attente avait été interminable. Bernard avait fait les cent pas dans le salon, avait bu café sur alcool et alcool sur thé avant de finir par s'écrouler d'épuisement sur son lit, vers dix heures du matin. Mary ne s'était pas couchée du tout, devant s'occuper d'Alexandre durant la journée, et elle le faisait dîner lorsque retentit la sonnette de l'entrée.

A la grande surprise de Bernie, les détectives avaient réuni une centaine d'informations regroupées en un rapport détaillé, prouvant qu'eux non plus n'avaient pas dû beaucoup dormir. Ils avaient en leur possession tout l'historique des méfaits et emprisonnements de Scott. Celui-ci avait fait de la prison dans sept Etats différents, toujours pour vols, cambriolages ou escroqueries.

— Il ressort de tout ceci que chaque chose entreprise par cet homme est censée lui rapporter de l'argent. Pas de drogue, pas de sexe, pas de passion... Des dollars seulement. On pourrait en conclure que c'est son dada.

— Un demi-million de dollars, un dada ? releva Bernie d'une voix sinistre.

— Il pense avoir décroché la timbale, expliqua Winters.

Le détective avait eu de la chance : bien que ce fût dimanche, il avait réussi à contacter un ancien collègue et ami, qui s'était mis en quatre pour lui fournir le renseignement demandé. Chandler avait quitté le motel où il séjournait la veille au matin et avait vaguement parlé à quelqu'un d'un voyage au Mexique. La voiture volée avait été repérée à l'aéroport et trois billets d'avion volés avaient été utilisés sur un vol pour San Diego.

Les fuyards devaient être loin, maintenant. D'autre part, l'hôtesse de l'air que Gertie avait interrogée pensait se souvenir d'une petite fille, mais n'en était pas certaine.

— D'après moi, ils ont filé au Mexique et resteront aux

petits soins pour Jane, en attendant que vous leur procuriez l'argent. Pour vous parler franchement, je suis soulagé de connaître le casier judiciaire de ce gars. Pas une fois, il n'y est fait mention d'acte de violence. C'est déjà ça. Avec un peu de chance, il ne touchera pas à la petite.

— Mais comment le retrouverons-nous ?

— Je propose que nous entamions nos recherches dès aujourd'hui. Si vous êtes d'accord, nous serons sur place ce soir. J'aimerais commencer par San Diego et voir si je peux y retrouver sa trace. Ils auront probablement volé ou même loué une voiture qu'ils laisseront quelque part. — Jack se lissa pensivement la moustache avant de poursuivre : — Vous savez, ils sont plus futés que vous ne le croyez. Scott sait qu'il ne se met pas en danger et qu'il ne sera pas poursuivi pour kidnapping. Nous avons affaire à un détournement d'enfant ce qui, aux yeux de la loi, équivaut à une broutille.

En entendant cela, Bernie sentit la colère monter, mais il savait que c'était la réalité et était prêt à tout pour retrouver sa fille.

— Je voudrais que vous commenciez maintenant.

Les deux détectives acquiescèrent. Ils avaient déjà fait les démarches en ce sens, au cas où Bernie leur demanderait de partir tout de suite.

— Que devrai-je lui dire quand il appellera ?

— Dites-lui que vous êtes en train de réunir l'argent et que cela prendra au moins une semaine ou deux. Laissez-nous le temps d'arriver là-bas et d'entamer nos recherches. Il nous faudra bien une quinzaine de jours. D'ici là, nous les aurons localisés.

C'était une évaluation bien optimiste mais ils avaient une excellente description de la complice de Scott qui possédait aussi un casier judiciaire et avait été libérée sur parole. Elle avait vécu avec lui au motel de San Francisco qu'ils avaient quitté la veille.

— Pensez-vous que vous le retrouverez en deux semaines ?

— Nous ferons tout notre possible.

Bernie ne demandait qu'à les croire.

— Quand partez-vous?

— Aux alentours de dix heures, ce soir. Il nous reste encore deux ou trois détails à mettre au point. A propos. .

Winters en profita pour lui annoncer son prix qui s'avéra relativement élevé. Mais Bernie ne pouvait se permettre de discuter.

— Quand pourrai-je vous joindre, s'il m'appelle?

Ils lui donnèrent un numéro auquel ils répondraient jusqu'à leur départ. Vingt minutes après qu'ils furent partis, Bernie reçut un appel de Chandler.

— Comment ça va, l'ami?

— Bien. Je suis en train de réunir l'argent.

— Parfait. Quand pensez-vous l'avoir?

Il eut soudain une idée de génie.

— Probablement pas avant une semaine ou deux, je dois me rendre à New York pour l'obtenir

— Oh non...!

L'homme semblait ivre et Bernie l'entendit converser longtemps avec son amie avant de revenir au bout du fil. Ils étaient tombés dans le panneau.

— D'accord. Mais pas plus de deux semaines. Je vous rappelle dans quinze jours. Soyez là. Sinon je la tue.

Sur cette menace, il raccrocha, sans le laisser parler à Jane. Contenant mal sa panique, il téléphona à Winters.

— Pourquoi lui avez-vous raconté que vous alliez à New York? demanda le détective, intrigué.

— Parce que j'ai l'intention de venir avec vous.

Il y eut un instant d'hésitation.

— Vous êtes sûr? Ça risque d'être dur. Et il sait qui vous êtes. Il vous reconnaîtra si vous approchez.

— Je veux justement être près de Jane, au cas où elle aurait besoin de moi. Et je ne pourrais pas rester à attendre sans rien faire.

Bernard n'avait pas vu Mary entrer. Elle se tenait sur le seuil et put entendre toute sa conversation. Discrètement, elle se retira en approuvant son idée de partir pour le Mexique.

— Puis-je vous accompagner ? insista-t-il. Cela ne changera en rien vos honoraires.

— Ce n'est pas cela qui me tracasse, vous le savez. Mais je pense à vous. Ne serait-il pas plus raisonnable de rester ici à essayer de vivre normalement ?

— Ma vie a cessé d'être normale à neuf heures hier matin et elle ne le redeviendra que lorsque vous aurez récupéré ma fille.

— Nous passons vous prendre dans une heure.

Soulagé, Bernie raccrocha avant de téléphoner à Bill qui promit de transmettre le lendemain à la cour le récit de ce qui venait de se passer. Il appela ensuite Paul Berman puis prévint son assistant au magasin qu'il serait absent et, enfin, joignit sa mère.

— Maman, j'ai une mauvaise nouvelle à t'annoncer.

Il tremblait à l'idée de lui révéler l'enlèvement de Jane. Mais il devait parler et se confier à quelqu'un. Thanksgiving resterait un cauchemar pour la fillette, Noël et le Jour de l'An sans doute aussi, et peut-être sa vie entière...

— Quelque chose est arrivé au bébé ? s'inquiéta-t-elle.

— Non. C'est Jane. — Il prit une longue inspiration. — Je n'ai pas le temps de tout t'expliquer maintenant. Mais l'ex-mari de Liz a réapparu il y a quelque temps. C'est une véritable ordure qui a passé ces dix dernières années à entrer et sortir de prison. Il a tenté de me faire chanter pour m'extorquer de l'argent, mais je n'ai pas voulu lui payer quoi que ce soit. Aussi a-t-il carrément enlevé Jane et demande-t-il, en échange, une rançon d'un demi-million de dollars.

— Oh, mon Dieu ? s'écria Ruth en manquant s'évanouir. Mon Dieu... Bernie...

Elle n'arrivait pas à croire une chose pareille. Quel genre de personnage pouvait agir de la sorte ? Quel fou odieux ?

— Elle va bien ? Le sais-tu ?

— Nous le pensons. Quant à la police, elle refuse de s'en occuper sous le prétexte que, ce Chandler étant le vrai père, il s'agit d'un détournement et non d'un kidnapping. Notre histoire ne les intéresse en rien.

— Oh, Bernie...

Bouleversée, Ruth se mit à pleurer

— Non, maman, s'il te plaît. Je ne le supporterai pas. Je t'appelle pour te prévenir que je pars ce soir pour le Mexique. Je vais essayer de la retrouver avec deux détectives que j'ai engagés. Ils pensent qu'elle peut se trouver là... Je suis désolé pour Thanksgiving.

— Qu'importe Thanksgiving. Retrouve-la. Oh, quel malheur !...

Seule dans sa maison, Ruth crut qu'elle allait avoir une attaque. Bruce se trouvait à une importante réunion médicale... Elle ne se souvenait d'ailleurs même plus où il était.

— Je t'appellerai de là-bas, si je peux. Le détective pense que nous pourrons la retrouver d'ici à deux semaines.

Pour Bernie c'était une lueur d'espoir Pour Ruth, un cauchemar.

— Mon Dieu, Bernie...

— Je dois partir, maman. Je t'embrasse.

Il alla remplir une petite valise et, en se retournant, aperçut Nanny debout derrière lui qui tenait le bébé dans ses bras. Bernie lui expliqua ce qu'il s'apprêtait à faire et promit de l'appeler aussi souvent qu'il le pourrait. Il la supplia d'être prudente avec Alexandre.

— Ramenez-nous vite la petite, lui dit-elle dans un sourire. Et soyez prudent, monsieur. Nous avons tous bien besoin de vous.

Sans un mot, Bernie la serra dans ses bras, embrassa son fils et sortit sans se retourner. Beaucoup trop de gens avaient déjà disparu de cette maison... Un coup de klaxon le ramena à la réalité et il se dépêcha de rejoindre la voiture de Winters.

30

Alors qu'ils se dirigeaient vers l'aéroport, Bernie ne pouvait s'empêcher de penser au cours étrange qu'avait pris sa vie. A peine un an auparavant, il vivait normalement auprès d'une femme qu'il aimait, un nouveau-né et une petite fille qu'il considérait comme sienne. Et soudain, Liz avait disparu, Jane s'était fait enlever et était gardée en otage contre une rançon. En compagnie de deux étrangers dont il avait loué les services, il se préparait à parcourir tout le Mexique pour la retrouver.

Le regard dans le vague, il pensa à la fillette et cette image le bouleversa. Il avait une peur panique que Chandler et ses amis lui fassent du mal. Toute la nuit, il n'avait fait que les imaginer en train de la battre ou pire... A l'aéroport, il en parla à Gertie, mais elle lui assura une fois de plus que seul l'argent intéressait Scott. Et Bernard se laissa convaincre. Il appela encore une fois Bill Grossman et promit de le tenir régulièrement au courant de leurs progrès.

Ils arrivèrent à San Diego à vingt-trois heures trente et y louèrent une grande voiture à quatre roues motrices qui pourrait les emmener sur toutes sortes de terrains. Sans prendre le temps de s'arrêter dans un hôtel, ils montèrent immédiatement dans le véhicule et, peu de temps après, passèrent la frontière à Tijuana. Ils traversèrent rapidement Rosarito et El Descanso pour atteindre Ensenada une heure plus tard où, moyennant un dollar, un douanier les informa que Scott était passé par là.

La nuit était bien avancée, mais les bars restaient ouverts et durant une heure ils arpentèrent les rues d'Ensenada, pénétrant dans chaque établissement pour montrer à qui voulait la voir la photo de Scott. Cette fois, ce fut Gertie qui découvrit le filon : un tenancier avait remarqué la fillette. Elle paraissait gentille, dit-il, mais complètement apeurée par le couple avec qui elle voyageait. La petite amie de Scott lui avait demandé des renseignements sur le ferry de Cabo Haro pour Guaymas.

Munie de la précieuse information, Gertie se rua vers la voiture et ils prirent la route que le barman lui avait indiquée : droit vers le sud, en direction de El Rosario, puis vers l'est jusqu'à El Marmol. Cela faisait plus de trois cents kilomètres sur des routes épouvantables, et ils mirent cinq heures pour atteindre El Marmol. Il était alors sept heures du matin, ce lundi-là, et ils s'arrêtèrent pour faire le plein d'essence et grignoter quelque chose avant de reprendre la route le long de la côte est de Baja California.

Il leur restait encore quatre cent soixante-cinq kilomètres pour parvenir à Santa Rosalia. Le voyage leur sembla interminable et ils arrivèrent épuisés sur le coup de trois heures de l'après-midi. Là, ils durent attendre deux heures pour prendre le ferry vers Guaymas. La chance, cependant, les poursuivait : le pilote du ferry se souvenait parfaitement de Scott, de son amie et de l'enfant qui était assise entre eux.

— Qu'en pensez-vous, Jack ? fit Bernie, accoudé au bastingage tandis que la côte disparaissait sous leurs yeux.

— Pour l'instant, ça baigne. Mais ça m'étonnerait que ça dure. D'habitude, ça marche moins bien. Enfin...

— Espérons... soupira Bernie, qui s'efforçait d'y croire.

Mais Jack savait que tout ne leur sourirait pas de cette manière. Il restait encore cent soixante kilomètres pour atteindre Empalme, puis quatre cents pour Espiritu Santo où le pilote du ferry pensait que Scott avait atterri. Mais là, un docker leur affirma que Scott était parti pour Mazatlán, ce qui représentait encore quatre cents kilomètres. Arrivés dans la petite ville, ils perdirent trace des trois fugitifs. Le mercredi, ils n'en savaient pas plus que le jour de leur départ de San Francisco. Une semaine passa, durant laquelle une enquête et des interrogatoires approfondis dans chaque bar, magasin ou hôtel de Mazatlán les menèrent à Guadalajara, distant de cinq cent vingt kilomètres. Là, ils apprirent que Scott était descendu dans un petit hôtel nommé Rosalba et situé dans un quartier excentré. Rien de plus. Jack pressentait qu'ils avaient filé vers l'intérieur des terres, peut-être vers l'une des petites agglomérations se trouvant sur le chemin de Aguascalientes. Deux jours passèrent avant qu'ils retrouvent la trace de Scott. Vendredi arrivait et Bernie était au bout du rouleau : le délai qu'il avait demandé à Chandler était presque écoulé. Dans deux jours, il lui faudrait rentrer à San Francisco, pour recevoir le coup de téléphone promis.

— Et à présent ?

Depuis le début du voyage, il était prévu que Bernie reprendrait l'avion à Guadalajara de façon à être à San Francisco quand Chandler appellerait, les Winters restant au Mexique pour continuer leurs recherches. Chaque jour, Bernie avait appelé Nanny et Alexandre pour s'assurer que tout allait bien, mais son fils lui manquait terriblement. Le vendredi matin, cependant, il ne pensait plus qu'à Jane et à la crapule qui la retenait en otage.

— Je vous conseille de rentrer demain, lui suggéra fermement Jack devant une bière. Et dites-lui que vous avez l'argent.

— Cinq cent mille dollars ? riposta Bernie. Et que ferai-je le jour où je serai censé les lui donner ? Je lui avouerai que je lui ai raconté des blagues ?

— Convenez d'un rendez-vous avec lui. Nous nous inquiéterons du reste plus tard. Cela nous servira grandement s'il accepte de vous rencontrer quelque part dans le coin. Nous en saurons plus long sur lui. Vous pouvez lui expliquer que vous avez besoin de deux jours pour arriver jusqu'ici et, entre-temps, avec un peu de chance, nous aurons mis le grappin sur lui.

— Et s'ils étaient déjà retournés aux Etats-Unis? demanda Bernard, inquiet.

— Aucune chance, assura Jack. Scott a bien trop peur de la police, s'il a un tant soit peu de cervelle. Celle-ci ne le punira pas pour cette infraction mais, vu son casier judiciaire, la voiture volée peut lui coûter très cher et le mener droit en prison pour violation de parole, par exemple.

— Bizarre, hein? nota Bernie avec amertume. Il vole une enfant, la menace, lui cause peut-être un traumatisme qui la marquera toute sa vie et eux ne se soucient que de la voiture volée. Elle est belle notre justice! C'est à vous rendre communiste! J'aimerais voir cette ordure se balancer au bout d'une corde.

— Ça n'arrivera pas, reprit Jack avec philosophie.

Il avait connu beaucoup de cas de ce genre, et pire même. Suffisamment pour lui ôter l'envie d'avoir un enfant, et Gertie était bien d'accord avec lui. Ils n'avaient même plus de chien, depuis que le dernier avait été volé puis empoisonné et laissé mort sur le pas de leur porte, par quelqu'un qu'ils avaient fait arrêter quelques mois plus tôt.

Le jour suivant ne leur apporta rien de nouveau et Bernard repartit le samedi soir pour San Francisco. De retour à neuf heures, il se précipita chez lui, soudain anxieux de retrouver son fils. Le petit représentait aujourd'hui tout ce qui lui restait. Liz et Jane avaient disparu et il se demandait maintenant s'il entendrait jamais à nouveau la voix de la fillette résonnant dans la maison alors qu'elle accourait vers lui. « Bonjour, papa! » Ce souvenir lui causa un terrible pincement au cœur et, après avoir posé ses bagages dans sa chambre, il alla lentement au salon, s'y assit et pleura longtemps, la tête entre les mains.

Cette seconde perte était plus qu'il n'en pouvait supporter. Sa petite Jane... enlevée de cette façon. Et Liz... En manquant à sa promesse, il l'avait trompée, de la pire des façons.

— Monsieur? demanda doucement Mary, qui avait remarqué à quel point son visage était pâle et creusé.

Elle venait de quitter la chambre d'Alexandre et pénétra sans bruit dans la pièce obscure, sachant quelles terribles semaines il venait de passer, quels terribles mois en fait. Il lui paraissait si discret et elle se sentait tellement désolée pour lui. Seule sa foi en Dieu la gardait certaine qu'ils finiraient par retrouver Jane et la ramèneraient à la maison. Mary essaya de le consoler ainsi, en lui parlant doucement.

— Elle va nous revenir bientôt. Dieu nous donnera la sagesse dont nous avons besoin pour la retrouver.

D'abord, Bernie ne lui répondit pas. Il pensait à l'enlèvement du petit Lindbergh, des années auparavant, et à la folle douleur que sa famille avait dû endurer, aux terribles heures d'interminable attente par lesquelles ils avaient dû passer.

— Et si nous ne parvenons pas à la retrouver? demanda-t-il comme un enfant désespéré.

Il croyait dorénavant tout perdu, mais Nanny refusait de croire à une telle éventualité. Lentement, il leva vers elle ses yeux pleins de larmes pour découvrir un visage tendre entouré d'un halo de lumière.

— Nanny, je ne pourrais le supporter.

— Avec l'aide de Dieu, vous n'aurez pas à supporter un tel cauchemar. Vous la retrouverez.

Dans un geste apaisant, elle lui posa un instant la main sur l'épaule puis alla allumer la petite lampe, près de lui. Quelques minutes plus tard, elle était de retour, avec une tasse de thé bouillant et un sandwich.

— Vous devriez vous coucher tôt ce soir, monsieur, lui

conseilla-t-elle. Vous vous sentirez beaucoup mieux demain matin.

Mais quel mieux pouvait-il ressentir? Comment parvenir à prétendre qu'il avait réuni un demi-million de dollars qu'il ne possédait même pas? Bernard avait réellement peur. Il dormit à peine, cette nuit-là, se retournant sans cesse dans son lit et ruminant de trop sombres pensées. Au matin, Bill Grossman vint lui rendre visite. Ils parlèrent interminablement du voyage au Mexique, des raisons qui les avaient amenés jusqu'à Guadalajara et des conclusions qu'ils pouvaient en tirer. Winters appela dans la matinée pour faire son rapport à Bernie et lui annoncer qu'il n'y avait rien de nouveau depuis son départ, excepté une suggestion que Gertie lui avait faite.

— Elle pense que nous devrions tenter Puerto Vallarta.

Ils en avaient déjà parlé auparavant mais avaient jugé que la présence de Bernie serait trop voyante là-bas et qu'il valait mieux rester à l'intérieur des terres.

— Elle a peut-être raison, poursuivit Jack. Scott est sans doute suffisamment sûr de lui pour essayer quelque chose de ce genre. Nous savons aussi qu'il aime se donner du bon temps. Peut-être regarde-t-il du côté des yachts?

Bernie ne semblait pas enchanté par cette idée, mais donna néanmoins son accord.

— Allez toujours voir ce qui s'y passe.

Lui resterait à la maison toute la journée, au cas où Chandler appellerait plus tôt que prévu. Il avait une peur panique de le rater. Bill lui tint compagnie jusqu'en fin d'après-midi. Il l'avait déjà informé que le tribunal s'était proclamé « affligé » par le « manque de jugement » de M. Scott.

— « Affligé »! s'était écrié Bernie, indigné. « Affligé »... Mais où ont-ils la tête? A cause de leur stupidité, mon enfant se trouve Dieu sait où en ce moment et ils se disent affligés! Comme c'est touchant, vraiment!

Grossman comprenait la colère parfaitement justifiée de son client. Aussi ne jugea-t-il pas utile de lui révéler ce qui avait été prononcé à la suite de l'audience : « M. Scott est avide de rattraper le temps perdu et éprouve un grand besoin de connaître sa fille. » Si Bill lui avait dit seulement la moitié de ce qu'il avait entendu, Bernie aurait foncé droit au palais de justice pour faire un scandale.

Bernie se sentait à bout lorsque le téléphone sonna, à cinq heures. Scott, sans doute. Il décrocha.

Ce n'était pas Scott, mais Winters.

— Nous avons du nouveau. A-t-il appelé ?

Ils jouaient vraiment aux gendarmes et aux voleurs, excepté que c'était son cœur que l'on avait dérobé, son bébé...

— Non, j'attends toujours. Que se passe-t-il ?

— Je n'en suis pas encore sûr, mais nous l'avons peut-être trouvé. Gertie avait raison. Il se trouve à Puerto Vallarta.

— Jane est avec lui ? cria-t-il.

« O mon Dieu ! Je vous en prie, mon Dieu, faites qu'ils ne la tuent pas... » Il pensait de plus en plus souvent aux parents dont les enfants s'étaient fait enlever et qu'ils n'avaient jamais revus. Des milliers, chaque année... Les statistiques parlaient même d'une centaine de milliers...

— Je n'en suis pas certain. On dirait qu'il passe beaucoup de temps à un endroit nommé Carlos O'Brien.

Comme tous les touristes de Puerto Vallarta... C'était le bar le plus célèbre de la ville et Scott était fou d'être allé là-bas. Personne cependant ne se souvenait avoir vu une femme ou une enfant en sa compagnie. Il les avait probablement laissées à l'hôtel.

— Tâchez de lui soutirer quelques renseignements, quand vous l'aurez au téléphone. Essayez de bavarder un peu. Jouez le jeu de la décontraction.

Rien qu'en y pensant, Bernie sentait ses paumes devenir humides.

— Je ferai mon possible.

— Et fixez un rendez-vous. Dites-lui que vous avez l'argent.

— D'accord.

Bernie raccrocha d'une main tremblante et expliqua tout à Grossman. Moins de cinq minutes plus tard, la sonnerie retentit à nouveau. Cette fois, c'était Scott et la communication était très mauvaise.

— Comment ça va, l'ami ?

Il semblait heureux et détendu et Bernie aurait voulu le tenir entre ses mains et l'étrangler.

— Bien. J'ai de bonnes nouvelles pour vous.

— Quel genre ?

— Un demi-million de dollars, bluffa Bernie. Comment va Jane ?

— Ça, c'est une nouvelle ! s'exclama Scott.

— Vous ne m'avez pas répondu. Comment va Jane ?

Sa main s'agrippait nerveusement à l'écouteur tandis que Grossman l'observait attentivement.

— Elle va bien. Mais, moi, j'ai une mauvaise nouvelle à vous annoncer.

Le cœur de Bernard ne fit qu'un bond.

— Le prix a augmenté, poursuivit Scott. Elle est si mignonne... J'estime simplement qu'elle vaut un peu plus que ce que je pensais au début.

— Vraiment ?

— Ouais... Elle vaut bien un million, non ? Vous ne croyez pas ?

Mon Dieu ! Jusqu'où irait-il ?

— Cela ne va pas être facile, lâcha Bernie en inscrivant le nouveau montant sur un bout de papier qu'il tendit à Bill Grossman. Je vais devoir retourner là où j'ai pu trouver l'argent.

Il essayait de gagner du temps et ce nouveau rebondissement l'aidait quelque peu.

— Vous avez les cinq cent mille ?

— Oui, mentit-il.

— Alors, vous pouvez déjà me verser un acompte.

— Est-ce que je pourrai récupérer Jane après le premier versement ?

— Pas vraiment, mon vieux, répondit Scott en éclatant de rire.

Quel fumier! Bernie n'avait jamais autant haï quel·qu'un. Il n'en avait d'ailleurs jamais eu les raisons.

— Vous l'aurez quand vous m'aurez versé le million entier.

— Alors, vous ne voulez pas d'un acompte?

Le ton de Chandler se durcit au bout du fil.

— Je vous donne une semaine pour trouver l'autre moitié, Stern. Et si je ne l'ai pas...

C'était vraiment une crapule. Mais ce rebondissement leur donnait une semaine supplémentaire pour trouver Jane. Un sursis, en quelque sorte.

— Je veux lui parler, demanda Bernie sur le même ton que son interlocuteur.

— Elle n'est pas là.

— Où est-elle?

— Elle va bien. Ne vous inquiétez pas.

— Je voudrais que nous nous mettions bien d'accord sur une chose, Scott. Si vous touchez à un seul de ses cheveux, je vous tuerai. C'est bien entendu? Et vous n'obtiendrez pas un seul centime avant que je l'aie vue vivante et en bonne santé.

— Elle va très bien, vous verrez, riait-il. Elle est même déjà bronzée.

Puerto Vallarta. C'était certain...

— Où est-elle?

— Aucune importance. Elle vous racontera tout quand elle rentrera. Je vous rappelle dans une semaine exacte-ment et vous feriez bien d'avoir l'argent, Stern.

— Je l'aurai. Et vous feriez bien d'avoir Jane.

— Marché conclu. Pour un million de dollars.

Il émit un rire victorieux et raccrocha. Bernie se rassit, le souffle court. Des gouttes de sueur perlaient sur son front et, lorsqu'il regarda Bill, l'avocat tremblait.

— Agréable personnage, admit-il.

Il en avait presque la nausée.

— N'est-ce pas ? répliqua Bernard, amer.

Il avait l'impression qu'il ne se remettrait jamais d'un tel drame, même s'il parvenait à retrouver sa fille.

Une demi-heure plus tard, le téléphone sonna. C'était Winters qui annonça platement :

— Nous l'avons.

— Oh, mon Dieu ! En êtes-vous certain ? Je viens tout juste de lui parler, dit-il d'une voix chancelante.

— Je veux dire que nous savons où il est. Une serveuse de Carlos O'Brien a gardé Jane quelques heures. J'ai dû verser mille dollars pour qu'elle se taise, mais ça vaut le coup. Elle a dit que la petite allait bien. Jane lui a même raconté que Scott n'était pas son vrai père, mais qu'il l'avait été parce qu'il était marié à sa mère avant ; et que celui-ci l'avait menacée de vous tuer ainsi qu'Alexandre si elle tentait de s'enfuir. Apparemment, sa petite amie en a eu assez de s'occuper de la fillette le soir, pendant qu'il sortait, et il a dû engager cette serveuse.

— Comment a-t-il pu lui faire une menace pareille ?

— Ce n'est pas rare. Souvent, ils racontent aux enfants que leurs parents sont morts ou que ceux-ci ne veulent plus les voir. C'est fou ce que les gosses peuvent croire quand ils ont peur.

— Pourquoi la fille n'est-elle pas allée à la police ?

— Elle a dit qu'elle ne voulait pas être impliquée dans cette histoire et que l'on ne sait jamais si les enfants racontent la vérité. Et puis, il la payait. Nous n'avons fait que la payer davantage. Et peut-être partage-t-elle aussi son lit ?

Moyennant cent dollars de plus, la serveuse avait offert à Winters de coucher avec lui, mais il avait refusé, soi-disant pour ne pas ajouter à la dépense. Lorsqu'il avait raconté l'anecdote à Gertie, il avait ri à gorge déployée, mais son épouse n'avait pas trouvé la chose amusante.

— Que vous a-t-il dit au téléphone ? demanda-t-il à Bernie.

— Il veut un million, à présent. Et il m'a donné une semaine pour les trouver.

— Parfait. Cela veut dire qu'il ne s'inquiète pas. Je pense pouvoir mettre la main sur la petite cette nuit. Vous êtes d'accord? Pour mille dollars de plus, la serveuse m'aidera. Elle est censée garder Jane ce soir et j'irai la chercher à ce moment-là.

Bernie se sentit défaillir à cette pensée. Que Dieu la protège...

— Nous n'aurons pas le temps d'attraper un avion, poursuivit Jack, mais nous irons à toute vitesse en voiture jusqu'à Mazatlán et décollerons de là-bas demain matin.

Il parlait sur le ton du professionnel qu'il était et cela rassura un peu Bernie. Pourtant, il aurait tellement préféré se trouver avec eux. Il savait combien cette aventure ferait peur à Jane, d'autant que Jack et sa femme n'étaient que deux étrangers pour elle. Mais il leur serait plus facile d'agir seuls qu'avec lui dans leurs pattes.

— Avec un peu de chance, nous vous la ramènerons demain.

— Tenez-moi au courant.

— Nous vous appellerons vers minuit.

Cette nuit serait la plus longue de son existence.

Grossman repartit vers sept heures en lui demandant de le joindre quoi qu'il arrive et qu'elle que fût l'heure. Bernie eut envie de téléphoner également à sa mère, mais jugea préférable d'attendre d'avoir un peu plus à lui raconter.

De son côté, il n'eut pas longtemps à patienter. Peu après minuit, en effet, il reçut un appel en PCV venant de Valle de Banderas à Jalisco.

— Acceptez-vous de payer la communication? demanda l'opératrice à laquelle il répondit aussitôt par l'affirmative.

Pour une fois, Nanny était allée se coucher et il se trouvait seul à la cuisine, en train de faire du café.

— Jack?

— Nous l'avons. Elle va bien. Elle dort dans la voiture auprès de Gertie. Elle est épuisée. Je regrette de vous le dire, mais nous l'avons effrayée au plus haut point. La serveuse nous a laissés entrer et on l'a tout de suite emmenée. Elle va raconter à Scott que la police est venue chercher la petite. Vous risquez de ne pas avoir de ses nouvelles avant un bout de temps. Enfin, nous avons des billets pour le vol de neuf heures du matin à Mazatlán et nous resterons à l'hôtel en attendant. Personne ne la touchera.

Bernard les savait armés. Des larmes d'émotion coulaient sur ses joues et tout ce qu'il put articuler à l'homme qui avait sauvé sa fille fut : « Merci. »

Il raccrocha, s'assit, laissa reposer sa tête sur ses bras et pleura de soulagement et de terreur refoulée. Son bébé revenait... Si seulement Liz pouvait revenir avec elle...

31

L'avion atterrit à sept heures du matin. Bernie attendait à l'aéroport, en compagnie de Nanny, Bill Grossman et Alexandre. Jane tenait la main de Gertie en débouchant du couloir. Son père se précipita vers elle et la souleva du sol en l'étreignant, sans pouvoir lui cacher ses larmes. Et, pour une fois, Mary elle-même ne put garder son sang-froid. Ses yeux bleus étaient humides alors qu'elle embrassait l'enfant. Bill aussi se sentait bouleversé.

— Oh, mon bébé... Je regrette tant ce qui s'est passé.

Bernard pouvait à peine parler et Jane pleurait et riait à la fois.

— Ils ont dit que si je disais quelque chose ou si j'essayais de m'enfuir...

Les sanglots l'empêchèrent de continuer et les mots étaient trop durs. Mais, grâce à Jack, Bernie savait ce qu'elle tentait de lui raconter.

— Ils m'ont même dit que quelqu'un te suivait tout le temps.

— C'était un mensonge, ma chérie. Comme tout ce qu'ils ont pu te faire croire, d'ailleurs.

— Il est affreux, tu sais. Je ne sais pas comment maman a pu se marier avec lui. Et puis il n'est pas beau, il est laid et son amie était horrible...

Pourtant Gertie, qui avait longtemps parlé seule à seule avec la fillette, assura à Bernard que l'enfant n'avait subi aucune violence. Seul l'argent les intéressait et la disparition de Jane avait dû les rendre fous de rage.

En arrivant dans leur maison de San Francisco, la petite fille écarquilla les yeux, comme s'il s'agissait du paradis. Cela faisait exactement seize jours qu'elle était partie de chez elle et que le cauchemar avait commencé pour chacun d'entre eux. Il avait fallu seize jours et quarante mille dollars pour la retrouver. Les parents de Bernie avaient vendu des actions pour aider leur fils à payer les honoraires de Winters, mais chaque centime dépensé avait valu la peine.

Bernard décida de les appeler maintenant, de façon que Jane pût parler à Grandma Ruth, mais celle-ci pleurait tant au bout du fil qu'elle dut passer l'appareil à Bruce. Elle avait été tellement sûre qu'ils la tueraient, et elle avait pensé également à l'enlèvement du petit Lindbergh... Ruth était encore une toute jeune femme quand cela était arrivé et cet événement l'avait toute sa vie impressionnée.

Ce jour-là, Bernie garda sa fille dans ses bras des heures durant. Ils avertirent la police qu'ils l'avaient retrouvée mais, là-bas, personne ne parut ravi outre mesure. Ils prévinrent également le juge, qui se déclara content que l'affaire se termine ainsi. Bernard leur en voulait à tous pour leur indolence, excepté à Jack Winters. Ce dernier fit placer des policiers autour de la maison et les enfants ne devaient pas quitter la propriété sans escorte. Bernie demanda même qu'un garde du corps reste à l'intérieur, afin de protéger Jane pendant son absence.

Enfin, il appela Paul Berman pour le prévenir qu'il retournait au magasin le matin même. Il n'avait pris que deux semaines, mais cela lui avait semblé une éternité.

— Comment va la petite ? demanda Paul, toujours horrifié à l'idée de ce qui lui était arrivé.

D'abord la mort de Liz et, à présent, ceci. Les malheurs de son protégé le bouleversaient et il cherchait déjà quelqu'un pour le remplacer à la tête de Wolff-San Francisco. Il n'était plus question de l'obliger à vivre là-bas. Ce garçon avait subi trop de déboires. Berman savait pourtant qu'il lui faudrait des mois, peut-être un an pour trouver l'oiseau rare. Mais du moins avait-il commencé à chercher.

— Jane va bien.

— Nous avons beaucoup prié pour elle, Bernie.

— Je sais et je vous en remercie, Paul.

Il raccrocha, heureux de penser que tout s'était bien terminé. Il éprouvait une vive reconnaissance envers Winters et sa femme et ne put s'empêcher de songer une fois de plus à tous ceux qui n'avaient jamais revu leur enfant enlevé, pères et mères condamnés à passer le reste de leur vie à se demander si celui-ci était encore vivant, chérissant toujours la photo d'un petit de quatre ou cinq ans qui devait en avoir à présent vingt ou trente. Et peut-être ce dernier ne savait-il même pas si ses parents étaient vivants, après les mensonges racontés par les ravisseurs. Pour Bernie, voler un enfant était un acte aussi horrible qu'un meurtre.

Le téléphone sonna durant le dîner. Nanny avait préparé les plats préférés de Jane : du steak grillé et des asperges à la sauce hollandaise, suivis d'un énorme gâteau au chocolat qu'Alexandre dévorait déjà des yeux. Bernie se leva pour aller répondre. Tout l'après-midi, ils avaient reçu des coups de fils de leurs amis se disant heureux de savoir que le cauchemar avait pris fin. Tracy elle-même avait appelé de Philadelphie et Mary lui avait tout raconté.

— Allô ? fit Bernie en souriant de loin à sa fille.

Ils ne s'étaient pas quittés de la journée et elle avait fini par s'endormir sur ses genoux. Il y avait des parasites sur la ligne mais la voix était familière. Bernie n'en crut pas ses oreilles, mais eut aussitôt le réflexe d'enregistrer la communication, selon les conseils de Bill Grossman.

— Alors, vous avez récupéré votre bébé, hein ?

Chandler n'avait pas l'air des plus ravis. Bernie écoutait en observant la machine qui enregistrait.

— Je suppose que les flics vous ont aidé.

La serveuse avait donc bien récité sa leçon, pour la plus grande satisfaction de Bernie.

— Je n'ai rien à vous dire.

— Je suis sûr que vous trouverez quelque chose à dire au juge.

Scott bluffait. Bernard savait qu'il n'oserait pas poursuivre le procès.

— Le juge ne me fait pas peur, Scott, et si vous levez encore la main sur elle, je jure que je vous fais arrêter. De toute façon, je crois que c'est ce qui va vous arriver.

— Et pour quels motifs? Le détournement d'enfant n'est qu'une infraction, vous le savez. Au pire, je me retrouverai en prison pour la nuit.

— Je ne crois pas qu'un détournement accompagné d'une demande de rançon soit si populaire dans les cours de justice.

— Essayez un peu de le prouver. Vous n'obtiendrez rien de moi sous forme écrite et, si vous avez été assez idiot pour enregistrer nos conversations, cela ne vous servira à rien. Les juges n'acceptent pas les enregistrements.

Scott savait décidément ce qu'il faisait.

— Vous n'avez pas fini d'entendre parler de moi, Stern. J'ai plus d'un tour dans mon sac.

Sans répondre, Bernie raccrocha et arrêta la bande magnétique. Après le dîner, il appela Grossman, et Bill lui confirma ce que Chandler venait de dire. Un enregistrement ne vaut rien devant la cour.

— Alors, pourquoi diable m'avoir ennuyé avec vos conseils, si cela ne sert à rien?

La loi ne se trouvait décidément pas de son côté dans cette affaire et, depuis le début, elle n'avait absolument rien fait pour lui venir en aide.

— Parce que, même si ce n'est pas considéré comme une preuve, ceux de la cour peuvent toujours l'écouter en dehors de l'audience et entendre ce que vous avez à dire contre Scott.

Cependant, lorsque Bill leur donna l'enregistrement, ils l'accueillirent avec froideur et déclarèrent que Scott plaisantait sans doute ; ou encore qu'il se trouvait sous l'influence d'une tension terrible parce qu'il n'avait pas vu sa fille depuis très longtemps et avait appris que son ex-femme était morte d'un cancer.

— Ils sont complètement fous, ou quoi ? Ce gars est un criminel qui a enlevé ma fille contre une rançon d'un million de dollars et l'a gardée prisonnière au Mexique durant seize jours, et tout ce qu'ils trouvent à dire c'est qu'il « plaisantait » !

Bernard était consterné. D'abord, la police se fichait pas mal que Scott ait enlevé Jane, et maintenant la cour se fichait pas mal de la demande de rançon...

Mais le pire se produisit la semaine suivante, sous forme d'une notification du tribunal, spécifiant que Scott demandait à être entendu afin d'obtenir la garde de la fillette. Bill téléphona immédiatement à Bernie.

— Il veut une audition pour la garde ? s'exclama Bernie en arrachant presque le fil de l'appareil. Quelle garde ?

— Celle de sa fille. Il prétend que la seule raison pour laquelle il a embarqué l'enfant était celle-ci : il l'aime tellement qu'il veut la garder avec lui.

— Où ? En prison ? Est-ce qu'ils acceptent les enfants à Saint-Quentin ? Voilà où cette ordure devrait se trouver !

Debout en train d'arpenter son bureau, Bernie n'en pouvait plus. En ce moment même, Jane se promenait au parc avec Nanny et Alexandre, protégée par un garde du corps noir qui avait fait ses classes dans plusieurs commandos de choc, mesurait près de deux mètres et pesait au moins cent trente kilos. Si seulement Scott pouvait avoir la délicieuse idée de se frotter à lui...

— Calmez-vous, Bernie. Il n'a encore rien obtenu. Il a simplement demandé.

— Pourquoi ? Pourquoi me fait-il cela ?

— Vous voulez savoir pourquoi ?

Grossman n'avait jamais eu affaire plus délicate à

traiter, et il commençait lui-même à détester Scott. Mais cela ne les mènerait nulle part. Il devait agir rationnellement.

— Il vous fait cela parce que, s'il obtient la garde de Jane, ou même un droit de visite, il essaiera alors de vous la vendre. Puisqu'il n'a pu réussir en l'enlevant, il va tenter de l'avoir légalement. La loi est de son côté, il est le vrai père, mais c'est vous qui avez l'argent. Et c'est ça qu'il veut.

— Dans ce cas, donnons-le-lui. Pourquoi s'embêter à passer par la cour et jouer le jeu de la justice? Il veut l'argent? Qu'il le prenne!

Pour Bernie, c'était l'évidence même. Chandler n'avait pas besoin de le torturer pour obtenir ce qu'il voulait.

— Ce n'est pas si simple que cela, rétorqua Bill. Vis-à-vis de la loi, vous n'avez pas le droit de lui offrir de l'argent.

— Oh, je vois, reprit Bernie avec colère. En revanche, lui a le droit d'enlever Jane et de demander une rançon d'un million de dollars...

Il tapa du poing sur son bureau et flanqua le téléphone par terre, le récepteur toujours dans sa main.

— Qu'est-ce qui se passe dans ce pays? ajouta-t-il, en proie à une furie incontrôlable.

— Calmez-vous, Bernie, supplia en vain Bill.

— Comment voulez-vous que je me calme? Il veut la garde de ma gosse et vous me demandez de prendre cela calmement? Il y a trois semaines, il a enlevé Jane, j'ai sillonné le Mexique comme un fou en la croyant morte et vous voulez que je crie sur tous les toits que cela m'est égal? Etes-vous devenu fou, vous aussi?

Bernard hurlait à présent. Puis il raccrocha brutalement, se laissa tomber sur une chaise et se mit à pleurer. De toute façon, tout n'était que « sa » faute. Si elle n'était pas morte, rien de tout ceci ne serait arrivé... Mais le souvenir de Liz fit redoubler ses pleurs. Il se sentait si seul que chaque respiration le faisait souffrir, et voir chaque jour Jane et Alexandre rendait la chose encore plus pénible.

Plus rien n'était comme avant, plus rien. Ni la maison, ni les enfants, ni la nourriture qu'ils mangeaient, ni la façon dont leur linge était plié... Plus rien ne lui semblait familier et plus rien ne redeviendrait pareil. Jamais Bernie ne s'était senti aussi dépouillé et, pour la première fois sans doute, il comprit que Liz ne reviendrait jamais. Jamais.

32

La seconde audience eut lieu le vingt et un décembre et reçu la priorité du fait de la gravité de son sujet. Il apparut que l'affaire de la voiture volée avait été gommée et, par conséquent, Scott ne pouvait être inculpé pour violation de parole. Les propriétaires du véhicule ne voulaient pas porter plainte parce que, selon Winters, ils faisaient du trafic de drogue. Chandler put ainsi rentrer sain et sauf aux Etats-Unis.

En pénétrant dans la salle de jugement, accompagné de son avocat, il paraissait tout à fait respectable et docile. Vêtu d'un costume bleu marine et d'une chemise blanche, Bernie entra aux côtés de Bill Grossman. Le garde du corps était resté à la maison avec Mary et les enfants. En les quittant, ce matin-là, Bernard avait réprimé un rire devant l'image qu'ils offraient : Nanny si menue, au teint de porcelaine et aux yeux bleu clair, et lui, tellement immense, avec sa peau noire et un regard qui restait menaçant jusqu'au moment où il ouvrait la bouche en dévoilant un resplendissant sourire couleur ivoire, pour jeter Alexandre dans les airs ou sauter à la corde avec Jane. Il lui était même arrivé de soulever Mary à bout de bras en éclatant de rire, devant les enfants hilares. Et Nanny riait aussi comme une gamine...

Les raisons qui faisaient que la petite famille avait besoin de lui étaient tristes, mais sa présence constituait un réel bienfait. Il s'appelait Robert Blake et Bernie se réjouissait de l'avoir.

En entrant dans la salle d'audience, cependant, il ne pensait plus qu'à Chandler Scott et songeait combien il le haïssait. Ils avaient le même juge que la première fois, le seul d'ailleurs disponible pour cette affaire, le juge des rapports domestiques, comme on l'appelait. L'air endormi, le visage aimable auréolé de cheveux gris, il semblait penser que tout le monde aimait tout le monde ou pouvait y arriver moyennenant quelques efforts.

Il réprimanda Scott pour avoir « montré trop de précipitation à se retrouver prématurément seul avec sa fille » et Grossman dut empoigner le bras de Bernie pour le forcer à rester assis. Le juge se tourna alors vers Bernie et le pria de comprendre « combien forte était l'impulsion naturelle d'un père d'être seul avec son enfant unique ». Cette fois, Bill fut incapable de retenir un Bernard fou de rage.

— Cette impulsion naturelle ne s'est pas manifestée durant neuf ans, Votre Honneur. Et c'est sans doute cette même impulsion qui l'a poussé à essayer de m'extorquer un million de dollars en échange de ma fille...

Le juge lui adressa un sourire bienveillant.

— Je suis sûr qu'il ne faisait que plaisanter, monsieur Stern. Veuillez vous rasseoir, s'il vous plaît.

La lecture des faits lui donna envie de pleurer. La nuit précédente, il avait appelé sa mère pour la tenir au courant et elle fut convaincue qu'ils le persécutaient parce qu'il était juif. Mais Bernie savait que le problème n'était pas là : ils le persécutaient parce qu'il n'était pas le vrai père de Jane. Le seul argument de Scott était qu'il avait mis Liz enceinte. Après, il s'était totalement désintéressé du sort de l'enfant, et Bernard avait fait tout le reste. D'ailleurs, Bill Grossman appuya son plaidoyer sur ce détail d'importance.

— Mon client a très nettement l'impression que M. Scott n'est ni financièrement ni mentalement prêt à prendre aujourd'hui l'entière responsabilité de l'enfant. Peut-être plus tard, Votre Honneur...

Bernie tenta à nouveau de se lever, mais Bill l'en empêcha.

— Pour autant que nous le sachions, poursuivit-il, M. Scott a déjà eu des démêlés avec la justice et n'a pas d'emploi régulier depuis plusieurs années. En ce moment, il vit dans un hôtel qui reçoit essentiellement une clientèle de passage, à l'est d'Oakland.

Scott tressaillit légèrement, mais ne broncha pas.

— Est-ce vrai, monsieur Scott? demanda le juge d'un ton légèrement réprobateur.

— Pas exactement, Votre Honneur. Je vis sur un petit héritage que m'a légué ma famille, il y a longtemps.

Encore le prestige de l'argent... Mais Grossman eut tôt fait de le contrer.

— Pouvez-vous le prouver, monsieur Scott?

— Bien sûr... Cet argent a disparu maintenant, mais je viens de trouver un emploi à l'Atlas Bank.

— Avec son casier judiciaire? souffla Bernie à son avocat.

— Aucune importance. Nous le forcerons à le prouver.

— J'ai, par ailleurs, loué hier un appartement en ville, ajouta-t-il en jetant un regard triomphant à son adversaire. Bien sûr, je n'ai pas autant d'argent que M. Stern mais j'espère que Jane ne m'en voudra pas trop.

Le juge acquiesça.

— Les biens matériels ne sont pas importants dans l'affaire qui nous concerne et je suis certain que vous conviendrez du bien-fondé d'un droit de visite pour M. Stern.

Bernie sursauta violemment et, regardant Bill avec autant d'indignation que de terreur, il tendit la tête vers lui pour murmurer :

— Qu'est-ce qu'il raconte? Que veux dire « un droit de visite pour moi »? Il est fou?

Grossman alla s'entretenir quelques secondes avec le

juge qui lui demanda d'attendre, avant de faire la déclaration suivante :

— Il n'y a aucun doute sur le fait que M. Stern aime sa belle-fille et le problème n'est pas là. Mais il demeure que le père naturel se doit de rester auprès de son enfant, en l'absence de sa mère naturelle. Après le malheureux décès de Mme Stern, Jane doit retourner vivre auprès de son père. La cour comprend pleinement la peine que ce jugement peut procurer à M. Stern et nous resterons ouverts à toute discussion pendant que nous veillerons à la bonne application de ces nouvelles dispositions.

Le juge termina son allocution avec un aimable sourire, cependant que Bernard tremblait de désespoir et de rage impuissante. Il avait manqué à sa parole. Il avait trahi Liz. Et, à présent, il allait perdre Jane. C'était comme si on lui arrachait un bras. Et, en fait, il aurait peut-être préféré cela. S'il avait eu à choisir, il aurait volontiers sacrifié un de ses membres pour garder avec lui la fillette. Mais on ne lui avait pas proposé ce choix. Le juge observa les deux hommes puis leurs avocats et termina par ces mots :

— La garde de l'enfant est donc confiée à Chandler Scott, à la condition qu'il permette à Bernard Stern de voir régulièrement cette enfant. Disons une fois par semaine. L'enfant sera donc remise dans quarante-huit heures à M. Scott qui viendra la chercher le vingt-trois décembre à midi, poursuivit-il. Quant à cette petite aventure au Mexique, j'estime qu'elle n'en prouve que mieux le désir profond de M. Scott de reprendre une vie normale avec sa fille.

Pour la première fois depuis longtemps, Bernie crut qu'il allait s'évanouir quand retentit le coup de marteau qui clôturait la séance. Il était blanc comme un linge et voyait tout tourner autour de lui. Il se sentait aussi mal qu'à la mort de Liz. Il revoyait la jeune femme près de lui, répétant : « Promets-moi, Bernie. Jure-moi que tu ne le laisseras jamais s'approcher d'elle. . »

— Ça va ? demanda Bill, inquiet de le voir dans cet état.

Il se pencha vers lui et demanda qu'on apporte un verre d'eau. Bernie avala une gorgée et recouvra peu à peu ses sens. Lentement, il se leva et suivit son avocat dans le couloir.

— Ai-je un recours quelconque ? Pourrais-je faire appel ? demanda-t-il, hagard.

— Vous pouvez demander une nouvelle audition, mais cela ne vous empêchera pas de devoir céder l'enfant.

Bill parlait sur un ton égal, espérant ainsi calmer les émotions qui submergeaient Bernie, mais en vain. Il pouvait lire dans les yeux de son client une profonde haine. La haine de Scott, du juge et du système tout entier. Et il n'était pas certain que Bernie ne le haïssait pas non plus. Il aurait d'ailleurs compris. Ce jugement n'avait été qu'une mascarade devant laquelle ils étaient, hélas ! restés impuissants.

— Et que se passera-t-il si je ne la lui donne pas le jour dit ? osa demander Bernie à voix basse.

— Ils finiront par vous mettre en prison, tôt ou tard. Mais pour cela, il lui faudrait venir avec un shérif.

— D'accord, articula-t-il, les dents serrées, avec un air entendu. Et vous feriez bien de vous tenir prêt à me sortir de prison, parce que je n'ai pas l'intention de lui laisser Jane. Quand il viendra, je vais lui proposer de l'acheter. Il veut me vendre l'enfant ? Parfait. Qu'il me dise son prix, je suis preneur.

— Bernie, les choses pourraient certainement mieux s'arranger si vous lui laissiez Jane et essayiez de traiter ensuite avec lui. La cour verra cela d'un très mauvais œil...

— Qu'elle aille se faire foutre, la cour ! lui jeta-t-il à la figure. Et vous aussi par la même occasion. Vous n'êtes que des salauds, des bons à rien. Vous ne cherchez qu'à apaiser les deux parties pour empêcher le bateau de couler. Eh bien, ce n'est pas d'un bateau qu'il s'agit, mais de ma fille, et je sais ce qui est bon ou non pour elle.

Bernie fixait l'avocat d'un regard incendiaire et le menaçait de son index levé.

— Un de ces jours, cette crapule va finir par tuer mon enfant et vous viendrez tous en rang me réciter vos condoléances ou vos regrets. Je vous avais dit qu'il allait l'enlever et vous me preniez pour un fou. Avais-je tort ? Et cette fois, je vous préviens que je ne vais pas lui donner ma petite fille, jeudi. Et si cela ne vous plaît pas, Grossman, laissez-moi tomber, je m'en fiche complètement.

Bill était bouleversé de voir son client dans cet état. La situation était diablement compliquée.

— J'essaie seulement de vous expliquer ce que la cour pense de cette affaire.

— Vous savez ce que je lui dis à la cour ? aboya Bernie, incapable de se maîtriser. Elle n'a aucune sensibilité... La cour, comme vous dites, n'est en fait qu'un petite homme rond et gras qui siège sur une estrade pour n'avoir jamais réussi en tant qu'avocat et qui passe son temps à bousiller la vie des gens en faisant l'important. Il se fiche bien de savoir que Scott a enlevé Jane et s'en ficherait tout autant si ce fumier l'avait violée...

— Je n'en suis pas si sûr, Bernie.

Grossman devait défendre le système pour lequel il travaillait et auquel il croyait malgré tout, mais ce que Bernard lui expliquait n'avait que trop de sens à ses yeux. C'en était attristant.

— Vous n'en êtes pas sûr ? Eh bien, moi je le suis.

Il était blanc de colère et, d'un pas mécanique, il se dirigea vers l'ascenseur, suivi de son avocat. Ils arrivèrent en silence au rez-de-chaussée et, en sortant, Bernie déclara :

— Je voudrais simplement que vous compreniez que je n'ai pas l'intention de lui donner Jane lorsqu'il viendra la chercher, jeudi. Blake et moi nous nous tiendrons sous le porche et je lui dirai d'aller se faire voir ailleurs, après lui avoir demandé son prix. Je ne veux plus jouer ce jeu vicieux avec lui et, à la différence de la dernière fois, il devra m'assurer de disparaître définitivement quand il aura eu l'argent. Et si j'atterris en prison, j'entends bien que vous me sortiez de là ou que vous me trouviez un autre avocat. Est-ce compris.

D'un signe de tête, Grossman acquiesça et Bernie le planta là sans une parole de plus. Le soir même, il appela ses parents et Ruth, comme il s'y attendait, pleura au téléphone. Il lui semblait qu'ils n'avaient pas eu de conversation heureuse depuis plus d'un an. D'abord, il y avait eu la maladie puis la mort de Liz et, à présent, cette affaire sordide avec Scott. Il lui raconta ce qu'il s'apprêtait à faire, en la prévenant qu'il pourrait finir en prison, ce qui plongea sa pauvre mère dans la désolation. Elle pensait à la fois à la petite-fille qu'elle risquait de ne plus jamais revoir et à son fils enfermé derrière des barreaux.

Ruth et Bruce avaient projeté de venir à San Francisco ce vendredi, mais Bernie parvint à les en dissuader. Il valait mieux attendre. Leur vie était trop chamboulée par cette histoire. Cependant, après qu'il eut raccroché, Mary lui fit comprendre qu'elle n'était pas d'accord avec lui.

— Laissez venir votre mère, monsieur. Les enfants ont besoin de la voir et vous aussi. Je m'arrangerai pour que tout se passe pour le mieux.

— Et si je me retrouve en prison ?

Mary sourit à cette idée puis leva les épaules avec philosophie.

— Alors c'est moi qui découperai la dinde...

Bernie aimait sa façon de rouler les R, tout autant que son sens de l'humour. Il semblait qu'elle était prête à tout, inondation, peste ou famine...

Mais, ce soir-là, lorsqu'il coucha Jane, il réalisa à quel point la fillette appréhendait de revoir son père. Il avait bien tenté d'expliquer cela à l'assistante sociale, mais celle-ci refusait de le croire. Elle ne s'était entretenue que cinq minutes avec la petite et en avait déduit que son vrai père l'intimidait. A la vérité, Jane était terrorisée par cet homme et elle fit cette nuit-là d'horribles cauchemars. A quatre heures du matin, Bernie et Mary se retrouvèrent dans sa chambre alors qu'elle hurlait de terreur et il finit par la prendre dans son lit. Il la laissa s'endormir ainsi, sa main agrippée à la sienne, son petit visage tout tendu. Seul Alexandre ne semblait pas affecté par le drame. C'était un petit garçon heureux et souriant qui commençait à parler et représentait la seule joie de Bernie au milieu de l'angoisse qui le tenaillait de perdre sa fille. Le jeudi matin, il téléphona à Jack Winters.

— L'appartement existe bel et bien, confirma celui-ci. Scott s'y est installé il y a quelques jours et il le partage avec une amie. Mais je n'arrive pas à savoir quel genre de travail il a pu trouver à l'Atlas Bank. Là-bas, ils disent l'avoir engagé à l'occasion d'un nouveau programme destiné à donner une seconde chance aux repris de justice. Je ne pense pas que ce soit un emploi très sérieux et, de toute façon, il n'a pas encore commencé. Je crois qu'il s'agit d'un coup de publicité de la part de cette banque, afin de montrer comme elle est libérale. Nous avons encore plusieurs détails à vérifier puis je vous téléphonerai pour vous tenir au courant de ce que j'aurai pu trouver.

Bernie n'aimait pas l'idée de ce partage d'appartement. Il était sûr et certain qu'ils allaient encore disparaître avec Jane à la première occasion. Mais Blake ferait en sorte que cela n'arrive pas. Depuis le matin, il était à la cuisine, un P. 38 bien visible sous sa veste. Alexandre passait son temps à le viser en faisant « Pan ! », ce qui déplaisait à Nanny, mais Bernie tenait à ce que Robert soit ostensiblement armé quand Scott se présenterait sur le coup de midi. Il s'apprêtait à refuser de lui céder Jane et ne lui faisait absolument pas confiance. Le jeu se jouerait serré.

Et, tout comme la première fois, Scott fut en retard pour venir chercher Jane. La petite se terrait dans sa chambre, Nanny tentant de la distraire. Une heure sonna, puis deux heures, et Scott n'était toujours pas là. Incapable de supporter plus longtemps cette attente, Bill Grosssman appela Bernie qui lui révéla être sans nouvelle de

Scott. A deux heures et demie, Jane sortit de sa chambre sur la pointe des pieds, pour découvrir son père et le garde du corps qui continuaient d'attendre dans le salon. Nanny préparait des biscuits dans la cuisine, en compagnie d'Alexandre.

— Aucun signe de lui, déclara Bernie à Bill qui appelait pour la seconde fois pour essayer de comprendre ce qui se passait. Il n'a tout de même pas oublié...

— Il a peut-être la gueule de bois. C'est presque Noël, il est sans doute allé à une petite fête que donnait la banque.

A cinq heures, Nanny commença à préparer le dîner et Bernie se demandait s'il allait renvoyer Blake chez lui, mais celui-ci insista pour rester jusqu'à ce qu'ils aient enfin des nouvelles. Il ne voulait pas que Scott se montre dix minutes après son départ. Bernie accepta et l'emmena à la cuisine afin de lui servir quelque chose à boire, pendant que Jane allumait la télévision pour regarder des dessins animés. Mais à cette heure, il n'y avait que les informations. Ce fut alors qu'elle le vit.

L'écran montrait son visage en gros plan, d'abord au ralenti, puis en image fixe, tandis qu'avec un fusil, il menaçait la clientèle de l'Atlas Bank. Sur le film, il apparaissait grand et blond, beau même, et souriait à quelqu'un. Il pressa alors la détente et fit voler une lampe en éclats juste à côté d'une femme terrorisée, avant d'éclater franchement de rire. Pétrifiée d'horreur, Jane ne parvenait même pas à pleurer ni à appeler son père. Elle ne put que leur montrer le récepteur du doigt lorsqu'ils entrèrent au salon, un verre à la main. En voyant Scott, Bernie se figea net. C'était bien lui, qui tentait en plein jour et au nez de tous de braquer l'Atlas Bank.

— L'homme au fusil, qui a été identifié depuis, racontait le journaliste, est entré dans la banque au coin de Sutter et de Madison peu après onze heures ce matin. Il avait une complice qui portait un bas sur la tête. Ils ont tendu à la caissière un mot précisant qu'ils réclamaient cinq cent mille dollars.

« Un nombre magique... » se dit Bernie.

— Quand elle leur a fait comprendre qu'elle ne les avait pas, l'homme lui a ordonné de lui remettre tout l'argent dont elle disposait.

La voix poursuivit son récit tandis que les images montraient Scott en train de tirer. Finalement, la police, avertie par le signal d'alarme déclenché par la caissière, avait réussi à cerner l'établissement où Scott et sa complice tenaient tout le monde en otage.

— L'homme, continuait le journaliste, leur a alors dit de se presser parce qu'il avait un rendez-vous à midi. Mais il devint rapidement évident qu'ils ne pourraient sortir de la banque sans se rendre ou blesser l'un des otages. Ils ont finalement essayé de protéger leur fuite en tirant des coups de feu, et tous deux se sont fait tuer avant d'avoir pu atteindre le coin de la rue. Le grand blond était un repris de justice nommé Chandler Anthony Scott, alias Charlie Antonio Schiavo, et la femme s'appelait Anne Stewart.

En état de choc, Jane ne pouvait détacher les yeux de l'écran.

— Papa, c'est la dame qui était avec nous au Mexique ! Elle s'appelait Annie...

On voyait Scott et sa compagne allongés sur le trottoir, face contre terre, dans une mare de sang. Puis ils montrèrent l'arrivée de l'ambulance et les infirmiers emportant les corps, tandis que les clients sortaient un à un de la banque.

— Papa, il est mort, s'exclama-t-elle, les yeux écarquillés, en regardant son père qui la fixait sans mot dire.

L'espace d'une seconde, Bernie se demanda s'il pouvait exister un autre Chandler Scott à San Francisco. Non, c'était impossible. Il ne pouvait s'agir que de lui. Et à présent, tout était terminé... Il se pencha vers la fillette et la prit dans ses bras en faisant signe à Blake d'éteindre le poste.

— Je regrette tellement que tu aies dû passer par tout cela, mon bébé. Mais maintenant, c'est bien fini.

— Il est si méchant, murmura-t-elle tristement contre le torse de Bernie avant de lever vers lui des yeux baignés de larmes. Je suis contente que maman ne l'ait jamais su. Elle aurait été furieuse.

Bernard sourit à ce mot d'enfant.

— Oui, elle l'aurait été. Mais tout cela est fini. On n'en parle plus, ma chérie.

Il avait du mal à réaliser, à se dire que Scott avait bel et bien disparu de leur vie. A tout jamais.

Un peu plus tard, ils appelèrent Grandma Ruth et lui dirent de prendre le prochain avion pour San Francisco. Bernie expliqua tout à sa mère avant que Jane prenne l'appareil, mais celle-ci lui donna les détails les plus affreux du drame, sans en omettre un seul.

— Il était étalé dans plein de sang, Grandma. C'est vrai. Juste au milieu du trottoir. C'était vraiment dégoûtant...

Elle paraissait cependant tellement soulagée et semblait tout à coup être redevenue la petite fille qu'elle avait été.

Bernie prévint également Bill Grossman et Nanny invita Robert Blake à rester dîner avec eux, mais celui-ci avait hâte de retrouver sa femme pour se rendre avec elle à une fête de Noël. La petite famille s'installa donc à table et Jane regarda son père, se souvenant des bougies qu'ils allumaient chaque vendredi soir, avant la mort de sa mère. Elle avait bien envie de recommencer ce petit rite et, soudain, elle se rendit compte qu'elle avait également envie de mille autres choses. Il leur restait une vie entière pour faire des projets. Tous ensemble.

— Papa, est-ce que demain on pourra allumer les bougies ?

— Quelles bougies ? demanda-t-il, occupé à couper la viande.

Et tout à coup, lui aussi se souvint et s'en voulut de

n'avoir pas su observer les traditions dans lesquelles il avait été élevé.

— Bien sûr, ma chérie.

Puis il se pencha et l'embrassa sous le sourire bienveillant de Nanny, tandis qu'Alexandre plongeait ses petits doigts dans la purée. C'était presque comme si tout avait repris sa place. Peut-être un jour cela viendrait-il vraiment...

33

Bernie frémissait à la seule idée de devoir retourner devant la justice, mais il savait que cet événement était capital pour eux tous. D'autant que ses parents étaient venus spécialement de New York pour y assister. Ils devaient se rendre au palais de justice pour l'adoption de Jane.

Les papiers à signer les attendaient là-bas et le juge, que la fillette ne connaissait pas encore, lui sourit gentiment avant de lever les yeux vers la famille qui était venue avec elle. Il y avait bien sûr Bernard, ses parents et Nanny dans son plus bel ensemble bleu marine à col blanc. Elle ne prenait jamais de jour de congé et ne portait jamais rien d'autre que ses uniformes amidonnés qu'elle faisait venir d'Angleterre. Elle tenait par la main le petit Alexandre vêtu d'un costume de velours bleu et qui ne contenait plus son envie de jouer avec les documents et dossiers étalés sur la table. Bernie vint à la rescousse de Mary et le prit dans ses bras, tandis que le juge, d'un ton solennel, leur expliquait la procédure à suivre.

— Il est donc bien entendu que vous, déclara-t-il en s'adressant à Jane, désirez être adoptée et que M. Stern lui-même désire vous adopter.

— C'est mon père, articula-t-elle tranquillement.

Le petit homme rond parut légèrement déconcerté puis jeta un regard rapide sur ses documents. Bernie aurait

préféré avoir quelqu'un d'autre pour officialiser cette
adoption, se souvenant trop bien du drame dont il s'était
rendu responsable en donnant la garde de l'enfant à
Chandler Scott. Mais aujourd'hui, plus personne n'en
parlait.

— Oui, bien... voyons.

Il examina les différents papiers puis demanda à Bernie
de signer et à Grossman de témoigner. Les parents du
nouveau père signèrent également en tant que témoins.

— Est-ce que je peux signer aussi ? questionna Jane qui
voulait elle aussi participer à cet instant solennel.

Le juge hésita. Personne ne lui avait posé pareille
question auparavant.

— Il n'est pas nécessaire de signer quoi que ce soit...
Jane. Mais je pense que vous pouvez le faire, si cela vous
fait plaisir.

Interrogeant son père du regard, elle afficha un visage
fier et annonça :

— Je veux bien, si c'est d'accord.

Le juge lui passa donc un des documents qu'elle
examina attentivement et signa de l'air le plus sérieux du
monde. Puis l'homme de loi les regarda tous avant de
déclarer :

— En vertu des pouvoirs qui me sont conférés par
l'Etat de Californie, je déclare que Jane Elizabeth Stern
est maintenant la fille légale de Bernard Stern, adoptée en
ce jour du vingt-huit janvier.

Il donna un léger coup de marteau sur la table de bois et
se leva, un sourire débonnaire éclairant son visage joufflu.
Puis, apparemment oublieux du tort qu'il avait causé
auparavant, il vint serrer la main de Bernie. Celui-ci prit
ensuite Jane dans ses bras, de la même façon qu'il la
portait quand elle avait cinq ans, et il l'embrassa tendre
ment.

— Je suis contente, papa, murmura-t-elle.

— Et moi donc, répondit-il, ému, en regrettant que Liz
ne fût pas là pour partager cet instant de bonheur.

Il regrettait aussi ne pas avoir légalisé plus tôt cette adoption, ce qui leur aurait épargné à tous beaucoup de chagrin et ces moments tellement pénibles. Chandler Scott n'aurait pu avancer aucun argument pour mettre la main sur la fillette. Mais il était trop tard pour pleurer. Tout était terminé et une vie nouvelle avait commencé pour eux. Grandma Ruth versa une larme en embrassant l'enfant et Bruce étreignit affectueusement son fils.

— Mes félicitations, mon garçon.

C'était comme s'il se mariait une seconde fois. Et pour fêter l'événement, ils allèrent déjeuner au Trader Vic. A table, Bernie passa le bras autour des épaules de sa fille et la serra contre lui puis, sans rien dire, glissa à l'un de ses doigts un petit anneau d'or surmonté d'une délicate perle fine. Jane posa un regard émerveillé sur le bijou et enfin sur son père.

— Papa, comme c'est joli !

Elle venait de se « fiancer » à lui et savait maintenant que personne ne pourrait les séparer.

— C'est toi qui es jolie, ma chérie. Et tu es une petite fille très, très courageuse.

Il fallait oublier cette aventure mexicaine et ne plus songer qu'à leur vie future. A cet instant, tous deux pensèrent à Liz et Bernie éprouva le bonheur immense de savoir que Jane était enfin devenue sa vraie fille.

34

Pour la première fois depuis deux ans, Bernie reprit ses voyages en Europe et il lui parut pénible de revoir Paris, Rome ou Milan sans Liz. Il se souvint du jour où il l'avait emmenée en France puis en Italie et de l'enthousiasme qui s'emparait d'elle lorsqu'elle achetait des vêtements dans les plus beaux magasins ou quand elle visitait les musées, et de son ravissement lors d'un dîner au Fouquet's ou chez Maxim's. Tout semblait tellement différent maintenant. Mais l'Europe était aussi son domaine, son cheval de bataille, et il se remit rapidement dans le bain. Il savait exactement ce qui était bon pour Wolff cette année et, lorsqu'il fit escale à New York sur le chemin du retour, il eut, au cours d'un déjeuner au Veau d'Or, un long et tranquille entretien avec Paul Berman. Ils discutèrent ensemble des projets de Bernie. Paul admirait la façon dont son protégé était parvenu à surmonter les drames qui l'avaient frappé et il avait l'intention de le faire rentrer bientôt sur New York. Personne d'acceptable ne s'était encore présenté pour assurer son remplacement à San Francisco, mais il pouvait lui assurer qu'avant la fin de l'année, il serait de retour dans sa ville natale.

— Cette perspective vous convient-elle, Bernie ?

— Tout à fait.

Mais il ne semblait plus y attacher autant d'importance qu'auparavant et venait même de revendre son ancien

appartement qui serait, de toute façon, devenu trop petit
pour eux tous. La personne qui le louait lui avait proposé
de l'acheter et il avait immédiatement accepté.

— Il va d'abord falloir que je trouve une école pour
Jane, mais chaque chose en son temps.

Bernie n'était plus pressé. Rien ne le poussait à revenir
à New York. Et Nanny et les enfants le suivraient, quoi
qu'il en soit.

— Je vous ferai savoir dès que nous aurons trouvé
quelqu'un susceptible de vous remplacer, affirma Paul.

Ce n'était pas facile de découvrir la personne adéquate
pour ce genre de travail. Il s'était déjà entretenu avec deux
femmes et un homme, mais aucun d'entre eux n'arrivait à
la cheville de Bernie. Ils n'avaient ni son expérience ni son
regard sur la mode. Et Paul ne voulait en aucun cas que la
succursale de San Francisco se transforme en un vulgaire
magasin de province.

Avant de reprendre l'avion pour San Francisco, Bernard vit brièvement ses parents et sa mère en profita pour
lui demander de lui envoyer les enfants afin qu'ils passent
l'été avec elle.

— Maman, tu n'as pas le temps de les avoir tous les
jours sur le dos et ils n'auront rien à faire dans cette ville
pendant trois mois.

Sans que Bernie lui en ait parlé, Ruth savait qu'il ne
voudrait pas retourner à Stinson Beach. Ce serait trop
pénible. Mais il ne savait où aller, ayant pris l'habitude de
s'y rendre chaque été depuis qu'il connaissait Liz.

— Nous en reparlerons quand je reviendrai, maman.

— Peut-être Jane voudrait-elle partir en colonie, cette
année ?

La petite avait plus de neuf ans, mais Bernie ne se
sentait pas prêt à la laisser passer ses vacances loin de lui.
Tous les deux avaient traversé des moments trop pénibles.
Liz n'était morte que depuis neuf mois et ce qui le choqua
le plus fut lorsque sa mère lui annonça que la fille de

Mme Rosenthal venait de divorcer et qu'elle vivait à présent à Los Angeles.

— Va la voir, de temps en temps, suggéra-t-elle.

Bernie la regarda comme si elle lui avait demandé de se promener dans la rue à moitié nu et une sourde colère monta en lui. Ruth n'avait pas le droit de se mêler de sa vie privée et encore moins de lui jeter des femmes dans les bras.

— Et pourquoi diable ferais-je cela ?

— Parce que c'est une très gentille fille.

— Et alors ? lâcha-t-il, furieux.

Le monde était plein de jolies filles, mais pas une seule ne valait Liz et il ne voulait de toute façon pas les connaître.

— Bernie... Il faut de temps en temps que tu sortes, que tu t'aères...

Ruth avait pris son courage à deux mains pour lui avouer ces pensées qui la travaillaient depuis la dernière fois où ils s'étaient vus à San Francisco.

— Je sors autant que je le désire.

— Ce n'est pas ce que je veux dire. Je parle des... filles.

Bernie eut soudain envie de lui conseiller de s'occuper de ses oignons. Elle ne faisait que remuer le couteau dans la plaie et il ne le supportait pas.

— Maman, j'ai trente-neuf ans. Les « filles » ne m'intéressent pas.

— Tu sais bien ce que je veux dire, chéri...

Elle le harcelait et Bernie ne voulait rien savoir. Les vêtements de Liz se trouvaient toujours dans sa penderie. Il l'ouvrait de temps à autre, simplement pour se souvenir et respirer cette odeur d'elle qui l'enveloppait encore complètement. Une marée de souvenirs envahissait alors sa mémoire et parfois, tard dans la nuit, il s'allongeait sur le lit et se laissait aller à pleurer.

— Tu es jeune encore. C'est le moment de penser un peu à toi.

Il voulait hurler que non, qu'il ne désirait pas penser à

lui mais à elle. S'il ne le faisait pas, il la perdrait pour toujours. Et il ne se sentait pas prêt à la laisser partir. Il ne le ferait d'ailleurs jamais. Il conserverait jusqu'à sa mort ce qui lui avait appartenu. Seuls lui restaient leurs enfants et ses souvenirs. Il ne voulait rien de plus. Et Ruth le savait.

— Je ne veux pas parler de cela avec toi.

— Il faut que tu commences à y penser, insista-t-elle d'une voix douce.

Mais Bernie détestait qu'elle ait ainsi pitié de lui. D'autre part, elle le poussait à bout avec ses conseils maternels.

— J'y penserai quand j'aurai envie d'y penser, maman, répliqua-t-il avec agressivité.

— Alors que vais-je dire à Mme Rosenthal ? Je lui ai promis que tu appellerais Evelyne quand tu rentrerais de la côte est.

— Dis-lui que je n'ai pas pu trouver son numéro.

— Ne sois pas égoïste. La pauvre fille ne connaît personne là-bas.

— Alors pourquoi s'est-elle installée à Los Angeles ?

— Elle n'avait aucun autre endroit où aller.

— Et pourquoi pas New York ?

— Elle voulait faire carrière à Hollywood... Elle est très jolie, tu sais. Elle était mannequin chez Ohrbach avant de se marier. Je crois que...

— Maman, non ! rugit-il en regrettant aussitôt son mouvement d'humeur.

Mais il ne se sentait pas prêt à refaire sa vie et ne pensait pas qu'il en serait question un jour. Il ne désirait plus connaître aucune autre femme. Jamais.

A son retour à San Francisco, ils fêtèrent ensemble le second anniversaire d'Alexandre. Mary avait organisé une petite réunion avec ses amis du parc et lui avait préparé un gâteau dans lequel il fourra ses doigts avec avidité, s'en emplissant la bouche et s'en barbouillant le visage, avant d'offrir à son père qui le filmait un immense sourire chocolaté. Après avoir reposé la caméra, Bernard éprouva soudain un coup de cafard en songeant à l'absence de Liz. Quel plaisir aurait-elle éprouvé à voir son fils si heureux! Et soudain, une foule de souvenirs envahit son esprit Le jour de la naissance d'Alexandre... L'accouchement... L'instant où il avait vu sortir ce petit être qui consacrait leur union... Puis cette vie qui s'échappait de cet autre être qu'il aimait tant... Quel caprice du destin! Et comme il avait du mal à l'assumer! Ce soir-là, il coucha lui-même son fils et s'en retourna dans sa chambre, se sentant plus seul que jamais. Sans vraiment penser à ce qu'il faisait, il se dirigea vers la penderie de Liz et, les yeux fermés, inhala son parfum qui lui apporta comme un souffle bienfaisant.

Le week-end, ne sachant que faire, il emmena les enfants faire un tour en voiture, Jane assise devant près de lui et Nanny bavardant derrière avec Alexandre sanglé dans son siège-auto. Il prit la direction du nord, vers les vignobles et, là-bas, tout lui parut incroyablement riche, vert et luxuriant. Mary leur raconta alors sa vie d'enfant dans la campagne écossaise.

— Cela ressemblait en fait beaucoup à ce paysage, fit-elle remarquer au moment où ils passaient devant une énorme ferme laitière aux arbres majestueux.

Jane semblait ravie de découvrir des chevaux, des moutons et des vaches dans les prés verdoyants et Alexandre hurlait de joie à chaque animal qu'il apercevait, essayant d'imiter le cri de chacun, ce qui les faisait tous rire de bon cœur.

— C'est joli par ici, papa, tu ne trouves pas? questionna Jane qui lui demandait son avis sur tout.

Les heures pénibles que leur avait fait subir Chandler Scott les avaient encore rapprochés.

— Oui, ça me plaît beaucoup, renchérit-il.

Leurs yeux se rencontrèrent et il lui sourit. Les vignobles s'étalaient à perte de vue, vivaces et solides, tandis que les petites maisons victoriennes ajoutaient au paysage leur charme d'antan. Et, tout d'un coup, Bernie se demanda pourquoi ils ne passeraient pas l'été, qui approchait, dans cet endroit idyllique. C'était si différent de Stinson Beach, ce serait pour eux un tel changement... Alors il demanda à Jane :

— Que dirais-tu de venir passer ici un week-end, pour voir si cela nous plaît ?

Lui aussi la consultait sur presque tout, un peu comme il l'aurait fait avec Liz. La fillette parut emballée, tandis que Nanny continuait de gazouiller avec Alexandre qui n'en pouvait plus d'excitation devant tout ce qu'il découvrait au-dehors. Bernie promit alors qu'ils viendraient ici le week-end prochain et descendraient dans un hôtel de Yountville.

Ce coin leur paraissait idéal. Le temps y était doux et chaud et la brume côtière qui enveloppait parfois Stinson Beach n'arrivait même pas jusqu'ici. L'herbe était épaisse, les arbres immenses, les vignes superbes et, la seconde fois où ils y allèrent, ils trouvèrent, à Oakville, la maison de leurs rêves. C'était une jolie bâtisse située non loin de la nationale sur une petite route tortueuse, et récemment restaurée par une famille qui venait de s'installer en France. Les propriétaires voulaient la louer pour quelques mois, le temps qu'ils décident de regagner ou non Napa Valley. Ce fut l'hôtelier qui la leur indiqua et Jane tapait déjà dans ses mains à l'idée d'y séjourner l'été durant, tandis que Nanny proclamait que ce serait l'endroit parfait pour élever une vache.

— Et est-ce qu'on pourra avoir des poules, papa ? Et une chèvre ? ajouta la petite, surexcitée.

— Attends un peu, déclara Bernie en riant de son enthousiasme. Nous ne démarrons pas un élevage, nous cherchons seulement une maison pour l'été.

Et l'endroit leur convenait à merveille. Avant de rentrer sur San Francisco, Bernard appela l'agence immobilière qui lui annonça un prix tout à fait raisonnable et ajouta qu'il pourrait louer la maison du premier juin jusqu'à début septembre. Il accepta toutes les conditions et signa immédiatement le contrat de location en versant des arrhes. Il avait trouvé où passer l'été qui arrivait et tous rentrèrent enchantés de cette nouvelle perspective.

Bernie n'avait pas voulu envoyer les enfants chez sa mère. Il les désirait près de lui. Il pourrait ainsi faire la navette entre Napa Valley et San Francisco, comme il le faisait pour Stinson Beach. La route était plus longue, mais pas de beaucoup.

— Je crois que cela vaut toutes les colonies, tu ne trouves pas ? observa-t-il devant sa fille.

— Oh si ! lâcha-t-elle, ravie. Et puis je ne voulais pas y aller. Tu crois que Grampa et Grandma viendront nous voir ici ?

— Bien sûr. Il y a suffisamment de place. Une chambre par personne et une pièce supplémentaire pour les invités.

Mais Ruth n'approuva pas du tout ce projet. C'était trop à l'intérieur des terres, probablement trop chaud et il y aurait certainement des serpents à sonnettes. Les enfants auraient été bien mieux à Scarsdale, chez elle...

— Maman, ils sont si contents. Et la maison est vraiment jolie.

— Et que feras-tu pour ton travail ?

— Je ferai la navette. Ce n'est qu'à une heure du magasin.

— Comme si tu avais besoin de ça...

Elle mourait d'envie de lui reparler d'Evelyne Rosenthal, mais n'osait pas. La pauvre fille se trouvait si seule à Los Angeles qu'elle songeait déjà à revenir à New York... C'était exactement la fille qu'il lui fallait. Pas aussi bien que Liz, mais bien tout de même. Et bonne mère. Elle avait deux enfants, un garçon et une fille. Après tout, pourquoi n'en parlerait-elle pas à Bernie ? C'était peut-être le moment...

— Tu sais que j'ai parlé à Linda Rosenthal, aujourd'hui. Sa fille se trouve toujours à Los Angeles.

Bernie n'en croyait pas ses oreilles. Comment pouvait-elle insister de la sorte ? Après avoir prétendu tellement aimer Liz... Cela le rendit furieux.

— Je te l'ai déjà dit, cela ne m'intéresse pas, rétorqua-t-il d'une voix sèche.

Penser à une autre femme lui faisait tout simplement mal au cœur.

— Mais pourquoi pas ? C'est une jolie fille. Elle...

Avec colère, il l'interrompit.

— Je raccroche, maintenant.

Ce sujet était encore trop brûlant pour Bernie et Ruth se sentit désemparée.

— Je suis désolée. Je pensais que...

— Ne pense rien, ça vaudra mieux.

— J'imagine que ce n'est pas le moment, soupira-t-elle.

Cette réflexion le rendit encore plus nerveux.

— Ce ne le sera jamais, maman. Je ne retrouverai jamais quelqu'un comme elle.

Il sentit ses yeux s'humidifier et, au bout du fil, Ruth était aussi près de pleurer.

— Il ne faut pas penser comme cela.

Sa voix était douce et de grosses larmes lui coulaient sur les joues ; des larmes de peine pour le chagrin dont son fils ne pouvait se défaire et pour le chagrin que cela lui occasionnait.

— Si, je pense comme cela, articula-t-il d'une voix à peine audible. Elle représentait tout ce que je pouvais désirer. Jamais plus je ne rencontrerai une femme comme elle.

— Tu trouveras quelqu'un de différent, que tu pourras aimer autant, mais d'une autre manière. Au moins, sors un petit peu.

— Cela ne m'intéresse pas, maman. Je préfère rester avec les enfants.

— Un jour, ils seront grands. Et ils partiront. Comme toi.

Mais Ruth avait encore Bruce. A cette pensée, elle se sentit légèrement coupable de le tanner ainsi.

— J'ai encore au moins seize ans devant moi. Ce n'est pas cela qui me préoccupe.

Elle ne voulait plus l'ennuyer avec ces histoires et ils se mirent à parler de la maison qu'il allait louer à Napa Valley.

— Jane voudrait que tu viennes nous voir cet été.

— D'accord, d'accord... Je viendrai.

Et lorsqu'elle vint leur rendre visite, le pays lui plut beaucoup. C'était le genre d'endroit où l'on pouvait se laisser aller, ne pas s'occuper de sa coiffure et marcher dans les champs, s'étendre sur un hamac à l'ombre des arbres géants et regarder le ciel. Il y avait même un petit ruisseau dans le bas de la propriété, et ils pouvaient se promener les pieds dans l'eau, comme Bernie le faisait dans les Catskills, lorsqu'il était encore petit garçon.

Ruth passait de longs moments à regarder les enfants jouer dans l'herbe, et elle observait aussi son fils. Pour la première fois depuis longtemps, elle eut l'impression qu'il allait mieux. Cet endroit était idéal pour eux, finit-elle par admettre avant de les quitter. Bernie paraissait plus heureux qu'auparavant. Jane et Alexandre aussi.

En repartant, elle devait passer par Los Angeles pour retrouver Bruce qui participait à un congrès médical à Hollywood. De là, ils iraient retrouver des amis à Hawaii. Elle rappela Evelyne au bon souvenir de Bernie qui, cette fois, ne fit qu'en rire.

— Tu n'abandonneras jamais, maman, n'est-ce pas ? dit-il d'un ton enjoué.

— D'accord, d'accord, lâcha-t-elle en l'embrassant chaleureusement à l'aéroport.

Puis elle l'examina une dernière fois. Pour elle, il était toujours ce fils grand et beau, mais elle discernait chez lui quelques cheveux blancs qui n'existaient pas auparavant, sans parler des rides au coin des yeux et du regard qui restait triste. Liz avait disparu depuis presque un an et il se sentait toujours en deuil. Mais au moins l'amertume avait-elle disparu. Il n'en voulait plus à sa femme de l'avoir

quitté. Il n'était que terriblement seul. En Liz, il avait
perdu à la fois une épouse et une amie.
— Prends bien soin de toi, mon chéri, soupira-t-elle.
— Toi aussi, maman.
Bernard l'étreignit encore et lui fit un signe d'adieu
lorsqu'elle entra dans l'avion. Ils s'étaient fortement
rapprochés ces deux dernières années, mais à quel prix...
Il était encore difficile de se représenter réellement ce qui
leur était arrivé. En rentrant vers Napa, il repensa à Liz.
Et dire qu'elle était morte... Il ne parvenait pas encore à
concevoir qu'elle ne reviendrait plus. Jamais... Ce mot
était impossible à comprendre.
Il songeait encore à elle en arrivant devant la maison
d'Oakville. Nanny l'attendait devant la porte. Il était dix
heures du soir et tout semblait calme. Jane s'était endormie en lisant L'Etalon Noir.
— Je ne crois pas qu'Alexandre aille très bien, monsieur
Bernie se figea. Ses enfants comptaient tellement pour
lui
— Qu'a-t-il ?
Le petit garçon avait deux ans et n'était encore qu'un
bébé à ses yeux, du fait qu'il n'avait pas de maman.
— Je crois que je l'ai laissé trop longtemps dans la
piscine, avoua-t-elle, l'air coupable. Il se plaignait de son
oreille en se couchant. Je lui ai mis des gouttes, mais cela
n'a pas servi à grand-chose. Il faudrait peut-être aller chez
le docteur demain matin, s'il ne se sent pas mieux.
— Ne vous inquiétez pas, répliqua-t-il tranquillement.
Cette femme était tellement consciencieuse qu'il ne
s'imaginait plus vivre sans elle et il remerciait le ciel de
l'avoir trouvée. Il tremblait encore en repensant à la nurse
suisse carrément sadique ou à la Norvégienne, crasseuse et
puante, qui osait porter les vêtements de Liz.
— Il ira bien demain, Nanny. Allez vous coucher.
— Voulez-vous un peu de lait tiède pour vous aider à
dormir ?

— Non, ça ira, merci.

Mary avait bien remarqué qu'il veillait chaque soir très tard, errant dans la maison, incapable de se coucher. Quelques jours auparavant avait eu lieu l'anniversaire de la mort de Liz et elle savait combien cela lui avait été pénible. Mais au moins Jane ne faisait-elle plus de cauchemars. Cette nuit pourtant, ce fut le petit Alexandre qui s'éveilla en pleurant vers quatre heures du matin. Bernie venait de se mettre au lit. Il enfila rapidement une robe de chambre et se rendit dans la chambre de l'enfant où il trouva Nanny en train de le bercer et tâchant de le réconforter, mais en vain.

— Toujours ses oreilles? demanda-t-il à la nurse qui acquiesça. Peut-être devrais-je appeler le docteur?

— Je crois qu'il vaudrait mieux l'emmener à l'hôpital. Il a trop mal, il ne faut pas attendre plus longtemps. Pauvre petit bonhomme...

Elle lui embrassa le front et les joues et il s'accrocha désespérément à elle, tandis que son père s'agenouillait devant lui pour observer cet enfant qui, tout à la fois, lui réchauffait et lui brisait le cœur, simplement parce qu'il ressemblait tellement à sa mère.

— Tu te sens mal fichu, hein, mon grand?

Alexandre le regarda d'un air triste et s'arrêta de pleurer, mais pas pour longtemps.

— Tu viens avec moi? fit Bernie en lui tendant les bras.

L'enfant se blottit contre lui. Il avait une forte fièvre et ne pouvait même pas supporter qu'on lui effleure la partie droite du visage. Nanny avait raison. Il se résolut à l'emmener à l'hôpital où le pédiatre de San Francisco lui avait donné le nom d'une personne de confiance, au cas où l'un de ses enfants aurait un accident ou tomberait malade. Il partit s'habiller puis chercha dans son tiroir la carte qui indiquait le nom du Dr Jones et son numéro de téléphone. Il appela et eut le service de garde qui lui apprit que le médecin se trouvait déjà dans l'établissement pour une urgence.

— Pourrais-je le voir ? Mon fils souffre terriblement d'une oreille.

Le petit souffrait d'otites depuis quelque temps et une piqûre de pénicilline suffisait généralement à le soulager, sans compter l'amour de sa sœur, de sa nounou et de son père.

— Ne quittez pas, s'il vous plaît, répondit l'opératrice.

— Elle ajouta presque aussitôt : — C'est d'accord. Le docteur veut bien vous voir.

Bernie nota la route à prendre puis alla chercher Alexandre et le plaça doucement dans son siège-auto. Nanny devait rester à la maison auprès de Jane, aussi y alla-t-il seul après que la nounou eut recouvert l'enfant d'une couverture et lui eut apporté son ours. Elle serra les poings en refermant la portière ; elle détestait se séparer ainsi du petit.

— Je n'aime pas vous voir partir seul, monsieur.

Elle roulait toujours davantage les R le soir, lorsqu'elle était fatiguée, ce qui n'était pas pour déplaire à Bernie.

— Mais je ne peux vraiment pas laisser Jane ; elle aurait trop peur si elle se réveillait sans personne près d'elle.

Tous deux étaient parfaitement conscients du fait que la petite s'effrayait pour un rien depuis son enlèvement.

— Je sais bien, Nanny. Tout ira bien. Nous serons rentrés dès que possible.

Il était quatre heures et demie lorsque Bernard démarra dans la nuit. Il conduisit aussi vite qu'il pût et arriva à cinq heures moins dix. La route était longue entre Oakville et Napa, et Alexandre pleurait encore quand son père le prit doucement dans ses bras et l'emmena directement aux urgences. Il l'installa lui-même sur la table d'examen et la lumière était si vive que l'enfant détourna la tête.

Bernie s'assit à son côté et lui posa une main protectrice sur le ventre au moment où entrait une longue jeune femme aux cheveux si noirs qu'ils en avaient des reflets bleutés. Elle portait un jean et un pull-over à col roulé et paraissait presque aussi grande que lui. « On dirait une

Indienne », pensa-t-il immédiatement. Mais elle avait les yeux aussi bleus que ceux de Jane... et de Liz. Elle leur sourit gentiment et, d'un air las, il expliqua qu'il attendait le Dr Jones. Il ignorait qui était cette femme, croyant seulement qu'elle était une aide-soignante employée aux urgences.

— Je suis le Dr Jones, précisa-t-elle aimablement.

Sa voix était basse et accueillante. Malgré sa taille et son évidente compétence, elle paraissait sensible autant que chaleureuse. La façon dont elle se mouvait était à la fois rassurante et sexy. Elle fit doucement tourner Alexandre sur le côté et examina son oreille douloureuse tout en lui parlant avec douceur. Elle bavardait, le distrayait et levait de temps à autre les yeux sur Bernie, pour lui donner également confiance.

— Il a une otite à l'oreille droite et la gauche est aussi enflammée.

Elle inspecta également sa gorge, ses amygdales et son ventre pour s'assurer qu'il n'y avait pas de complication de ce côté, puis elle lui fit une piqûre de pénicilline. Alexandre pleura un petit peu mais cessa lorsqu'elle lui gonfla un ballon bleu. Avec la permission de Bernie, elle lui offrit ensuite une sucette qui produisit exactement l'effet escompté. Enfin, elle le rendit à son père qui l'installa sur ses genoux en attendant patiemment l'ordonnance qu'elle lui prescrivait. Elle le mit sous antibiotiques pour une durée de dix jours et ajouta un peu d'aspirine, au cas où la douleur serait trop pénible jusqu'au lendemain.

— En fait, dit-elle en regardant Alexandre, nous allons t'en donner tout de suite. Il n'y a pas de raison pour que tu restes dans cet état.

Ses cheveux noirs se balançant souplement sur ses épaules, le Dr Jones disparut et revint quelques minutes plus tard avec un verre d'eau sucrée dans lequel elle avait écrasé un comprimé. Alexandre ingurgita le médicament sans rechigner, puis, après un soupir, se cala dans les bras de son père, lécha sa sucette quelques instants et finit par s'endormir. Bernie l'observa d'un air attendri puis leva vers la jeune femme des yeux pleins de reconnaissance. Elle avait le regard chaleureux d'une femme qui sait se dévouer pour les autres.

— Merci, dit simplement Bernard en caressant les cheveux bouclés de son fils. Vous avez été merveilleuse avec lui.

Ses enfants comptaient tellement pour lui que toute attention témoignée à leur égard lui allait droit au cœur.

— Je suis venue ici pour soigner une autre otite, il y a une heure seulement.

Elle pensa soudain qu'il était bien agréable pour une fois que ce soit un papa qui amène son enfant à la place de la traditionnelle maman. Celui-ci semblait épuisé et complètement impuissant devant le mal de son petit garçon et cette attitude la touchait profondément. Mais elle se garda bien de le lui faire remarquer. Peut-être était-il divorcé et n'avait-il donc pas le choix.

— Vous habitez Oakville? demanda-t-elle en lisant son adresse sur le formulaire qu'il venait de remplir.

— Non, San Francisco. Nous avons juste loué une maison pour l'été.

— Mais vous venez de New York?

— Comment avez-vous deviné? interrogea-t-il avec un sourire en coin.

— Je suis de l'Est également. De Boston. Mais l'accent new-yorkais est reconnaissable.

— Celui de Boston également, plaisanta Bernie.

— Depuis combien de temps habitez-vous San Francisco?

— Quatre ans.

— Et moi, expliqua-t-elle, je suis venue ici pour faire ma médecine à Stanford et je ne suis jamais rentrée. Cela fera quatorze ans.

Elle avait trente-six ans, d'excellentes références et il aimait son allure. Elle semblait intelligente et douce et l'étincelle qui pétillait dans son regard indiquait un sens de l'humour certain. Elle observait intensément Bernie. Ses yeux lui plaisaient.

— Napa est un endroit très agréable à vivre, déclara-t-elle en baissant la tête vers le visage angélique de l'enfant qui dormait. Enfin... Ramenez-le-moi dans deux jours. J'ai un cabinet à Saint Helena, qui se trouve plus près de chez vous que cet hôpital.

Elle jeta un coup d'œil à la pièce aseptisée et fit la grimace. A moins d'une urgence telle que celle-ci, elle n'aimait guère voir les enfants dans ce type d'endroit.

— Il est rassurant de vous savoir aussi proche, avoua Bernie. Avec les enfants, on ne sait jamais quand on aura besoin d'un médecin.

— Combien en avez-vous?

Sans doute était-ce la raison pour laquelle sa femme n'était pas venue, songea-t-elle. Peut-être avaient-ils dix gamins et devait-elle rester avec eux. Cette pensée l'amusa. Une de ses patientes en avait huit et elle l'aimait beaucoup.

— Deux, répondit Bernie. Alexandre et une petite fille de neuf ans, Jane.

Ce jeune papa était décidément sympathique, d'autant plus que son regard s'éclairait lorsqu'il parlait de ses enfants. Autrement, il avait plutôt l'air triste d'un saint-bernard, pensa-t-elle en regrettant aussitôt cette réflexion moqueuse. C'était un très bel homme chez qui elle aimait la façon de se mouvoir, de parler, la barbe...

« Du calme », se dit-elle soudain en lui tendant l'ordonnance et lui prodiguant les derniers conseils. Son fils dans les bras, Bernard la quitta enfin. Prête à partir, la jeune femme se rendit alors dans le bureau de l'infirmière de garde et lui expliqua en riant :

— Il va falloir que je cesse ces consultations de nuit. A cette heure-là, les papas me plaisent un peu trop.

Elle plaisantait, bien sûr. Le Dr Jones était toujours très sérieuse avec ses patients et leurs parents... Elle sortit à son tour, monta dans la petite Austin Healy qu'elle

possédait depuis ses premières années d'études et rallia
Saint Helena, le toit ouvert, en humant l'air de la nuit. En
chemin, elle doubla la voiture de Bernie, qui conduisait
plus doucement. Elle lui fit un signe de la main, auquel il
répondit volontiers. Il y avait décidément quelque chose
qu'il aimait chez cette femme, mais il ignorait quoi.

Alors que le soleil pointait derrière les montagnes, il
arriva enfin devant leur maison, et il se sentait heureux
comme il ne l'avait pas été depuis très, très longtemps.

35

Deux jours plus tard, Bernard amena son fils au Dr Jones, mais au cabinet médical, cette fois. Celui-ci se trouvait dans une petite maison ensoleillée, située en bord de ville. La jeune femme partageait les locaux avec un autre médecin et vivait au premier étage, au-dessus de son cabinet. Une fois de plus, Bernie fut impressionné par la façon dont elle se comportait avec l'enfant et il l'apprécia tout autant. Peut-être même davantage... Elle portait une blouse blanche par-dessus son jean et gardait une simplicité naturelle. Elle était toujours aussi attentionnée et à l'aise avec son petit patient, et ses yeux reflétaient la même chaleur que l'avant-veille.

— Ton oreille me paraît en bien meilleur état, commenta-t-elle. Mais tu ferais mieux de rester éloigné de la piscine pour quelque temps, mon bonhomme...

Elle passa les doigts dans les cheveux d'Alexandre et, l'espace d'un instant, apparut à Bernie plus comme une maman que comme un médecin. Son cœur bondit à cette pensée qu'il s'empressa de chasser de son esprit.

— Dois-je vous le ramener encore une fois ?

Elle fit un signe de tête négatif et Bernie se sentit presque déçu qu'elle n'ait pas répondu oui. Puis il s'en voulut de penser de la sorte. Elle était plaisante, intelligente et avait bien soigné Alexandre, voilà tout. Et si le

petit devait revenir la voir un jour, Nanny l'accompagne-
rait elle-même. Ce serait plus sûr... Il se surprit malgré
tout à admirer sa chevelure de soie et ses yeux bleus qui lui
rappelaient tellement ceux de Liz.
— Je ne crois pas que ce soit nécessaire. Mais j'ai
besoin de quelques renseignements sur lui, pour compléter
son dossier. Quel âge a-t-il au juste ?
Elle lui souriait gentiment et, évitant son regard,
Bernard essayait de paraître indifférent, comme s'il pen-
sait à tout autre chose. Ces yeux... Ils étaient si bleus...
Comme les siens... Il dut faire un effort pour répondre à sa
question.
— Deux ans et deux mois.
— Sa santé est-elle généralement bonne ?
— Oui.
— Ses vaccins sont-ils à jour ?
— Oui.
— Quel est son pédiatre en ville ?
Il l'indiqua en songeant qu'il était plus aisé de parler de
ces choses. Il n'avait même pas besoin de la regarder s'il
n'en avait pas envie.
— Les noms des autres membres de la famille ?
Elle écrivait tranquillement, d'une manière appliquée
qui n'échappa pas à son client.
— Si j'ai bonne mémoire, vous vous appelez M. Ber-
nard Stern...
— Oui. Et Alexandre a une grande sœur prénommée
Jane et qui a neuf ans.
— Oui, je m'en souviens. Et puis ?
— C'est tout.
Il aurait bien voulu avoir un ou deux autres enfants de
Liz mais ils n'en avaient guère eu le temps avant de
découvrir qu'elle avait un cancer.
— Le nom de votre femme ?
Quelque chose dans les yeux de Bernie lui suggéra que
cette évocation lui faisait mal et elle pensa aussitôt à un
divorce sordide. Mais il secouait la tête, cette question

soudaine le remuant jusqu'au plus profond de lui-même, comme un coup qu'il n'aurait pu parer.

— Non... Non... Elle n'est pas...

Surprise, le médecin l'observa un instant.

— Elle n'est pas quoi ? interrogea-t-elle doucement.

— Elle n'est pas... elle est morte... dit-il d'une voix pratiquement inaudible.

Elle comprit tout d'un coup la peine qu'elle venait de lui causer et regretta aussitôt d'avoir insisté. Le chagrin d'un décès était une chose contre laquelle elle n'avait jamais pu s'immuniser.

— Je suis désolée... lâcha-t-elle en dirigeant son regard vers l'enfant.

Comme ce devait être terrible pour eux, spécialement pour la fillette ! Au moins Alexandre était-il trop jeune pour comprendre. Et ce père qui avait l'air si bouleversé à présent..

— Je regrette de vous avoir demandé cela, répéta-t-elle, confuse.

— Je vous en prie. Vous ne pouviez pas savoir.

— Quand est-elle décédée ?

Cela ne pouvait faire très longtemps, si Alexandre n'avait que deux ans. Elle eut une pensée émue pour eux tous et sentit ses yeux s'embuer.

— En juillet dernier.

Il avait visiblement trop de peine pour en dire davantage et elle termina son interrogatoire, le cœur lourd d'avoir éveillé de si pénibles souvenirs. Il paraissait brisé lorsqu'il en parlait. Longtemps encore après leur départ, le Dr Jones resta troublée d'avoir vu Bernie affligé de la sorte. Elle pensa à lui tout le reste de l'après-midi et fut très étonnée de le rencontrer au supermarché, à la fin de la semaine.

Alexandre était, comme d'habitude, assis dans le chariot et Jane marchait près de son père. Elle commentait tout ce qu'ils apercevaient dans les rayons, tandis que le petit garçon pointait sa menotte vers les bonbons étalés sous ses yeux et hurlait son désir. A leur vue, la jeune femme sourit. Ils n'avaient pas l'air aussi tristes qu'elle se l'imaginait, mais plutôt heureux.

— Eh bien, bonjour. Comment va notre petit bonhomme ? dit-elle en caressant la joue d'Alexandre.

— Nettement mieux. Je crois que les antibiotiques y sont pour beaucoup.

— Parfait. Il a l'air en pleine forme.

— Oui. Il a retrouvé toute son énergie, fit Bernie avec un sourire.

Elle remarqua le short beige qui dévoilait des jambes bronzées et musclées et tenta aussitôt de refouler cette pensée, mais en vain. C'était vraiment un bel homme. De son côté, Bernie faisait les mêmes constatations. Elle portait encore un jean, une chemise sport bleu pâle et des espadrilles rouges. Sa chevelure noire brillait de mille feux. Jane la regardait d'un air intrigué, se demandant qui elle était.

Bernie finit par les présenter l'une à l'autre, et la petite tendit une main raide, comme si elle avait peur de la donner à une étrangère. D'intrigué, son regard devint soupçonneux, et elle ne rouvrit la bouche qu'une fois installée dans la voiture.

— Qui c'était ?

— Le docteur chez qui j'ai amené Alexandre, l'autre nuit.

Bernie avait répondu de l'air le plus naturel du monde, mais il se sentait revenu trente ans en arrière, en train d'argumenter avec sa mère. C'était tellement semblable qu'il ne put s'empêcher de rire. Ruth lui aurait posé exactement les mêmes questions.

— Et pourquoi est-ce que tu l'as emmené chez celle-là ?

Il se demanda pourquoi Jane éprouvait une telle antipathie pour le Dr Jones. Jamais il ne l'aurait crue jalouse.

— C'est le Dr Wallaby qui m'a donné son numéro avant que nous venions ici, au cas où l'un de vous serait malade, comme Alexandre justement. Et j'ai été très content de la trouver. Elle a été très gentille de nous recevoir en pleine nuit à l'hôpital. En fait, elle se trouvait déjà là-bas pour quelqu'un d'autre, ce qui en dit long sur elle.

Il se souvint aussi qu'elle avait fait ses études à Stanford, une université très réputée.

Jane marmonna deux ou trois mots inaudibles, puis se tut. Et lorsque, quelques semaines plus tard, ils se trouvèrent de nouveau nez à nez avec le Dr Jones, la fillette ne prit même pas la peine de lui dire bonjour. Une fois dans la voiture, Bernie la réprimanda.

— Tu n'as pas été très gentille avec elle, tu sais ?

— Qu'est-ce qu'elle a de si bien ?

— Eh bien, c'est un docteur dont tu pourrais avoir besoin un jour. Par ailleurs, elle ne t'a rien fait, bon sang. Tu n'as aucune raison de te montrer impolie avec elle.

Heureusement encore qu'Alexandre l'appréciait. Lorsqu'il l'avait aperçue, il avait lancé un grand cri de joie qui s'était entendu dans tout le magasin. Le petit se souvenait parfaitement d'elle et elle fut ravie de le revoir. Elle avait même une sucette qu'elle lui donna en disant qu'il pouvait l'appeler par son prénom, Meg. Quant à Jane, elle avait carrément refusé la sucette qui lui était destinée mais Megan n'avait pas paru s'en formaliser.

— Allons, sois gentille avec elle, ma chérie. Fais un effort.

Depuis quelque temps, Bernie la trouvait particulièrement sensible et il se demandait si elle grandissait ou si c'était la mort de Liz qui continuait de l'obséder. Nanny prétendait que c'était un peu des deux et il la soupçonnait d'avoir raison une fois de plus. Mary était devenue leur soutien et Bernie sentait qu'il lui en resterait éternellement reconnaissant.

Il ne rencontra plus Megan jusqu'à une soirée à laquelle il fut invité le jour du Labor Day, le quatre septembre. Cela faisait bien trois ans qu'il ne s'était pas rendu à une réception de ce genre, avant que Liz ne tombe malade. Mais l'agent immobilier qui lui avait loué la maison insista tellement pour qu'il vienne au barbecue qu'il faisait ce soir-là, que Bernie s'en serait voulu de ne pas y assister, ne serait-ce que quelques instants.

Il s'y rendit donc avec l'impression d'être le nouveau venu, l'étranger, qui ne connaît absolument personne et détonne avec sa tenue trop habillée. Tout le monde portait jean et tee-shirt, alors que lui avait revêtu un pantalon de lin clair et une chemise bleu pâle. Il se sentait complètement déplacé et son embarras redoubla lorsque son hôte lui tendit une bière en lui demandant à quelle soirée il avait ensuite l'intention de se rendre.

Bernard ne put qu'en rire et haussa les épaules.

— J'imagine que je travaille depuis trop longtemps dans un magasin de mode.

L'agent le prit alors à part et lui proposa de garder la maison pendant quelque temps, s'il le désirait. Les propriétaires devaient rester à Bordeaux plus longtemps que prévu et suppliaient leur locataire de rester dans leur villa.

— Je dois avouer que cela ne me déplairait pas, Frank.

Son nouvel ami lui suggéra alors de reconduire la location d'un mois sur l'autre et lui assura que la vallée était encore plus belle sous les chaudes couleurs de l'automne.

— Les hivers ne sont même pas rigoureux, ajouta-t-il. Et il serait idéal pour vous de pouvoir venir ici quand vous en avez envie, d'autant que le loyer reste raisonnable.

Bernie lui sourit aimablement malgré son désir de quitter au plus vite cette soirée.

— Ma foi... pourquoi pas?

— Frank essaierait-il de vous vendre un vignoble? demanda alors une voix familière suivie d'un rire cristallin.

Bernie se retourna pour découvrir les somptueux cheveux noirs encadrant ces mêmes yeux bleus qui l'avaient charmé au premier regard. Megan Jones était, ce soir, absolument ravissante. Elle portait une jupe gitane blanche, des espadrilles de la même couleur et un boléro rouge vif qui faisait ressortir son teint hâlé.

Elle lui parut d'un coup si belle que cela le mit mal à l'aise. Il était plus facile de l'imaginer en jean et en blouse de médecin. Ses fines épaules dénudées le captivaient et il dut user de toute son énergie pour reporter son attention sur son visage. Mais un autre piège l'attendait. Ses yeux lui rappelaient trop ceux de Liz. Pourtant, ils étaient différents. Plus ronds, plus sages. Megan était tout simplement un autre type de femme. Il y avait chez elle une sorte de compassion qui la faisait paraître plus vieille que son âge, ce qui, dans sa profession, se rencontrait souvent.

Bernard essaya de fuir cette apparition et fut surpris de constater que cela lui était impossible.

— Frank vient seulement de prolonger mon contrat de location, expliqua-t-il tranquillement.

Megan remarqua que, si sa bouche souriait, ses yeux restaient sérieux, tristes et froids, comme s'ils voulaient faire comprendre aux gens qu'ils devaient garder leurs distances. Son chagrin était encore trop récent pour être partagé et elle devinait aisément les sentiments qui lui occupaient l'esprit.

— Cela veut-il dire que vous allez rester parmi nous ? demanda-t-elle, visiblement intéressée, en sirotant son vin blanc.

— Pendant les week-ends au moins, oui. Les enfants adorent cet endroit et Frank m'assure que le pays est merveilleux en automne.

— C'est vrai. C'est pourquoi je n'arrive pas à décoller d'ici. C'est le seul lieu où l'automne ressemble vraiment à l'automne. Les feuilles prennent une couleur dorée, la vallée entière devient rouge et ocre. C'est superbe.

Bernie essayait de se concentrer sur ce qu'elle disait mais n'avait d'yeux que pour ses épaules nues et ses yeux bleus. Il lui semblait que son regard pénétrait le sien, comme si elle désirait communiquer plus profondément avec lui.

— Qu'est-ce qui vous a décidée à rester ici ? hasarda-t-il.

Megan haussa les épaules. Sa peau lisse et dorée le fascinait. Gêné, il baissa les yeux et se servit une autre bière.

— Je ne sais pas. Je ne pouvais simplement pas m'imaginer retournant à Boston et devenant sérieuse pour le restant de mes jours.

Une lueur espiègle dansa à nouveau dans son regard et le timbre de son rire le fit frissonner.

— Boston, ennuyeux?

Il avait décidément belle allure et Megan se risqua à lui poser une question personnelle, en dépit de ce qu'elle savait déjà de lui.

— Et pourquoi vous trouvez-vous à San Francisco et non à New York?

— Un tour du destin. Le magasin pour lequel je travaille m'a envoyé ici pour y ouvrir une succursale.

Bernie souriait en racontant cela, mais son regard s'assombrit aussitôt en pensant à la raison pour laquelle il était resté. Liz mourante...

— Et puis je me suis trouvé cloué ici, termina-t-il.

— Alors, vous êtes ici pour de bon?

— Je ne crois pas que je resterai encore longtemps. Il est probable que je retournerai à New York dans le courant de l'année prochaine.

Megan eut aussitôt l'air désolé, ce qui ne fut pas pour déplaire à Bernie. Et brusquement, il se sentit heureux d'être venu à cette soirée.

— Et que pensent les enfants de votre retour sur la côte est?

— Je ne sais pas. Ce sera pénible pour Jane. Elle a toujours vécu ici et il lui sera difficile de changer d'école et de se faire de nouveaux amis.

— Oh, elle s'y fera.

Megan le sondait du regard, désireuse d'en savoir plus. Il appartenait à cette catégorie d'hommes que l'on a envie de mieux connaître. D'où viennent-ils? Où vont-ils? Ce type d'hommes que l'on rencontre rarement, chaleureux,

solide, réel mais intangible. Et lors de sa dernière entrevue, au cabinet médical, elle avait compris pourquoi. Elle
aurait aimé le faire sortir de sa coquille, lui parler
vraiment, mais comment?

— Au fait, pour quel magasin travaillez-vous?

— Wolff, articula-t-il modestement.

Cette réponse la fit rire aux éclats. Pas étonnant qu'il
soit vêtu ainsi. Il avait tout à fait le style d'un homme qui
évolue journellement dans le milieu de la haute couture,
mais tout en gardant une sorte de simplicité masculine qui
plaisait à Megan. A dire vrai, il lui plaisait par bien des
côtés.

— C'est un très beau magasin, commenta-t-elle. J'y vais
tous les deux ou trois mois, juste pour prendre l'escalator
et admirer les nouveautés. Ici, la mode n'est pas tellement
une préoccupation.

Bernie l'écoutait attentivement, comme s'il partageait
déjà des projets secrets avec la jeune femme.

— J'ai toujours voulu, expliqua-t-il, posséder un magasin dans un endroit tel que celui-ci. Un simple petit
magasin de campagne où l'on trouverait de tout, de la
chaussure de sport à la tenue de soirée, mais exclusive-
ment des articles de qualité. Les gens qui vivent ici n'ont
pas le temps de parcourir cent cinquante kilomètres pour
s'acheter une jolie robe ou un beau costume. Je crois
qu'un gros établissement n'aurait pas sa place ici. Ce qui
marcherait serait plutôt quelque chose de petit mais de
bon goût. Vous ne croyez pas?

Bernard parlait avec un enthousiasme qui gagnait
Megan.

— Mais on n'y trouverait que le meilleur, insista-t-il, et
en petites quantités. Tenez : une de ces maisons victoriennes par exemple, que l'on transformerait en un joli
magasin.

Plus il y songeait, plus cette idée se faisait nette dans son
esprit.

— Enfin... Ce ne sont que des rêves. Une fois lancé, il est difficile de s'arrêter, dit-il en riant.

Megan joignit son rire au sien. Elle aimait l'éclair de ses yeux lorsqu'il délirait sur des projets fous.

— Mais vous savez que vous avez raison ? Nous n'avons aucun commerce ici, mis à part quelques pauvres boutiques qui ne valent pas la peine qu'on en parle. Et il y a beaucoup d'argent dans le coin, l'été surtout, mais le reste de l'année aussi, avec les vignobles.

— Oui... mais où trouverais-je le temps ? Et je vais bientôt devoir rentrer à New York. Enfin... il n'est pas interdit de rêver...

Cela faisait si longtemps qu'il n'avait pas rêvé. De rien. De personne. Et Megan s'en rendait parfaitement compte. Elle prenait beaucoup de plaisir à bavarder avec lui et son idée de magasin lui plaisait. Mais, davantage encore, elle l'appréciait, lui. C'était un homme inhabituel, à la fois chaleureux et discret, qui possédait la douceur des gens forts. Elle aimait cela.

Bernie remarqua l'appareil qu'elle portait à la ceinture et lui demanda à quoi il servait. Parler d'un magasin mythique lui semblait quelque peu frivole, bien que cela intéressât Megan plus qu'il ne l'imaginait.

— Je suis de garde quatre nuits par semaine, expliqua-t-elle, et je travaille à mon cabinet six jours sur sept. Ce petit récepteur me réveille — quand je ne suis pas déjà en train de bâiller sous le nez d'un patient par manque de sommeil. Il me prévient que l'on a cherché à me joindre pour une urgence quelconque, et me donne le numéro de téléphone de mon correspondant que je peux ainsi joindre à mon tour. Vous voyez, c'est tout bête.

Bernie en resta impressionné. Cette femme qui travaillait dur poussait la conscience professionnelle jusqu'à emporter son petit récepteur avec elle, lorsqu'elle était invitée. Il remarqua également qu'elle avait refusé un second verre de vin.

— Nous ne manquons pas seulement de magasins, mais

de médecins aussi. Mon collègue et moi sommes les seuls pédiatres sur trente kilomètres à la ronde, ce qui est relativement peu. Parfois, il nous arrive d'être terriblement pris, comme la nuit où vous êtes arrivé à l'hôpital avec votre fils. Alexandre était mon troisième petit patient souffrant des oreilles. J'avais vu le premier à mon cabinet et le second venait de quitter les urgences lorsque vous vous êtes annoncé. Ce n'est pas cela qui m'assurera une petite vie bien rangée à la maison. Malgré tout, Megan ne semblait pas se plaindre de cette situation. Elle paraissait heureuse autant que satisfaite et il était évident qu'elle adorait son métier. En parler la rendait rose de plaisir. Et Bernie avait beaucoup aimé sa façon de soigner Alexandre tout en le rassurant.

— Qu'est-ce qui vous a dirigée vers la médecine ?

Cela demandait une telle dévotion qu'il avait toujours admiré les gens qui embrassaient cette carrière, sans jamais les envier pourtant. Depuis sa plus tendre enfance, il savait qu'il ne pourrait pas suivre les traces de son père.

— Mon père est médecin, expliqua-t-elle. Il est obstétricien, ce qui ne m'a jamais tentée. Mais devenir pédiatre, oui. J'ai aussi un frère qui est psychiatre. Quant à ma mère, elle voulait être infirmière pendant la guerre, mais elle n'a jamais servi qu'en tant que volontaire pour la Croix-Rouge. Je crois en fait que nous sommes tous atteints du virus médical. Cela doit être congénital.

Toute sa famille avait étudié à Harvard, ce qu'elle ne mentionna pas. Megan n'avait pas l'habitude d'étaler ses diplômes. Inscrite à Radcliffe, puis à la faculté de médecine de Stanford, elle s'était retrouvée seconde de sa promotion, un fait qui ne comptait plus beaucoup pour elle aujourd'hui. Elle était très occupée par son métier. Otites, piqûres, fractures, rhumes, elle était disponible vingt-quatre heures sur vingt-quatre pour les enfants qui avaient besoin d'elle et dont elle aimait le contact.

— Mon père aussi est médecin, précisa Bernard, heureux d'avoir quelque chose en commun avec elle. Oto-rhino. Je ne sais pourquoi, mais cela ne m'a jamais emballé. En fait, je voulais enseigner la littérature dans une petite école de Nouvelle-Angleterre. A présent, tout cela lui paraissait ridicule. Sa période de passion pour la littérature russe semblait à des années-lumière derrière lui et il en riait aujourd'hui.

— J'ai souvent pensé que Wolff m'avait sauvé d'un destin pire que la mort. Je voulais travailler pour une petite école dans un patelin tranquille et, Dieu merci, personne n'a voulu de moi. J'aurais fini par devenir alcoolique. Ou bien je me serais pendu. Je préfère mille fois vendre des chaussures de luxe et des manteaux de fourrure et du bordeaux que de vivre dans un endroit pareil.

Megan rit à la description qu'il faisait de Wolff.

— Est-ce ainsi que vous vous voyez?

— Plus ou moins, oui.

Leurs yeux se rencontrèrent et tous deux ressentirent une émotion inexplicable. Ils bavardaient gentiment lorsqu'un bip sonore se fit entendre. Megan s'excusa et alla au téléphone. Quelques minutes plus tard, elle était de retour, et expliqua à Bernie qu'elle devait se rendre à l'hôpital où l'attendait un malade.

— Rien de grave, je l'espère, lâcha-t-il en prenant un air ennuyé.

Megan était habituée à ce genre d'impromptu. Plus, elle paraissait les aimer.

— Non, une vilaine bosse. Mais je préfère y aller pour m'assurer qu'il n'y a pas de traumatisme crânien.

Elle lui apportait la confirmation de ce qu'il savait déjà : elle était consciencieuse, raisonnable et excellent médecin.

— Cela m'a fait plaisir de vous revoir, Bernard, avoua-t-elle en lui tendant une main fraîche et ferme que Bernie serra dans la sienne.

Pour la première fois, il remarqua son parfum alors qu'elle venait de s'approcher de lui. Il était à son image : sexy et féminin mais discret.

— Venez me voir au magasin la prochaine fois que vous y viendrez. Je vous vendrai moi-même du bordeaux pour vous prouver que je sais où il se trouve.

— Je continue de penser que vous devriez ouvrir votre propre établissement ici, à Napa, insista-t-elle, amusée.

— Cela me plairait énormément.

Mais ce n'était qu'un rêve et il ne resterait plus longtemps en Californie. Leurs regards se croisèrent une dernière fois et Megan le quitta à regret. Un moment plus tard, Bernie vit l'Austin filer, les cheveux de sa propriétaire volant au vent. Il s'en alla peu après et rentra chez lui, pensant à Megan et se demandant s'il la reverrait un jour, surpris de réaliser combien elle lui plaisait et comme elle lui avait paru jolie dans son corsage rouge qui lui dénudait si joliment les épaules.

36

Un mois plus tard, un samedi pluvieux, Bernie était à Saint Helena en train de faire des courses pour Nanny. En sortant de chez le quincaillier, il tomba nez à nez avec Megan. La jeune femme portait une combinaison-pantalon jaune, des bottes de caoutchouc rouges et un foulard de même couleur retenait ses cheveux d'ébène. Elle eut un mouvement de surprise avant de le gratifier d'un généreux sourire. Ayant de nombreuses fois pensé à lui depuis leur dernière rencontre, elle était visiblement heureuse de le revoir.

— Eh bien, bonjour ! Comment allez-vous ?

Tels des saphirs bleus, ses yeux brillaient d'un éclat joyeux et Bernard l'observa avec plaisir.

— Bien... Très occupé, comme d'habitude. Et vous ?

— Trop de travail, répondit-elle en paraissant malgré tout heureuse. Comment vont les enfants ?

— Très bien, merci.

Tous deux se tenaient debout sous la pluie, lui portant un vieux chapeau de tweed et un imperméable anglais qui avait connu des jours meilleurs. Brusquement, il lui proposa :

— Puis-je vous offrir une tasse de café ou devez-vous courir à quelque rendez-vous ?

Il se souvenait du petit appareil qui l'avait appelée d'urgence à l'hôpital, le jour du barbecue.

— A dire vrai, je suis libre pour la journée et cela me ferait très plaisir.

Megan lui indiqua un café qui se trouvait au coin de la rue et Bernie l'y suivit, se demandant encore pourquoi il venait de l'inviter. Il était toujours ravi de la rencontrer, puis s'en voulait d'être attiré par elle, ce qui ne lui semblait pas honnête. Il n'avait aucune raison d'éprouver cette attirance à son égard.

Ils trouvèrent une table et s'y installèrent. Megan commanda un chocolat chaud et Bernie un cappuccino. Assis en face d'elle, il se mit à l'observer. Malgré l'absence totale de maquillage, elle était très belle. Elle faisait partie de ces femmes qui paraissent assez quelconques au premier abord, et s'imposent ensuite grâce à des yeux merveilleux, une peau satinée, des traits harmonieux — le tout donnant une grande personnalité :

— Que regardez-vous ?

Elle était sûre d'avoir une mine effroyable, après cette pluie. Mais cela ne l'empêchait pas de sourire à Bernie qui, la tête penchée, la contemplait d'un air malicieux.

— J'étais en train de penser que cette tenue vous allait à ravir.

Devant ce compliment, Megan rougit jusqu'aux oreilles avant de se mettre à rire.

— Alors, c'est que vous êtes aveugle... ou ivre. On m'appelait la sauterelle parce que j'étais la plus grande de ma classe et ce, durant toutes mes années d'école. Mon frère disait que j'avais des jambes comme des réverbères et des dents ressemblant à des touches de piano.

Et des cheveux de soie... Et des yeux de saphir... S'efforçant de faire taire ces pensées qui le submergeaient, Bernie essaya de lui répondre de la façon la plus ordinaire.

— Les frères font toujours le même genre de remarques. Etant fils unique, je ne peux en être certain mais je crois que le rôle auquel ils se sentent destinés est celui de tourmenter leurs sœurs du mieux qu'ils peuvent.

Cette réflexion la fit rire aux éclats.

— En fait, le mien était gentil. Je l'aime même beaucoup. Il a maintenant six enfants.

Elle resta pensive. « Encore une catholique », songea Bernie. Sa mère serait ravie de la nouvelle... Et cette idée l'amusa. Ce ne serait définitivement pas la fille de Mme Rosenthal, ce mannequin de chez Ohrbach. Mais celle-ci était médecin. Cela plairait certainement à Ruth, et à son père également. Et puis, peu importait... Bernie se rappela qu'il ne s'agissait que d'un chocolat chaud et d'un café, un après-midi pluvieux à Napa.

— Votre frère est-il catholique ?

Des catholiques irlandais expliqueraient ses cheveux noirs, mais elle secoua négativement la tête et rit à sa question.

— Non. Il est protestant. Il aime les enfants, c'est tout. Sa femme prétend en vouloir douze.

Megan eut l'air de les envier. Bernie également.

— J'ai toujours pensé que c'était merveilleux d'avoir une famille nombreuse, observa-t-il en sirotant son cappuccino.

A nouveau, il la regarda longuement, se demandant qui elle était, comment elle avait vécu et si elle avait des enfants. Il se rendit alors compte qu'il ne savait presque rien d'elle.

— Vous n'êtes pas mariée, Megan ?

Cela l'eût étonné, mais il ne pouvait en jurer.

— Comment pourrais-je, avec mes gardes de nuit et mes dix-huit heures de travail par jour...?

Son métier était ce qu'elle préférait par-dessus tout mais cela n'expliquait pas pourquoi elle restait seule. Alors, elle décida de jouer la franchise. Comme Liz, longtemps auparavant, elle voyait en lui quelqu'un à qui elle pouvait s'ouvrir et parler en toute confiance.

— J'ai été fiancée, il y a quelque temps. Il était médecin également.

Megan leva les yeux sur Bernard et l'honnêteté qu'il lut dans son regard le bouleversa.

— Après avoir obtenu son diplôme, il a été envoyé au Viêt-nam et s'est fait tuer juste avant que je termine l'université.

— Cela a dû être terrible pour vous, déclara-t-il en pensant réellement ce qu'il disait.

Bernie savait mieux que quiconque la peine qu'avait pu lui causer cette mort. Pourtant, pour elle, c'était une vieille histoire. Elle regrettait toujours Mark, mais ce n'était déjà plus la même chose. Cela n'avait pas de comparaison avec le chagrin dont souffrait encore Bernie, un peu plus d'un an après le décès de sa femme. Néanmoins, il pensait qu'elle le comprenait mieux maintenant et il eut tout à coup l'impression qu'un lien particulier les unissait.

— Cela a été assez pénible, effectivement, admit-elle. Nous étions fiancés depuis quatre ans et il attendait que j'obtienne mon diplôme. Enfin... Cela a été un gros choc pour moi, c'est le moins que je puisse dire.

Elle détourna les yeux un instant, avant de porter à nouveau son regard sur Bernie.

— J'ai été sur le point de m'arrêter un an et remettre mes examens à plus tard, mais mes parents ont réussi à m'en dissuader. J'ai même pensé un moment à arrêter mes études de médecine et me lancer dans la recherche. Pendant longtemps, complètement désemparée, je n'ai plus su que faire ni vers quoi me diriger. Mais les études et l'internat m'ont remise dans le bain et je m'en suis finalement à peu près bien sortie.

Megan jeta à Bernie un regard significatif, comme pour lui prouver que n'importe qui pouvait surmonter le chagrin causé par la perte d'un être cher, aussi terrible qu'il fût.

— C'est difficile à croire, mais cela fait dix ans qu'il est mort. Je suppose que je n'ai pas eu de temps à accorder à quelqu'un d'autre depuis. Cela ne veut pas dire que je n'ai connu personne. Mais je n'ai jamais eu de relation sérieuse. C'est bizarre, n'est-ce pas ?

Dix ans... Et elle avait l'impression d'avoir quitté Boston la veille. Elle s'était inscrite à Stanfort à cause de Mark et était restée sur la côte ouest parce que c'était le seul moyen de vivre auprès de lui. Et, aujourd'hui, elle ne pouvait imaginer habiter ailleurs.

— Parfois je regrette de ne pas être mariée et de ne pas avoir d'enfant.

Elle but une gorgée de chocolat tandis que Bernie l'observait avec admiration.

— C'est presque trop tard à présent, mais j'ai mes patients qui m'aident à combler ce vide.

Pourtant Bernie n'était pas si sûr que cela lui suffît.

— Ce n'est tout de même pas pareil, objecta-t-il tranquillement.

Tout ce qu'il remarquait en elle l'intriguait, le passionnait.

— Non, ce n'est pas la même chose, mais, en un sens, c'est très gratifiant. Et, de toute façon, je n'ai jamais retrouvé l'homme qui me conviendrait. La plupart d'entre eux ne peuvent supporter une femme qui se dévoue pour sa carrière. Ce n'est pas la peine de pleurer sur ce qui n'existe plus. Je fais de mon mieux, c'est tout.

Bernie aussi essayait de ne plus pleurer Liz, mais cela lui paraissait tellement difficile. Et il venait de trouver quelqu'un à qui il pouvait se confier et qui le comprenait.

— Je ressens la même chose à propos de Liz... ma femme... comme s'il n'existait personne d'autre aussi bien qu'elle.

Il parlait si sincèrement qu'elle eut mal pour lui.

— Il n'y aura probablement personne d'autre comme elle. Mais vous pouvez rencontrer quelqu'un que vous aimerez différemment, si vous y mettez du vôtre.

— Je ne me sens pas prêt, avoua-t-il.

Elle était la première à qui il confiait ses doutes et c'était pour lui un véritable soulagement.

— Moi non plus, je ne l'étais pas. Mais l'on se sent toujours mieux lorsque l'on n'est plus seul.

— Dans ce cas, pourquoi ne vous êtes-vous pas mariée avec quelqu'un d'autre ?

Cette question brutale frappa la jeune femme qui le regarda gravement.

— Cela ne m'intéressait pas, répondit-elle honnêtement. J'ai toujours cru que Mark et moi étions faits l'un pour l'autre, et je n'ai jamais retrouvé la même entente. Mais je vais être franche avec vous : je me suis peut-être trompée.

C'était la première fois que Megan avouait un tel secret. Sa famille elle-même n'était pas au courant.

— Je voulais un homme qui aurait été comme lui. Alors que quelqu'un de différent se serait peut-être montré aussi bien, sinon mieux. Sans doute le partenaire idéal n'avait-il pas besoin d'être pédiatre ni médecin de campagne comme moi. Sans doute aurais-je pu épouser un avocat ou un instituteur et me retrouver à présent heureuse près de lui avec six enfants...

L'air interrogateur, elle observait Bernie qui lui répondit d'une voix profonde et douce :

— Il n'est pas trop tard, vous savez.

Les yeux dans le vague, la jeune femme s'appuya au dossier de la banquette, comme si elle se sentait détendue et heureuse de bavarder avec lui.

— J'ai pris mes habitudes, maintenant. Vieille fille jusqu'à la moelle...

— Et fière de l'être, ironisa-t-il sans croire une seule de ses paroles. Savez-vous que ce que vous venez de me dire m'a fait du bien ? Tout le monde me pousse à sortir de ma coquille et je sens que je ne suis pas prêt pour cela.

C'était une façon d'excuser son indécision. De plus, les souvenirs que cette conversation avait remués lui troublaient l'esprit.

— Ne laissez personne vous dicter ce que vous avez à faire, Bernard. Vous vous rendrez compte tout seul lorsque le moment sera venu ; et ce sera plus facile pour les enfants si vous savez ce que vous voulez. Quand est-ce arrivé ?

Megan évoquait la mort de Liz et Bernie se sentait à présent beaucoup plus solide pour en parler.

— Il y a un peu plus d'un an.

— Accordez-vous encore du temps.

Bernie fixa sur elle un regard interrogateur.

— Et ensuite, quoi ? Qu'arrive-t-il lorsque vous ne retrouvez pas la même chose ?

— Vous apprenez à aimer quelqu'un d'autre, lâcha-t-elle en lui effleurant la main. Vous en avez le droit.

— Et vous ? Pourquoi n'auriez-vous pas ce droit aussi ?

— Sans doute ne le voulais-je pas... Peut-être n'ai-je pas eu le courage de chercher à nouveau.

Elle parlait avec sagesse. Ils se mirent à discuter d'autre chose, de Boston, New York, la villa qu'il louait, l'incomparable Nanny... Ce fut un après-midi délicieux et Bernie laissa partir Megan avec regret. Elle devait rendre visite à des amis et il se sentit soudain curieux de savoir s'il s'agissait d'un homme ou d'une femme, d'une amitié ou d'une romance. Puis, alors qu'il la regardait courir sous la pluie, il se souvint de ce qu'elle lui avait révélé peu avant : « Peut-être n'ai-je pas eu le courage de chercher à nouveau... » Et, en repartant vers la maison, il se demanda si lui-même trouverait un jour l'âme sœur.

37

La semaine suivante, Bernie était plongé dans son travail lorsque Nancy, sa secrétaire, entra dans le bureau et lui annonça qu'une dame désirait le voir.
— Une dame ? interrogea-t-il, surpris, en se demandant qui cela pouvait être. Quelle dame ?
— Je l'ignore, monsieur. Elle paraissait aussi étonnée que lui. Aucune femme ne venait généralement le voir, excepté des journalistes de mode ou des collaboratrices de Paul Berman. Et, dans tous les cas, elles prenaient au préalable rendez-vous avec lui. Celle-ci, avait remarqué la secrétaire, était jolie et séduisante et n'avait rien à voir avec les personnes citées précédemment. Elle n'avait pas de mèches blondes dans les cheveux, ni des anneaux créoles aux oreilles. Ce n'était pas non plus le genre de matrone que l'on pouvait rencontrer dans une vente de charité. Elle était nette et naturelle, bien de sa personne, avec des vêtements ni sophistiqués ni trop à la mode. Elle portait un ensemble bleu marine et un chemisier de soie beige, des boucles d'oreilles de perle et des chaussures à talons hauts. Ses jambes étaient joliment fuselées et elle était grande. Presque aussi grande que Bernie.

Bernie regardait fixement sa secrétaire, dans l'attente d'autres informations que Nancy était visiblement incapable de lui fournir.

— A-t-elle donné son nom ?

— Elle... elle a seulement dit qu'elle venait acheter du bordeaux, monsieur. Je lui ai répondu qu'elle s'était trompée d'étage et qu'il n'y avait ici que les bureaux de la direction. Mais elle a insisté pour vous parler.

Brusquement, Bernie fut pris d'un éclat de rire et, sous les yeux éberlués de Nancy, bondit vers la porte. Il l'ouvrit et découvrit Megan Jones sur le seuil, vêtue de façon chic et n'ayant pas du tout l'air d'un médecin. La veste blanche et le jean avaient disparu, et la jeune femme lui souriait malicieusement.

— Vous avez fait une peur bleue à ma secrétaire, dit-il d'une voix douce. Que faites-vous ici ? Ah oui, je sais... Vous venez acheter du bordeaux.

Nancy s'éclipsa discrètement pendant que Bernie faisait entrer Megan dans la pièce. Elle promena autour d'elle un regard curieux. Il avait l'air d'un véritable homme d'affaires et son bureau semblait celui de quelqu'un d'important. Elle s'assit sur une des chaises de cuir et l'observa d'un air amusé. Bernard était ravi de la voir.

— Qu'est-ce qui vous amène ici, docteur ? Mis à part le bordeaux.

— Une vieille amie de l'internat, qui a tout laissé tomber pour se marier et avoir des enfants. A l'époque, j'ai trouvé cela complètement fou. A présent, j'en suis moins sûre. Elle vient d'avoir son cinquième et j'ai promis d'aller la voir. J'ai aussi pensé que j'avais besoin de nouveaux vêtements : je vais chez mes parents pour les fêtes de Noël et ma mère va hurler si je me montre à elle en « tenue de travail ». J'ai du mal à me souvenir que les gens de Boston ne s'habillent pas ainsi.

Elle lui adressa un sourire penaud.

— Je devrais faire un peu plus attention à ce que je porte. Au bout de trois jours, je me retrouve immanquablement en jean. Mais, cette fois, j'ai décidé de faire un effort.

Elle jeta un œil sur son ensemble puis regarda Bernie.

— Je m'entraînais aujourd'hui. De quoi ai-je l'air ?
Elle semblait douter d'elle-même, ce qui, venant de
quelqu'un d'aussi compétent, le toucha.
— Vous êtes très jolie et tout à fait élégante.
— Je me sens nue sans mon jean.
— Et sans votre blouse blanche... D'une certaine
façon, je vous imaginerai toujours ainsi vêtue, ou portant
votre combinaison jaune.
Amusée, Megan songea qu'elle se voyait de la même
manière, comme elle se souvenait de lui en chemise bleu
pâle et pantalon blanc. Il lui avait paru si beau. Et
aujourd'hui également, dans son costume de ville bien
coupé.
— Voulez-vous que je vous montre le magasin ?
D'après la pile de documents sur son bureau, elle
comprenait qu'il avait beaucoup à faire et ne voulait pas
l'empêcher de travailler. Elle avait cependant éprouvé du
plaisir à le revoir.
— Non, je peux me débrouiller seule, merci. Je passais
juste dire bonjour.
— J'en suis bien heureux.
Bernie ne voulait plus la laisser partir.
— A quelle heure allez-vous voir votre amie et son
nouveau-né ? demanda-t-il à tout hasard.
— Je lui ai parlé de quatre heures, si j'ai terminé mes
courses ici.
— Que diriez-vous d'un verre après votre visite ?
Il la contemplait avec espoir, comme un enfant guettant
une faveur. Il aimerait tellement qu'ils deviennent amis...
et davantage même. Mais il ne savait pas vraiment ce qu'il
voulait d'elle, en dehors de son amitié. Pourtant il n'avait
pas à s'inquiéter. Etre amis leur suffisait pour le moment
et Megan n'attendait rien d'autre de lui. L'invitation parut
néanmoins lui plaire.
— Ce sera avec plaisir. Je n'ai pas besoin de rentrer à
Napa avant onze heures. Mon collègue restera de garde
jusque-là.

— Et ensuite vous reprenez votre travail ? interrogea-t-il, interloqué. Mais quand donc dormez-vous ?

— Jamais, sourit-elle. Ce matin je me suis levée à cinq heures pour soigner un bébé de cinq mois. On finit par s'habituer, vous savez.

— Moi, je ne m'y habituerais jamais. Voilà pourquoi je travaille chez Wolff et que je ne suis pas médecin comme ma mère l'aurait voulu. Savez-vous que vous représentez le rêve de toutes les mamans juives ? Si seulement vous étiez ma sœur, ma mère serait la plus heureuse.

— Et la mienne qui me suppliait de ne pas faire médecine. Elle me soutenait qu'il fallait que je devienne infirmière ou professeur, secrétaire même. Un travail agréable où je pourrais rencontrer un homme et l'épouser.

La description amusa Bernard.

— Et je parie qu'elle est infiniment fière de vous aujourd'hui, n'est-ce pas ?

Megan haussa modestement les épaules.

— Parfois, oui. Et au moins a-t-elle des petits-enfants grâce à mon frère. Sans cela, je deviendrais folle avec elle.

Regardant rapidement sa montre, elle déclara :

— Je dois partir à présent. Où dois-je vous retrouver pour prendre ce verre ?

— A l'Etoile, à six heures ?

Il répondit sans réfléchir, puis se demanda s'il avait bien fait. Megan était la première femme à qui il donnait rendez-vous là depuis la mort de Liz, mis à part sa mère. Mais où était le mal ? L'endroit était luxueux et elle le méritait. Il émanait d'elle une qualité d'âme qui l'intriguait. Cette fille n'était décidément pas ordinaire et il aimait cela. C'était une femme brillante, une très bonne amie, un excellent médecin.

— Alors, à tout à l'heure, fit-elle en ouvrant la porte.

Après son départ, la journée parut à Bernie facile comme tout. Il quitta son bureau vers cinq heures et demie et se rendit à l'Etoile sans se presser. Il se sentait de bonne humeur et en avait profité pour lui apporter une bouteille de bordeaux ainsi qu'un flacon de son parfum favori. Ces cadeaux, tendus au-dessus de la table, la surprirent et l'émurent à la fois.

— Mon Dieu, qu'est-ce que c'est?

Elle semblait ravie, d'autant qu'il lisait dans ses yeux que son après-midi ne s'était pas bien passé.

— Quelque chose vous tracasse, laissa-t-il tomber alors qu'ils sirotaient leur kir.

Tous deux aimaient cette boisson. Megan avait passé quelques années en France et parlait couramment le français, ce qui impressionna son compagnon.

— Je ne sais pas, soupira-t-elle, les yeux dans le vague.

Elle avait toujours été franche avec lui et il écouta avec un intérêt croissant.

— Quelque chose m'est arrivé aujourd'hui en regardant ce nouveau-né. C'est la première fois que j'ai ressenti cette... ce vide dont parlent certaines femmes, qui vous fait vous demander si vous avez bien mené votre vie.

Elle afficha un air triste, presque désabusé.

— Ce serait terrible de ne jamais avoir d'enfant, ne trouvez-vous pas? Jamais cela ne m'avait effleurée auparavant. Sans doute suis-je fatiguée, après cette nuit à soigner ce bébé...

— Non, je ne crois pas. Avoir des enfants a été la meilleure chose qui me soit arrivée. Vous êtes assez intelligente pour le comprendre. Vous savez ce qui vous manque alors que la plupart des femmes l'ignorent.

— Et alors? Faut-il que j'enlève un enfant ou que je me fasse faire un bébé par le boucher ou le facteur de Napa? ironisa-t-elle.

Mais elle était ennuyée. Bernard le devinait aisément.

— Il doit exister d'autres volontaires, dit-il gravement.

Il lui était impossible de croire qu'il n'y avait personne pour elle. Malgré les lumières tamisées du bar, Megan se sentit rougir, tandis que le pianiste jouait du blues derrière eux.

— Certainement, mais je ne suis pas prête à élever un

enfant sans père. Je ne suis même pas certaine de le
vouloir réellement. Cet après-midi pourtant, lorsque j'ai
tenu ce bébé dans mes bras, j'ai compris que donner la vie
était un vrai miracle, un acte si beau...
   Elle contempla un instant Bernie, puis murmura :
   — Je suis stupide de faire de la poésie là-dessus. Ma vie
me plaît telle qu'elle est.
   — Peut-être pourrait-elle être encore mieux, répliqua-
t-il presque pour lui-même.
   — Oui, peut-être.
   Mais elle ne voulait pas courir après un bonheur qui
n'existait pas. Et puis de telles conversations la faisaient
toujours penser à Mark et ce souvenir la blessait encore,
même après tout ce temps. Il n'y avait jamais eu personne
comme lui, depuis.
   — Enfin... au moins n'ai-je pas de problème de
couches. Je n'ai qu'à utiliser mon stéthoscope et aimer les
enfants des autres.
   Cette réflexion sembla amère aux oreilles de Bernie. Il
n'imaginait pas une seconde vivre sans Jane ou Alexandre
et il décida de le lui expliquer.
   — Quand Alex est né, j'avais trente-sept ans et cela
représente encore le plus beau moment de ma vie.
   Cet aveu toucha la jeune femme.
   — Et quel âge avait votre femme ?
   — Presque vingt-neuf. Mais je crois qu'elle l'aurait eu
même à trente-cinq ou quarante ans. Elle voulait plein
d'enfants.
   Quel malheur, et quelle malchance. Liz était morte.
Mark aussi. La réalité était là, brutale : ils n'existaient
plus. Et Bernie et Megan, eux, vivaient encore.
   — Dans mon métier, j'ai souvent l'occasion de rencontrer des mères qui ont eu leurs enfants tard. Je pense
qu'elles ont beaucoup de courage. Le bon côté de la chose
est qu'elles ont pu faire ce qu'elles voulaient, ont profité
de leur liberté et se sont réalisées dans leur travail. J'ai

parfois l'impression qu'elles n'en sont que de meilleures mères.

— Alors, qu'attendez-vous ? Faites un enfant.

— Je dirai à mes parents ce que vous me conseillez, répliqua-t-elle en riant.

— Dites-leur que vous avez ma permission.

— Entendu.

Elle s'enfonça dans son siège et écouta le piano.

— A quoi ressemblent vos parents ?

Bernard était décidément curieux de tout ce qui la touchait. Il voulait tout connaître à son sujet. Il savait déjà qu'elle se posait beaucoup de questions sur le fait d'avoir ou non un enfant, qu'elle avait étudié à Radcliffe puis à Stanford, que son fiancé avait été tué au Viêt-nam, qu'elle venait de Boston et vivait à Napa. Mais il n'en savait guère plus, excepté qu'elle était diablement intéressante et qu'il l'appréciait beaucoup. Beaucoup... Peut-être même trop. Mais cela, il ne voulait surtout pas se l'avouer. Il la trouvait sympathique, voilà tout.

— Mes parents ? s'étonna-t-elle.

Il opina du bonnet.

— Ils sont très bien. Mon père travaille trop et ma mère l'adore. Quant à mon frère, il estime qu'ils sont fous. Il préfère faire fortune plutôt que de passer ses nuits à faire naître des bébés. C'est pourquoi il a choisi psychiatrie plutôt qu'obstétrique. Mais je le crois sérieux dans ce qu'il fait, pour autant qu'il puisse l'être. A mon avis, c'est lui qui est fou. Il est mince et blond et ressemble beaucoup à notre mère.

Bernie en resta amusé.

— Et vous ressemblez à votre père ?

— Tout à fait.

Elle n'avait, en tout cas, pas l'air de le regretter.

— Mon frère m'appelle la géante et je le surnomme le nain. Cela a engendré d'innombrables batailles lorsque nous étions enfants. Nous avons grandi dans une jolie maison qui appartenait à mon grand-père, à Beacon Hill, et quelques-unes des amies de ma mère sont vraiment excentriques. Je crois qu'elles n'ont jamais approuvé son mariage avec mon père. Etre médecin n'était pas assez aristocratique pour elles. Mais il aime ce qu'il fait et il est très doué. Grâce à lui, j'ai assisté à bon nombre d'accouchements lorsque j'étais en médecine et que je rentrais à la maison pour les vacances. Je l'ai vu sauver plusieurs bébés qui n'auraient jamais survécu sans ses soins intensifs ; et une mère que je connais bien serait morte à l'heure qu'il est s'il n'avait pas usé auprès d'elle de tous ses dons. J'ai d'ailleurs failli entrer en obstétrique à cause de cela, mais je me trouve pleinement heureuse aujourd'hui avec la pédiatrie.

— Pourquoi n'avoir pas voulu rester à Boston ?

— Je vous répondrai franchement : trop de pression de la part de mes parents. Je ne voulais pas suivre la trace de mon père, je ne voulais pas aller en obstétrique ni rester une femme au foyer dévouée, comme ma mère, à ne s'occuper que de son mari et des enfants. Elle pensait que je laisserais Mark jouer au médecin et que je resterais à la maison pour lui rendre la vie confortable. Il n'y a rien de mal à cela, mais je désirais autre chose. Je n'étais pas prête à suivre une voie aussi puritaine. En fait, ils auraient voulu que j'épouse quelqu'un de riche, que je vive dans une maison comme la leur et que je reçoive pour le thé des amis exactement comme les leurs.

Cette pensée la faisait encore frémir.

— Mais ce n'était pas du tout moi. J'avais besoin d'espace et de liberté, de nouvelles rencontres et... de mes jeans. Le genre de vie qu'ils me proposaient était par trop restrictive.

— Oh, j'en suis bien sûr, répliqua Bernie. Il n'y a pas beaucoup de différence avec ce que voulaient mes parents. Juifs, catholiques ou protestants, ils sont tous les mêmes. Ils veulent que l'on devienne ce qu'ils sont. Parfois vous l'acceptez et parfois c'est impossible. Moi, je n'ai pas pu. Si je l'avais voulu, je serais aujourd'hui un bon médecin juif, marié à une jolie fille juive elle aussi, qui serait toujours tirée à quatre épingles.

— Ma meilleure amie en médecine était juive. Elle est maintenant psychiatre à Los Angeles et gagne un argent fou, mais je peux vous assurer qu'elle ne se fait jamais les ongles et qu'elle ne passe pas sa vie chez le coiffeur.

— Eh bien, croyez-moi, c'est une exception.

— Votre femme était-elle juive? demanda-t-elle avec curiosité.

— Non. Elle s'appelait Elizabeth O'Reilly.

Un souvenir précis le fit rire.

— Ma mère a failli attraper une attaque en entendant prononcer son nom.

Et Bernie de lui raconter l'histoire en détail.

— Mes parents ont agi de même avec mon frère lorsqu'il leur a présenté sa future femme. Elle était aussi bizarre que lui et française de surcroît. Ma mère était persuadée que française signifiait qu'elle avait posé nue pour des calendriers.

Tous deux rirent de bon cœur et continuèrent ainsi à se raconter mille anecdotes sur leurs familles respectives, jusqu'à ce que Bernie regarde sa montre et se rende compte qu'il était déjà huit heures du soir. Et Megan devait être de retour à Napa pour onze heures.

— Si on dînait ici? suggéra-t-il.

Il avait bien prévu de dîner quelque part avec elle, ou du moins l'espérait-il, et l'endroit lui était à peu près égal, du moment qu'ils restaient ensemble.

— Ou préférez-vous quelque chose de plus exotique, comme un restaurant chinois ou japonais?

Hésitante, elle l'observa quelques instants puis calcula le temps qui lui restait.

— Je suis de garde à onze heures, ce qui signifie que je dois quitter San Francisco à neuf heures et demie, expliqua-t-elle doucement. Est-ce que vous allez me détester si je vous demande de manger rapidement un hamburger quelque part? Le service sera plus rapide qu'ici, ce qui m'évitera d'être en retard et à Patrick, mon collègue, de m'en vouloir. Sa femme est enceinte de huit mois et il a une peur bleue qu'elle accouche alors que je me trouve coincée quelque part. Aussi dois-je vraiment prendre sa relève à l'heure.

Ce n'était pas qu'elle en eût très envie. Elle aurait nettement préféré rester à bavarder avec Bernie.

— Un hamburger m'ira très bien, répondit-il en appelant le garçon pour qu'il lui apporte l'addition. En fait, je connais un endroit sympathique pas loin d'ici, si vous ne voyez pas d'inconvénient à vous mêler à une foule plutôt diversifiée.

Ce restaurant, situé sur les docks, accueillait effectivement une clientèle très variée, allant du débardeur à la petite étudiante, mais il en aimait l'atmosphère et pensait qu'elle apprécierait aussi. Il ne se trompait pas. L'endroit lui plut instantanément. Ils y mangèrent fort bien, accoudés au bar, et ce fut à regret que Megan le quitta vers neuf heures et demie, pour repartir vers Napa. Elle avait peur d'être en retard et Bernie la ramena rapidement à son Austin qui l'attendait un peu plus loin.

— Etes-vous sûre que tout ira bien? demanda-t-il, inquiet.

Il n'aimait pas la savoir seule la nuit sur les routes mais elle le rassura.

— Bien que je déteste faire référence à ma taille, je crois que je suis une grande fille maintenant. Merci pour cette soirée, Bernie. J'ai passé un moment très agréable.

— Moi aussi, s'empressa-t-il d'ajouter.

Il était sincère. Cela faisait bien longtemps qu'il ne s'était pas distrait comme cela. La présence de Megan lui faisait du bien, il se sentait détendu en sa compagnie et tout à fait à l'aise pour lui faire partager ses émotions. De plus, elle savait écouter.

— Quand reviendrez-vous à Napa? hasarda-t-elle, le regard plein d'un espoir non feint.

— Dans longtemps, je le crains. La semaine prochaine,

je dois partir pour l'Europe et Mary n'y emmène pas les enfants quand je suis absent. Je vous téléphonerai à mon retour et peut-être pourrons-nous déjeuner ensemble.

Une idée lui vint brusquement à l'esprit.

— A quelle époque comptez-vous aller voir vos parents ?

— Pour Noël.

— Nous aussi. Nous allons à New York. Mais nous pensions fêter Thanksgiving à Napa cette année. Je vous appelle quand je rentre de New York.

Bernie ne tenait pas à passer ces quelques jours de fin novembre à San Francisco, ce qui risquait d'éveiller chez lui trop de souvenirs pénibles.

— Prenez soin de vous et ne travaillez pas jusqu'à l'épuisement, lui conseilla-t-elle.

— Bien, docteur. Cela est valable pour vous aussi. Et faites attention sur la route.

Megan monta dans sa voiture et lui fit un dernier signe de la main. Il était exactement neuf heures trente-cinq. A onze heures un quart, il l'appela de chez lui et elle l'informa qu'elle venait d'arriver.

— Je voulais juste m'assurer que vous étiez bien rentrée. Vous conduisez trop vite, Megan.

— Vous vous en faites trop, Bernie.

— Je n'y peux rien, c'est dans mes gènes, répliqua-t-il en riant.

Néanmoins, il n'avait pas tort. Toute sa vie, il s'était inquiété et, en quelque sorte, cela l'aidait à accomplir de belles choses. Il était perfectionniste, ce qui expliquait ses excellents résultats chez Wolff.

— Il fait un temps superbe à Napa ce soir, expliqua-t-elle. L'air est frais et le ciel plein d'étoiles.

A l'opposé, San Francisco se trouvait sous les nuages et dans la brume mais Bernie se sentait bien sous tous les climats. Il aurait pourtant aimé être là-bas auprès d'elle. Cette soirée s'était écoulée trop vite.

— Au fait, où allez-vous en Europe ?

Megan aussi était curieuse. Il lui paraissait si différent d'elle.

— J'irai à Paris, Londres, Milan et Rome. Je m'y rends deux fois par an pour le magasin. Ensuite je passerai par New York où je dois assister à une réunion.

— Agréable voyage en perspective.

— C'est vrai, parfois.

Cela l'avait été, en compagnie de Liz... Mais ces derniers temps, il s'amusait moins, comme dans tout ce qu'il entreprenait, d'ailleurs. Aujourd'hui il était seul.

— J'ai passé une soirée merveilleuse ce soir, Bernie. Encore merci.

— Ce n'était pas Maxim's.

— Cela m'a beaucoup plu.

Après qu'elle eut raccroché, Bernie entendit longtemps encore sa voix résonner à ses oreilles. Et, afin de se remettre les idées en place, il se rendit à la penderie de Liz, l'ouvrit et y respira l'odeur familière qui s'estompait chaque jour davantage. Puis, avec un vague sentiment de culpabilité, il en referma la porte. Ce n'était pas à Liz qu'il pensait ce soir, mais à Megan. C'est son parfum qu'il désirait sentir.

38

Bernard séjourna plus longtemps que prévu à New York. C'était une année importante pour le prêt-à-porter et le commerce de la mode avait subi des changements essentiels. Aussi Bernie voulait-il non seulement se tenir au courant des dernières tendances mais également les prévoir. Et il était très satisfait en repartant pour San Francisco.

Ce ne fut qu'une fois arrivé à Oakville, la semaine suivante, qu'il se souvint du foulard Hermès acheté pour Megan. Il le prit dans sa valise et décida d'aller le lui donner immédiatement. Prenant sa voiture, il conduisit jusqu'à Napa et s'arrêta devant la maison victorienne qui servait à Megan d'habitation et de lieu de travail. Son collègue l'informa qu'elle était sortie et il déposa la petite boîte beige dans laquelle il avait glissé ces simples mots : « Pour Megan, de Paris. Affectueusement, Bernie. »

La jeune femme le rappela dès qu'elle fut rentrée et le remercia chaleureusement. Bernie fut touché que ce cadeau lui plaise. Le carré de soie était bleu marine, rouge et or, couleurs qu'il avait choisies en fonction de son teint hâlé.

— Je viens de rentrer et je suis tombée sur ce paquet qui m'attendait. Ce foulard est merveilleux, Bernie. Il me plaît infiniment.

— J'en suis heureux. Nous allons d'ailleurs ouvrir un rayon Hermès en mars.

— Oh, magnifique ! J'adore ce qu'ils font.

— Vous n'êtes pas la seule. Je crois que ça va bien marcher.

Bernard lui parla des nouvelles affaires qu'il venait de lancer et Megan en resta impressionnée.

— Et moi, tout ce que j'ai fait a été de diagnostiquer trois otites, sept angines, une bronchite et une appendicite à opérer d'urgence, sans mentionner les multiples coupures, écorchures, fractures ou bosses en tous genres.

— Mais c'est merveilleux, superbe. Toutes ces vies qui dépendent de vous. On ne peut en dire autant de la boutique de bagages italiens que je vais installer ici ou de la ligne de chaussures françaises. Ce que vous faites est primordial, essentiel.

— Espérons que je sers à quelque chose, répliqua-t-elle, dubitative.

Megan n'avait pas une forme morale resplendissante. La femme de Patrick avait eu son bébé cette semaine ; c'était une petite fille et cette naissance avait provoqué en elle ce même sentiment de vide éprouvé quelque temps auparavant. Mais elle se garda d'en parler à Bernie. Elle estimait ne pas le connaître suffisamment et avait peur qu'il lui trouve une obsession à propos des bébés des autres.

— Vous a-t-on dit quand vous devrez rentrer à New York ?

— Pas encore. Et, pour une fois, nous n'avons pas eu le temps d'en discuter. Il se passe beaucoup de choses au magasin en ce moment. Au moins la vie devient-elle plus intéressante. Voudriez-vous que nous déjeunions ensemble demain ?

Bernie s'apprêtait à lui demander de le retrouver au petit restaurant de Saint Helena.

— J'aimerais beaucoup mais la femme de Patrick a accouché et je dois le remplacer assez souvent. Je pourrais passer chez vous en allant à l'hôpital pour mes visites. Ou bien cela risque-t-il de mettre Jane mal à l'aise ?

Megan avait bien ressenti la résistance de la fillette à son égard lorsqu'elles s'étaient rencontrées et elle ne voulait surtout pas l'ennuyer par sa présence.

— Je ne vois pas en quoi cela la gênerait.

Il n'avait pas vu ce qu'elle avait remarqué ou, du moins, pas aussi clairement.

— Je crois qu'elle n'apprécie pas outre mesure d'avoir des « dames » autour d'elle.

Elle pensait « autour de vous » mais ne l'exprima pas.

— Elle n'a rien à craindre.

Bernie ne comprenait donc pas. Jane protégeait le souvenir de sa mère, ce qui lui paraissait tout à fait naturel, et Megan ne voulait pas forcer l'enceinte que la fillette construisait autour d'elle et de son père. Il lui semblait inutile de la heurter ainsi.

— Je ne veux embêter personne.

— C'est moi que vous embêterez, si vous ne passez pas nous voir. Par ailleurs, il est temps que vous fassiez la connaissance de Mary. Elle est devenue le pilier de la maison. A quelle heure comptez-vous venir ?

— Vers neuf heures. Est-ce trop tôt ?

— C'est parfait. Nous prendrons le petit déjeuner ensemble.

— Alors, à demain.

A l'idée de la revoir, le cœur de Bernard se mit à battre plus vite. Mais il se rassura en se persuadant que c'était uniquement son intelligence qui l'attirait. Il avait pourtant bien du mal à ne pas penser à ses beaux cheveux noirs qui rehaussaient le bleu de ses yeux.

Le matin suivant, Bernie ajouta un couvert à la table du petit déjeuner.

— C'est pour qui ? demanda Jane, intriguée.

— Pour le Dr Jones, expliqua-t-il du ton le plus naturel, en tentant de se plonger dans le *New York Times*.

Cependant Nanny l'observait. La fillette également, comme un vautour.

— Personne n'est malade, poursuivit-elle.

— Non, mais elle vient juste prendre le café.

— Pourquoi ? Tu lui as demandé ?

— Calme-toi, ma chérie, dit-il en levant les yeux du journal qu'il ne lisait pas. Elle est très gentille. Bois ton jus de fruit.

— Je n'ai pas de jus de fruit.

Ils mangeaient en fait des fraises.

— Bois-le quand même, plaisanta-t-il.

Jane ne put s'empêcher de sourire, mais elle se méfiait tout de même. Elle ne voulait pas d'une nouvelle venue dans leur vie. Ils avaient tout ce qu'il leur fallait et Nanny Pip, surnom par lequel l'appelait Alexandre et qui lui était resté, suffisait amplement à remplir ce vide qui leur avait fait si mal.

Megan arriva à neuf heures un quart, un énorme bouquet de fleurs jaunes dans les bras et un sourire radieux lui illuminant le visage. Bernie la présenta à Nanny qui lui serra chaleureusement la main et parut l'aimer au premier coup d'œil.

— Vous êtes médecin ? C'est formidable ! M. Stern m'a raconté comme vous avez été gentille avec ce pauvre petit Alexandre.

Toutes deux bavardèrent gaiement et Mary sembla apprécier aussi bien le médecin qu'elle avait en face d'elle que cette femme envers qui elle se montra immédiatement pleine d'attention. Elle lui servit du café, des œufs brouillés et des muffins ainsi qu'un gros bol de fraises, tandis que Jane l'observait avec une antipathie à peine déguisée. Elle lui en voulait d'être venue dans leur maison et, pire encore, d'être devenue l'amie de Bernie.

— Je me demande pourquoi papa vous a demandé de venir, fit-elle à haute voix. Personne n'est malade...

Sa rudesse choqua Bernard aussi bien que Nanny qui la sermonna. Mais Megan resta imperturbable.

— J'aime bien aller voir mes patients également quand ils se portent bien, dit-elle en semblant ne pas remarquer le regard noir que lui jetait la fillette. Et parfois je trouve plus facile de soigner quelqu'un quand j'ai eu l'occasion de le connaître en bonne santé.

— De toute façon, on a un docteur à San Francisco.

— Jane, s'il te plaît! ordonna sèchement Bernie. Son attitude lui déplaisait radicalement et, en signe d'excuse, il tourna vers Megan un visage désolé. Quant à Alexandre, il s'approcha lentement vers elle tout en l'examinant avec de grands yeux naïfs.

— Genoux, annonça-t-il alors en tendant les bras.

Son langage restait encore passablement limité mais la jeune femme ne se le fit pas dire deux fois et l'aida gentiment à grimper sur ses genoux, avant de lui offrir une fraise qu'il avala pratiquement sans la croquer. Alors que Bernie observait la scène d'un regard amusé, il remarqua soudain que Megan portait le foulard qu'il lui avait rapporté de Paris. Cette délicate attention le toucha beaucoup. Mais, au même instant, il comprit que Jane avait aussi remarqué. La veille, elle avait aperçu la petite boîte beige sur son bureau et lui avait demandé ce qu'elle contenait. Son père lui avait répondu que c'était une écharpe de soie pour une amie et la fillette avait rapidement fait le lien avec Megan. Elle se souvenait très bien des carrés Hermès qu'il rapportait à Liz et, cette fois, il en avait également offert un à Nanny Pip.

— Où est-ce que vous avez eu ce foulard? questionna-t-elle sur un ton accusateur.

Le jeune médecin la regarda, quelque peu surprise, mais trouva rapidement quoi répondre. Jane avait failli marquer un point, mais ce fut Megan qui l'obtint.

— Oh... ça? C'est un ami qui me l'a offert il y a longtemps, lorsque je vivais en France.

Elle avait fort bien su tirer son épingle du jeu et Bernie lui en fut reconnaissant. Leur amitié toute neuve avait,

sans le vouloir, l'air d'une conspiration. Mais à présent ils
se trouvaient liés.

— Ah bon ? fit Jane, étonnée.

Elle pensait tout naturellement que Bernie était le seul
au monde à connaître Hermès.

— Mais oui, répliqua simplement Megan. J'ai vécu en
Provence pendant un an. Es-tu déjà allée à Paris avec ton
papa ?

Elle posait cette question innocemment et Bernie ne put
réprimer un sourire. Megan savait diablement bien s'y
prendre avec les enfants. Installé sur ses genoux, Alex lui
prodiguait câlin sur câlin et suçait son pouce en se
blottissant avec confiance contre elle. Après qu'elle eut
terminé son bol de fraises, il se mit en devoir de l'aider à
manger ses œufs et lui vola même une tranche de bacon.

— Non, pas encore, répondit la fillette. Mais je suis
allée à New York.

Elle afficha soudain un air très important.

— C'est merveilleux. Et qu'as-tu préféré là-bas ?

— Le Radio City Music Hall !

Sans s'en rendre compte, elle se prenait au jeu. Puis,
brusquement, elle jeta un regard soupçonneux à Megan.
Elle venait de se rappeler qu'elle avait décidé de ne pas
l'aimer et refusa de continuer leur conversation, ne
répondant plus que par monosyllabes, jusqu'au départ de
la jeune femme. En la raccompagnant à sa voiture,
Bernard s'excusa auprès d'elle.

— Je suis confus, Megan. Elle ne s'est jamais comportée ainsi. Cela doit être de la jalousie.

Il se sentait sincèrement ennuyé et Megan lui renvoya
un sourire détendu. Bernie montrait une innocence qu'elle
ne connaissait que trop : celle d'un enfant qui a des peines
de cœur.

— Ne vous inquiétez pas. Ceci est parfaitement normal.
Vous et Alex êtes tout ce qu'elle a. Elle défend son bien,
c'est tout.

Elle parlait d'une voix douce, et ne voulait pas le blesser

en se montrant trop franche avec lui. Il était encore fragile ; elle s'en rendait tout à fait compte.

— Elle protège le souvenir de sa mère, poursuivit-elle. Il doit lui être très difficile de vous voir en compagnie d'une femme, même si celle-ci ne constitue aucune .menace. Mais ne vous amusez pas à faire venir chez vous de séduisantes blondes : elle serait capable de les empoisonner.

— Je me souviendrai de votre conseil... Vous avez été très bien avec elle, Megan.

— N'oubliez pas que c'est plus ou moins mon travail. Vous vendez du bordeaux, je connais les enfants. Parfois...

Bernie éclata de rire et se pencha sur elle, éprouvant brusquement l'envie de l'embrasser. Mais il se reprit aussitôt, horrifié par sa propre réaction.

— J'essaierai de me souvenir de cela aussi. A bientôt.. je l'espère.

Puis il se rappela ce qu'il voulait lui demander. Thanksgiving n'était que dans deux semaines et ils ne reviendraient pas à Oakville d'ici là.

— Voulez-vous participer à notre dîner de Thanksgiving ?

Cette pensée lui trottait depuis longtemps dans la tête Dans l'avion le ramenant de New York, il y songeait déjà. Megan l'observa, pensive.

— Croyez-vous que Jane l'acceptera ? Il ne faudrait pas aller trop vite avec elle.

— Et alors que dois-je faire ? Restez tranquillement assis chez moi pour le restant de mes jours ? J'ai tout de même le droit d'avoir des amis.

Il avait l'air d'un enfant déçu.

— Oui. Mais donnez-lui le temps de s'y faire. Je crois que je ne viendrai que pour le dessert. Cela me semble un compromis correct.

— Avez-vous d'autres projets ?

Il voulait savoir qui elle voyait. Megan paraissait

tellement prise et il se demandait qui l'occupait ainsi. Il avait du mal à croire que son travail lui prenait tant de temps et pourtant...

— J'ai promis à Jessica, la femme de Patrick, de lui donner un coup de main. Ils reçoivent des parents et elle aura besoin d'un peu d'aide. Je peux rester un peu chez eux et vous rejoindre ensuite ?

— Vous arrive-t-il de penser un peu à vous ? Vous êtes toujours à vous dévouer pour les autres.

— Est-ce si mal ? demanda-t-elle, étonnée.

Elle était ainsi. Elle ne changerait pas, et c'était au fond une des choses qu'il préférait chez elle.

— On dirait que vous ne songez qu'à autrui, reprit-il avec un ton soucieux.

— J'en tire ce dont j'ai besoin, j'imagine. Et je n'ai pas besoin de beaucoup.

Ou, du moins, n'en avait-elle pas eu besoin jusqu'à maintenant. Mais aujourd'hui, elle commençait à se poser des questions. Certaines choses manquaient à sa vie. Elle l'avait compris lorsque Alexandre lui avait demandé de grimper sur ses genoux et même lorsque Jane avait paru si agressive avec elle. Tout d'un coup elle se rendait compte qu'elle était lasse de ne faire qu'inspecter les oreilles de ses patients, examiner leur gorge ou tester leurs réflexes.

— Bon, alors, nous nous revoyons à Thanksgiving. Pour le dessert.

Pourtant Bernie restait déçu qu'elle ne vienne pas plus tôt et, secrètement, il en voulait à Jane. Sa rancune envers la fillette ne fit qu'empirer lorsqu'elle s'attaqua devant lui à Megan.

— Dis donc, elle est moche, hein, papa ! laissa-t-elle tomber en le transperçant de son regard bleu.

— Je ne pense pas, Jane. Je trouve au contraire que c'est une fille très jolie.

Cette fois, il était décidé à ne pas se laisser marcher sur les pieds.

— Une fille ? Berk... On dirait qu'elle a au moins quatre cents ans.

Les mâchoires serrées, Bernie l'observa en s'efforçant de lui parler calmement.

— Pourquoi la détestes-tu tellement ?

— Parce qu'elle est bête !

— Non. Elle n'est pas bête, elle est très intelligente. On ne peut pas devenir docteur quand on est bête.

— Eh bien, je ne l'aime pas quand même.

Des larmes envahirent soudain ses grands yeux bleus et une assiette glissa de ses mains et se brisa alors qu'elle aidait Nanny à débarrasser la table.

Malgré l'incident, Bernie répliqua tranquillement :

— Ce n'est qu'une amie, ma chérie. C'est tout.

Megan avait raison. Jane avait tout simplement peur qu'une femme fasse irruption dans la vie de son père. A présent, il le comprenait parfaitement.

— Je t'aime beaucoup, tu sais, murmura-t-il.

— Alors ne la fais plus venir ici, rétorqua-t-elle en pleurant.

Alexandre la regardait fixement, intrigué et fasciné tout à la fois et n'ayant aucune idée de ce qui se passait.

— Et pourquoi pas ?

— On n'a pas besoin d'elle, c'est tout.

Sur ces paroles, Jane courut s'enfermer dans sa chambre. Nanny Pip, qui venait d'assister à la scène, s'approcha de Bernard et le retint par le bras, l'empêchant ainsi de suivre la fillette.

— Laissez-la un petit peu seule pour un moment, monsieur. Elle va se calmer. Il faut qu'elle apprenne que tout ne se passe pas forcément comme elle l'entend.

Mary parlait d'une voix douce et réconfortante.

— J'espère, pour vous et pour elle-même, qu'elle finira par le comprendre. J'aime beaucoup le docteur.

— Moi aussi, dit Bernie, reconnaissant de ces conseils. C'est une très gentille femme et une bonne amie. J'espère que Jane ne s'est pas monté la tête pour si peu.

— Elle a peur de vous perdre.

Il croyait entendre Megan.

— Jamais elle ne me perdra.

— Alors faites en sorte qu'elle en soit persuadée. Dites-le-lui souvent. Quant au reste, elle finira bien par s'y habituer. Mais ne la brusquez pas, allez doucement et elle vous suivra.

Où donc? Il n'avait nulle part où aller, que ce soit avec Megan ou quiconque. Il contempla Mary d'un air grave.

— Il n'y a rien de tel, Nanny Pip. C'est ce que je voudrais que Jane comprenne.

— N'en soyez pas si sûr, répliqua-t-elle franchement. Vous avez droit à mieux que l'existence que vous menez actucllement. Il ne serait pas sain de vivre ainsi pour le restant de vos jours.

Mary savait tout de sa vie de célibataire. Elle était également au courant de la penderie pleine de vêtements que lui ou Jane allaient ouvrir de temps à autre, en prétendant devoir y chercher quelque chose. Et elle estimait qu'il était temps de s'en débarrasser, tout en sachant que Bernie n'y était pas encore prêt.

39

Megan tint parole et arriva au moment du dessert, après son repas de Thanksgiving chez Patrick et Jessica. Elle apportait un cake aux fruits confits qu'elle avait préparé elle-même. Mary le trouva délicieux et Jane lui fit comprendre qu'ils avaient déjà assez mangé. Bernie le goûta également et fut surpris qu'elle ait trouvé le temps de faire de la pâtisserie.

— Je n'en reviens pas moi-même, déclara-t-elle à Bernie qui la félicitait de son gâteau. Je crois que je suis la pire des cuisinières : je sais tout juste cuire un œuf et mon café est infect. Et, quand je vais chez lui, mon frère me supplie régulièrement de ne jamais mettre les pieds dans sa cuisine.

— Drôle de bonhomme.

— Non, il a raison, avoua-t-elle en prenant un air penaud.

Sans lui demander la permission, Alexandre s'approcha doucement d'elle et grimpa automatiquement sur ses genoux. La jeune femme lui offrit un morceau de son cake qu'il refusa aussitôt.

— Vous voyez! Il a compris, lui.

Le petit garçon la contempla avec un air buté et tout le monde se mit à rire devant sa mine déterminée.

— Ma maman cuisinait très bien, hein, papa? observa alors Jane sur un ton à la fois désagréable et triste.

— Oui, c'est vrai, ma chérie.

— Elle nous faisait beaucoup de bonnes choses.

La fillette se souvenait en particulier des biscuits en forme de cœur que Liz avait préparés pour son dernier jour d'école et cette pensée la mena au bord des larmes, tandis qu'elle jetait à Megan un regard plein d'amertume.

— C'est une qualité que j'admire, s'empressa de déclarer le médecin. C'est formidable de bien savoir cuisiner.

— Elle était aussi très jolie, poursuivit Jane.

Dans ses yeux, Bernie pouvait à présent lire plus de tristesse que d'agressivité. Il ne s'agissait plus d'une comparaison de sa part, mais d'un souvenir qui lui faisait de la peine. La fillette avait réellement besoin d'en parler.

— Elle était blonde et petite, et très mince, continua-t-elle.

Discrètement, Megan sourit à Bernie. Au moins savait-elle qu'il n'était pas attiré par elle à cause d'une ressemblance possible avec sa femme. Elle était en fait l'opposé de Liz et, d'une certaine manière, elle préférait cela. C'était plus clair, plus simple.

— Tu ne me croiras pas, dit-elle doucement à l'adresse de Jane, mais ma mère est blonde, toute mince et pas très grande non plus. Mon frère aussi.

— C'est vrai? demanda Jane à la fois amusée et interloquée.

— C'est vrai. Elle m'arrive à peu près ici, reprit-elle en montrant son épaule. Moi, je ressemble plutôt à mon père.

Elle ne perdait rien au change. Ses parents étaient tous deux très beaux.

— Et votre frère est petit comme votre maman? questionna Jane, tout d'un coup très intéressée par ce que lui racontait Megan.

Peut-être existait-il un espoir de la voir se calmer un peu.

— Oui. Je l'appelle toujours le nain.

— Alors il doit vous détester, répliqua-t-elle en riant.

— Oui, je crois. Voilà sans doute pourquoi il est devenu psychiatre : il peut ainsi comprendre pourquoi il me déteste.

Tous éclatèrent de rire à cette réflexion et Nanny se leva pour resservir du thé avant d'emmener Alexandre prendre son bain. Megan aida alors Bernard et Jane à débarrasser la table. Puis ils rangèrent la cuisine, nettoyèrent, grattèrent, et remplirent le lave-vaisselle. Lorsque Mary revint, elle eut l'agréable surprise de constater que tout était propre et bien rangé. Elle s'apprêtait à dire combien il était agréable d'avoir une femme dans la maison, mais se contenta de les remercier, ce qui était plus diplomatique vis-à-vis de Jane.

Megan resta ensuite plus d'une heure à bavarder devant le feu, puis son « bip » sonna et elle laissa Jane composer le numéro de l'hôpital. Lorsque son interlocuteur lui répondit, la fillette prit l'écouteur et entendit que quelqu'un avait manqué de s'étouffer avec un os de dinde. Les parents avaient heureusement réussi à l'extirper, mais la gorge de l'enfant était sérieusement meurtrie. A peine avait-elle raccroché que le « bip » sonna de nouveau. Il s'agissait cette fois d'une petite fille qui s'était entaillé la main avec un couteau à découper et avait besoin de points de suture.

— Beurk ! s'exclama Jane en faisant la grimace. Ça a l'air horrible.

— Oh, je ne pense pas que ce soit trop grave. En tout cas, elle n'a pas perdu de doigt. — Elle jeta un regard à Bernie par-dessus la tête de Jane. — Bon, eh bien, il faut que je parte...

— Vous reviendrez ensuite ? hasarda-t-il.

Megan aurait bien aimé, néanmoins elle désirait rester prudente avec la fillette.

— Il sera trop tard. Une fois là-bas, il y a toujours quelque chose à faire. Je ne vais quand même pas sonner à votre porte à dix heures du soir.

Bernie l'aurait volontiers attendue jusqu'à une heure

avancée de la nuit et tous regrettèrent ce départ un peu précipité, même Jane. Ce fut Alexandre qui manifesta le plus sa déception lorsque, après son bain, il constata qu'elle était partie . il se mit à pleurer dans les bras de sa sœur et cette scène rappela durement à Bernard ce qui leur manquait à tous. Il se demanda si, finalement, Nanny Pip n'avait pas raison en lui assurant qu'ils ne vivraient pas toujours ainsi. Mais il ne pouvait encore imaginer changer de vie maintenant, sauf s'ils devaient déménager pour New York. Cependant, cette idée ne le tracassait plus vraiment. Il n'y pensait plus, parce que, depuis quelque temps, il se sentait heureux en Californie.

Ils se rendirent à New York pour Noël, sans revoir Megan. Avec tout ce que Bernard avait à faire au magasin, ils n'avaient pas eu le temps de retourner à Oakville et les enfants étaient suffisamment occupés à San Francisco. Nanny les avait tous deux emmenés au spectacle, et au cinéma. Ils avaient également vu le Père Noël chez Wolff. Alexandre en était resté bouche bée. Jane n'y croyait plus mais avait néanmoins accepté d'accompagner son petit frère.

Bernie appela Megan avant de partir.

— Passez de bonnes fêtes, lui souhaita-t-il avec ferveur.

Elle les méritait bien, après la façon dont elle se dévouait pour les autres à longueur d'année.

— Vous aussi. Et embrassez Jane de ma part.

Elle avait envoyé une écharpe et un bonnet de laine rose pour Jane, une peluche pour Alex, mais les cadeaux n'étaient pas encore arrivés.

— Je regrette que nous ne puissions vous voir avant notre départ.

Il était en fait plus désolé qu'il ne le lui laissait entendre. Depuis plusieurs semaines, il avait beaucoup pensé à elle.

— Peut-être vous verrai-je à New York, annonça-t-elle gravement.

— Je croyais que vous alliez voir votre famille à Boston.

— Oui, mais mon frère et sa femme repasseront à New

York et veulent que je les accompagne. Un de nos cousins se marie en grande pompe au Colony Club. Je n'aime pas beaucoup ce genre de soirée mais ils insistent pour que je sois de la partie. Je leur ai dit que je réfléchirai.

Elle avait en fait accepté en pensant qu'elle pourrait voir Bernie à New York mais elle n'osait pas le lui avouer. Il fut cependant tout heureux à l'idée de pouvoir l'y rencontrer.

— Vous préviendrez si vous venez ?

— Bien sûr. Je me renseignerai sur le programme des réjouissances, puis je vous téléphonerai.

Il lui donna donc le numéro de téléphone de Scarsdale, en espérant bien qu'elle l'appellerait. En rentrant chez lui ce soir-là, il trouva l'énorme carton qu'elle avait envoyé pour la famille : l'écharpe et le bonnet roses pour Jane, la peluche pour Alex, un cardigan de laine pour Nanny Pip qui l'aima immédiatement et un superbe livre relié de cuir pour lui-même. Il remarqua aussitôt que le livre était non seulement ancien mais aussi très rare. Un petit mot d'elle précisait qu'il lui venait de son grand-père et qu'il l'avait aidée à surmonter les périodes difficiles de sa vie ; elle espérait qu'il ferait le même effet sur lui. Megan souhaitait également une bonne année et un joyeux Noël à tous.

En lisant la lettre, il regretta de ne pas passer les fêtes dans la même ville qu'elle. La vie semblait si compliquée parfois. Noël lui paraissait triste et ne faisait que lui rappeler Liz et leur anniversaire de mariage. Dans l'avion qui les emmenait sur la côte est, il resta silencieux ; trop calme, aux yeux de Nanny. A son visage qui manquait de sérénité, elle pouvait jurer qu'il pensait à sa femme. Celle-ci lui manquait encore tellement.

De son côté, à bord de l'avion à destination de Boston, Megan pensait à son fiancé et à Bernard et, tranquillement, les comparait. Tous deux étaient très différents et elle les respectait autant. Pourtant c'était l'absence de Bernie qui la faisait souffrir à présent. Elle l'appela le soir même, simplement pour le plaisir d'entendre sa voix. Ce fut Ruth qui décrocha. Tout étonnée, vaguement inquiète car Megan s'était annoncée comme le Dr Jones, elle tendit le combiné à Bernie et resta à tourner autour de lui jusqu'à ce qu'il fronce les sourcils d'un air agacé. Il savait qu'il lui devrait une explication, mais pour l'instant il n'avait qu'une envie : parler à Megan.

— Megan ? lança-t-il, d'un ton enjoué. Comment s'est passé votre voyage ?

— Pas mal.

Elle était un peu gênée d'avoir été la première à appeler. Mais quelle importance après tout ! Elle s'était soudain sentie si seule sans lui, en arrivant à Boston, qu'elle n'avait écouté que son désir la poussant à lui téléphoner tout de suite.

— J'éprouve toujours un sentiment étrange lorsque je remets les pieds dans la maison de mes parents. On dirait qu'ils ont oublié que j'ai grandi et ils continuent de me donner des ordres comme si j'étais encore une enfant. Cela me fait régulièrement la même impression.

Cette réflexion fit rire Bernie, tant elle lui rappelait son propre cas. Il aurait préféré descendre à l'hôtel mais, avec les enfants, c'était hors de question ; d'autant qu'ils étaient venus passer les fêtes avec leurs grands-parents.

— Je vous comprends, Megan. C'est comme si l'on reculait dans le temps et que l'on admettait que, finalement, ils avaient raison. Vous avez quatorze ans et vous revenez chez vous pour filer doux devant vos parents... excepté que vous ne le faites pas. Et tout le monde finit par vous en vouloir.

Megan se mit à rire au bout du fil. A Boston, c'était chose faite. Son père était allé accoucher une patiente une heure après son arrivée et elle avait refusé de l'accompagner parce qu'elle était fatiguée. Alors il était parti seul, visiblement déçu, pendant que sa mère lui reprochait de ne pas avoir emporté des souliers assez chauds et d'avoir mal fait sa valise. Plus tard, elle l'avait grondée pour avoir laissé sa chambre en désordre. Après dix-huit années à vivre seule, ce genre de situation restait, pour le moins, difficile à encaisser.

— Mon frère m'a promis de venir à mon secours ce soir. Ils donnent une réception chez eux.

— Est-ce qu'il y aura le Boston sérieux ou complètement fou?

— Les connaissant, je crois que ce sera un peu des deux. De toute façon, ils vont tous terminer ivres morts et, comme d'habitude, l'un d'eux finira par se déshabiller, probablement quelque analyste très snob qui aura dépassé la dose mortelle de whisky. Ils adorent ça.

— Faites tout de même attention à vous.

Il lui semblait étrange de l'imaginer dans ce milieu. Il réalisa soudain combien la jeune femme lui manquait mais se demandait s'il pouvait le lui dire. Cela lui paraissait encore inapproprié, bien qu'il sentît qu'il existait dorénavant plus qu'une simple amitié entre eux. Ce sentiment lui fit chaud au cœur.

— Pensez-vous toujours venir à New York pour ce mariage? demanda-t-il, plein d'espoir.

— Je pense, oui. Je ne sais pas encore comment mes parents réagiront lorsque je leur annoncerai que je pars pour New York, alors que je suis venue leur rendre visite. Mais je leur en toucherai un mot et je verrai.

— J'espère qu'ils vous laisseront y aller, articula-t-il, soudain inquiet comme un adolescent.

Et tous deux éclatèrent de rire. Encore ce fameux syndrome des quatorze ans!

— Vous l'avez compris, ce n'est pas si simple.

— Ecoutez, venez juste pour un soir. Ce serait amusant de vous voir ici.

Megan ne disait pas non. Depuis des semaines elle pensait à lui et regrettait de ne pas l'avoir vu avant son départ pour la côte est. Mais tous deux avaient une vie très remplie et beaucoup de responsabilités. Alors, peut-être que se retrouver un soir à New York n'était pas une si mauvaise idée.

— Je verrai ce que je pourrai faire. Ce serait effectivement très agréable. Mais au fait.. si vous m'accompagniez à ce mariage ? Vous avez un costume habillé ? Plus elle y pensait, plus cette idée lui plaisait.

— Non, mais je connais un magasin fantastique où on trouve de tout... Etes-vous sûre que c'est possible ? Je ne connais aucun des fiancés.

Un mariage au Colony Club lui semblait particulièrement mondain et sérieux et, à dire vrai, cela l'intimidait quelque peu. Mais Megan s'en faisait beaucoup moins.

— Tout le monde sera tellement ivre qu'ils ne vous demanderont même pas qui vous êtes. Et puis nous pourrons nous esquiver discrètement et terminer la soirée autre part... au Carlyle, par exemple, pour y écouter Bobby Short.

Bernard resta un instant silencieux. C'était un de ses clubs préférés à New York et Bobby était un vieil ami. Il suivait sa carrière depuis des années.

— Cela me plairait infiniment, articula-t-il d'une voix rauque.

De nouveau, il se sentait jeune, comme si la vie lui souriait et recommençait pour lui.

— Essayez de venir, Meg, ajouta-t-il.

— C'est promis.

Ce n'était plus entre eux qu'une question de temps, à présent, et cela effrayait presque Megan, bien qu'elle mourût d'envie de le voir. Elle ne voulait pas attendre qu'ils soient de retour à Napa.

— Je ferai mon possible, ajouta-t-elle. Notez le vingt-six dans votre agenda. J'arriverai dans la matinée et descendrai au Carlyle. Mon fou de frère y séjourne chaque fois qu'il vient à New York.

— J'irai acheter un costume chez Wolff, cette semaine.

La perspective de cette soirée ensemble lui paraissait tout à fait agréable, excepté cette réception qu'il redoutait un peu. Il ne restait que trois jours avant son anniversaire de mariage avec Liz : cela aurait fait quatre ans. Mais il ne pouvait y penser maintenant. Il ne pouvait continuer de célébrer un événement qui n'avait plus lieu d'être fêté et il éprouva soudain l'envie de rejoindre Megan, de la voir, de la toucher, comme pour forcer les souvenirs à quitter son esprit. La jeune femme crut deviner un ton particulier dans sa voix et s'inquiéta pour lui. Cette conversation entre eux était étrange. Tous deux en étaient conscients.

— Ça va? demanda-t-elle doucement.

— Oui, répondit-il avec un sourire las. Je me laisse parfois capturer par de vieux fantômes, particulièrement à cette époque de l'année.

— Je crois que c'est difficile pour chacun de nous.

Megan avait vécu elle aussi ce vide amer qui vous entoure brusquement, mais cela faisait si longtemps et, d'ordinaire, il y avait un homme dans sa vie durant cette période de fêtes. Ou bien elle était de garde à l'hôpital ou appelée en urgence chez un petit malade. Néanmoins, d'une manière ou d'une autre, elle savait qu'elle avait souffert moins que lui en ce moment et elle espérait que sa famille serait gentille avec lui. Elle comprenait comme ces fêtes de fin d'année pouvaient lui paraître pénibles et à Jane également, avec tous les souvenirs qu'elles charriaient.

— Comment va votre fille?

— Je crois qu'elle est contente d'être ici. Elle et maman s'entendent comme larrons en foire. Elles ont déjà des tas de projets pour les trois semaines à venir et Nanny restera ici pendant mon absence. Je dois être de retour à San Francisco pour une réunion qui a lieu le trente et Jane ne rentrera à l'école que le dix janvier, ce qui leur laissera une bonne quinzaine de jours ensemble à New York.

Megan se demanda alors s'il ne se sentirait pas trop seul.

— Viendrez-vous à Napa?

— C'est possible, oui.

Il y eut un long silence durant lequel ils semblèrent partager les mêmes sentiments. Puis, la jeune femme promit de l'appeler avant la fin de la semaine pour lui faire part de son emploi du temps.

Mais ce fut Bernie qui téléphona cette fois. Deux jours après leur arrivée à New York. C'était Noël. Le père de Megan prit la communication et, sur un ton à réveiller un mort cria à sa fille de se dépêcher de venir. Celle-ci arriva tout essoufflée.

— Joyeux Noël, Meg, lança-t-il avec ardeur.

Il prenait l'habitude de lui donner ce surnom et cette attention la toucha. Personne ne l'avait nommée ainsi depuis son enfance et cela lui fit chaud au cœur.

— Joyeux Noël à vous aussi, Bernie.

Elle paraissait heureuse de l'entendre, mais il devina beaucoup de bruit derrière elle, puis quelqu'un cria son nom.

— Ai-je choisi un mauvais moment ?

— Non. Nous nous apprêtons simplement à partir à l'église. Puis-je vous rappeler ?

Elle le rappela deux heures plus tard. Ils bavardèrent longtemps et, quand Bernie raccrocha, sa mère le regardait d'un air curieux. Les enfants jouaient dans leur chambre avec les cadeaux découverts au pied du sapin, en compagnie de Nanny Pip. Ils avaient déjà reçu la plupart de leurs présents pour Hanoukah, mais Grandma Ruth n'avait pu laisser passer Noël sans recommencer à les gâter. Elle ne voulait pas décevoir Alex et Jane, aussi le Père Noël venait-il également leur rendre visite, ce qui faisait sourire Bernie. Si lui-même avait désiré fêter Noël dans son enfance, cela aurait fait hurler ses parents. Mais, pour les petits-enfants, rien n'était trop beau. Ruth et Bruce s'étaient bien adoucis ces dernières années. Pas complètement, toutefois.

— Qui était-ce ? demanda Ruth d'un air faussement naïf.

— Une amie.

— Je la connais ?

— Je ne crois pas, maman.

— Comment s'appelle-t-elle ?

D'habitude, ce genre de question le mettait en colère mais, à présent, cela lui était égal. Il n'avait rien à cacher, pas même à sa mère.

— Megan Jones.

Elle l'observa, à la fois heureuse que quelqu'un ait appelé et déçue qu'elle ne s'appelât pas Rachel Schwartz.

— Encore une de ces jeunes femmes...

Pourtant, secrètement, Ruth était satisfaite. Une femme lui téléphonait. Son fils revivait. Et elle put lire quelque chose dans son regard qui lui donna de l'espoir. Elle l'avait bien remarqué, le soir de leur arrivée, et en avait parlé à Bruce, mais celui-ci avait rétorqué qu'il n'avait rien noté de spécial. Il ne voyait jamais rien d'ailleurs. Mais elle, si. Et elle en était certaine, maintenant.

— Comment se fait-il que tu ne rencontres jamais de filles juives ?

C'était autant un reproche qu'une question. Bernie éclata de rire.

— Sans doute parce que je ne vais plus à la synagogue.

Ruth acquiesça sans rien dire et se demanda s'il en voulait à Dieu pour la mort de Liz. Mais elle se garda bien de lui poser la question.

— De quelle religion est-elle ?

— Protestante.

— Oh... fit-elle avec un soupir qui ressemblait davantage à une constatation qu'à une menace de crise cardiaque. Protestante... ? Et c'est sérieux ?

— Non. C'est simplement une amie.

— Elle t'appelle souvent.

— C'est seulement la deuxième fois.

Ruth se souvenait qu'il lui avait téléphoné, lui aussi, mais fit semblant d'oublier.

— Est-elle jolie ? Aime-t-elle tes enfants ?

— Elle est pédiatre, si cela peut te rassurer.

Bien sûr que cela la rassurait ! Il n'y avait qu'à voir son visage, empreint de respect.

— Pédiatre ? Mais oui... Le Dr Jones... Pourquoi ne me l'as-tu pas dit plus tôt ?

— Tu ne m'avais rien demandé.

Mêmes réponses types aux mêmes questions types... C'était comme un air qu'ils se chantaient depuis des années. C'était presque devenu une berceuse...

— Comment s'appelle-t-elle déjà ?

Il savait à présent qu'elle demanderait à Bruce de se renseigner.

— Megan Jones. Elle a été à Harvard, puis à Stanford, puis à l'université de Californie. Comme ça, tu sais tout. Papa n'aura pas besoin d'enquêter. Il a déjà trop de travail.

— Ne sois pas désagréable, Bernie.

Ruth prétendit l'embarras, mais elle était en fait impressionnée. Elle aurait préféré que ce fût lui le médecin et elle travaillant chez Wolff, mais se rendait compte que l'on ne pouvait tout avoir.

— A quoi ressemble-t-elle ?

— Elle a des verrues et un bec-de-lièvre.

Cette fois, Ruth ne put réprimer un rire.

— Aurais-je l'occasion de rencontrer cette beauté aux nombreux diplômes ?

— Peut-être, si elle vient par ici.

— Est-ce sérieux ? insista-t-elle en le fixant.

Mais, cette fois, Bernie se rebiffa. Il voulait bien jouer avec elle, mais jusqu'à un certain point seulement. Pour le moment lui et Megan n'étaient qu'amis, même s'ils s'appelaient souvent au téléphone.

— Non.

Ruth avait appris quelque chose au long de sa vie : savoir se replier au bon moment. Elle se tut donc, et ne dit rien quand Megan rappela ce soir-là, pour prévenir Bernie de l'heure à laquelle elle se trouverait au Carlyle. Elle venait à New York pour assister au mariage en sa compagnie. Bernie avait déjà acheté son costume de soirée qui lui allait à merveille. Sa mère n'en revint pas de

le voir sortir le lendemain. Et elle resta pétrifiée à la vue
de la longue limousine noire qui attendait au-dehors.
— C'est sa voiture? s'enquit-elle, sur le point de
suffoquer.
Quel genre de médecin était-elle donc? Après quarante
ans de métier, avec un cabinet ayant pignon sur rue, Bruce
ne pouvait toujours pas s'offrir une limousine. Non qu'elle
en désirât une, mais...
Bernie lui sourit.
— Non, maman. C'est la mienne. Je l'ai louée.
— Oh...
Cela parut la calmer un peu. Très fière de lui, elle se
posta devant la fenêtre et le regarda s'installer dans la
limousine avant de disparaître. Avec un gros soupir, elle
se retourna et vit que Nanny Pip l'observait.
— Je... Je voulais simplement vérifier que tout allait
bien. Il fait si froid dehors, expliqua-t-elle comme pour se
justifier.
— C'est un homme très gentil, madame.
Mary semblait également fière de lui et ses mots
touchèrent profondément Ruth. Elle jeta un regard alentour, pour vérifier que personne ne les écoutait, puis
s'avança lentement vers Nanny. Depuis qu'elles se
connaissaient, elles s'appréciaient et se respectaient l'une
l'autre. Et Ruth s'imaginait que Nanny savait tout ce qui
se passait dans la vie de son fils.
— Comment est ce docteur? demanda-t-elle si bas que
Mary pouvait à peine l'entendre.
— Elle est gentille. Et très intelligente.
— Et physiquement?
— Jolie.
Ils formeraient sans doute un beau couple, mais Nanny
avait les pieds sur terre. Pour l'instant, il n'y avait aucune
raison de penser qu'il se passait quelque chose de sérieux
entre eux. Certes, cela lui aurait fait plaisir. Mais...
— C'est une femme très bien, madame. Qui sait? Peut-
être un jour...

Mais Nanny ne promettait rien et Ruth ne put que hocher la tête. Elle repensait à son fils unique se rendant en ville dans une limousine louée. Quel beau garçon c'était... Et gentil aussi... Mary avait entièrement raison. Elle essuya rapidement une larme sur sa joue, éteignit les lampes du salon et alla se coucher en lui souhaitant intérieurement les meilleures choses possibles.

40

Se rendre en ville prit un peu plus de temps que d'habitude, à cause de la neige. Confortablement installé à l'arrière de la limousine, Bernie pensait à Megan. L'idée de la revoir lui plaisait infiniment, spécialement dans cet endroit. Ce serait nouveau, différent et gai.

Il aimait la vie tranquille qu'elle menait tout en se donnant comme une folle à son métier, avec amour et dévouement. Et pourtant, il y avait autre chose en elle : sa famille à Boston, ce frère « fou » dont elle parlait avec tant de sympathie et leurs amis excentriques et mondains qui l'amusaient, dont ce cousin qui se mariait ce soir.

Mais plus encore, il y avait ce qu'il ressentait pour elle : le respect, l'admiration et cette affection grandissante. Et enfin, ce qu'il avait encore du mal à s'avouer : cette attirance physique qu'il ne pouvait nier plus longtemps, malgré son sentiment de culpabilité, et qui s'affermissait de jour en jour.

Il pensait encore à Megan quand la limousine accéléra sur Madison Avenue recouverte de sel et tourna dans la 76e rue avant de s'arrêter. Il descendit de la longue voiture, pénétra dans l'élégant hôtel Carlyle et à la réception, demanda le numéro de la chambre du Dr Jones.

— Le Dr Jones se trouve au quatre cent douze, monsieur, lui répondit-on avec solennité.

Il prit l'ascenseur jusqu'au quatrième étage et, suivant

les indications du réceptionniste, tourna à droite en sortant. Arrivé devant la porte, il retint sa respiration avant de frapper. Il avait soudain terriblement hâte de la voir. Lorsqu'elle lui ouvrit, vêtue d'une longue robe de satin bleu marine qui rehaussait magnifiquement sa chevelure noire lustrée ainsi que ses yeux bleus, il resta stupéfait de sa beauté. Elle portait au cou un superbe collier de saphir ainsi que des boucles d'oreilles assorties. Ces bijoux lui venaient de sa grand-mère mais ce n'étaient pas eux qui coupèrent le souffle de Bernie. C'étaient son visage et son regard. Il s'approcha d'elle et l'étreignit chaleureusement, comme pour signer leurs retrouvailles.

Ils s'étaient tellement manqués ! Mais ils eurent à peine l'occasion de se dire bonjour que déjà son frère faisait irruption dans la chambre, en chantant un air de corps de garde français et absolument fidèle à la description que Megan avait faite de lui. Samuel Jones aurait pu passer pour un très beau jockey blond, à l'allure aristocratique. Il avait hérité de sa mère ces traits fins et élégants et tout chez lui paraissait délicat, excepté sa voix, son sens de l'humour et, selon lui, ses prouesses sexuelles. Il serra fort la main de Bernard, le mit en garde contre la cuisine de sa sœur et sa façon de danser et enfin lui versa une double dose de whisky, sans lui laisser le temps de prononcer la moindre parole devant Megan amusée.

Enfin apparut sa belle-sœur drapée dans une robe de satin vert s'harmonisant merveilleusement avec ses cheveux roux, au milieu de rires et d'exclamations en français. Elle portait elle aussi un ravissant collier, mais serti d'émeraudes. Bernie avait l'impression d'être pris dans un tourbillon de folie et de gaieté. Ce ne fut qu'une fois seuls dans la limousine qui les conduisait à l'église qu'il put tranquillement admirer Megan, Sam et sa femme étant partis dans une autre voiture.

— Vous êtes absolument divine, Megan.

— Vous aussi.

Le nœud papillon lui allait parfaitement. Quelle différence avec les jeans qu'ils avaient coutume de porter !
— Vous m'avez beaucoup manqué, Meg, se lança-t-il.
En arrivant à New York, pour la première fois je me suis
senti complètement désorienté. J'aurais voulu être à Napa
et parler avec vous ou nous promener ensemble quelque
part... ou même nous retrouver sur les docks à manger un
hamburger.
— Au lieu de tout cet entourage clinquant ? se moqua-
t-elle gentiment en indiquant l'élégance dans laquelle ils
baignaient.
— Je crois que je préfère la vie simple de Napa Valley.
Sans doute avez-vous eu raison de quitter Boston.
Bernie regrettait presque d'être venu à New York.
Cette ville ne le tentait plus comme auparavant. Tout ce
qu'il désirait à présent était de retourner en Californie où
le temps se montrait clément et les gens plus aimables.
Bizarrement, il avait le mal du pays.
— Je n'ai jamais regretté ma décision, dit-elle.
Elle aussi avait hâte de regagner la côte ouest. Elle
repartirait dans quatre jours et passerait le Nouvel An à
Napa, pour relever Patrick, de garde à Noël. D'un
commun accord, ils avaient décidé qu'ils avaient besoin
d'un troisième médecin, pour le cabinet.
Mais, ce soir, ils n'en étaient pas là et Bernie prit la main
de Megan au moment où ils sortaient de la limousine,
devant l'église Saint James, à l'angle de Madison et de la
71e rue. Jamais elle ne lui avait paru aussi belle et il se
sentait fier d'être en sa compagnie. Il émanait d'elle force,
élégance tranquille et majesté tout à la fois. C'était le
genre de personnage sur lequel tout le monde se retournait.
Après la cérémonie, Bernie fut présenté aux mariés puis
bavarda avec Samuel et sa femme et fut surpris de la
sympathie qu'il éprouvait pour eux. Megan lui paraissait
décidément bien différente de Liz : elle était très attachée
à sa famille qu'elle aimait très fort, à l'opposé de la pauvre

Liz qui s'était sentie si seule dans ce monde avant d'avoir sa fille et de le rencontrer.

Il dansa avec la belle-sœur de Megan, puis avec elle. Vers deux heures du matin, ils se retrouvèrent au bar du Carlyle et y restèrent jusqu'à quatre heures et demie, à se raconter des souvenirs et se faire des confidences tout en se découvrant l'un et l'autre. Il était presque dix heures lorsque Bernie rentra à Scarsdale dans la limousine.

Et le lendemain, il avait rendez-vous avec Megan pour déjeuner. Plusieurs réunions chez Wolff lui prirent toute la matinée et il se sentait épuisé après sa nuit blanche. Mais, en même temps, il était heureux et plein d'enthousiasme en arrivant à l'hôtel où l'attendait Megan, resplendissante dans son manteau de laine rouge. Bernie l'emmena au 21. Là, ils se trouvèrent nez à nez avec le frère de Megan, qui prétendait soigner sa gueule de bois au bar. Bernard ne put s'empêcher de rire en le voyant. Samuel représentait un savant mélange de gaminerie et de provocation, tout en étant un très bel homme. Enfin, il quitta le bar en compagnie de son épouse Marie-Ange en aussi piètre état, et ils allèrent déjeuner, laissant Bernie et Megan seul à seul.

Ce matin-là, devant un Bloody Mary et un steak tartare, Samuel avait déjà fait part à sa sœur de ce qu'il pensait de Bernie. Il espérait qu'elle saurait lui mettre le grappin dessus car c'était exactement l'homme qu'il lui fallait : son style, son esprit, son corps, tout... Et puis un cœur gros comme ça, avait ajouté la jeune femme. C'était d'ailleurs ce qu'elle préférait en lui.

Durant leur repas, ils discutèrent de Napa Valley que tous deux avaient hâte de retrouver.

— Montez votre magasin là-bas, Bernie, suggéra-t-elle.

Cette idée lui avait plu et elle aimait l'éclair qui illuminait son regard lorsqu'elle l'évoquait.

— Comment le pourrais-je, Meg ? Cela me prendrait tout mon temps.

— Pas si vous engagez quelqu'un qui vous aidera à le

diriger. Vous pourriez même le superviser de San Francisco ou New York, une fois qu'il sera lancé.

L'innocence de Megan le fit sourire. Monter un établissement de ce genre exigeait un travail de titan et une
présence constante sur les lieux dont elle n'avait pas l'air
de se rendre compte.

— Je ne crois pas, Megan.

— Mais essayez au moins.

Un nouvel éclair brilla dans ses yeux.

— J'y songerai.

Une chose le passionnait davantage pour l'instant : leurs
projets pour la Saint-Sylvestre. Ils avaient décidé de la
passer ensemble, même si Megan était de garde cette nuit-
là. Cela ne gênait pas Bernie et il lui avait promis de se
rendre à Oakville après ses réunions en ville du trente
décembre. Cette perspective agréable facilita le moment
de leur séparation. Megan devait récupérer ses affaires au
Carlyle et s'envoler pour Boston. Quant à Bernard, il avait
un rendez-vous avec Paul Berman.

Il lui restait deux jours à passer à Scardsale, qu'il
consacra à ses parents et aux enfants. Puis il prit l'avion
pour San Francisco, fébrile à l'idée de retrouver Megan là-
bas. Il comptait les heures qui le séparaient du lendemain,
quand il partirait pour Oakville. Elle devait être à Napa
depuis la veille, mais quand il l'appela, on lui répondit
qu'elle était en salle d'opération pour une péritonite. Seul
chez lui, Bernard comprit combien il se sentait solitaire
dans cette grande maison vide... vide comme son cœur et
sa vie, lorsque Megan n'était pas là. Mais il ne savait pas
vraiment si c'était elle qui lui manquait ou Liz et ce doute
le troubla.

Le téléphone sonna enfin vers onze heures. Il était dans
sa chambre en train de faire ses valises avant de partir à
Napa. En entendant la voix de Megan, il éprouva un tel
soulagement qu'il en aurait pleuré.

— Comment ça va, Bernie ? lui demanda-t-elle comme elle le faisait souvent, ce qui avait le don de l'émouvoir au plus haut point.

— Maintenant, bien, répondit-il franchement. La maison me paraît tellement vide sans Jane et Alexandre...

« ... et Liz... et vous... » avait-il envie d'ajouter. Mais il s'efforça de ne penser qu'à elle, malgré le sentiment de culpabilité qui le rongeait encore.

Elle mentionna la revue médicale qui se trouvait sur son bureau et il sourit car cela lui rappelait son père. Puis il lui parla des réunions qu'il devait présider le lendemain et Megan remit sur le tapis l'idée d'un magasin à Napa. Elle lui expliqua qu'elle avait une amie qui pourrait le seconder à la perfection.

— Elle s'appelle Phillippa Winterturn. Vous l'aimerez beaucoup.

Son enthousiasme était contagieux. Bernie aimait quand elle s'emballait ainsi. Elle était toujours pleine d'idées nouvelles et astucieuses.

— Mon Dieu, Meg, quel drôle de nom !

— Je sais. Mais il lui va parfaitement. Elle a les cheveux prématurément gris, des yeux verts et une allure unique. Je suis par hasard tombée sur elle aujourd'hui, à Yountville. Bernie, elle serait parfaite. Elle a travaillé pour plusieurs magasins de prêt-à-porter et pour Bendel à New York, il y a longtemps. Je vous jure qu'elle est fabuleuse, et libre en plus. Si vous voulez, je vous la présente.

Megan désirait qu'il monte ce magasin. Elle savait que cela lui plairait.

— D'accord, d'accord. J'y penserai.

Cependant, il avait autre chose en tête pour le moment. Et notamment le réveillon de la Saint-Sylvestre. Ils avaient décidé de le fêter dans la maison de Bernie. Megan ferait les courses et ils cuisineraient ensemble. Avec un peu de chance, on ne l'appellerait pas avant minuit.

Lorsqu'ils raccrochèrent, il resta debout devant la penderie de Liz, mais, cette fois, ne l'ouvrit pas. Il ne voulait même plus s'en approcher. Petit à petit, il se détachait d'elle. Il le fallait. Coûte que coûte.

41

Il arriva à Napa à six heures du soir et s'arrêta chez lui pour se changer. Il désirait se débarrasser de ses vêtements de ville et enfila un confortable pantalon de laine ainsi qu'une chemise de flanelle sur laquelle il passa un épais pull-over irlandais. Devant le cabinet médical, son cœur se mit à battre, tellement il se sentait ému de revoir Megan.

Elle ouvrit la porte et, sans même penser à ce qu'il faisait, Bernie l'attira contre lui et l'étreignit.

— Un peu plus de manières, s'il vous plaît, docteur Jones, lui lança alors son collègue moqueur.

Il avait bien vu que Megan était heureuse depuis quelque temps et, à présent, il comprenait pourquoi. Il les soupçonnait également de s'être vus à New York, bien qu'elle ne lui en eût touché mot. Tous trois quittèrent ensemble le cabinet, puis Patrick alla de son côté. Bernie portait les sacs d'épiccric tandis que Megan lui racontait sa journée. Il se moqua du peu de travail qu'elle avait abattu aujourd'hui ; elle n'avait vu que quarante et un patients !

Une fois arrivés chez Bernie, ils préparèrent un rôti et une salade composée. A peine avaient-ils terminé la viande que le « bip » de Megan retentit. La jeune femme jeta un regard désolé à son hôte.

— Je savais bien que cela allait arriver.

— Moi aussi. Mais souvenez-vous, nous sommes amis. Ne vous en faites pas.

Pendant qu'elle téléphonait, il alla chercher le café qui les attendait. Quelques instants plus tard, elle revint en faisant la grimace.

— L'un de mes adolescents s'est enivré et s'est enfermé dans la salle de bains, expliqua-t-elle dans un soupir.

Elle prit la tasse de café que Bernie lui tendait.

— Pourquoi n'ont-ils pas prévenu plutôt les pompiers ?

— Ils l'ont fait. Mais le jeune homme s'est évanoui en se cognant la tête. Ses parents veulent que je vienne pour vérifier qu'il n'y a aucune commotion cérébrale. Ils pensent par ailleurs qu'il s'est cassé le nez.

— Mon Dieu, lâcha-t-il avec un sourire. Et si je vous servais de chauffeur ?

Il ne voulait pas la laisser conduire seule un soir de réveillon et Megan, émue par tant d'attention, accepta avec plaisir.

— Je veux bien, Bernie. Merci.

— Finissez votre café pendant que je mets tout à tremper dans l'évier.

Un peu plus tard, ils partirent dans la BMW en direction de Napa.

— Votre voiture est confortable et bien chauffée, murmura-t-elle, heureuse de se faire dorloter.

La radio diffusait de la bonne musique et l'ambiance était à la gaieté, même si Megan devait travailler.

— Heureusement que le toit de mon Austin fuit. Il y a tant de courants d'air glacés en hiver que cela me tient éveillée tout au long de la route, que ce soit le jour ou la nuit. Si je devais rester bien au chaud comme ici, il y a longtemps que j'aurais eu un accident. Mais avec vous je suis en sécurité...

L'idée d'un danger la menaçant ne plaisait pas du tout à Bernie ; ni, d'ailleurs, celle de la savoir se geler en voiture la nuit. Avec tous ces gens à moitié ivres qui circulaient, il était content de l'accompagner ce soir. Ils décidèrent qu'ensuite ils retourneraient chez lui pour prendre le dessert arrosé de nombreux cafés. Megan ne voulait pas boire de champagne lorsqu'elle était de garde.

— Docteur Jones... Le Dr Jones est appelée aux urgences.

Le haut-parleur résonnait dans les couloirs de l'hôpital lorsqu'ils y arrivèrent et Bernie s'installa dans la salle d'attente avec une pile de revues. Megan promit de revenir dès qu'elle le pourrait, et, une demi-heure plus tard, elle était de retour.

— Ça y est ?

— Oui, répondit-elle.

Elle s'empressa alors d'ôter la blouse blanche qui lui donnait l'air si sérieux, et repartit en compagnie de Bernie.

— Ce n'était pas trop grave. Le pauvre gamin se trouvait pratiquement sans connaissance, mais son nez n'était pas cassé et il n'avait pas de commotion. Cependant il a une sacrée bosse et il va se sentir très mal demain matin. Il avait bu plusieurs verres de rhum avant que ses parents le découvrent.

— Aïe ! J'ai fait cela au lycée, une fois. Un mélange de rhum et de whisky. Quand je me suis réveillé, j'ai cru que j'avais une tumeur au cerveau.

— Moi aussi, cela m'est arrivé, avec de la tequila. J'étais à Harvard et quelqu'un avait organisé une sorte de soirée mexicaine. Tout à coup je ne suis plus parvenue à tenir debout. J'étais interne à cette époque et je ne l'ai jamais oublié. Je crois d'ailleurs qu'à ce moment de ma vie j'ai commis toutes les bêtises de la terre, à part peut-être m'enfuir nue dans la rue en hurlant.

Ce souvenir la fit rire, ainsi que Bernie.

— Parfois j'ai l'impression d'avoir cent ans quand je repense à tout ceci.

Ils échangèrent un regard chaleureux et Bernie la contempla tendrement.

— Une chose est au moins agréable : vous ne les paraissez pas.

416 LA BELLE VIE

Elle paraissait en effet à peine trente ans, alors qu'elle en avait six de plus. Quant à Bernie, il n'arrivait pas à se faire à l'idée qu'il fêterait bientôt ses quarante ans. Parfois même il se demandait où était passé le temps.

De retour à la maison, une heure et demie après en être partis, Bernie alluma un feu dans la cheminée pendant que Megan préparait du café. Quelques minutes plus tard, il la rejoignit à la cuisine et ne put s'empêcher de sourire. C'était une drôle de façon de passer le réveillon de la Saint-Sylvestre, mais tous deux se sentaient heureux. Megan alla s'asseoir au coin du feu et Bernie lui servit une grande tasse de café chaud. Elle s'était confortablement installée et avait l'air détendu.

— Je suis contente que vous soyez venu ce week-end, Bernie, avoua-t-elle tout bas. J'avais besoin de vous voir.

Cette réflexion lui fit plaisir, d'autant qu'il ressentait la même chose à son égard.

— Moi aussi. La maison de San Francisco me semblait si diablement vide et, par ailleurs, j'aime cette façon de fêter le Nouvel An. En compagnie de quelqu'un qui vous plaît...

Bernie pesait ses mots et Megan les comprenait parfaitement.

— Je pensais rester ici cette semaine, pendant que les enfants sont absents. Faire la navette ne me gêne pas.

A ces paroles, le visage de Megan s'éclaira.

— C'est formidable ! s'écria-t-elle alors que résonnait une fois de plus son « bip ».

Cette fois, c'était un enfant de cinq ans qui avait une légère fièvre et Megan n'eut pas besoin d'aller le voir. Elle ne fit que donner des instructions en promettant d'aller rendre visite au petit malade le lendemain et en demandant qu'ils la rappellent si son état s'aggravait.

— Comment faites-vous pour tenir ainsi, nuit après nuit ? Ce doit être épuisant. Vous donnez tellement de vous-même.

Pourtant il savait combien elle aimait son travail et cela ne cessait jamais de l'impressionner.

— Je n'ai personne d'autre à qui me consacrer, répondit-elle sans l'ombre d'une tristesse dans le regard.

Ils en avaient déjà discuté auparavant. D'une certaine manière, elle était mariée avec sa profession. Mais, alors qu'elle levait les yeux sur lui, quelque chose d'étrange se passa. Bernie, tout d'un coup, sentit qu'il ne pouvait plus supporter les chaînes avec lesquelles il s'était lui-même lié les poignets. Le fait de la serrer dans ses bras tout à l'heure avait ouvert les portes à un désir auquel il ne voulait plus résister. Et, d'un geste des plus naturels, il la prit contre lui et l'embrassa. Il l'embrassa longtemps, très longtemps, comme s'il se souvenait peu à peu du goût d'un baiser. Et plus il l'embrassait, plus il semblait aimer cela. Lorsqu'il s'arrêta, tous deux étaient à bout de souffle.

— Bernie...

Elle ne savait pas ce qu'ils faisaient, ni pourquoi. Elle n'était certaine que d'une chose : elle l'aimait.

— Dois-je me faire pardonner ?

Il chercha son regard mais ne lut que de la tendresse. Alors, il l'embrassa encore sans attendre de réponse.

— Vous faire pardonner quoi ?

La tête lui tournait un peu à présent et elle le laissa déposer un nouveau baiser sur ses lèvres offertes, avant de l'attirer contre lui et de l'enlacer. Plus rien ne pouvait arrêter Bernie, maintenant. Cela faisait bien trop longtemps qu'il la désirait, sans même en être conscient. Et, à présent, il ne contrôlait plus son désir. Mais, brusquement, il s'arracha d'elle.

— Je suis désolé, Meg.

Aspirant une grande bouffée d'air, il se dirigea vers la fenêtre et essaya de se souvenir de Liz mais s'aperçut qu'il en était incapable, ce qui lui fit très peur. Avec l'air d'un enfant perdu, il se retourna vers Megan et l'aperçut juste derrière lui.

— Je vous en prie, Bernie... Personne ne va vous faire de mal.

A cette réflexion, il la prit de nouveau dans ses bras et se mit à pleurer sur son épaule. Elle l'étreignit à son tour et il la garda contre lui comme s'il avait besoin de sentir sa chaleur infiltrer son corps. Puis, les cils mouillés de larmes, il la regarda droit dans les yeux, le visage grave et crispé.

— J'ignore ce qui m'arrive, Meg... mais tout ce que je sais, c'est que je t'aime...

— Moi aussi, je t'aime... Et je suis ton amie.

Bernie savait qu'il pouvait la croire. Levant les mains, il les posa doucement sur la poitrine de Megan puis les laissa descendre le long de son ventre plat pour les passer sous son jean. Il la désirait tant qu'il en avait le souffle coupé. Il déboutonna alors le pantalon de la jeune femme et la caressa doucement tandis qu'elle fermait les yeux et gémissait faiblement. Enfin, sans aucune protestation de sa part, il l'emmena devant le feu, près du canapé où ils s'allongèrent, chacun découvrant le corps de l'autre.

La peau de Megan était hâlée et ses reflets cuivrés lui donnaient une teinte merveilleusement chaude. Ses seins, petits et satinés, trouvèrent refuge dans les larges paumes de Bernie, tandis qu'elle entreprenait de lui défaire son pantalon. Il fit voler au loin le reste de leurs vêtements avant de venir s'allonger sur elle. A cet instant, elle laissa échapper un cri de désir brûlant et tous deux se retrouvèrent enfin unis par la même passion, le même désespoir, la même angoisse, le même bonheur. S'accrochant à lui de toutes ses forces, elle crut défaillir de plaisir et Bernie eut l'impression que sa vie s'arrêtait là, en elle. Ensemble, ils montèrent à l'assaut du ciel puis retombèrent lentement sur terre, liés par un amour qui leur semblait indestructible.

Ils restèrent un moment ainsi, sans prononcer une parole ; lui, les yeux fermés et la caressant doucement ;

elle, le regard perdu dans les flammes dansantes et comprenant avec quelle force elle l'aimait.

— Merci, murmura-t-il alors en se rendant compte de ce qu'elle venait de lui offrir et comme désespérément il attendait ce cadeau.

Il avait besoin de son amour, de sa chaleur et de son aide. Peu à peu, il oubliait Liz et c'était presque aussi douloureux qu'au moment de sa mort. Davantage peut-être puisque c'était pour toujours.

— Ne dis pas cela... Je t'aime.

Bernie ouvrit les paupières et lut la sincérité sur son beau visage.

— Jamais je n'aurais pensé pouvoir encore prononcer ces mots, chuchota-t-il.

Il se sentait pris d'un immense soulagement ; un soulagement où se mêlaient la paix et la sécurité de se trouver auprès d'elle.

— Je t'aime, soupira-t-il à nouveau.

Répondant à son amour, Megan le serra contre elle comme elle aurait consolé un enfant perdu et il s'endormit dans ses bras.

42

En s'éveillant le matin suivant, tous deux avaient froid Ils se regardèrent d'abord avec inquiétude puis, comprenant qu'ils n'avaient plus rien à craindre, ils se sentirent heureux. C'était le Jour de l'An et Bernie taquina Megan sur la façon dont ils avaient passé la nuit de la Saint-Sylvestre.

Il se leva pour préparer du café tandis qu'elle enfilait un peignoir de bain lui appartenant, avant de le rejoindre à la cuisine. Sa chevelure, noire et épaisse, était ébouriffée, ce qui la rendait encore plus belle. Elle s'assit devant lui et s'appuya la tête sur les mains pour l'observer tranquillement.

— Tu sais que tu es un très bel homme ?

Jamais elle n'avait dormi avec homme plus séduisant et ressenti ce qu'elle éprouvait avec lui. Cependant, elle savait aussi que cela pouvait être dangereux pour elle. Cette aventure lui semblait une fois de plus comme le prologue à un cœur brisé. Bernie n'était pas encore débarrassé du souvenir de sa femme et, dans quelques mois, il s'installerait à New York. Et Megan avait suffisamment d'expérience pour savoir que, parfois, ce sont les plus honnêtes qui vous font vraiment du mal.

— A quoi penses-tu ? Tu sembles terriblement sérieuse, jolie madame.

— Je songe à la tristesse que j'éprouverai quand tu déménageras pour New York.

Elle se devait d'être franche avec lui. Elle avait survécu à sa blessure, et elle avait des cicatrices qui ne s'effaceraient jamais.

— C'est bizarre, déclara-t-il en haussant les épaules, mais je n'ai plus vraiment envie de retourner là-bas. Dieu sait pourtant que j'en ai rêvé.

Il lui tendit une tasse d'un café noir et brûlant, comme elle l'aimait.

— A présent, c'est le contraire. J'aimerais rester ici. Enfin... n'y pensons plus pour un temps, d'accord?

— De toute façon, cela fera mal, commenta-t-elle avec philosophie. Mais pour toi, j'estime que cela vaut le coup.

— C'est gentil.

Bernie aurait tout donné pour elle. La force avec laquelle il l'aimait le surprenait.

— Tu sais, je t'ai trouvé très bien, la nuit où tu m'as amené Alexandre à l'hôpital. J'en ai même parlé à l'infirmière... mais je te croyais marié. Alors, je me suis sermonnée en rentrant chez moi : je me suis promis de ne jamais me laisser enflammer par le père d'un de mes patients.

Bernie partit d'un rire amusé.

— C'est vrai, je te l'assure, insista-t-elle.

— Belles paroles... Je ne t'aurais pas qualifiée de glaçon, la nuit dernière.

Megan rougit légèrement et il vint s'asseoir près d'elle, la désirant encore, la désirant plus qu'il était possible, la désirant pour toujours. Ils vivaient en ce moment dans un paradis d'amour et, lorsqu'il la dévisagea, ce fut plus fort que lui. Doucement, il ouvrit le peignoir qu'elle avait si consciencieusement fermé quelques instants plus tôt et le laissa glisser à terre. Puis il la guida vers le lit où ils firent et refirent encore l'amour. Enfin, Megan se leva pour prendre une douche, s'habiller, et partir à l'hôpital.

— Je viens avec toi, proposa aussitôt Bernie, le regard lumineux.

Encore mouillée et les cheveux gouttant sur ses épaules dorées, elle lui adressa un sourire chaleureux.

— Tu veux vraiment m'accompagner encore ?

Elle aimait cela, l'avoir auprès d'elle et partager sa vie avec lui. Cependant, elle savait aussi que c'était un jeu dangereux. Tôt ou tard, il devrait la quitter.

— Je ne peux pas me séparer de toi, Meg, avoua-t-il comme s'il avait deviné ses doutes.

Ayant déjà perdu une femme qu'il adorait, il ne pouvait supporter l'idée d'en perdre une autre ou de s'éloigner d'elle, même pour une heure.

Le week-end durant ils ne se séparèrent pas d'un pouce. Ils dormirent, mangèrent, se promenèrent et rirent ensemble, faisant l'amour trois ou quatre fois par jour. Bernie se montrait comme un homme trop longtemps privé d'amour et d'affection et il paraissait n'avoir jamais assez d'elle. Toute la semaine, il fit la navette entre San Francisco et Napa, en lui apportant trésors et gourmandises. Cela lui rappelait ses débuts avec Liz, bien que ce fût différent et ceci pour une bonne raison : tous deux savaient que cela ne durerait pas. Un jour viendrait où Bernard repartirait pour New York et ce serait fini. Mais ils avaient encore du temps devant eux, tant que Paul Berman ne trouvait personne pour le remplacer à San Francisco.

Au cours de leur dernière soirée en tête à tête, avant le retour des enfants, il ouvrit une bouteille de champagne qu'ils dégustèrent avant le repas. Patrick était de garde ce soir-là et ils passèrent toute la nuit ensemble, passionnément serrés dans les bras l'un de l'autre jusqu'au petit matin. Bernie avait pris sa journée pour rester avec Megan, mais Jane et Alexandre devant arriver à dix-huit heures, il dut repartir pour la ville vers seize heures.

— Je déteste avoir à te laisser.

Cela faisait dix jours qu'ils ne se quittaient plus et l'idée de se séparer d'elle le déprimait. Les choses seraient tellement différentes avec la présence des enfants, surtout avec Jane. Elle était trop grande et trop observatrice pour se laisser duper avec des mensonges et ils ne pourraient donc dormir ensemble ouvertement sans la gêner terriblement ni violer les lois d'entente établies entre eux. Ils devraient se retrouver autre part ou bien Bernie devrait dormir chez elle en la quittant à six heures, de façon à être rentré avant le réveil des enfants.

— Tu vas tellement me manquer, Meg.

Il avait envie de pleurer et la jeune femme l'embrassa.

— Je ne m'en vais pas. Je reste ici. Je t'attendrai. On se reverra ce week-end, mon amour.

Pourtant, ce ne serait plus la même chose. Tous deux en étaient parfaitement conscients. Bernie promit de l'appeler ce soir, une fois que les enfants seraient couchés.

En les attendant à l'aéroport, il avait l'impression qu'il venait de perdre quelque chose qui lui était terriblement cher et l'envie folle le prit de retourner à Napa pour s'assurer qu'elle était toujours là. Mais ce ne fut qu'arrivé à la maison, en compagnie de Nanny Pip et des petits, que la douleur le frappa.

Cette fois, en fouillant dans la penderie de Liz, il cherchait vraiment quelque chose ; une boîte que Jane jurait lui avoir vue entre les mains, contenant des vieilles photos de Grandma et Grandpa. La fillette désirait leur offrir un album et pour lui cela équivalait à fouiller de nouveau dans son passé. Soudain ce fut comme si elle était là, tout près, lui reprochant ce qui venait de se passer avec Megan. Il eut alors l'impression qu'il l'avait trompée et il referma violemment la porte. Le souffle coupé, il retourna au salon sans les photos que Jane lui avait demandées.

Il ne pouvait plus supporter de se trouver devant la penderie de Liz...

— Je ne les ai pas, déclara-t-il, pâle sous sa barbe.

Qu'avait-il fait ? Qu'avait-il fait à Liz ? L'avait-il oubliée ? Que voulait dire tout ceci ? Il avait péché. Il avait horriblement péché. Et il était sûr que Dieu le punirait. Il l'avait trahie.

— Mais si, tu les as, insista-t-elle. Grandma a dit que tu les avais.

— Non, je ne les ai pas ! s'écria-t-il en entrant dans la cuisine. Elle ne sait même pas de quoi elle parle.

— Qu'est-ce qu'il y a ? demanda Jane, effarée.

— Rien du tout.

— Si, tu as quelque chose, papa. Tu es malade ?

Bernard se retourna vers elle et remarqua les grands yeux bleus embués de larmes au moment où elle courait à lui et l'entourait de ses bras, effrayée de le voir dans cet état.

— Je suis désolé, mon bébé. Vous m'avez tellement manqué que j'en devenais fou.

Il ignorait s'il s'excusait auprès d'elle ou de Liz, mais, une fois les enfants couchés, il appela Megan et son désir pour elle était si puissant qu'il eut envie de la retrouver aussi vite que possible. Il croyait perdre la raison sans elle.

— Qu'y a-t-il, mon amour ? s'inquiéta-t-elle en décelant un malaise dans sa voix.

Mais, rapidement, elle comprit. Elle savait que revenir dans la maison qu'il avait partagée avec Liz lui serait très pénible. Surtout maintenant. Surtout avec son caractère. Elle savait qu'il se sentirait coupable.

— Rien, ça va, répondit-il d'un ton faussement détendu.

— Si tu ne vas pas bien, je le comprendrai parfaitement.

Megan le connaissait déjà et Bernie soupira. D'un côté, c'était rassurant, de l'autre, ennuyeux. Son trouble, son complexe de culpabilité l'embarrassaient. Mais ils étaient là, bien ancrés, et il n'y pouvait rien.

— Tu ressembles à ma mère.

— Oh, oh... lâcha-t-elle, amusée.

Elle ne voulait surtout pas le brusquer.

— D'accord, d'accord, fit-il. — Il décida de se jeter à

l'eau. — Je me sens tellement coupable et honteux, admit-il. J'ai ouvert cette penderie et c'était comme si, tout à coup, elle se trouvait là, près de moi, à me...

Il ne put continuer mais Megan devina sa pensée.

— Tu as toujours ses vêtements, n'est-ce pas ?

— Je... oui, avoua-t-il, gêné.

— Bernie, tu n'as pas à t'en excuser. C'est ta vie, tu en as entièrement le droit.

Elle était la première personne à lui dire une chose pareille et Bernie ne l'en aima que davantage.

— Je t'aime. Tu représentes la plus belle chose qui me soit arrivée depuis très longtemps. J'espère seulement que je ne te rends pas folle avec mes histoires.

— Si, tu me rends folle, mais pas dans le sens que tu crois. D'une façon fort agréable...

Bernie se sentit à nouveau apaisé.

— Comment allons-nous nous rencontrer ce week-end ?

Ils montèrent le projet de se retrouver chez elle le vendredi soir. Il passerait la nuit là-bas et rentrerait tôt le lendemain matin. Leur petite combine marcha à merveille, le samedi également. Bernie s'annonça encore le mercredi suivant après avoir raconté à Jane qu'il devait se rendre à Los Angeles pour son travail.

Puis il se mit à inventer ce voyage chaque semaine, et, une fois, il s'absenta deux nuits d'affilée. Seule Nanny Pip connaissait la vérité. Il préférait qu'elle soit au courant, au cas où quelque chose arriverait à l'un des enfants. Il s'abstint simplement de lui dire avec qui il passait la nuit, mais lui donna le numéro de téléphone en lui faisant promettre de ne l'utiliser qu'en cas d'urgence. Il se sentait en fait un peu gêné mais pas une fois elle ne fit la moindre réflexion. Jamais non plus elle ne parut choquée. Elle semblait, au contraire, trouver cela normal. D'ailleurs, Bernie la soupçonnait de savoir de qui il s'agissait. Au moment où il devait partir, Mary le mettait gentiment dehors avec toujours le même petit sourire de connivence.

Le week-end où ils se rendirent tous ensemble à Napa,
Megan vint les voir. Elle apprit à Jane comment fabriquer
un nid pour un petit oiseau tombé d'un arbre dans leur
jardin et elle l'aida à le soigner car il avait une patte
cassée. Elle emmena également Alexandre en promenade
et à présent, chaque fois qu'il la voyait arriver, il poussait
un hurlement de plaisir. Quant à la fillette, elle revenait
peu à peu sur sa décision de ne pas aimer Megan.

— Pourquoi est-ce que tu l'aimes tant, papa? l'interrogea-t-elle un jour où ils remplissaient la machine à laver la
vaisselle.

— Parce que c'est une très gentille femme. Elle est
intelligente, douce et bonne. On ne trouve pas facilement
ces qualités chez la même personne, tu sais.

Et pourtant Bernard les avait trouvées. Deux fois
déjà... Après tout, il avait eu de la chance. Et il garderait
cette chance, jusqu'à ce qu'il doive retourner à New York.
Mais il repoussait cette décision à plus tard, de plus en plus
tard...

— Est-ce que tu l'aimes?

Il hésita, pas certain de ce qu'il allait répondre. Il voulait
être franc avec Jane, mais sans la brusquer.

— Peut-être.

Jane en resta fort surprise.

— Tu l'aimes? Comme maman? questionna-t-elle,
soudain émue puis amère.

— Non, pas encore. Je ne la connais pas depuis assez
longtemps.

La petite baissa la tête. C'était donc sérieux. Mais, elle
avait beau essayer, elle ne parvenait plus à détester
Megan. La jeune femme se montrait trop gentille avec les
enfants, trop facile à aimer. Et, lorsque Bernie dut partir
pour l'Europe en avril, Jane demanda s'ils pouvaient
rester avec elle durant le week-end. La glace était enfin
brisée et Bernie en pleura presque de gratitude et de
soulagement.

— Cela ne te ferait rien de les avoir chez toi? demanda-t-il à Megan après avoir promis à la fillette de lui poser la question. Je pourrais t'envoyer Nanny aussi...

— Je serais ravie.

Sa maison était petite, mais elle dormirait sur le canapé tandis que Nanny prendrait sa chambre et les enfants le bureau. Ils arrivèrent donc un vendredi soir après l'école et passèrent ainsi plusieurs week-ends chez Megan, jusqu'à ce que Bernard rentre d'Europe peu avant le troisième anniversaire d'Alexandre. Ils le fêtèrent tous ensemble, après quoi Bernie partit pour une longue promenade en compagnie de la jeune femme.

— Il s'est passé quelque chose à New York? demanda-t-elle. Tu as l'air trop calme.

— Berman m'a annoncé qu'il avait presque trouvé quelqu'un pour me remplacer à San Francisco. C'est une femme qu'il voudrait débaucher d'un autre magasin et ils sont en train de débattre sur le salaire à lui offrir. D'habitude, c'est lui qui gagne ce genre de bataille. Que vais-je faire, Meg?

L'angoisse dans son regard la toucha profondément.

— Je ne veux pas te quitter.

Elle lui avait tant manqué durant son voyage en Europe... Plus qu'il ne l'aurait soupçonné.

— Nous en reparlerons en temps utile, suggéra-t-elle.

Cette nuit-là, ils s'aimèrent comme si pour eux le lendemain n'existait pas. Et, deux semaines plus tard, Bernard revint spécialement de San Francisco pour lui annoncer la nouvelle : Berman venait de perdre la femme qui devait le remplacer. Celle-ci avait signé un nouveau contrat avec son magasin pour le double de ce qu'il lui proposait. Ce fut un réel soulagement, même s'il savait qu'il ne pouvait dépendre éternellement du destin pour mener sa vie.

— Hourrah! s'écria-t-il en brandissant la bouteille de champagne.

Ils allèrent ensuite dîner à l'Auberge du Soleil et passèrent une merveilleuse soirée. Bernie devait repartir

pour San Francisco le lendemain à huit heures mais Megan
tint absolument à lui montrer quelque chose avant son
départ. Ils montèrent chacun dans leur voiture et roulèrent
jusqu'à une adorable maison de style victorien, nichée au
milieu des vignes, loin de l'autoroute.

— Elle est magnifique. A qui est-elle ? interrogea-t-il
en la contemplant avec admiration mais sans montrer une
envie spéciale.

Megan le regardait avec un air malicieux, comme si elle
lui réservait une surprise.

— C'est une propriété qui appartenait à la vieille
Mme Moses. Celle-ci est morte quand tu étais en Europe.
Elle avait quatre-vingt-onze ans. La maison est en parfait
état.

— Es-tu en train de l'acheter ? demanda-t-il, intrigué.

— Non, mais j'ai une meilleure idée.

— Quoi donc ? fit-il en jetant un coup d'œil à sa
montre.

Une réunion l'attendait chez Wolff. Il ne voulait pas
être en retard.

— Pourquoi n'ouvrirais-tu pas ton magasin maintenant ? Je ne voulais rien te dire avant de savoir si tu partais
ou non. Mais, même si tu ne restes que quelques mois,
cela représenterait un investissement fantastique.

Elle parlait avec l'enthousiasme d'une petite fille et,
ému, Bernie l'observa un instant tout en sachant que
c'était impossible. Il ignorait quand il devrait partir.

— Oh, Meg... Je ne peux pas.

— Pourquoi pas ? Laisse-moi au moins te présenter à
Phillippa.

— Chérie...

Il ne voulait pas la décevoir mais elle paraissait n'avoir
aucune idée de la difficulté de monter un magasin.

— Ce n'est pas seulement d'un directeur que j'ai
besoin. Il me faudrait aussi un architecte, un acheteur et...

— Pourquoi ? Tu connais très bien tout ça et il existe

une dizaine d'architectes ici. Allons, Bernie, au moins réfléchis-y.

Elle leva les yeux vers lui et vit qu'il hésitait.

— Bernie...

— J'y réfléchirai, c'est promis. Mais je dois partir, maintenant. Je serai de retour samedi.

C'était dans deux jours. Toute leur vie tenait aux journées qu'ils passaient ensemble.

— Accepterais-tu de déjeuner avec Phillippa ?

— D'accord, lâcha-t-il en riant avant de monter dans sa voiture.

Sur le chemin de l'hôpital, Megan souriait en espérant que l'affaire marcherait. Elle savait qu'il désirait monter ce magasin et il n'y avait aucune raison que cela ne se fasse pas. Elle allait tout tenter pour l'aider. Bernie avait aussi droit au rêve et peut-être qu'avec un peu de chance... il resterait en Californie.

43

Phillippa Winterturn avait un nom des plus amusants et le visage le plus agréable qui fût. C'était une femme charmante aux cheveux gris, approchant de la cinquantaine et qui avait tout fait, de la direction d'un magasin à Palm Beach, jusqu'à celle d'une chaîne à Long Island, en passant par un travail chez *Vogue* et du stylisme pour enfants. En trente ans, elle avait littéralement touché à tout, connaissait tous les secrets du métier et était même diplômée de Parsons.

Réprimant avec peine un sourire amusé, Megan les écoutait parler. Elle dut partir au milieu de leur conversation pour soigner un poignet démis chez un enfant de huit ans et, lorsqu'elle revint, ils bavardaient toujours. A la fin du repas, les yeux de Bernie brillaient d'excitation. Phillippa savait exactement ce qu'elle voulait faire et mourait d'envie de monter ce magasin avec lui. Elle ne possédait pas le moindre sou à investir mais il prendrait en charge le côté financier, en sollicitant un prêt auprès d'une banque et peut-être une petite aide de la part de ses parents.

L'ennui était que, pour Bernie, monter un pareil projet n'avait aucun sens. Tôt ou tard il devrait retourner à New York. Cependant, cette idée lui trotta encore dans l'esprit longtemps après leur entretien. Plusieurs fois, il passa devant la maison que Megan lui avait montrée. Elle lui faisait très envie mais il ne voyait aucune raison d'acheter une propriété en Californie, sauf pour investir.

Néanmoins, chaque fois que Paul Berman l'appelait, Bernie lui semblait distant et distrait. Ses vieilles terreurs le hantaient de nouveau. Le souvenir de Liz lui venait bien trop souvent à l'esprit et le rendait irritable avec Megan.

Il passa l'été entier chez Wolff à San Francisco, au moins physiquement. Son cœur et son âme étaient en effet ailleurs : à Napa, avec Megan, dans la maison qu'il voulait acheter ou le magasin qu'il désirait monter. Ses contradictions le gênaient et la jeune femme devinait ce qui se passait en lui. Elle restait calme et le soutenait dans ce qu'il entreprenait, sans jamais poser de questions sur ses projets, ce pour quoi il lui était très reconnaissant. Elle se montrait une femme remarquable, et cela aussi commençait à l'inquiéter.

Cela faisait à présent sept mois qu'ils vivaient leur amour à la sauvette et, tôt ou tard, il devrait affronter la réalité. Cette perspective ne l'enchantait pas du tout. Il aimait se trouver auprès de Megan, bavarder jusqu'à une heure avancée de la nuit et même l'accompagner à l'hôpital lorsqu'elle devait s'y rendre d'urgence. Et la jeune femme était merveilleuse avec les enfants. Alexandre était fou d'elle, Jane et Nanny Pip également. Elle semblait être la femme parfaite pour lui... excepté qu'il y avait toujours le souvenir de Liz qui l'obsédait. Bernie essayait de ne pas comparer les deux femmes. Elles étaient tellement différentes. Et chaque fois que Jane tentait de le faire, Megan l'arrêtait.

— Ta maman était quelqu'un d'exceptionnel.

Il devenait alors impossible de la contredire et la fillette se sentait réconfortée par ces paroles. Megan semblait si bien connaître les enfants et si bien connaître Bernard également. Celui-ci n'aimait d'ailleurs plus vivre à San Francisco et il sentait que rester dans cette maison finissait par le déprimer. Même les souvenirs se révélaient tristes et tout ce à quoi il parvenait à penser maintenant était la période où Liz était malade, lorsqu'elle tentait désespérément de s'accrocher à la vie, de se traîner à l'école, de leur préparer les repas tout en s'affaiblissant d'heure en heure. A présent, il détestait se rappeler ces moments. Cela faisait deux ans qu'elle les avait quittés et il désirait penser à des choses plus gaies. Mais il était difficile de s'imaginer Liz sans la revoir mourante.

Ses parents vinrent en août rendre visite aux enfants. Bernie et sa famille vivaient à Napa durant l'été et, comme l'année précédente, Ruth emmena Jane en voyage. A leur retour, il leur présenta Megan. Ils devinèrent facilement qui elle était, d'après la description qu'il leur en avait faite. Sa mère contempla longuement la jeune femme et ne trouva rien à redire. Mieux encore, elle l'apprécia. Comment d'ailleurs n'aimerait-on pas une fille comme elle ?

— Ainsi vous êtes médecin ? déclara-t-elle presque fièrement en l'embrassant tandis que Megan sentait ses yeux devenir humides.

Le jour suivant, alors que Bernie travaillait et qu'elle avait sa journée de libre, elle les emmena faire le tour de Napa et leur montra de magnifiques paysages. Bruce ne put rester que quelques jours, ayant un congrès médical à San Diego, et Ruth choisit de rester à Oakville avec les enfants. Mais elle s'inquiétait encore pour son fils. Elle comprenait parfaitement qu'en dépit de son amour pour Megan, il souffrait encore de la disparition de Liz. Toutes deux en discutèrent pendant un déjeuner qu'elles prirent ensemble à Saint Helena. Ruth sentait qu'elle pouvait se montrer franche avec cette jeune femme qu'elle aimait beaucoup.

— Il n'est plus le même, expliqua-t-elle tristement en se demandant s'il le redeviendrait un jour.

D'un autre côté, Bernie semblait meilleur, plus sensible, plus mûr, mais il avait perdu sa joie de vivre après le décès de Liz.

— Il faudra du temps, madame Stern.

Cela faisait déjà deux ans et il commençait seulement à guérir. Et les décisions qu'il devait prendre lui pesaient énormément aujourd'hui. Les choix qu'il devait faire lui semblaient pénibles : le souvenir de Liz ou l'amour de Megan ? New York ou San Francisco ? Son magasin à lui ou le Wolff de Paul Berman ? Il se sentait écartelé, déchiré de devoir ainsi choisir.

— Il me semble trop calme à présent.

Ruth lui parlait comme à une amie et Megan lui répondait gentiment avec ce même sourire qui apaisait un doigt blessé, une oreille douloureuse. Ses paroles réconfortaient pareillement la mère de Bernie. Elle devinait qu'entre les mains de cette femme, son fils serait heureux.

— C'est une période très difficile pour lui. Je pense qu'il essaie de savoir s'il désire réellement oublier. Et il est normal que cela l'effraie.

— Oublier quoi ? demanda Ruth, intriguée.

— Le souvenir de sa femme, l'illusion qu'elle reviendra un jour. Ce n'est pas très différent de ce que Jane a enduré : tant qu'elle me rejette, elle peut prétendre que sa mère pourra lui revenir.

— Ce n'est pas sain pour l'esprit.

— Mais c'est normal.

Elle ne lui parla pas du rêve de Bernie de créer son propre magasin à Napa Valley. Cela n'aurait fait que l'inquiéter davantage.

— Je crois que Bernie est en voie de prendre d'importantes décisions qui lui coûtent. Et il se sentira mieux quand il les aura prises.

— Je l'espère.

Ruth ne demanda pas si l'une de ces décisions était d'épouser ou non Megan. Mais elles continuèrent de bavarder amicalement et Ruth se sentait beaucoup mieux lorsque la jeune femme la déposa à Oakville et repartit en lui faisant signe de la main.

— Cette fille me plaît beaucoup, avoua-t-elle plus tard

à son fils. Elle est intelligente, sensible et gentille... Et elle t'aime.

Pour la première fois depuis longtemps, Ruth regarda Bernie comme si elle avait peur de l'ennuyer. Mais celui-ci s'empressa de la rassurer.

— C'est une femme sensationnelle.

— Alors, pourquoi ne profites-tu pas de... ce cadeau du ciel ?

Il y eut un long silence puis Bernie poussa un profond soupir.

— Elle ne peut pas transplanter son cabinet à New York et Wolff ne va pas me garder éternellement ici, maman.

Il semblait déchiré par cette situation compliquée et sa mère en était désolée.

— Tu ne peux épouser un magasin, Bernard, articula-t-elle doucement

Ruth ne prêchait pas pour son saint, mais pour le bonheur de son fils qu'elle plaçait maintenant au-dessus de tout.

— Je sais, j'y ai pensé.

— Alors ?

— Je dois tellement à Paul Berman, soupira-t-il.

L'espace d'un instant, Ruth parut fâchée.

— Cela ne te suffit-il pas de lui donner ta vie, ton bonheur et celui de tes enfants ? Ce que je vois, c'est que lui te doit plus que tu ne lui dois, après tout ce que tu as fait pour ce magasin.

— Ce n'est pas aussi simple, maman, expliqua-t-il avec lassitude.

— Peut-être que si, mon chéri. Peut-être devrais-tu y réfléchir plus sérieusement.

— C'est promis, jura-t-il en laissant enfin échapper un sourire avant de l'embrasser. Merci, maman.

Trois jours plus tard, elle rejoignait Bruce à San Diego et Bernie fut sincèrement malheureux de la voir partir.

Avec le temps, elle était devenue son amie et même Megan la regrettait.

— C'est une femme merveilleuse, Bernie.

Il adressa un sourire d'enfant à celle dont il était désespérément amoureux. C'était leur première nuit ensemble depuis que Ruth était partie et se sentir auprès d'elle dans le même lit lui fit du bien.

— Elle m'a fait le même compliment sur toi, Meg.

— Je la respecte beaucoup et elle t'aime énormément.

Bernie était heureux qu'elles s'apprécient l'une l'autre. Megan se sentait merveilleusement bien près de lui. Elle ne se fatiguait jamais de sa compagnie et ils passaient chaque temps libre ensemble à bavarder, s'embrasser ou faire l'amour. Parfois même, ils restaient éveillés la nuit durant, seulement afin de profiter l'un de l'autre.

— J'ai l'impression que je ne t'ai pas vue depuis des semaines, lui souffla-t-il dans le creux de l'oreille.

Allongé près d'elle, il ne cessait d'avoir faim de son corps et de sa peau. Leur désir l'un pour l'autre ne s'était pas émoussé pendant les huit mois qu'ils avaient passé ensemble. Il se mit à la caresser quand retentit la sonnerie du téléphone. Megan se dégagea souplement pour répondre : elle était de garde ce soir-là. Mais Bernie refusa de la laisser partir.

— Chéri, je dois...

— Ne réponds pas. S'ils ne te trouvent pas, ils appelleront Patrick.

— Et s'il ne parviennent pas à le joindre... ?

Elle l'aimait mais cela ne l'empêchait pas de rester consciencieuse. Déjà elle s'était éloignée de lui à regret et elle eut à peine le temps de saisir l'appareil qu'il l'avait rejointe et reprenait de plus belle ses caresses.

— Ici le Dr Jones... Où ?... Depuis quand ?... Et souvent ?... Conduisez-la aux urgences... et appelez Fortgang !

Oubliant leur amour et paraissant réellement inquiète, Megan saisit rapidement son jean et poursuivit :

— Et trouvez-moi un anesthésiste, un bon. J'arrive.

— Qu'est-ce que c'était ?

C'était la pire chose qui pût lui arriver.

— Chéri... Bernie...

Malgré elle, elle se mit à pleurer et, instantanément, il comprit que quelque chose venait d'arriver à une personne qu'il aimait.

— C'est Jane.

A ces mots, Bernie sentit son ventre se tordre.

— Elle faisait de la bicyclette et une voiture l'a renversée.

Megan s'habillait tout en parlant et il restait pétrifié à la regarder. Alors, elle tendit la main et lui effleura la joue. Il avait l'air de ne pas comprendre. Il ne croyait pas que Dieu pût le soumettre à de telles épreuves. Pas une seconde fois...

— Que s'est-il passé ? Pour l'amour du ciel, Megan, réponds-moi ! hurla-t-il en la saisissant aux épaules.

Bernie criait et Megan n'avait qu'une idée : partir. Il fallait qu'elle se rende immédiatement à l'hôpital.

— Je l'ignore encore. Elle a été blessée à la tête, et ils ont appelé un chirurgien orthopédiste...

— Qu'est-ce qui est cassé ?

Il fallait faire vite. Chaque minute comptait.

— Sa jambe, sa hanche et son bras sont atteints et sa colonne vertébrale sans doute aussi. Ils ne savent pas encore exactement.

— O mon Dieu !... fit-il en se couvrant le visage des mains alors qu'elle lui tendait son jean et courait rassembler leurs chaussures.

Megan l'aida à se vêtir tout en l'encourageant.

— Ne te laisse pas aller. Tu ne dois pas. Il faut que nous allions là-bas. Ce n'est peut-être pas aussi grave que ça en a l'air.

Mais cela paraissait terrible, même à elle, qui était médecin. Il était possible que Jane ne marche plus. Et si le cerveau était atteint, ce serait désastreux.

Bernie lui saisit le bras.

— Mais cela peut être pire, n'est-ce pas ? Elle pourrait en mourir ou rester paralysée ou vivre comme un légume pour le restant de ses jours.

— Non, s'écria-t-elle en l'attirant au-dehors. Non, je ne veux pas croire cela. Viens...

Elle démarra en trombe et s'élança sur la route, tandis que Bernie restait figé près d'elle, ses yeux fixant le vide. Elle tenta de le faire parler.

— Bernie, dis quelque chose.

— Tu sais pourquoi c'est arrivé ? demanda-t-il, l'air absent.

— Non. Pourquoi ?

Au moins cela le faisait-il communiquer. Megan conduisait à plus de cent quarante à l'heure et priait pour que la police vînt lui ouvrir la marche. L'infirmière lui avait dit comment était la blessure de Jane. Elle était tout près de mourir et ils l'avaient placée en réanimation sous surveillance intensive.

— C'est arrivé parce que nous étions au lit ensemble. C'est Dieu qui m'a puni.

Megan sentit les larmes lui monter aux yeux et poussa l'accélérateur à fond.

— Nous faisions l'amour. Et Dieu ne t'a pas puni.

— Si. Je n'avais pas le droit de trahir Liz et...

Bernie se mit à pleurer et, malgré le chagrin immense que cela lui procurait, elle continua de lui parler jusqu'à leur arrivée à l'hôpital, pour éviter qu'il s'effondre complètement. En stoppant devant l'entrée, elle déclara :

— Je cours là-haut. Tu gares la voiture et tu me rejoins. Je te raconterai ce qui se passe dès que je le saurai, je te le promets... Prie pour elle, Bernie. Prie. Je t'aime.

Sur ces paroles, elle s'engouffra dans l'hôpital, pour réapparaître vingt minutes plus tard, vêtue d'une blouse chirurgicale verte et portant un masque sur le nez, devant un Bernie au comble de l'angoisse.

— L'orthopédiste s'occupe d'elle pour le moment. Il

essaie d'évaluer ses blessures. Et deux chirurgiens pédiatres arrivent de San Francisco en hélicoptère.

Megan les avait fait appeler et Bernie savait très bien ce
que signifiait leur venue.

— Elle ne survivra pas, n'est-ce pas, Meg? articula-t-il
d'une voix faible.

Il avait appelé Nanny et il pleurait si fort qu'elle avait eu
du mal à le comprendre. Elle l'avait fermement prié de se
calmer et lui avait dit qu'elle attendrait près du téléphone
pour avoir des nouvelles. Elle ne voulait pas effrayer
Alexandre en l'emmenant à l'hôpital et ne comptait même
pas lui en parler.

— Est-elle?

Bernie pressait Megan de questions et elle devinait
combien il se sentait coupable. Elle voulut encore lui dire
que ce n'était pas sa faute, qu'il n'était pas puni pour avoir
trahi Liz, mais ce n'était ni l'endroit ni le moment. Elle lui
en parlerait plus tard.

— Elle s'en sortira et, si nous avons de la chance, elle
remarchera. Accroche-toi à cette idée.

Et si elle ne s'en sortait pas? Bernie ne pouvait chasser
cette terrible idée de son esprit. Megan disparut de
nouveau et il se laissa tomber sur le canapé comme une
poupée de chiffon. Une infirmière lui apporta un verre
d'eau, mais il n'en voulut pas. Tout cela lui rappelait
l'instant où le Dr Johanssen leur avait déclaré que Liz
avait un cancer.

L'hélicoptère atterrit vingt minutes plus tard et les deux
chirurgiens se précipitèrent dans la salle de réanimation où
reposait la fillette. Tout était préparé pour eux. L'orthopédiste et Megan les assistèrent, ainsi qu'un neurochirurgien
qu'ils avaient amené avec eux. La blessure de la tête ne se
révéla pas aussi grave qu'elle le paraissait. Le vrai
problème se situait sur la hanche et à la base de la colonne
vertébrale. Ils redoutaient le pire de ce côté. La jambe et
le bras étaient nettement cassés et, dans un sens, Jane
avait eu de la chance. Si la cassure de la colonne s'était

faite deux millimètres plus profondément, elle aurait été
paralysée du bassin jusqu'aux pieds pour toujours.

L'opération dura quatre heures et Bernie se trouvait
dans tous ses états lorsque Megan revint le voir. Mais au
moins était-ce fini et elle le serra dans ses bras, le laissant
pleurer tout son saoul.

— Elle va bien, chéri. Elle va bien. .

Le lendemain après-midi, ils apprirent que la fillette
pourrait marcher à nouveau. Cela demanderait du temps
et une longue thérapie, mais Jane pourrait courir et jouer,
marcher et danser normalement. Bouleversé, Bernie
regardait sa fille dormir paisiblement, en ne pouvant
retenir ses larmes. A son réveil, la fillette sourit en le
voyant auprès d'elle ainsi que Megan.

— Comment allons-nous, petite? demanda doucement
celle-ci.

— J'ai mal, se plaignit-elle.

— Tu auras mal pendant quelque temps encore. Mais
bientôt tu pourras de nouveau jouer avec tes amies.

Jane eut un faible sourire en direction du médecin,
comme si elle comptait sur elle pour l'aider à se remettre
sur pied. Puis Bernie prit ouvertement la main de la jeune
femme tandis que, de l'autre, il saisissait celle de sa fille.
Enfin ils appelèrent ses parents à New York, qui eurent un
choc en apprenant la nouvelle. Puis Megan donna tous les
détails à Bruce qui fut ainsi rassuré sur le sort de la petite.

— Elle a eu beaucoup de chance, dit-il avec un soupir
de soulagement. Et on dirait que vous avez merveilleusement agi avec elle.

— Merci, monsieur.

Venant d'un grand chirurgien comme lui, c'était un
compliment qu'elle ne pouvait que chérir. Ils sortirent tous
deux pour déjeuner et discuter de ce qui allait se passer
maintenant. Jane resterait à l'hôpital pendant au moins six
semaines et utiliserait une chaise roulante durant plusieurs
mois. Il n'était pas question pour elle d'utiliser l'escalier de
leur maison de San Francisco, aussi devraient-ils rester à

Napa. Cette idée ne déplaisait pas à Bernie, pour plusieurs raisons.

— Restez ici, lui conseilla Megan. Il n'y a pas à se soucier d'escalier et Jane ne peut de toute façon pas aller à l'école. Tu pourrais lui trouver un précepteur.

Elle le fixait d'un regard si tenace qu'elle finit par lui arracher un sourire. Tout devenait soudain clair pour lui et il se souvint brusquement de ce qu'il lui avait dit quand l'accident venait d'arriver.

— Je te dois des excuses, Meg, observa-t-il tendrement. Je me suis senti tellement coupable pendant un temps et je sais que j'avais tort.

— Ce n'est rien, murmura-t-elle.

— Parfois je me sens même gêné de t'aimer tant, comme si je ne devais pas agir ainsi... comme si je devais lui rester fidèle. Mais elle n'existe plus... et je t'aime.

— Je sais, Bernie. Et je comprends ton état d'esprit. Mais il ne faut pas. Un jour, tu n'y penseras plus.

Cependant, Bernie avait déjà perdu ce complexe de culpabilité. Il se rendait brusquement compte qu'il pouvait donner libre cours à son amour pour Megan, peu importait combien il avait aimé Liz auparavant. Celle-ci avait réellement disparu à présent.

44

La police enquêta sur les circonstances du drame. Une prise de sang fut même faite à la conductrice mais il ne fit aucun doute qu'il s'agissait seulement d'un accident, la femme qui avait renversé Jane répétant à qui voulait l'entendre qu'elle ne s'en remettrait jamais. La vraie faute en incombait à la fillette et celle-ci se trouvait toujours à l'hôpital, récupérant d'une longue opération et se préparant à passer plusieurs mois sur une chaise roulante et en thérapie intensive.

— Pourquoi est-ce qu'on ne retourne pas à San Francisco ? demandait-elle tout le temps, inquiète de manquer l'école et désolée de ne pas revoir ses amies.

Alexandre devait entrer en maternelle mais tous leurs projets avaient été bouleversés.

— Parce que tu ne pourras pas grimper l'escalier, ma chérie. Et ce n'est pas Nanny qui s'amusera à te porter jusqu'en haut. Ici, au moins, tu pourras bouger et sortir. Et je vais te trouver une préceptrice.

Jane parut amèrement déçue. Son été entier se trouvait gâché. Cet accident avait failli aussi lui coûter la vie et Bernie remerciait encore le ciel de l'avoir épargnée.

— Est-ce que Grandma Ruth va venir ?

— Elle l'a promis, si tu as envie qu'elle vienne.

Cette perspective lui arracha un petit sourire. Megan passait le plus clair de son temps libre auprès d'elle et elles eurent de longues et sérieuses conversations qui les rapprochèrent davantage. La résistance de la fillette envers la jeune femme semblait avoir complètement disparu, de même que le sentiment de culpabilité qui avait longtemps obsédé son père. Il paraissait avoir retrouvé une certaine paix intérieure mais l'appel qu'il reçut de Paul Berman le laissa pantois.

— Mes félicitations, Bernard.

Un long silence s'ensuivit tandis qu'il retenait son souffle, dans l'attente d'une nouvelle qui le bouleverserait.

— J'ai quelque chose à vous annoncer : je pars à la retraite dans un mois et le comité de direction vient de vous élire comme mon successeur. D'autre part, nous venons d'engager Joan Madison, de chez Saks, pour vous remplacer à San Francisco. Elle sera là-bas dans deux semaines. Pouvez-vous, d'ici là, vous tenir prêt à emménager à New York ?

Le cœur de Bernie s'arrêta. Deux semaines ? Deux semaines pour dire adieu à Megan ? Comment le pourrait-il ? Et Jane qui ne pouvait être déplacée avant des mois... Mais là n'était pas la question. Le problème était quelque chose de totalement différent et il se devait d'en parler à Paul. Il n'était plus question de reculer à présent.

Il sentit sa politique se serrer et se demanda s'il n'allait pas avoir une crise cardiaque. Cela au moins simplifierait beaucoup de choses. Pourtant ce n'était pas vraiment ce qu'il désirait. Ce qu'il désirait se trouvait très clairement imprimé dans son esprit.

— Paul, j'aurais dû vous en parler il y a longtemps. Et si j'avais su que vous projetiez de partir à la retraite, je vous l'aurais dit beaucoup plus tôt. Je ne peux pas accepter ce travail.

— Vous ne pouvez pas ? s'exclama Paul, interloqué. Que voulez-vous dire ? Cela fait presque vingt ans que vous vous y préparez !

— Je le sais. Mais beaucoup de choses ont changé pour

moi depuis que Liz est morte. Je ne veux pas quitter la Californie.

« ... ni Megan, ni le rêve qu'elle a conçu. »

Berman éprouva alors un doute :

— Quelqu'un d'autre vous a-t-il offert un emploi ? Neiman-Marcus ou Magnim ?

Il ne pouvait imaginer que Bernie le laisse tomber pour un autre magasin, mais peut-être lui avait-on fait un pont d'or fabuleux. Bernie s'empressa de le rassurer.

— Je ne vous ferais jamais un coup pareil, Paul. Vous connaissez ma loyauté envers Wolff et vous-même. Ma décision est basée sur un tas d'autres problèmes. Je voudrais entreprendre ici quelque chose que je ne pourrais faire nulle part ailleurs.

— Mon Dieu, je n'arrive pas à imaginer quoi. New York et vital pour notre métier.

— Je voudrais monter ma propre affaire, Paul.

Il y eut au bout du fil un silence éloquent et Bernie en resta amusé.

— Quel genre d'affaire ?

— Un magasin. Un petit magasin spécialisé, à Napa Valley. Je ne me mettrai pas en compétition avec vous, je pense à quelque chose de très particulier.

Le seul fait de prononcer ces mots l'allégea d'un grand poids, et il eut l'impression que toute la tension accumulée ces derniers mois s'évanouissait d'un coup.

— Avez-vous déjà entrepris quoi que ce soit ?

— Non. Il fallait que je me décide au préalable à propos de Wolff.

— Pourquoi ne feriez-vous pas les deux ?

Berman était désolé et Bernie le devinait aisément.

— Vous pourriez par exemple ouvrir ce magasin à Napa et engager quelqu'un qui le dirigerait pour vous. Ainsi vous pourriez revenir ici et occuper la place que vous méritez chez Wolff.

— Paul, c'est quelque chose dont j'ai rêvé pendant des

années mais cela ne me convient plus à présent Je dois rester ici. Et je sais que je prends la bonne décision.

— Cela va représenter un choc terrible pour le comité.

— J'en suis désolé, Paul. Je ne voulais pas vous embarrasser ni vous mettre dans une position délicate. — Puis il ajouta, un sourire en coin : — Cela veut dire que vous ne pouvez pas partir tout de suite à la retraite. De toute façon, vous êtes trop jeune pour faire une folie pareille.

— Mon corps n'est pas d'accord avec vous, surtout ce matin.

— Je regrette, Paul.

Bernard était sincère ; mais aussi très heureux. Après cette communication, il resta longtemps et paisiblement assis à son bureau. Sa remplaçante arrivait dans deux semaines. Après des années passées chez Wolff, il allait se retrouver libre... libre de monter son magasin. Mais auparavant, il avait quelques questions à régler. Il partit en vitesse à l'heure du déjeuner.

En entrant, la maison lui sembla mortellement calme et le silence qui l'accueillit aussi redoutable qu'à la mort de Liz. Il s'attendait encore à l'y trouver, à découvrir une jolie silhouette au visage souriant émergeant de la cuisine, rejetant ses blonds cheveux par-dessus l'épaule et s'essuyant les mains sur un tablier. Mais il n'y avait personne. Rien. Cela faisait deux ans qu'il n'y avait plus rien. Tout était fini, comme les rêves qui s'étaient enfuis avec cette mort. C'était à présent une nouvelle vie qui démarrait. Le cœur lourd, il rassembla de grands cartons qu'il emporta dans leur chambre. Il s'assit un moment sur le lit, puis se leva tout d'un coup. Il devait agir avant que les souvenirs prennent le pas sur la volonté, avant de respirer trop profondément le parfum d'un passé disparu.

Bernie ne défit même pas les vêtements des portemanteaux mais les prit tous ensemble pour les répartir dans les cartons, avec les chaussures, les lainages et les sacs à main. Il ne garda que la belle robe de bal et la tenue de mariée en pensant qu'un jour Jane aimerait les avoir. Une heure plus tard, tout se trouvait dans l'entrée et il lui fallut encore une demi-heure pour charger les six cartons dans la voiture. Puis il entreprit de faire une dernière fois le tour de ce qui avait été leur foyer. Il allait vendre la maison car, sans Liz, elle ne l'intéressait plus, il n'en voulait plus.

Doucement, il referma la penderie. Il n'y avait plus rien à l'intérieur excepté les deux robes qu'il avait soigneusement emballées dans des housses de plastique. Le reste était vide. Elle n'avait plus besoin de vêtements à présent. Elle reposait paisiblement dans son cœur, où il pourrait toujours la retrouver. Jetant un dernier coup d'œil à la maison silencieuse, il sortit tranquillement sous le soleil resplendissant.

Le chemin fut court jusqu'au petit magasin de vêtements d'occasion où il savait que Liz allait autrefois. Elle avait toujours pensé que l'on ne devait pas jeter les vieux habits car quelqu'un pouvait en avoir besoin. La femme qui le reçut se montra plaisante et agréable et elle insista pour remettre à Bernie un papier faisant preuve de son « don généreux ». Mais il refusa. Avec un sourire triste, il sortit de la boutique et retourna à la voiture pour regagner rapidement son bureau.

Ce fut alors que le magasin lui parut différent, tandis qu'il empruntait l'escalator jusqu'au cinquième étage. D'une certaine manière, Wolff n'était plus à lui. Il appartenait à quelqu'un d'autre : à Paul Berman et au comité de direction de New York.

Il savait qu'il lui serait pénible de le quitter mais il se sentait prêt.

45

Bernie quitta tôt le magasin, cet après-midi-là. Une montagne de détails à régler l'attendait. Il se sentait heureux en empruntant le pont du Golden Gate. Il avait rendez-vous à six heures avec un agent immobilier et dut conduire comme un fou pour ne pas le rater. A cause des embouteillages de San Rafael, il arriva vingt minutes en retard mais la femme l'attendait devant la maison que Megan lui avait montrée des mois auparavant. Le prix avait encore baissé, très en dessous de celui de l'expertise.

— Comptez-vous vivre ici avec votre famille ? s'enquit l'agent pendant que Bernie remplissait les formulaires.

— Pas exactement.

Il lui fallait une autorisation pour utiliser ces locaux dans un but commercial et il n'était pas prêt à expliquer quoi que ce soit à cette femme.

— Avec quelques aménagements, cela pourra faire une superbe propriété à louer.

— Je le crois aussi.

Bernie était content. L'affaire fut conclue à sept heures du soir et il se rendit dans une cabine téléphonique pour y composer le numéro de Megan. Une voix solennelle lui apprit alors qu'elle était en salle d'opération pour une urgence et qu'on ne pouvait pas la déranger mais que s'il voulait bien laisser son nom, celui de l'enfant et la raison de son appel, le docteur le contacterait sous peu. Il déclara alors se nommer M. Smith et avoir un petit garçon du nom de George, âgé de neuf ans et qui s'était cassé le bras.

— Serait-il possible de la retrouver directement aux urgences ? hasarda-t-il. Mon enfant souffre beaucoup.

Il ne se sentait pas très fier d'utiliser pareil stratagème mais c'était pour la bonne cause et l'opératrice accepta de prévenir le Dr Jones de leur arrivée imminente.

— Merci beaucoup, articula-t-il en cachant mal sa joie.

Il se précipita vers sa voiture et roula à toute vitesse pour retrouver Megan à l'hôpital. En entrant, il l'aperçut de dos dans la salle des urgences et un immense sourire illumina son visage. Toute la journée, il avait attendu de voir cette longue et gracieuse silhouette aux cheveux noirs brillants. Il s'avança sans bruit et lui posa doucement la main sur la taille, ce qui la fit sursauter.

— Ah, bonsoir. J'étais en train d'attendre un patient.

— Je crois deviner qui c'est.

— Certainement pas. C'est un nouveau. Je ne le connais pas moi-même.

— M. Smith ? lui murmura-t-il à l'oreille.

— Oui... Je... Oh ! Comment as-tu osé ? s'exclama-t-elle en rougissant. Bernie ! Tu me joues des tours maintenant ?

Elle paraissait déconcertée mais pas fâchée. C'était la première fois qu'il s'amusait ainsi.

— Ce n'est pas ma faute si le petit George s'est cassé le bras.

— Bernie ! reprit-elle en levant vers lui un index réprobateur.

Malgré ses protestations, il l'entraîna dans une pièce réservée aux examens.

— Ce n'est pas bien d'agir ainsi.

— Ce qui est bien, c'est ce que je vais t'annoncer : je ne travaille plus pour Wolff.

— Quoi ? s'exclama-t-elle, interloquée. Que dis-tu ?

— J'ai arrêté aujourd'hui, lança-t-il d'un ton ravi.

— Pourquoi ? Que s'est-il passé ?

— Paul Berman m'a offert de prendre sa succession. Il veut partir à la retraite.

— Tu n'es pas sérieux. Pourquoi as-tu refusé? Tu as travaillé toute ta vie dans ce but.

— C'est exactement ce qu'il m'a dit.

L'air toujours aussi béat, il fouilla dans sa poche pendant que Megan le pressait de questions.

— Mais pourquoi? Pourquoi n'as-tu pas...?

— Je lui ai dit que j'ouvrais moi-même mon propre magasin, lâcha-t-il en la regardant droit dans les yeux. A Napa Valley.

La surprise de Megan redoubla. Quant à Bernie, il jubilait de fierté.

— Bernard Stern, tu es complètement fou!

— Sans doute. Je n'ai pas fini. J'ai quelque chose à te montrer.

Il devait encore lui parler de la maison qu'il venait d'acheter pour y installer leur magasin, mais il y avait une chose plus importante encore. Il l'avait choisie avec énormément de soin, après avoir quitté le bureau. Il lui tendit une petite boîte emballée d'un joli papier cadeau, que Megan observa d'un air suspicieux.

— Qu'est-ce que c'est que ça?

— Un serpent à sonnettes miniature. Fais attention en ouvrant le paquet.

Bernie riait comme un enfant, tandis que les mains de Megan tremblaient en défaisant le ruban. Elle finit enfin par ôter le papier de soie et découvrit un écrin de velours noir portant le nom d'un bijoutier internationalement connu.

— Bernie, qu'est-ce que c'est?

Debout contre elle, il lui effleura les cheveux du bout des doigts et lui parla si doucement qu'elle seule pouvait l'entendre.

— Ceci, mon amour, est le commencement d'une nouvelle vie.

Ouvrant la boîte lui-même, il laissa apparaître une

bague sertie d'une magnifique émeraude entourée de petits diamants. Megan faillit s'étrangler de saisissement Le bijou lui semblait merveilleux et la couleur de la pierre lui plaisait infiniment. Bernie n'avait surtout pas voulu lui offrir une bague comme celle qu'il avait donnée à Liz. Pour lui, une nouvelle vie démarrait. En compagnie de Megan. Lorsqu'il leva les yeux sur elle, il vit des larmes de bonheur couler le long de ses joues et il l'embrassa.

— Je t'aime, Megan. Vcux-tu m'épouser?

— Pourquoi fais-tu tout ceci? Arrêter ton travail... me demander en mariage... ouvrir un autre magasin... On ne peut pas prendre autant de décisions en un après-midi. C'est complètement fou.

— Cela fait des mois que j'y pense et tu le sais parfaitement. J'ai simplement mis du temps à me décider et voilà.

Megan l'observa avec des yeux où se mêlaient la crainte et le bonheur.

— Et Jane?

— Quoi, Jane?

— Crois-tu que nous devrions lui en parler d'abord?

Bernie parut soudain inquiet.

— Elle devra s'adapter.

— Mais je crois qu'il faut le lui dire plutôt que de la mettre devant le fait accompli.

Au bout de dix minutes de discussion, il accepta de monter à l'étage où se trouvait la petite et d'en discuter avec elle. Mais il avait peur qu'elle ne soit pas encore prête et que cette situation la bouleverse une fois de plus.

— Bonsoir! lança-t-il nerveusement en entrant dans la chambre de la fillette.

Jane devina aussitôt qu'il allait lui annoncer quelque chose et remarqua les cils encore mouillés de Megan.

— Qu'est-ce qu'il y a? demanda-t-elle, inquiète.

Mais la jeune femme lui prit la main et la rassura.

— Rien. Nous voulons seulement te mettre au courant d'une décision.

Elle gardait sa main gauche cachée dans la poche de sa veste, de façon que la petite n'aperçoive pas sa bague immédiatement.

— Quelle décision? fit-elle, intriguée.

Elle avait l'impression d'être un personnage très important à qui l'on venait demander conseil. Et, en vérité, pour eux deux elle l'était. Megan regarda un instant Bernie qui s'approcha de sa fille et lui prit la main.

— Megan et moi voulons nous marier, ma chérie, et nous voulons savoir ce que tu en penses.

Un lourd silence s'installa dans la pièce pendant lequel Bernie retint son souffle. Puis Jane les contempla tous les deux et, enfin, sourit légèrement en s'appuyant contre ses oreillers.

— Et vous me demandez d'abord?

Ils acquiescèrent et son sourire s'élargit. C'était extraordinaire...

— Eh bien... Vous êtes vraiment super!

Même sa mère n'avait pas pris ces précautions avec elle, mais elle n'en dit rien à Bernie.

— Alors, qu'en penses-tu?

— Je crois que c'est bien... répondit-elle en adressant un sourire à Megan. Non... Je veux dire que c'est vraiment formidable. Tu vas lui donner une bague, papa?

— C'est fait, ma chérie, s'empressa-t-il de répondre en allant chercher la main de la jeune femme toujours enfouie dans la poche. Mais elle n'a pas voulu me dire oui avant que tu l'aies fait, toi.

Jane jeta à Megan un regard lui faisant comprendre qu'elles étaient amies à présent, à la vie, à la mort.

— Est-ce qu'il y aura une grande fête?

— Nous n'y avons pas encore pensé, déclara Bernie en riant. Il est arrivé tellement de choses aujourd'hui

— Tu peux lui raconter, intervint Megan.

Alors, Bernard lui parla de sa décision d'arrêter de travailler pour Wolff et leur conta son rendez-vous avec l'agent immobilier. Toutes deux le regardaient avec de grands yeux.

— Tu vas vraiment faire ça, papa ? Tu vas ouvrir un magasin et on va s'installer à Napa et tout le reste ? demanda Jane, tout à coup surexcitée.

— Mais oui.

Il s'assit alors et annonça :

— J'ai même trouvé un nom pour ce magasin, en conduisant vers l'hôpital.

Toutes deux attendaient avec impatience de savoir ce qu'il allait dire.

— Je pensais à mes petites femmes, à Alexandre et à toutes les bonnes choses qui me sont arrivées récemment... et, soudain, ce nom a surgi dans mon esprit.

Megan glissa une main dans la sienne et il sentit l'émeraude contre sa paume. Ce contact nouveau lui fit chaud au cœur.

— Je voudrais l'appeler « La Belle Vie ». Qu'en pensez-vous ?

— Cela me plaît beaucoup, déclara simplement Megan.

Jane poussa un cri de joie. Elle oubliait même qu'elle se trouvait coincée dans cet hôpital. Tant de choses heureuses étaient en train de se produire.

— Est-ce que je pourrai être demoiselle d'honneur au mariage, Meg ?

Les larmes aux yeux, Megan lui assura que oui. Puis Bernie se pencha pour embrasser sa future femme.

— Je t'aime, Megan Jones.

— Je vous aime tous les trois, soupira-t-elle en retour.

Son regard heureux passa du père à la fille puis revint se poser sur Bernard.

— Et je trouve que « La Belle Vie » est un très joli nom... La belle vie...

Ces trois mots correspondaient parfaitement à ce qui lui arrivait depuis qu'il l'avait rencontrée.

*Achevé d'imprimer en juin 1990
sur presse CAMERON
dans les ateliers de la SEPC
à Saint-Amand-Montrond (Cher)
pour France Loisirs
123, boulevard de Grenelle, Paris*

Dépôt légal : juin 1990.
N° d'édition : 19307. — N° d'impression : 1253.

Imprimé en France